MATTHIAS P. GIBERT

Bruchlandung

DIENSTGEHEIMNIS Zwei Mitarbeiter eines Sicherheitsdienstes werden brutal ermordet. Weil die Getöteten aus Nordhessen stammten, werden Paul Lenz und sein Mitarbeiter Thilo Hain von den Jenaer Kollegen um Hilfe bei den Ermittlungen gebeten. Zunächst sieht es nach einer Bluttat im Umfeld des hart umkämpften Marktes für Sicherheitsdienstleistungen aus, doch nach und nach stoßen die Kasseler Polizisten auf Ungereimtheiten, die an dieser These zweifeln lassen. Als sich herausstellt, dass die beiden Toten auch auf der Baustelle des im Jahr zuvor eröffneten Flughafens Kassel-Calden eingesetzt waren und dass sie zu jener Zeit in Kontakt mit der organisierten Kriminalität standen, überschlagen sich die Ereignisse. Paul Lenz und sein Mitarbeiter müssen eine Katastrophe verhindern, in die der Hauptkommissar auch persönlich verstrickt ist, denn das Leben seiner Frau Maria ist mit einem Schlag in größter Gefahr.

Matthias P. Gibert, 1960 in Königstein im Taunus geboren, lebt seit vielen Jahren mit seiner Frau in Nordhessen. Nach einer kaufmännischen Ausbildung baute er ein Motorradgeschäft auf. 1993 kam der komplette Ausstieg, anschließend die vollständige Neuorientierung. Seit 1995 entwickelt und leitet er Seminare in allen Bereichen der Betriebswirtschaftslehre und ist seit 2003 zudem mit einem zusammen mit seiner Frau entwickelten Konzept zur Depressionsprävention sehr erfolgreich für mehrere deutsche Unternehmen tätig. Seit 2009 ist er hauptberuflich Autor.

Bisherige Veröffentlichungen im Gmeiner-Verlag:
Pechsträhne (2013)
Höllenqual (2012)
Menschenopfer (2012)
Zeitbombe (2011)
Rechtsdruck (2011)
Schmuddelkinder (2010)
Bullenhitze (2010)
Zirkusluft (2009)
Eiszeit (2009)
Kammerflimmern (2008)
Nervenflattern (2007)

MATTHIAS P. GIBERT

Bruchlandung

Lenz' zwölfter Fall

Original

GMEINER

Besuchen Sie uns im Internet:
www.gmeiner-verlag.de

Im Ehnried 5, 88605 Meßkirch
Telefon 07575/2095-0
info@gmeiner-verlag.de

1. Auflage 2014

Lektorat: Claudia Senghaas, Kirchardt
Herstellung: Mirjam Hecht
Umschlaggestaltung: U.O.R.G. Lutz Eberle, Stuttgart
unter Verwendung eines Fotos von: © MC_PP – Fotolia.com
Druck: GGP Media GmbH, Pößneck
Printed in Germany
ISBN 978-3-8392-1523-4

Personen und Handlung sind frei erfunden.
Ähnlichkeiten mit lebenden oder toten Personen
sind rein zufällig und nicht beabsichtigt.

1

»... und deshalb ist es umso wichtiger, dass Sie alle mitmachen bei der Umsetzung dieser Richtlinien. Sie sind sozusagen Botschafter einer ...«

Lenz hatte schon immer seine Schwierigkeiten gehabt mit solchen Floskeln absondernden Klugscheißern, die gerade aus irgendeinem Universitätshörsaal gestolpert waren und nun der Welt erklären wollten, wie man vorteilhafter zusammenarbeiten oder ein besserer Vorgesetzter werden könnte. Zwei Mal hatte er es geschafft, sich dem Seminar mit dem hochtrabenden Titel *Der Vorgesetzte im Wandel der Zeit – besser führen mit neuen Managementmethoden* zu entziehen, eine dritte Verweigerung war ihm nach deutlich mahnender Intervention seines Chefs nicht mehr möglich gewesen. So hatte er also diesen Tag über sich ergehen lassen und schon am Morgen, direkt nach der Begrüßung durch den jungen BWL-Absolventen im grauen Anzug und mit den abgelatschten Schuhen, damit begonnen, sich auf das nun bevorstehende Ende zu freuen. Dazwischen lagen ein paar schale, unsichere Witze des Referenten, einige Rollenspiele, bei denen er sich gedanklich völlig ausgeblendet hatte, und ein wenig Input, dessen Inhalt er sich schon vor zehn Jahren selbst angelesen hatte.

»Daher danke ich Ihnen für Ihre Aufmerksamkeit und wünsche Ihnen einen guten Heimweg.«

Herr Heinlein verbeugte sich artig und löste mit seinem dabei vorgezeigten gequälten Lächeln bei dem Leiter der Kasseler Mordkommission den Verdacht aus, dass auch er sich darüber freute, diesem Tag der geistigen Erbauung ein halbwegs glückliches Ende bereitet zu haben.

Lenz sah auf seine Armbanduhr und packte die Unterrichtsmaterialien zusammen, in die er, so die Bitte des Referenten, mindestens einmal im Monat einen Blick werfen sollte. Wenn alles normal laufen würde, wäre er rechtzeitig am Frankfurter Hauptbahnhof, um den Zug um 17:22 Uhr nach Kassel zu erreichen.

Ziemlich genau zwei Stunden später fiel er in die weit ausgebreiteten Arme seiner Frau, die ihn am Bahnsteig erwartete.

»Aber Maria, das wäre doch nicht nötig gewesen. Die paar Minuten zu Fuß hätte ich wirklich noch geschafft.«

»Das glaube ich dir sogar«, hauchte sie ihm ins Ohr, »aber dann hätte ich ja noch länger auf dich warten müssen. Wie war es denn?« Lenz gab ihr einen kurzen Abriss seines Tages.

»Und bevor ich noch einmal solch einen nassforschen Jungspund als Seminarleiter ertrage, lasse ich mich frühpensionieren.«

Ihre eiskalte Hand schob sich in seinen Nacken, was er mit einem erschrockenen Zucken quittierte.

»Tut mir leid, dass es so schlimm war. Aber jetzt ist Schluss mit dem Ärgern über den Typen, und du freust dich einfach, dass ich hier bin.«

»Das mache ich.«

Maria löste sich von ihm, drehte sich um und hakte sich unter.

»Hast du Lust, ein bisschen spazieren zu gehen?«

Lenz betrachtete zuerst seine Schuhe und dann seine Frau mit unverhohlener Skepsis.

»Daran hab ich gedacht. Deine wasserdichten Wanderschuhe liegen im Kofferraum.«

Der Polizist dachte kurz nach.

»Dann ist das eine Idee, für die ich mich begeistern könnte. Allerdings nur, wenn wir im Anschluss unsere kalten Knochen gemeinsam in der Sauna oder der Badewanne aufwärmen.«

Über das Gesicht der Frau huschte ein Grinsen.

»Das machen wir, versprochen.«

Auf dem Weg nach draußen ließ der Leiter der Kasseler Mordkommission genüsslich grinsend die Seminarunterlagen in einen der auf dem Bahnhof stehenden Edelstahlbehälter mit der blauen Aufschrift *Papier* gleiten, umarmte seine Frau ein wenig fester und begann, sich auf den weiteren Verlauf des nach würziger Luft riechenden Wintertages zu freuen.

»Na, na, übertreibst du jetzt nicht ein wenig?«, fragte Maria ihren Mann mit übertrieben gerunzelter Stirn und nicht wirklich ernst gemeinter Skepsis.

Lenz wischte sich mit dem Unterarm den Schweiß von der Stirn und streichelte seiner Frau sanft über den Bauch.

»Ich weiß, dass du nur ein bisschen sticheln willst, du kleines Biest. Also lässt mich dein Einwand, ich könnte, was mein heutiges Seminar angeht, zur Übertreibung neigen, völlig kalt.«

Sie hob den Kopf und fing an zu grinsen.

»Gefahr erkannt, Gefahr gebannt. Aber ganz im Ernst, so schlimm, wie du ihn jetzt darstellst, kann der Tag doch gar nicht gewesen sein.«

Der Kommissar fädelte wortlos seinen rechten Oberschenkel unter ihrem Kopf hindurch, den er vorsichtig auf der hölzernen Sitzbank ablegte, stand auf und goss ein wenig Wasser auf die Steine des Saunaofens. Sofort bildete sich eine dichte Dampfwolke in dem kleinen Raum.

»Du weißt, wie ich diese Veranstaltungen hasse, Maria«, erklärte er ihr, nachdem er wieder seine alte Position eingenommen hatte. »Und der Knabe, den sie heute als Vorturner ausgesucht hatten, war wirklich nicht das Gelbe vom Ei. Der braucht noch ein paar Jahre, bis er vor einer Gruppe sein Standing gefunden hat.«

»Wir müssen halt alle klein anfangen«, gab sie wegen der enormen Hitze sehr leise zurück, wobei ihre rechte Hand dem Gesicht Frischluft zufächelte.

»Das kann von mir aus alles sein, aber doch bitte nicht, wenn es um meine Zeit geht.«

Er verzog das Gesicht.

»Wenn ich überlege, was ich an diesem Tag alles hätte wegarbeiten können …«

Maria Lenz schüttelte kurz den Kopf, zog dann seinen zu sich herunter und gab ihm einen zärtlichen Kuss auf den Mund.

»Du armer, armer Kerl, der als absolut perfekter Mensch diese zutiefst mangelbehaftete Welt erdulden muss. Musstest schon wieder den ganzen Tag unter einem Mitmenschen leiden, der so ganz anders ist als du. Der noch ein paar Jahre braucht, um schließlich zu merken, dass er es noch immer nicht mit dir aufnehmen kann. Schlimm aber auch, so was.«

»Verarschen kann ich mich allein«, brummte er.

»Aber längst nicht so schön wie ich.«

Wieder fanden ihr Mund und seiner sich.

»He, was passiert denn da gerade unter meiner Schulter?«, fragte sie scheinheilig, während ihr Oberkörper sich sanft hin und her bewegte.

»Keine Ahnung«, gab er ein wenig zu schnell zurück. »Ich weiß absolut nicht, was du meinen könntest.«

»Dafür bin ich bestens darüber informiert, um was es sich handelt.«

Sie drehte sich um und fuhr langsam mit dem Kopf in Richtung seiner Körpermitte.

»Maria, bitte. Dafür ist es hier drin wirklich zu heiß.«

»Dann lass uns schnell unter die Dusche springen. Aber mach dein Wasser bitte nicht zu kalt.«

Etwas mehr als eine Stunde später lagen die beiden erschöpft und mit geschlossenen Augen nebeneinander auf dem Bett.

»Wow, das hätte ich heute nicht mehr erwartet«, murmelte Lenz.

»Ich schon«, erwiderte Maria leise.

»Aha.«

»Ich hatte schon den ganzen Tag Lust auf dich.«

»Und warum sind wir dann noch spazieren gegangen? Das verstehe ich nicht.«

»Das hat bei mir die Vorfreude erhöht, und dir hat der Sauerstoff gut getan, um diesen blöden Seminarleiter aus dem Hirn zu bekommen. Mit dem in deinem Unterbewusstsein wollte ich ganz ungern Sex mit dir haben.«

»Er war nicht dabei, das verspreche ich dir«, grinste der Kommissar.

»Ich weiß.«

Sie drehte ihren Oberkörper und legte ihren Kopf auf seinen Bauch.

»Ich habe mich heute Mittag mit Judy getroffen«, erklärte sie, während ihre rechte Hand mit seinen Brusthaaren spielte. Sie sprach von Judy Stoddard, ihrer ältesten und besten Freundin.

»Schön. Geht es ihr gut?«

»Schon, ja. Sie hat mich gefragt, ob wir für ein paar Tage zusammen in die Sonne fliegen wollen.«

»Und? Hast du Lust?«

»Klar hätte ich Spaß daran. Der Winter war bis jetzt wirklich kein Zuckerschlecken. Aber …«

»Was aber? Warum habt ihr nicht gleich gebucht?«

»Ich war nicht sicher, ob du vielleicht was dagegen haben könntest«, erwiderte sie kleinlaut.

Lenz hob den Kopf und versuchte, im Halbdunkel des Schlafzimmers das Gesicht seiner Frau zu erkennen.

»Jetzt fängst du aber das Spinnen an, Maria. Was sollte ich denn dagegen haben, dass du mit Judy ein paar Tage in die Sonne fliegst? Ihr werdet doch sicher nicht bis ins Frühjahr wegbleiben, oder?«

»Nein«, lachte Maria erleichtert auf. »Wir haben über Teneriffa gesprochen, für höchstens fünf oder sechs Tage.«

»Das klingt doch klasse! Natürlich würde ich gern

mitkommen, aber das lässt mein Dienstplan nun mal leider nicht zu. Also, nichts wie in den Flieger mit euch!«

»Ehrlich?«

»Ganz ehrlich. Mit einer gehörigen Portion Neid zwar, aber ganz und gar ehrlich.«

2

Theo Stark sah hinaus in das Schneetreiben, das vor den Scheinwerfern des VW-Passat tobte, und trat vorsichtig auf die Bremse.

»Verdammt, wenn das so weiter geht, fahren wir uns noch fest. Wollen wir nicht doch lieber die Schneeketten aufziehen?«

»Nein«, erwiderte Walter Kempf, sein Beifahrer. »Das geht schon. Bis jetzt hat es ja noch immer geklappt.«

Stark schüttelte missmutig den Kopf.

»Aber so ein Scheißwetter mit solchen Schneemassen hatten wir noch nie.«

»Jetzt bleib mal ruhig, du Pussi. Wenn du keinen Bock mehr hast, zu fahren, dann lass mich ans Steuer, aber heul mir nicht die Ohren voll.«

»Nein, das will ich auf gar keinen Fall. Lieber ziehe ich allein die Ketten auf, als dich Irren ans Lenkrad zu lassen. Du fährst uns eher tot, als dass dabei etwas Gescheites herauskommt. Und davon, dass du im Moment keinen Führerschein und dem Boss davon nicht mal was gesagt hast, will ich gar nicht erst reden.«

Er gab vorsichtig Gas und lenkte den Kombi um eine Ecke. Dann bremste er erneut ab, fuhr neben einen völlig zugeschneiten Radlader und drehte den Zündschlüssel ein wenig nach links, sodass der Motor zwar abstarb, das Standlicht und das leise dudelnde Radio jedoch eingeschaltet blieben.

»Dann viel Spaß, mein Freund«, stieß er mit einem Blick nach draußen hämisch grinsend aus.

»Ich warte noch ein paar Minuten, vielleicht lässt der Schneefall in der Zwischenzeit ja ein bisschen nach.«

Der Mann auf dem Beifahrersitz griff in die Innentasche seiner dick wattierten Dienstjacke, kramte umständlich eine Packung Zigaretten daraus hervor und hielt seinem Kollegen das geöffnete Päckchen hin, der sich wortlos nickend bediente.

»Eigentlich habe ich schon ewig keinen Bock mehr auf diese Scheiße mit den ewigen Nachtschichten und so«, erklärte Kempf genervt, nachdem beide eine Weile schweigend geraucht hatten. »Meine Jungs wachsen auf, ohne dass ich was davon mitkriege, und mit einer Frau hatte ich zuletzt vor einem halben Jahr etwas.«

Er schnippte die Asche in die Lade in der Mittelkonsole.

»Und beklaut hat mich die verdammte Nutte danach auch noch.«

»Ich weiß«, erwiderte Stark leise. »Ich kenne die Geschichte. Irgendwie kenne ich alle deine Geschichten, Walter.«

»Was soll denn das nun wieder heißen? Geh ich dir etwa auf die Nerven, oder was?«

»Nein«, meinte Stark beschwichtigend, »du gehst mir damit nicht direkt auf die Nerven. Aber irgendwann solltest du schon mal eine neue Platte auflegen.«

»Ach, der Herr meint also, ich sollte mal eine neue Platte auflegen?«, schnaubte Kempf. »Der Herr, der mir ständig die Ohren damit voll heult, wie sehr es ihn nervt, dass seine Olle ihn rausgeworfen hat, und dass er ihr morgen ganz bestimmt zeigt, wo der Hammer hängt, fühlt sich von mir vollgequatscht.«

Er drückte die halb gerauchte Zigarette in den Aschenbecher, zog den Reißverschluss seiner Jacke hoch und öffnete wütend die Beifahrertür.

»Leck mich doch, du verdammtes Arschloch«, drang noch ins Innere des Wagens, bevor die Tür mit gehörig Schwung ins Schloss krachte.

Theo Stark kannte diese Ausbrüche seines Kollegen. Immer wieder in den vergangenen 15 Jahren, so lang arbeitete er schon mit ihm zusammen im Wachschutz, war es zu solchen Zwistigkeiten gekommen. Und immer war es so, dass nach spätestens zehn Minuten alles vergeben und vergessen war. Kempf würde nun seinen Weg zum Stempelautomaten gehen, dabei noch eine Zigarette rauchen, ein bisschen laut und leise vor sich hin fluchen, zum Auto zurückkehren und kein Wort mehr über die Sache verlieren.

Bist schon manchmal ein echtes Arschloch, würde er vielleicht freundschaftlich grinsend sagen, aber das wäre auch schon das höchste der Gefühle. Dann würde er vermutlich wieder das Hohelied auf Bayern München anstimmen, seinen Leib- und Magenverein, der allerdings, zu Kempfs Leidwesen, aktuell in der Bundesligatabelle nur auf dem dritten Platz stand.

Der Wachschutzmann griff in die Mittelkonsole, drehte das Radio ein wenig lauter und zündete sich eine weitere Zigarette an.

Klar hätte er auch gern einen anderen Job als den eines Wachmanns im Nachtdienst. Und klar würde er für sein Leben gern seine Frau mal wieder so richtig ran nehmen, aber das ging nun einmal alles nicht so einfach, nicht, nachdem sie ihm den Koffer vor die Tür gestellt hatte. Und sie hatten immer noch gemeinsam das Haus am Backen, von dem noch nicht einmal ein Drittel ihnen gehörte.

Er zog an der Zigarette und streifte die Asche ab.

Das Leben war nun mal kein Ponyhof, das wusste einer wie er nur zu genau. Einer, der außer einem Hauptschulabschluss und einer abgebrochenen Lehre als Schweißer auf dem Arbeitsmarkt nichts, aber auch gar nichts zu bieten hatte. Irgendwie musste er doch mehr als froh darüber sein, sich überhaupt die Nächte auf irgendwelchen Baustellen um die Ohren schlagen zu dürfen. Immer noch besser als Hartz IV, oder?

Weil ihm die Kälte langsam die Beine hochkroch, ließ er den Motor an und regelte die Heizung auf volle Stufe. Sofort verströmte das Gebläse wieder wohlige Wärme.

Sein Blick fiel auf die Digitaluhr im Armaturenbrett.

3:15 Uhr. Noch gut vier Stunden, dann würde er im Bett liegen.

Kempf war nun schon ziemlich lang unterwegs. Na ja, vielleicht hatte er sich ja bei dem Sauwetter auf die Schnauze gelegt und musste sich erst mal den Schnee aus den Klamotten klopfen. Bei dem Gedanken, wie sein Kollege sich fluchend und schimpfend auf die Beine kämpfte, musste er herzhaft lachen.

Fünf Minuten später, mit einer neuen Zigarette zwischen den Fingern, war seine Schadenfreude einer leichten Besorgnis gewichen. Der Besorgnis, dass Kempf vielleicht irgendetwas passiert sein könnte, denn so lang hatte der noch nie gebraucht für den Weg zu diesem Stempler und zurück. Selbst bei diesem Scheißwetter war das mehr als ungewöhnlich.

Für einen Augenblick geisterte ihm der Gedanke durch den Kopf, dass sein Freund und Kollege diesmal ernsthaft sauer auf ihn sein könnte wegen seiner Kritik, doch das schloss er sofort wieder aus. Außerdem war Walter Kempf viel zu bequem, um in diesem Schneetreiben so etwas wie Stolz zu entwickeln. Er wartete weitere fünf Minuten, in denen seine Besorgnis sich allerdings mit jeder Sekunde ein klein wenig steigerte, zog den Schlüssel aus dem Schloss, griff nach der starken Taschenlampe auf dem Rücksitz und stieg langsam aus dem Wagen.

»Walter?«, rief er in die Stille der Nacht, schaltete die Lampe an und richtete den Strahl über die Motorhaube auf den Weg, den sein Kollege genommen haben musste, was jedoch keine gute Idee war, weil die Schneeflocken das helle Licht so stark reflektierten, dass er mehr geblendet wurde, als etwas erkennen zu können. Also senkte er die Leuchte nach unten, sodass er den jeweils ersten

Meter vor seinen Füßen sehen konnte, und stapfte, innerlich fluchend, los.

Direkt neben dem rechten Vorderrad des Volkswagens fiel er das erste Mal hin, weil er eine unter der Schneedecke verborgene Senke in der Fahrbahn nicht gesehen hatte. Noch angestrengter lautlos fluchend rappelte er sich hoch, sammelte die starr in die entgegengesetzte Richtung strahlende Lampe auf und setzte seinen Weg fort.

»Verfluchte Scheiße, Walter, wenn das ein Witz sein soll, dann ist er saublöd. Komm verdammt noch mal runter und steig in das bekackte Auto. Ich habe echt keine Lust, mir wegen dir eine Erkältung zu holen.«

Seine laut und wütend ausgestoßenen Worte klangen wegen des starken Schneefalls dumpf und frei von jeglichem Echo.

»Walter!«

Wieder rutschte er auf dem steilen Weg aus und schlug der Länge nach hin. Die Lampe segelte erneut zu Boden, wobei diesmal allerdings Glas und Glühbirne laut scheppernd zerbarsten. Schlagartig war es stockfinster um ihn herum, und in diesem Moment lief Theo Stark ein Schauer über den Rücken. Sein Herz schlug schmerzhaft gegen die Brust, und sein Mund war staubtrocken.

»Verdammt, Walter, nun hör mit diesem Scheiß auf! Ich hab mir echt wehgetan und brauche deine Hilfe.«

Das war zwar gelogen, aber er hoffte, dass der Appell seinen Kollegen dazu bringen würde, dessen saublödes Spiel zu beenden.

Der Wachmann lauschte in die Nacht, doch außer ein wenig Geknister des sich abkühlenden Lampenglases neben sich gab es nichts zu hören. Also rollte er sich zur Seite, zog die Beine an und stand ein paar Sekunden später wieder auf seinen Füßen. Mit der rechten Hand griff er zu seinem privaten Schlüsselbund, ertastete die daran befestigte kleine LED-Taschenlampe, drückte auf den gummierten Druckknopf und richtete den schwachen, bläulich schimmernden Strahl nach unten.

»Scheiße«, murmelte er leise, nachdem er kaum seine Schuhspitzen erkennen konnte, setzte jedoch trotzdem vorsichtig den linken Fuß vor den rechten.

Während er langsam, bei jedem Schritt nach Unebenheiten oder sonstigen Hindernissen tastend, seinen Weg fortsetzte, überkam ihn ein Anflug von Panik. Für einen Sekundenbruchteil schoss ihm der Gedanke durch den Kopf, dass es wesentlich gescheiter wäre, zurück zum Wagen zu stapfen und dort zu warten, doch er schob diese Idee sofort von sich weg.

»Walter!«, brüllte er ein weiteres Mal in den Schnee, und wieder blieb es um ihn herum beängstigend still.

Nun hatte er die Anhöhe mit dem darauf stehenden Containerpark erreicht. Die Steilheit des Geländes ließ nach, und kurz darauf hatte er die erste der etwa 40 in Reihe stehenden Baubuden erreicht. Direkt neben dem Eingang zu diesem, als Nummer 1 bezeichneten Container der Bauleitung befand sich der Stempelautomat, und spätestens dort würde auch sein Kollege auf ihn warten. Zumindest hoffte Theo Stark das sehr, sehr intensiv.

Der Schweiß lief ihm mittlerweile in Strömen den Rücken hinunter, seine Hände waren ebenfalls klatschnass, und in seinem Mund befand sich noch immer kaum Speichel. Als er am Eingang zu Nummer 1 angekommen war und den matten Schein seiner kleinen Taschenlampe nach oben richtete, hörte er hinter sich ein Geräusch. Er hob den Kopf und lauschte. Wieder das gleiche Geräusch. Schnee, der von Schuhen zusammengepresst wurde.

»Du verdammtes Arschloch!«, brüllte Stark. »Was glaubst du, was wir hier machen? Räuber und Gendarm spielen?«

Der Wachmann drehte sich um und leuchtete in die Nacht, doch außer tanzenden Schneeflocken konnte er nichts erkennen. Er holte tief Luft und wollte gerade eine erneute Schimpftirade loslassen, als er mit dem rechten Fuß gegen etwas auf dem Boden Liegendes stieß. Er wollte es wütend zur Seite kicken, doch der Gegenstand zu seinen Füßen bewegte sich keinen Millimeter.

»Hör jetzt auf und lass uns abhauen«, rief er in die Dunkelheit, während er den Strahl seiner Lampe nach unten richtete, um zu sehen, was dort gegen jede auf der Baustelle geltende Sicherheitsvorschrift herumlag.

Zunächst erkannte er im schwachen LED-Licht nur so etwas wie ein Bündel oder einen Sack, doch als er sich ein wenig in die Knie begab und genauer hinsah, stockte ihm das Blut in den Adern und er begann, laut und voller Panik zu schreien.

»Walter? Was ist denn mit dir?«

Walter Kempf lag auf der Seite. Am oberen Ende seines Kopfes befand sich ein dunkler Fleck im Schnee, und in genau dem Sekundenbruchteil, in dem Kempf erkannte, dass es sich dabei um das Blut seines Kollegen handelte, das aus einer großen, hässlichen Wunde an dessen Stirn austrat, ertönte hinter ihm erneut das Geräusch eines Schrittes im frischen Schnee.

Warum er es tat, wusste der Wachmann nicht, vermutlich war es einfach eine Instinkthandlung, doch er ließ sich nun zur Seite fallen und rollte seinen Körper in den Schnee. Seine Lampe warf er in Richtung des Containers Nummer 1. Noch bevor sein massiger Körper allerdings zur Ruhe gekommen war oder er eine weitere Bewegung hätte planen können, wurde die Stille von dem Knall eines Schusses zerrissen, der sich wie eine Explosion in Starks Trommelfellen ausbreitete. Gleichzeitig wurde sein rechter Oberschenkel auf eine ihm unwirklich erscheinende Art in Bewegung gesetzt, deren Urheber nicht er selbst gewesen war, und nur Bruchteile einer Sekunde später wurde sein gesamter Organismus von einer massiven Schmerzwelle erfasst.

Erneut schrie er auf, doch diesmal drang nur ein lang gezogenes, gurgelndes *»Aaahhhh«* aus seinem Mund. Gleichzeitig griff er sich an den rechten Oberschenkel, der gleichzeitig taub war und brannte wie Feuer.

Was …?, wollte er in die Dunkelheit brüllen, doch sein Mund war komischerweise noch immer mit dem Schmerzensschrei beschäftigt. In diesem Moment zuckte etwas rötlich Schimmerndes an seinen Augen vorbei und blendete ihn. Rasend vor Panik realisierte Theo Stark, dass ihn dieses merkwürdige Licht getroffen hatte, obwohl er sonst keine Helligkeit wahrnahm. Und er wusste, was es war. Jemand hatte ihn mit einem Laserstrahl geblendet. Oder besser, markiert.

Schemenhaft erkannte er, dass eine Gestalt auf ihn zu trat und sich zu ihm hinunter beugte.

»Wenn du leben willst, sagst du mir jetzt, wo dieser verschissene Brief ist, Theo.«

Stark hätte am liebsten, so laut er konnte, losgebrüllt, doch er wusste, dass ihn niemand hören würde. Und den Mann, der noch immer über ihm kauerte, würde das nicht im Geringsten beeindrucken.

»Zehn Sekunden, Theo. Zehn Sekunden, die über dein Leben oder deinen Tod entscheiden. Neun …«

»Hör zu, wir vergessen das Ganze am besten. Ich vergesse es, und du vergisst es. Dann …«

»… sieben.«

Über Theo Starks Wange lief in diesem Moment eine Träne. Er wusste nicht, ob der Impuls, zu weinen, von den Schmerzen im Bein ausgelöst worden war, und er wusste auch nicht, ob es die Todesangst war, die bis in die letzte Faser seines Körpers Besitz von ihm ergriffen hatte. Aber er wusste, dass der Mann, der sich nun erhob und erneut mit dem Laser seine Stirn ins Visier nahm, ihn töten würde, wenn er nicht redete.

»Warte, warte, ich sag es dir!«, schrie der Wachmann völlig hysterisch, wobei er sich den rechten Arm vor den Kopf hielt, als könne das etwas ändern oder bewirken.

»… vier.«

»Das, was du suchst, ist bei einem Freund von mir.«

Er nannte einen Namen und eine Adresse in Kassel.

»Du weißt, was passiert, wenn du mich anscheißt, Theo. Dann bin ich, wenn ich das nächste Mal komme, wirklich sauer, und du kannst dir vorstellen, was das bedeutet, oder?«

Theo Stark nickte in die Nacht.

»Ja, das weiß ich ganz genau.«

»Also gebe ich dir jetzt eine letzte Chance, für den Fall, dass du mich verladen hast. Finde ich das, was ich suche, 100-prozentig bei diesem Freund von dir?«

»Du kannst mir absolut vertrauen, ja. Ich beschwöre es, ich schwöre es bei allem, was mir heilig ist.«

»Na, dann will ich dir mal glauben.«

Der Mann im Schnee wurde von einer Welle der Erleichterung überwältigt. Der Schwall an Tränen, die nun über sein Gesicht lief, musste diesem Gefühl geschuldet sein.

»Ich geh dann mal, Theo«, sagte sein unsichtbares Gegenüber leise. »Ach übrigens: null.«

Der Tod kam für den Mitarbeiter der Kasseler Wachschutzfirma Secupol ebenso kalt und hart wie unerwartet. Den Schuss, der ihm die rechte Stirnseite wegriss, hörte er nicht einmal mehr, und noch bevor sein Kopf in den Schnee geschleudert wurde, hatte sein Herz zum letzten Mal hektisch Blut in seine Venen gepumpt.

3

»Was für ein Scheißwetter«, bemerkte Oberkommissar Thilo Hain, Lenz' engster Mitarbeiter, mit roten Ohren, nachdem er das Büro seines Chefs betreten hatte.

»Du bist doch nicht etwa mit dem Bus gekommen?«, fragte Lenz ungläubig.

»Nein, natürlich nicht. Aber mir wird einfach heute nicht richtig warm. Vielleicht brüte ich ja eine Erkältung aus.«

»Das kannst du dir gepflegt abschminken. Krankfeiern fällt bis zum Sommer aus, wir haben zu viel Arbeit.«

Der junge Polizist sah seinen Vorgesetzten mit schief gelegtem Kopf an und fing dabei an zu grinsen.

»Noch ein Ton in diese Richtung, und du hast meine Krankmeldung innerhalb der nächsten Stunde auf dem Tisch liegen.«

»Passt schon. Jetzt setz dich erst mal und nimm dir einen Kaffee. Dann besprechen wir unser Vorgehen in der Sache mit dem abgefackelten Haus, und im Anschluss kümmern wir uns um den Banker, der seine Frau als vermisst gemeldet hat.«

»Du glaubst noch immer, dass er selbst etwas mit ihrem Verschwinden zu tun haben könnte?«

»Glauben tue ich gar nichts, Thilo. Aber irgendwie juckt es mich schon arg bei dem Gedanken, das muss ich zugeben.«

»Dem Gedanken«, hakte Hain nach, »dass sie weg ist und er sich darauf keinen Reim machen kann?«

»Genau.«

»Dann hilft es …«

Der Oberkommissar stockte, weil das Telefon auf dem Schreibtisch klingelte.

»Ja, Lenz«, meldete sich der Leiter der Kasseler Mordkommission und hörte dann ein paar Sekunden lang dem Anrufer zu.

»Beide aus dem Raum Kassel«, murmelte er schließlich leise. »Und wo genau ist das passiert?«

Wieder hörte er einige Sekunden zu.

»Das kenne ich leider nicht. Geht es ein bisschen präziser?«

Der Gesichtsausdruck des Polizisten veränderte sich im Sekundentakt Richtung angestrengt.

»Das klingt nach *irgendwo in den neuen Bundesländern*«, stellte er schließlich fest, um wieder einige Sekunden nur zuzuhören.

»Gut, Kollege, dann schicken Sie mir das mal als Mail. Am besten alles, was Sie haben. Ich verspreche Ihnen, dass wir uns gleich darum kümmern werden.«

Nach einer kurzen Verabschiedung warf der Hauptkommissar den Hörer auf die Gabel.

»Was war das denn?«, wollte Hain wissen.

»Das war der leitende Hauptkommissar der Mordkommission Jena, seinen Namen habe ich leider nicht verstanden. Er hat zwei tote Männer, die aus dem Landkreis Kassel stammen, und bittet um unsere Hilfe bei den Ermittlungen.«

»Wie darf ich *zwei tote Männer* verstehen?«

»Na ja«, grinste Lenz, »ich würde sagen, sie atmen nicht mehr, ihr Herz steht still, und ihre Körpertemperatur sollte sich der Umgebungstemperatur angepasst haben.«

»Arschloch.«

»Außerdem«, fuhr der Kripomann hinter dem Schreibtisch ungerührt fort, »weisen die beiden offensichtlich hässliche Einschusslöcher auf, was nach unseren Erfahrungen ziemlich deutlich auf ein nicht freiwilliges Ableben hinweist.«

»Hat Maria dir heute Morgen einen Witz zum Frühstück serviert?«, wollte Hain ein wenig gallig wissen.

Zu einer Antwort kam es jedoch nicht mehr, weil der Computer des Hauptkommissars den Eingang einer Mail vermeldete.

»Das wird ein wenig Licht ins Dunkel deiner Fragen bringen«, bemerkte er und klickte mit der Maus herum, während sein Kollege sich neben ihn stellte und ebenfalls auf den Monitor starrte.

»Walter Kempf und Theo Stark hießen die Jungs«, brummte Lenz, »und gewohnt haben sie in Bergshausen und Lohfelden. Beschäftigt waren sie bei der Wachschutzfirma Secupol. Kennst du die?«

Hain nickte kaum merklich mit dem Kopf.

»Klar, du nicht? Ist ein ziemlich großer Name in der Branche.«

»Nein, ich habe nie von dieser Firma gehört.«

Der Oberkommissar beugte sich nach vorn und deutete auf einen Absatz des Berichts.

»Die beiden wurden mit Kopfschüssen getötet. Klingt auf den ersten Blick nicht nach Amateuren, die da am Werk waren.«

Lenz scrollte nach unten, wo ein paar Bilder der Mordopfer sichtbar wurden.

»Stimmt, das sieht wirklich nicht nach Anfängern aus. Eher wie eine Hinrichtung, wenn du mich fragst.«

Beide lasen den Rest des Berichts der Jenaer Kollegen wortlos zu Ende, bevor wiederum Hain das Wort ergriff.

»Und warum knallt jemand zwei Wachschutzleute ab, die an einer ICE-Neubaustrecke in der Mitte von nirgendwo Dienst schieben?«

»Ein gemeiner Kupferdieb wird es wohl nicht gewesen sein, zumal die Fußspuren, wie es hier steht, nach derzeitigem Stand auf einen Einzeltäter hinweisen.«

Er legte zweifelnd die Stirn in Falten.

»Wenn ich mir vorstelle, wie viel es in der letzten Nacht geschneit hat, sollte man die Spurenlage als ziemlich unsicher ansehen.«

»Du willst den Kollegen damit aber nicht unterstellen, dass sie schlampig gearbeitet haben, oder?«

»Nein, das natürlich nicht, Thilo. Aber du weißt doch selbst, wie das ist mit 20 Zentimetern Neuschnee. Da muss man seine Aussagen schon mal als vorläufig ansehen.«

»Damit kann ich leben«, erwiderte der junge Polizist, ließ sich wieder in den Stuhl vor dem Schreibtisch fallen und legte die Beine darauf ab.

»Was willst du zuerst machen? Bei den Familien vorstellig werden oder beim Arbeitgeber?«

Lenz sah auf die Uhr über der Tür.

»Lass uns zuerst nach Bergshausen und dann nach Lohfelden fahren. Vermutlich wissen die Angehörigen schon Bescheid, falls nicht, bleibt das mal wieder an uns hängen.«

»Wenn wir zuerst bei der Sicherheitsfirma vorbeifahren, würde dieser Kelch vielleicht an uns vorüber gehen«, erwiderte Hain mit verkniffenem Gesicht. »Du weißt, wie ich solche Sachen hasse.«

»Ja, ja, ich erinnere mich. Aber wenn du dich immer davor drückst, hilft es ja auch nichts.«

»Und was heißt das jetzt?«

»Dass wir nach Bergshausen fahren.«

*

Das Haus, in dem Theo Stark gewohnt hatte, lag in einer Neubausiedlung im Fuldabrücker Ortsteil Bergshausen, einer Randgemeinde von Kassel. Offenbar war das Gebäude erst vor Kurzem fertiggestellt worden, denn es war noch nicht verputzt. Auch die Außenanlage war noch längst nicht fertiggestellt.

»Der Tod kommt eigentlich immer zur Unzeit«, bemerkte Hain mit Blick auf den rotbraunen, unfertig wirkenden Bau und die davor stehenden eingeschneiten Maschinen.

»Wem sagst du das«, erwiderte Lenz leise und stapfte hinter seinem Kollegen her auf die verglaste Eingangstür zu. Dort suchte der junge Oberkommissar nach einem Klingelknopf, doch bis auf ein aus der Wand ragendes Kabel fand er nichts.

»Dann halt auf die klassische Art«, murmelte er und klopfte ein paarmal vorsichtig mit der Faust gegen das

Sicherheitsglas. Nach ein paar Sekunden tauchte hinter der Tür ein Schatten auf.

»Ja, was ist denn?«, wollte eine Frauenstimme eine Spur zu aggressiv wissen.

»Wir sind die Kommissare Hain und Lenz von der Kasseler Kriminalpolizei und würden gern mit Ihnen sprechen, wenn das möglich ist.«

Im Hintergrund wurde offenbar eine Tür geöffnet, was die Polizisten an dem veränderten Lichteinfall erkennen konnten. Im Anschluss hörten sie leises Getuschel.

»Können Sie sich ausweisen?«

»Natürlich«, erwiderte Hain, griff nach seinem Dienstausweis und hielt ihn hoch.

Die Tür wurde einen Spalt nach innen gezogen, und eine etwa 60-jährige Frau starrte zuerst die Beamten und dann Hains Dienstausweis feindselig an.

»Scheint in Ordnung zu sein«, ließ sie den oder die Unbekannte hinter sich wissen und öffnete die Tür vollständig.

»Kommen Sie rein. Aber treten Sie sich die Füße richtig ab, wir wollen nicht, dass Sie den ganzen Dreck ins Haus tragen.«

Nun wurde auch die zweite Person sichtbar, eine Frau von etwa Ende 30. Und den Zügen nach unzweifelhaft die Tochter der Torwächterin.

»Machen wir«, gab Hain folgsam zurück und schob die Sohlen seiner Schuhe ein paarmal über den Schmutzfänger. Lenz tat es ihm nach, und unter den strengen Blicken der älteren Frau gingen sie hinter der anderen her in ein großes, karg möbliertes Zimmer.

Als Lenz einen Blick in das Gesicht der schlanken, mit verschränkten Armen vor einer Couch stehenden Frau geworfen hatte, wusste er, dass die Nachricht von Theo Starks gewaltsamem Ableben schon bis zu seinen Angehörigen vorgedrungen war.

»Es tut uns leid, Sie stören zu müssen, Frau …?«

»Stark. Ramona Stark.«

»Dann war Theo Stark vermutlich Ihr Mann?«

Sie nickte stumm, ohne den Polizisten einen Platz anzubieten. Ergo standen sich nun alle vier gegenüber, weil die ältere die Tür hinter sich geschlossen und dazu gestellt hatte.

»Darf ich fragen, wer Sie sind?«, richtete der Hauptkommissar das Wort vorsichtig an sie.

»Ich bin Ramonas Mutter.«

»Und Sie wohnen ebenfalls hier im Haus?«

»Nein. Und warum wollen Sie das überhaupt wissen?«

Hain trat einen Schritt auf die Witwe zu, ohne sich um die Frage zu kümmern.

»Zunächst möchten wir Ihnen unser Beileid aussprechen, Frau Stark. Natürlich wäre es Ihnen sicher sehr viel lieber, wenn wir Sie nicht mit unseren Fragen behelligen müssten, aber in Fällen wie diesem ist es unerlässlich, bei der Suche nach dem oder den Tätern möglichst keine Zeit zu verlieren.«

Wieder ein stummes Nicken.

»Was meinen Sie denn mit diesem blöden *Suche nach dem oder den Tätern*?«, keifte die Mutter nun ebenso unvermittelt wie lautstark. »Da brauchen Sie doch nur in die Stadt zu fahren und sie zu verhaften, dann ist das Thema ein für alle Mal erledigt.«

Die Köpfe der Polizisten fuhren herum.

»Sie meinen …?«

»Hör auf, Mutti«, mischte sich die Witwe mit vorwurfsvollem Blick ein. »Du weißt doch überhaupt nicht, ob das wirklich stimmt, was du da sagst. Wenn du jemand verdächtigst, der es nicht war, machst du dich am Ende noch selbst strafbar.«

»Das ist mir völlig egal, ob ich mich damit strafbar mache. Ich sage einfach nur, was ich denke, und das hätte ich auch den Uniformierten gesagt, wenn ich schon hier gewesen wäre.«

Sie zögerte ein paar Augenblicke, bevor sie weiter sprach.

»Und dann solltest du den Kriminalern am besten auch gleich sagen, dass Theo und du in Scheidung gelebt haben.«

»Stimmt das, Frau Stark?«, wollte Lenz wissen.

»Ja, das stimmt. Wir leben schon seit mehr als einem halben Jahr nicht mehr zusammen. Ich habe mich von meinem Mann getrennt.«

»Und Sie glauben zu wissen, wer für den Tod Ihres Schwiegersohns verantwortlich ist?«, fragte Hain die ältere Frau, die jedoch nicht antwortete, sondern einen schnellen Blick mit ihrer Tochter austauschte.

»Nein«, widersprach Ramona Stark, »meine Mutter war mit dem Mund leider etwas schneller als mit dem Hirn. Wir wollen niemanden anschwärzen oder verdächtigen, also vergessen Sie bitte ihre unbedachte Aussage.«

Nun tauschten die Polizisten einen schnellen Blick.

»Das wäre Ihnen sicher recht, klar, doch leider ist es nicht so einfach«, bemerkte der Oberkommissar leicht angefressen, während er sich einen Schritt auf die Frauen zu bewegte. »Sie können nicht erst eine solche Behauptung in den Raum werfen und es sich dann plötzlich anders überlegen.«

Sein Blick kreuzte sich mit dem der Mutter.

»Also, dann mal Butter bei die Fische. Von wem haben Sie gesprochen?«

Die Frau schluckte.

»Vielleicht hab ich mich, als ich das so raus posaunt hab, wirklich ein bisschen vergaloppiert, Herr Kommissar. Ich meinte es gar nicht so, wie ich es gesagt habe.«

»Das mag vielleicht so sein, allerdings glaube ich Ihnen nicht. Und wenn Sie, wie ich gerade ganz heftig vermute, durch Ihr Verhalten unsere Ermittlungen behindern, begehen Sie den Tatbestand der Strafvereitlung, und dafür kann man, wenn es dumm läuft, sogar im Gefängnis landen.«

Sie schluckte erneut.

»Ich …«

Ramona Stark griff nach links und fasste nach der Hand ihrer Mutter.

»Das ist die Sache nun wirklich nicht wert, Mutti«, flüsterte sie kopfschüttelnd. »Und der Theo ist es auf jeden Fall nicht wert. Also sag es ihnen lieber.«

Es dauerte einen kleinen Moment, bis die Frau dann tatsächlich zu sprechen begann.

»Der Theo hat sich seit ungefähr zwei Jahren ziemlich verändert«, erklärte sie resolut. »Das ging so weit, dass er meine Tochter sogar geschlagen hat. Und dahinter steckten nur seine neuen Rockerfreunde. Die haben ihn aufgehetzt, sich so blöd zu benehmen.«

»Von welchen *Rockerfreunden* genau sprechen Sie?«

»Sie nennen sich Black Crows«, antwortete Ramona Stark, wobei sie die Hand ihrer Mutter ein wenig fester drückte. »Kennen Sie sie?«

»Wer hat nicht von ihnen gehört? Die Zeitungen sind seit Jahren prall gefüllt mit Storys über sie, außerdem halten sie die Polizei ziemlich auf Trab.«

»Und bei denen hat Ihr Mann mitgemacht?«

»Ja. Wie meine Mutter gesagt hat, seit etwa zwei Jahren.«

»Wie kam es dazu?«

»Das kann ich Ihnen eigentlich gar nicht so genau erklären. Irgendwann ist er mit einem Motorrad nach Hause gekommen und hat mir erzählt, dass er bei denen mitmachen würde.«

»Vorher ist er kein Motorrad gefahren?«

»Nein, nie. Wir hatten mal ein Cabrio, aber das haben wir für den Hausbau verkauft.«

Sie sah in die fragenden Gesichter der Polizisten.

»Na ja, irgendwann war die Kohle, die wir uns bei der Bank geliehen hatten, halt alle. Und weil wir nicht in ein Haus ohne Tapeten an den Wänden einziehen wollten, mussten wir irgendwie zu Geld kommen. Das Einzige, was wirklich etwas wert war, war nun mal das Cabrio. Also haben wir es verhökert.«

»Wann war das?«

Sie überlegte kurz. »Vor knapp vier Jahren.«

»Sie wohnen seit vier Jahren in *diesem* Haus?«, wollte Hain überrascht wissen.

»Ja, ich wohne tatsächlich seit fast vier Jahren auf dieser Baustelle«, antwortete die Frau resigniert. »Und glauben Sie nicht, dass es mir Spaß macht. Aber ich habe weder Geld noch die handwerklichen Fähigkeiten, um diesen beschissenen Zustand zu beenden.«

Sie griff in die Hosentasche, kramte ein benutztes Papiertaschentuch heraus und schnäuzte sich.

»Und Theo hatte mit dem Tag, an dem wir eingezogen waren, jegliches Interesse an dem Haus verloren. Immer wieder habe ich ihn gebeten, sich darum zu kümmern, aber er hat es einfach nicht gemacht. Und als das mit den Crows losging, hat er sowieso nur noch das Nötigste mit mir geredet.«

»Und geschlagen hat er dich«, brummte ihre Mutter, »vergiss das bloß nicht. Grün und blau hat er dich geprügelt. Die Polizei war bestimmt mehr als ein Dutzend Male hier, weil die Nachbarn das Krakeelen und das Geschrei nicht mehr ertragen konnten.«

Sie wandte sich den Beamten zu.

»Aber meine dumme Tochter hat nie Anzeige erstattet. Nie, nicht ein einziges Mal. Können Sie das verstehen?«

»Nein, natürlich nicht. Das ist wirklich schlimm, wenn ein Mann seine Frau schlägt«, machte der Oberkommissar auf empathisch, um direkt im Anschluss seine nächste Frage zu platzieren.

»Aber Sie«, erklärte er mit Blick auf die Mutter, »scheinen ziemlich überzeugt davon zu sein, dass die Black

Crows etwas mit dem Tod Ihres Schwiegersohns zu tun haben. Was genau macht Sie da so sicher, Frau …?

»Heidenreich. Babette Heidenreich.«

Hain musste sich schwer beherrschen, um nicht loszuprusten.

»Na ja, es gab da so ein paar Vorfälle in den letzten Monaten, die darauf schließen lassen, dass sich der Theo und seine Rockerfreunde nicht mehr so gut verstanden haben wie sonst.«

Sie warf ihrer Tochter einen auffordernden Blick zu.

»Es ist, glaube ich, besser, wenn du das den Herren Polizisten erzählst, Ramona.«

»So viel gibt es da gar nicht zu erzählen. Es waren halt mal welche von denen hier und haben nach Theo gefragt. Ob er nicht mehr hier wohnen würde und so.«

»Einmal oder mehrmals?«, wollte Lenz wissen.

Ramona Stark dachte kurz nach.

»Insgesamt vier Mal waren welche hier. Komischerweise immer andere, also nie die gleichen.«

»Und sie haben nachgefragt, ob Ihr Mann noch hier wohnen würde. Sonst noch etwas?«

»Na ja, ich sollte ihm ausrichten, dass ihre Geduld langsam abgelaufen ist, und er sich bei ihnen melden soll. Irgendwie hatte das schon was von einer Drohung, wenn Sie mich fragen.«

»Haben Sie es Ihrem Mann ausgerichtet?«

»Klar, mehrmals sogar. Bis vor ein paar Wochen ist er ja noch ab und zu hier aufgetaucht, um sich seine Post zu holen.«

»Und wie hat er reagiert?«

Sie lachte leise auf.

»Wie Großmaul Theo Stark eigentlich immer reagiert. Hat angefangen rumzubrüllen und seinen Zorn an mir ausgelassen. Hat mir vorgeworfen, dass ich sie überhaupt reingelassen habe. Beim letzten Mal ist er richtiggehend ausgerastet und hat gebrüllt, dass diese Arschgeigen bald mal sehen würden, was es ihnen bringt, sich mit ihm anzulegen. Dann sei Ruck-Zuck Schluss mit lustig, und der ganze Verein würde in den Knast wandern. Kurz darauf hat er das Haus verlassen, und das Nächste, was ich von ihm gehört habe, ist, dass er umgebracht worden ist.«

Die Frau schloss kurz die Augen und schüttelte den Kopf.

»Ich muss wohl besser sagen, dass ich es über ihn gehört habe. Er selbst konnte es mir ja nicht mehr erzählen.«

»Wann genau war das, als er zuletzt hier war?«, wollte Hain wissen, der mittlerweile seinen kleinen Notizblock aus der Jacke gezogen hatte und mitschrieb.

»Vor knapp vier Wochen.«

»Und seitdem keine Anrufe und keine SMS?«

»Nein. Der Theo hatte es nicht so mit der modernen Kommunikation. Er hatte zwar ein Mobiltelefon, aber das hat er nur für die Arbeit benutzt. Mich jedenfalls hat er damit nie angerufen.«

»Aber Sie haben keine Idee, warum die Black Crows sauer auf Ihren Mann gewesen sein könnten?«

»Nee, wirklich nicht. Ich habe mich, was das angeht, immer komplett raus gehalten aus seinem Leben. Diese Jungs machen mir einfach Angst, und diesem Gefühl muss ich mich ja nicht auch noch freiwillig aussetzen.«

»Das ist sehr klug«, stimmte Lenz der Frau zu. »Wobei es in meinen Ohren schon wie eine Drohung gegen die Black Crows klingt, was er da zu Ihnen gesagt hat. Als ob er etwas gegen sie in der Hand gehabt hätte.«

»Das«, warf die Mutter dazwischen, »müssen Sie mal nicht so ernst nehmen. Der Theo hat alles und jeden bedroht, wenn es ihm in den Kram gepasst hat. Wahrscheinlich war da gar nichts dahinter, wenn Sie mich fragen. Der war einer von den Hunden, die gern gekläfft haben, bei denen es aber nie zum Beißen gereicht hat.«

»Sehen Sie das auch so?«, wollte der Hauptkommissar mit Blick auf die Witwe wissen, die sofort die Schultern hochzog.

»Kann schon sein, dass meine Mutter recht hat. Es war schon oft so, dass er einfach eine große Klappe hatte und dann einen Rückzieher machen musste. Ob in dem Fall nun was dran war oder nicht, kann ich Ihnen aber beim besten Willen nicht sagen.«

»Kannten Sie den Kollegen Ihres Mannes, der ebenfalls getötet wurde?«

»Den Walter? Walter Kempf? Klar kannte ich den. Mit dem hat Theo schon seit ewigen Zeiten zusammengearbeitet.«

»Bei Secupol, der Wachschutzfirma?«

»Ja. Kennengelernt haben sie sich zwar bei einem anderen Unternehmen, sind aber dann gemeinsam zu Secupol gewechselt, als die in Kassel ihre Niederlassung aufgemacht haben.«

»Wann war das?«

»Was Sie alles wissen wollen«, brummte Ramona Stark

schnaufend, um sich nach einer kurzen Phase des Nachdenkens und des Abzählens mit den Fingern schließlich doch zu einer Antwort hinreißen zu lassen.

»Vor 14 Jahren.«

»So lang haben die beiden gemeinsam bei Secupol gearbeitet?«

Sie nickte.

»Zum Vorarbeiter hat es zwar keiner von ihnen gebracht, obwohl sie immer davon gefaselt haben, wie toll dann alles werden würde, und wie viel mehr Geld sie dann in der Tasche hätten, aber sie wussten vermutlich schon länger, dass es ein Traum bleiben würde.«

»Woran, meinen Sie, lag es, dass die beiden nicht befördert wurden?«

»Sie waren nicht clever genug, das ist der einzige Grund. Pünktlich, zuverlässig, kollegial, das alles, klar, aber am Ende hat es einfach am Grips gemangelt.«

Ihre Stirn wellte sich.

»Auch wenn Ihnen das jetzt hart erscheinen muss, wie ich das sage, aber es ist einfach meine Meinung. Theo ist nie der Held des Denkens gewesen, und schon, als wir geheiratet haben, war ich mir darüber im Klaren.«

»Wie Sie meinen, Frau Stark«, nickte Lenz ernüchtert. »Wissen Sie, wie viel Ihr Mann verdient hat?«

»Klar, immerhin musste er für meinen Unterhalt sorgen. Er hat mit allen Zulagen und Extras knapp 2500,- Euro netto gehabt.«

Erneut ließ der Kommissar den Blick durch das Zimmer gleiten.

»Sie arbeiten nicht?«

»Nee, schon länger nicht mehr.«

»Und Sie sind gut ausgekommen mit dem Geld, als Sie noch zusammen waren?«

»Ach, was glauben Sie denn? Hinten und vorn hat es nicht gereicht, und dann mussten wir uns unbedingt noch diese Bude hier bauen. Der Irrsinn des Jahrhunderts, meiner Meinung nach.«

»Klingt, als hätten Sie das gar nicht gewollt?«

»Genau so ist es auch. Wir hatten eine klasse Wohnung im Haus meiner Mutter, aber Theo wollte partout was Eigenes. So sind wir zu dieser Immobilie gekommen, die ich, wie es aussieht, jetzt am Hacken habe.«

»Müssen Sie noch viel dafür abtragen?«

Sie winkte resigniert ab.

»Fragen Sie besser nicht.«

»Ich hätte«, wandte Hain sich noch einmal an Ramona Stark, »noch eine Frage. Wo hat Ihr Mann in der letzten Zeit gelebt? Gibt es eine Adresse, die Sie uns nennen könnten?«

»Nein, da kann ich Ihnen nicht helfen. Soweit ich weiß, hat er irgendwo eine Tussi gehabt, aber wo und wer genau das gewesen ist, kann ich Ihnen nicht sagen. Und offen gestanden hat es mich auch überhaupt nicht mehr interessiert.«

Sie holte tief Luft, bevor sie weiter sprach.

»Ich hatte mich emotional komplett von diesem Mann, der mich so oft betrogen hat, dass ich irgendwann das Zählen gelassen habe, distanziert, wenn Sie wissen, was ich meine. Er war zwar noch auf der Welt, aber nicht mehr in meiner.«

Lenz und Hain nickten verständnisvoll.

»Wie es immer so kommt«, murmelte der Hauptkommissar, streckte seine rechte Hand nach vorn und verabschiedete sich von den Frauen. Hain beließ es bei einem Kopfnicken.

»Und wenn Ihnen noch etwas einfallen sollte«, setzte der Leiter der Mordkommission hinzu, während er eine Visitenkarte aus der Jacke zog und sie Frau Stark hinhielt, »dann rufen Sie mich einfach an.«

»Das mache ich.«

4

»Manchmal bin ich wirklich froh über das Leben, das ich führen darf«, bemerkte Hain leise, als sie wieder im Wagen saßen.

»Und ich erst«, erwiderte sein Boss gedankenverloren. »Hast du eigentlich Carla schon mal betrogen?«

»Hast du sie nicht mehr alle? Wie kommst du denn darauf?«

»He, he, nun flipp doch nicht gleich aus, Junge. War doch nur eine ganz normale Frage.«

»Es soll eine ganz normale Frage sein, wenn du wissen willst, ob ich meine Frau schon mal beschissen habe? Du spinnst, ehrlich.«

Jeder der Polizisten lehnte sich in seinen Sitz zurück und schwieg eine Weile. Dann griff der Oberkommissar zum Zündschlüssel, ließ den Motor an und regelte die Heizung auf volle Leistung.

»Natürlich habe ich Carla noch nie übers Ohr gehauen«, brummte er schließlich. »Ich bin der glücklichste Mensch auf diesem Planeten, seit ich mit ihr zusammen bin, warum also sollte ich mit einer anderen vögeln?«

»Berechtigte Frage. Darf ich dir anbieten, meine Frage zurückzuziehen?«

»Nö, darfst du nicht, und schon gar nicht, wenn ich sie gerade beantwortet habe. Ich erkläre dir nämlich, dass ich meine Frau noch nie betrogen habe, will aber im Gegenzug von dir wissen, ob du Maria immer treu gewesen bist.«

Lenz sah nach rechts und nickte.

»Immer und mit Haut und Haaren.«

Wieder entstand eine kurze Pause.

»Gut«, grinste Hain nach ein paar weiteren Sekunden des Schweigens, »dann hätten wir das ja geklärt. Immerhin haben unsere Frauen damit bisher weit mehr Glück im Leben gehabt als die frisch gebackene Witwe da im Haus, die obendrein noch ab und an von ihrem Kerl was auf die Schnauze gekriegt hat.«

»Ja, das Leben will einfach nicht zu allen gleich gerecht sein.«

»Stimmt. Aber bei ihrer Mutter könnte auch ich die Gedanken an körperliche Züchtigungen wahrscheinlich nicht ewig unterdrücken.«

Lenz lachte laut auf.

»Du könntest von Glück reden, wenn sie dich am Leben lassen würde, mein Freund.«

Der Oberkommissar fing ebenfalls an zu lachen, legte den Rückwärtsgang ein und rollte zurück auf die Straße.

»Zur nächsten Hinterbliebenenfamilie?«

»Ja, fahr los.«

Die beiden hatten gerade das Ortsschild von Fuldabrück passiert, als das Telefon des Hauptkommissars klingelte.

»Ja, Lenz.«

»Tag, Herr Lenz, hier spricht Pia Ritter.«

»Hallo, Frau Kollegin, was kann ich denn für Sie tun?«

»Wir bearbeiten hier eine recht merkwürdige Sache, Herr Lenz. Es geht um Körperverletzung, und ich weiß auch, dass so was gar nicht Ihre Sache ist, aber der Geschädigte verlangt explizit, mit Ihnen zu sprechen. Mit uns will er einfach nicht reden.«

»Wie, kennt er mich?«

»Das glaube ich nicht, oder wenn, dann eher aus rein beruflichen Gründen. Privat kann ich es mir kaum vorstellen.«

»Aber er verlangt nach mir?«

»Er will nur mit dem Leiter der Mordkommission sprechen und mit sonst niemandem. Und der Leiter der Mordkommission sind nun mal Sie, also bitte ich darum, dass Sie hierher ins Klinikum kommen.«

»Wie geht es dem Mann denn? Hat das vielleicht noch ein wenig Zeit?«

»Er wird innerhalb der nächsten zwei Stunden operiert, also sobald ein OP-Saal für ihn frei ist. Und er macht es wirklich dringend.«

Lenz dachte kurz nach.

»Gut, wir kommen vorbei. Wo finden wir ihn denn?«

Die Polizistin beschrieb ihm den Weg.

»Bis gleich dann.«

»Ja, bis gleich.«

»Was war das denn?«, wollte Hain mit schief gelegtem Kopf wissen. »Privatseelsorge im Dienst?«

»Nee, das nun gerade nicht.«

Der Hauptkommissar erläuterte seinem Kollegen den Teil des Gesprächs, den der nicht hatte hören können.

»Also auf ins Klinikum«, fügte er abschließend hinzu. »Vielleicht haben wir es ja nur mit einem Spinner zu tun, der sich wichtig machen will, und sind in ein paar Minuten durch mit ihm.«

An der Zufahrt zum Klinikum Kassel herrschte Hochbetrieb, vermutlich wegen des noch immer anhaltenden Schneefalls. Hain stellte den Japaner ins Parkhaus, und ein paar Minuten später standen die beiden Polizisten Pia Ritter, der uniformierten Kollegin, gegenüber.

»Schön, dass Sie es gleich einrichten konnten«, wurden sie von ihr begrüßt.

»Na ja, ein bisschen komisch ist die Sache schon, oder?«, erwiderte Lenz und wiegte dabei seinen Kopf von links nach rechts. »Aber wie auch immer, wo ist der Kerl denn nun, den es so unbändig danach drängt, mit mir ins Gespräch zu kommen?«

Pia Ritter deutete auf die Tür hinter ihr.

»Er wird gerade für die Operation vorbereitet. Ich habe mit den Ärzten vereinbart, dass wir, oder besser Sie, kurz mit ihm sprechen dürfen, bevor es losgeht.«

Sie drehte sich um, öffnete vorsichtig die Tür und betrat den kleinen Raum, in dessen Mitte ein einzelnes Krankenbett stand, davor eine Schwester, die dem Patienten gerade eine Venenverweilkanüle am rechten Handgelenk legte.

»Ach, da sind Sie ja«, bemerkte sie freundlich, sprühte einen Strahl Desinfektionsmittel auf einen Tupfer und wischte damit die Einstichstelle ab.

»Bitte nur ganz kurz, die im OP warten nämlich schon auf uns. Und wenn er Ihnen wegpennt, dann lassen Sie ihn bitte schlafen, er ist nämlich schon im Vorbereitungsmodus auf die Operation.« Sie sammelte ein paar Utensilien ein und ließ die Polizisten mit dem Mann im Bett allein, der mit stierem Blick einen Punkt an der Decke fixierte.

»Hallo, Herr Vasquez«, sprach Frau Ritter ihn vorsichtig an. »Der Mann, nach dem Sie verlangt haben, ist jetzt da.«

Sie drehte sich um und wandte sich wieder den Kripobeamten zu. »Sein Name ist übrigens Adolfo Vasquez«, flüsterte sie. »Soweit wir herausgefunden haben, ist er Deutscher, vermutlich mit spanischen oder südamerikanischen Wurzeln.«

»Guten Tag, Herr Vasquez«, begann Lenz betont sachlich und stellte sich vor. »Sie wollten mit mir sprechen. Nun, was kann ich für Sie tun?«

Der Mann im Bett, dessen Kopf dick verbunden war, drehte sich langsam zur Seite. Nun erkannten die beiden Polizisten, dass ihn jemand wirklich übel zugerichtet hatte, denn seine gesamte linke Gesichtshälfte war noch dicker geschwollen und stärker blutunterlaufen als die rechte. Das Auge war komplett verschwunden.

»Madonna, was ist denn mit dem passiert?«, flüsterte Hain Pia Ritter ins Ohr, die nur mit den Schultern zucken konnte.

Lenz beugte sich nun so weit nach unten, dass sein Mund fast das Ohr des Verletzten berührte.

»Herr Vasquez, hören Sie mich?«, fragte er deutlich leiser.

Vasquez Kopf bewegte sich langsam auf und ab.

»Als wir in seiner Wohnung eingetroffen sind, wo sich die Sache vermutlich abgespielt hat, ging es ihm noch eindeutig besser, und sprechen konnte er auch noch ganz gut«, berichtete die junge Polizistin. »Ich bin wirklich erschrocken, wie stark er in der letzten halben Stunde abgebaut hat.«

»Pst«, zischte Lenz, weil der Verletzte zum Sprechen angesetzt hatte.

»Ich bin überfallen worden«, flüsterte er kaum vernehmbar und mit deutlichem Akzent. »Von zwei Männern. Sie hatten diese Schläger aus Amerika, mit denen man gegen den Ball schlägt. Aus Holz.«

Der Hauptkommissar wiederholte, was er gesagt hatte.

»Habe ich Sie richtig verstanden?«

Ein Nicken beantwortete die Frage.

»Wissen Sie, wer die Männer gewesen sind?«

»Nein. Aber sie kamen wegen des Papiers.«

»Wegen des Papiers?«, wiederholte Lenz ungläubig. »Um was für ein Papier handelt es sich?«

»Ich habe es gelesen«, murmelte Vasquez matt. »Ich

habe es gelesen, obwohl ich geschworen hatte, das nicht zu machen. Aber ich hatte einfach Angst.«

»Wovor hatten Sie denn Angst?«

Vasquez gähnte, was ihm offenbar starke Schmerzen bereitete.

»Ich hatte Angst um meinen Freund. Hatte Angst um ihn.«

»Wer ist Ihr Freund? Sagen Sie mir bitte, wen Sie meinen.«

Dem Mann im Bett fielen die Augen zu. Vermutlich war er schon mehr am Schlafen als im Wachzustand. Lenz drehte sich fragend zu seinen Kollegen um, die jedoch jeweils nur mit einer Geste der Hilflosigkeit antworten konnten.

»Sie müssen ihn schützen«, brach es plötzlich lauter als zuvor und sehr energisch aus dem Mund des Misshandelten heraus. »Sie müssen ihn jetzt beschützen, sonst wird er bestimmt sterben. Bitte machen Sie das!«

»Ja, Herr Vasquez, das machen wir. Sie müssten uns dafür nur mitteilen, um wen es sich handelt. Und vielleicht, um welches Papier es geht. Gehört das Papier Ihrem Freund?«

Wieder ein angedeutetes Nicken.

In diesem Augenblick wurde die Tür auf der anderen Seite des Raumes geöffnet, und ein Mann im Arztkittel mit zwei Schwestern im Schlepptau kam herein.

»Was ist denn hier los?«, wollte er nach einem kurzen Blick in die Runde aufgebracht wissen. »Der Mann ist sehr schwer verletzt und muss unbedingt auf der Stelle in den OP. Also bitte, verlassen Sie sofort dieses Zimmer!«

»Wir sind von …«

»Und wenn Sie von der Heiligen Inquisition wären, es würde mich nicht scheren«, fuhr er in Hains Erklärungsversuch. »Also raus hier, und zwar auf der Stelle!«

Er nickte den Schwestern zu, die ihn augenscheinlich sofort verstanden und die drei Polizisten in Richtung Tür drängten.

»Bitte, Sie haben gehört, was Doktor Bornschlegel gesagt hat.«

»Nur noch eine Frage, bitte«, flehte Lenz, doch der Blick des Arztes war unerbittlich.

»Gehen …«, wollte er eine weitere Aufforderung an die kleine Gruppe richten, wurde jedoch von dem Mann im Bett unterbrochen, der sich kurz aufbäumte.

»Sie müssen meinen Freund Theo Stark beschützen«, schrie er den Beamten hinterher. »Und Sie müssen die Flu…«

Damit sank er zurück auf das Laken und bewegte sich nicht mehr.

*

»Was hat es mit diesem Theo Stark auf sich?«, wollte Pia Ritter von ihren zutiefst irritiert wirkenden Kollegen wissen, als die drei auf dem Flur angekommen waren. »Kennen Sie ihn?«

Hain beschrieb der Polizistin kurz, was sich im Lauf der vergangenen Nacht irgendwo in Thüringen zugetragen hatte.

»Ach du meine Güte. Dann ist die Sache vermutlich viel brenzliger, als es nach dem ersten Anschein gewirkt hat.«

»Das ist durchaus möglich, ja«, bestätigte Lenz. »Und als Erstes müssen wir herausfinden, in welchem Verhältnis Stark und dieser Vasquez gestanden haben. Wissen Sie, was oder wo er arbeitet?«

»Nein, darüber habe ich keine Informationen.«

»Gut, dann werden wir es herausfinden. Vielleicht ist er ja auch bei dieser Firma Secupol beschäftigt wie die beiden Getöteten von letzter Nacht. Und es ist wichtig, zu erfahren, von welchem Papier er gesprochen hat, doch dazu müssen wir warten, bis er aus der Narkose aufgewacht und vernehmungsfähig ist. Aber wie es sich jetzt darstellt, könnten Theo Stark und Walter Kempf wegen dieses Papiers ihr Leben verloren haben.«

Er warf Pia Ritter einen aufmunternden Blick zu.

»Sie, Frau Ritter, sorgen dafür, dass der Mann bewacht wird. Ich will, dass rund um die Uhr zwei Kollegen für seine Sicherheit sorgen. Niemand darf zu ihm, bevor wir nicht mit ihm gesprochen haben, und danach nur Leute, die er kennt und ausdrücklich sehen will. Klar?«

»Ja, alles klar.«

»Wo ist die Sache eigentlich passiert?«, wollte Hain von der jungen Polizistin wissen.

»In seiner Wohnung.«

»Zeugen?«

»Nein. Wir haben an jeder Tür auf der Etage geklingelt, aber entweder hat niemand was gesehen oder gehört, oder es war gleich gar niemand zu Hause. Kann man ja verstehen, immerhin ist es am helllichten Tag passiert, und da sind die meisten Leute nun mal auf der Arbeit.«

Sie nickte den Kripobeamten zu und wandte sich zum Gehen.

»Ich kümmere mich dann mal darum, dass das mit der Bewachung geregelt wird.«

»Und wir, Thilo, fahren bei dieser Sicherheitsfirma vorbei«, ergänzte Lenz.

»Dann los.«

S E C U P O L prangte in Großbuchstaben über dem offen stehenden Rolltor, und auf dem Hof dahinter lag der Schnee etwa 25 Zentimeter hoch. Links an der Hauswand standen mehrere schwere Limousinen, allesamt schwarz, allesamt mit viel Schnickschnack zurechtgemacht. Direkt neben der doppelflügeligen Eingangstür parkte ein riesiger amerikanischer Pick-up-Geländewagen, auf dem die Kripobeamten im Vorübergehen die Bezeichnung Silverado lesen konnten. Hain zog an der Tür, die jedoch verschlossen war, und drückte danach auf die einzige sichtbare Klingel, der jedoch kein Name zugeordnet war.

Wer hierher kommt, weiß wohl, was und wen er sucht, fiel ihm mit Blick auf den einsamen verblichenen Knopf ein.

Noch bevor einer der beiden etwas dazu sagen konnte, tauchte hinter der Glasscheibe ein vierschrötiger, mit Lederhose und -weste bekleideter Mann auf, dessen Bandana auf dem Kopf die gleiche Farbe hatte wie alles andere, das er trug, nämlich schwarz.

»Wir geben heute keine Auskünfte. Und jetzt schleicht euch.«

Als die beiden Männer hinter der Tür keine Anstalten machten, seiner Aufforderung Folge zu leisten, verschränkte er seine muskelbepackten Arme vor der Brust und fing an zu grinsen.

»Ihr beiden Schießbudenfiguren braucht wohl eine Spezialeinladung, was?«

Hain grinste feist zurück, griff in die Jacke und klatschte seinen Dienstausweis an die Scheibe.

»Vielleicht gibt es für ganz besondere Fragesteller ja doch Auskünfte. Heute.«

Der Muskelmann starrte ein paar Sekunden auf die kleine Karte vor seinen Augen und ließ danach die Arme sinken.

»Moment«, brummte er und verschwand dort, wo er hergekommen war.

Kurz darauf tauchte er mit einem Mann im Schlepptau auf, der den Polizisten ohne jegliches Zögern die Tür öffnete.

»Heiner Wehmeyer, ich bin der Geschäftsführer von Secupol«, flötete er. »Verzeihen Sie, dass Sie warten mussten, meine Herren, aber bei uns geht es heute zu wie im Taubenschlag. Bitte kommen Sie nur herein.«

Sein Blick traf den neben der Tür stehenden Bodybuilder wie eine Sense, während er den Besuchern die Hände schüttelte.

»Danke, Marc, das war alles.«

»Warum genau ist denn bei Ihnen heute so viel Betrieb?«, wollte Hain wissen, nachdem sie in Wehmeyers Büro Platz genommen hatten, einem protzigen hellen Raum mit einem riesigen Schreibtisch in der Mitte und einem geschmacklos wirkenden, schweren Telefon aus den 30er Jahren des vorigen Jahrhunderts darauf.

»Ich dachte, das sei der Grund Ihres Besuches?«, sah der Chef der Sicherheitsfirma irritiert von einem seiner Gäste zum anderen. »Ich dachte, es geht um die Sache von gestern Abend. Die Sache an der Tür des *Beastie*. Der Discothek.«

»Was ist dort passiert?«

»Ach, ein Gast wollte den Anweisungen des Türstehers nicht Folge leisten, was dazu geführt hat, dass er, na ja, sagen wir mal, ein paar Schürfwunden davongetragen hat. Und weil er zuerst zur Polizei und danach zur Presse gegangen ist, dachte mein Mitarbeiter, Sie seien ebenfalls von den Medien. Und zu diesem Fall werden wir, nach Maßgabe unserer Rechtsabteilung, bis auf Weiteres nichts sagen.«

»Hui«, zeigte der Oberkommissar sich beeindruckt, »eine eigene Rechtsabteilung haben Sie?«

Falls Wehmeyer die beißende Ironie in den Worten des Polizisten wahrgenommen haben sollte, so ließ er es sich zumindest nicht anmerken.

»Ja, natürlich, wir beschäftigen einen eigenen Rechtsbeistand. Das ist für eine Security-Company unserer Größe, ich will mal sagen, geradezu eine Pflichtübung.«

Sein Blick wanderte erneut zwischen den beiden Kriminalbeamten hin und her.

»Aber wenn ich Sie richtig verstanden habe, sind Sie gar nicht wegen dieser Sache hier, oder? Was also kann ich für Sie tun?«

»Es geht um Theo Stark und Walter Kempf, Herr Wehmeyer«, kam Lenz zum eigentlichen Grund ihres Besuchs. »Unsere Informationen besagen, dass die beiden für Ihr Unternehmen gearbeitet haben.«

»Ja, das stimmt«, bestätigte er. »Ganz üble Sache, die da draußen passiert ist. Aber soweit ich es heute Morgen am Telefon verstanden habe, ist die Jenaer Polizei dafür zuständig.«

»Nicht ausschließlich. Immerhin handelt es sich um einen Doppelmord, und die beiden stammen aus der Gegend um Kassel. Die Kollegen in Jena ermitteln dort, wir hier.«

»Ach so, das wusste ich nicht.«

»Können Sie sich vorstellen, warum jemand die beiden umgebracht haben könnte?«

»Um Gottes willen, nein! Wie kommen Sie denn darauf?«

»Nun, immerhin sind die beiden während der Arbeitszeit getötet worden. Da liegt die Frage schon nah, ob es eine Verbindung zwischen ihrem Tod und dem Arbeitsauftrag, den sie hatten, gibt.«

»Aber ich bitte Sie, meine Herren, das eine hat doch mit dem anderen überhaupt nichts zu tun. Wenn Sie mich fragen, und das habe ich auch den Kollegen von Ihnen aus Jena erzählt, die heute Morgen hier angerufen haben, ging es dabei um einen ganz profanen Diebstahl, der aus dem Ruder gelaufen ist. Sie glauben ja gar nicht, zu was diese bulgarischen oder rumänischen Diebesbanden mittlerweile fähig sind. Es ist nicht das erste Mal, dass Mitarbeiter einer Wachschutzfirma von denen umgebracht wurden, nachdem sie beim Klauen erwischt worden sind.«

»Können Sie uns mit ein paar einfachen Worten beschreiben, was genau die beiden gemacht haben?«

»Natürlich. Da draußen wird ein Teilstück einer neuen

Schnellbahntrasse gebaut. Eine ICE-Strecke«, fügte der Boss von Secupol hinzu, nachdem er die fragenden Blicke der Kommissare richtig gedeutet hatte.

»Das ist eine riesige Baustelle mit Tunneln und allem Pipapo. So etwas muss rund um die Uhr bewacht werden, damit dort alles mit rechten Dingen zugeht. Speziell nachts braucht es immer wieder Streifenfahrten, damit nicht das Kupfer und die anderen wertvollen Dinge auf Nimmerwiedersehen verschwinden. Stark und Kempf haben seit Eröffnung der Baustelle dort Dienst getan, im Wechsel mit zwei anderen Mitarbeitern.«

»Also die einen tagsüber, die anderen in der Nacht?«

»Nein, das nicht. Den Auftrag für die Tagesüberwachung hatte sich ein anderes Unternehmen geangelt, wir waren leider nur für die Sicherung der Baustelle in der Nacht zuständig. Demzufolge haben Kempf und Stark zwölf Nächte am Stück dort Dienst geschoben, danach die beiden anderen Kollegen zwölf Nächte. Immer im Wechsel.«

»Also zwölf Tage Nachtschicht, danach zwölf Tage frei, verstehe ich das richtig?«

»So ungefähr muss man sich das vorstellen, ja.«

»Was meinen Sie mit *so ungefähr muss man sich das vorstellen*?«, hakte der Hauptkommissar nach.

»Nun, wenn man nur rund 15 Tage im Monat Dienst schiebt, kommt man nicht auf seine notwendigen Stunden. Also macht jeder, der in diesem Rhythmus arbeitet, noch ein paar Tage oder Nächte innerhalb der Freischicht. Ist aber eigentlich alles ganz normal und vor allem legal so.«

»Aha«, zeigte Lenz sich zufrieden mit der Erklärung. »Und die Bahn ist demnach Ihr Auftraggeber?«

»Aber nein, wo denken Sie hin. Die Bahn vergibt Aufträge an Bauunternehmungen, und die beauftragen wiederum Firmen wie uns. Die Bahn selbst würde das im Übrigen mit eigenem Personal bedienen.«

»Wie lang besteht die Baustelle schon, und wie lang wird sie noch laufen?«

»Eingerichtet wurde sie vor etwa eineinhalb Jahren, und wie es mit dem Ende aussieht, darüber kann ich derzeit eigentlich gar keine Aussage treffen. Sie wissen ja, wie es auf deutschen Baustellen gern mal zugeht, und wie sicher Termine in dem Zusammenhang sind.«

»Und Herr Stark und Herr Kempf«, wollte Hain wissen, »haben schon länger für Sie gearbeitet?«

»Ja klar, die beiden gehörten praktisch zum Inventar. Männer der ersten Stunde, sozusagen.«

»Dann kannten Sie die beiden auch schon ziemlich lang?«

»Aber ja.«

Der Oberkommissar wartete ein paar Sekunden, bevor er weitersprach.

»Wenn dem tatsächlich so ist, Herr Wehmeyer, und daran zweifle ich natürlich nicht, dann wirkt es auf mich, verzeihen Sie mir den Ausdruck, als ob Ihnen der Tod Ihrer beiden Mitarbeiter ganz mächtig am Arsch vorbei ginge. So richtig traurig wirken Sie nicht auf mich, ganz im Gegenteil.«

Der Mann hinter dem Schreibtisch blinzelte unschlüssig, wackelte dabei leicht mit dem Kopf, schluckte sichtbar und lief dann puterrot an.

»Was erlauben Sie sich?«, echauffierte er sich schließlich polternd. »Was maßen Sie sich an, über meine Art der Trauer zu richten? Ich habe zwei meiner Mitarbeiter verloren, noch dazu durch ein Gewaltverbrechen, das ist richtig, aber wie ich das verarbeite, müssen Sie schon mir überlassen. Und im Übrigen bin ich weder mit Theo Stark noch mit Walter Kempf verheiratet gewesen. Sie waren in meinem Unternehmen angestellt, das ist alles.«

Lenz hob beschwichtigend den Arm und setzte dabei sein charmantestes *Guter-Bulle*-Gesicht auf.

»Mein Kollege wollte Sie keinesfalls angreifen, Herr Wehmeyer. Sie haben natürlich absolut recht damit, dass Sie trauern können, wie es Ihnen beliebt.«

»Das will ich aber auch meinen«, gab der Sicherheitsmann mit der großen Geste des zutiefst Gekränkten zurück. »Das will ich meinen.«

»Wie viele Mitarbeiter insgesamt hat Ihr Unternehmen?«, lenkte der Hauptkommissar das Gespräch wieder in eine andere Richtung.

»Inklusive aller Teilzeitkräfte beschäftigen wir roundabout 180 Leute. Da sind aber auch die Bürokräfte und so weiter dabei.«

»Nicht zu vergessen die Rechtsabteilung«, ätzte Hain.

»Die ist da natürlich auch dabei«, brummte Wehmeyer.

»Ich kann mir vorstellen«, hakte Lenz nach, »dass ein Unternehmen wie das Ihre ganz schön im Fokus steht. Und dass es hin und wieder auch mal Ärger gibt, so wie es wohl gestern Abend in dieser Diskothek der Fall gewesen ist.«

Ein angedeutetes Nicken des Security-Unternehmers musste als knappe Antwort reichen.

»Gab es vielleicht auch einen solchen Vorfall, der die Herren Kempf und Stark oder einen der beiden betroffen hätte?«

Wehmeyer tat, als würde er ein paar Augenblicke lang nachdenken.

»Nicht, dass ich wüsste«, antwortete er. »Vielleicht habe ich es auch vergessen, aber ich kann mich an keinen solchen Vorfall erinnern.«

»Gab es irgendwelche Probleme auf der Baustelle in Thüringen? Mit Kollegen oder Mitarbeitern anderer Firmen?«

»Auch da ist mir nichts bekannt. Die beiden sind hingefahren, haben ihre Schichten gemacht, und sind nach Kassel zurückgekehrt. Sonst gab es keine besonderen Vorkommnisse.«

»Eine Frage hätte ich auch noch, Herr Wehmeyer«, meldete Hain sich wieder zu Wort. »Gibt es in Ihrem Unternehmen Mitarbeiter, die auch Mitglied bei den Black Crows sind?«

»Der Rockergruppe?«

»Wenn Sie es so nennen wollen, von mir aus.«

»Nein, das kann ich mir nicht vorstellen. Ich kenne zwar nicht alle unsere Mitarbeiter so gut, dass ich meine Hand für sie ins Feuer legen würde, aber ich weiß von keinem, der außerhalb der Arbeit eine Kutte trägt.«

Nun schien er wirklich nachzudenken.

»Natürlich fahren viele in ihrer Freizeit Motorrad, aber das an sich heißt noch nichts. Ich werde mich gern umhören, aber große Hoffnungen kann ich Ihnen nicht machen.«

Wieder ein paar Sekunden des Innehaltens.

»Im Übrigen weiß ich wirklich nicht, wie ich mit solch einem Verhalten umgehen würde. Immerhin stehen viele dieser Clubs im Verdacht, sich in der organisierten Kriminalität zu betätigen, und das ließe sich nun ganz und gar nicht mit unserer Firmenphilosophie und den in meinem Unternehmen gelebten Werten vereinbaren.«

»Gibt es bei Ihnen einen Mitarbeiter mit Namen Adolfo Vasquez, Herr Wehmeyer?«, wollte Lenz wissen.

»Den gab es mal bei uns, aber das ist schon eine ganze Weile her. Warum fragen Sie?«

»Wir sind im Rahmen unserer Ermittlungen auf seinen Namen gestoßen.«

»Dann wissen Sie ja vermutlich bereits, um was für einen Zeitgenossen es sich bei ihm handelt?«

»Nein, leider nicht. Aber Sie können uns vermutlich weiterhelfen, nicht wahr?«

»Das kann ich, ja. Herr Vasquez hat etwa vier Jahre für uns gearbeitet und es sogar bis zum Teamleiter gebracht, bis wir feststellen mussten, dass er es mit der Ehrlichkeit leider nicht so genau genommen hat. Also haben wir ihm so etwas wie eine Falle gestellt, in die er auch prompt hineingetappt ist. Damit war er natürlich raus bei uns.«

»Wann war das?«

Der Blick des Mannes hinter dem Schreibtisch fixierte einen Punkt an der Decke, während er nachdachte.

»Die Geschichte ist im Sommer fünf Jahre her.«

»War«, mischte Hain sich wieder ein, »Herr Vasquez der Teamleiter von Stark und Kempf?«

Wieder der angestrengte Blick an die Decke.

»Puh, da fragen Sie mich was. Wir könnten es anhand von alten Unterlagen bestimmt noch herausfinden, aber so ad hoc kann ich Ihnen das nicht beantworten.«

»Wenn Sie das machen könnten, wären wir Ihnen sehr dankbar«, erwiderte Hain zuckersüß. »Und wenn die beiden Toten hier einen Spind oder einen Schrank hatten, den sie benutzten, würden wir uns den auch gern mal ansehen.«

»Nein, Stark und Kempf hatten hier im Betrieb keinen Spind. Auf der Baustelle sicher, aber hier in Kassel nicht.«

»Waren die beiden bewaffnet?«, fragte Lenz.

»Nein, Bewaffnung ist bei dieser Art von Wachschutz nicht vorgesehen. Bei den wenigsten unserer Aufträge ist das übrigens der Fall, höchstens bei Personenschutz und Ähnlichem.«

»Nun, damit wären fürs Erste alle unsere Fragen beantwortet«, fasste der Hauptkommissar das Gespräch zusammen und reichte eine Visitenkarte über die Holzplatte. »Sie lassen uns bitte wissen, ob Vasquez der Teamleiter der beiden war, und wenn Ihnen sonst noch etwas einfällt, können Sie mich ebenfalls anrufen.«

»Selbstverständlich, Herr Kommissar.«

5

Thomas Blatter warf noch einen Blick auf den vor ihm liegenden Zettel, bevor er aufstand und um den Schreibtisch herum zur Bürotür ging. Der 55-jährige Kasseler Rechtsanwalt zog die schwere gläserne Abtrennung zum Flur nach innen und hatte kurz darauf das an der linken Seite liegende Wartezimmer erreicht. Der dort mit einer Illustrierten in den Händen wartende Mann grinste ihn an, sprang auf, griff mit seiner kräftigen Rechten nach dem zarten manikürten Gegenstück des Strafverteidigers und drückte es kraftvoll.

»Mensch, Thomas, was tut das gut, dich wieder hier besuchen zu können«, strahlte er.

Blatter nickte stumm, löste seine Hand aus der Umklammerung und fing ebenfalls an zu lächeln.

»Ja, das finde ich auch. Wobei die Freude bei dir allerdings deutlich höher sein dürfte als bei mir.«

Er deutete mit dem Kopf an, dass sein Gast ihm folgen solle.

»Knapp acht Monate«, begann der Jurist, nachdem beide in der Sitzecke des Büros Platz genommen hatten. »Wie war es?«

»Ein Mädchenpensionat ist es nicht gerade, wie du dir bestimmt denken kannst. Aber wenn man von dort kommt, wo ich herkomme, hat man es nicht sonderlich schwer. Es hat sich wohl gleich rumgesprochen, dass mit mir nicht zu spaßen ist, und die meisten haben sich das auch zu Herzen genommen. Die anderen haben eine kleine Lektion gekriegt, dann hat alles gepasst.«

»Also gab es schon Schwierigkeiten?«

Andreas Blatter, der Besucher, fing laut an zu lachen, breitete zufrieden die Arme aus und wies damit auf seinen beeindruckenden Körper.

»Ein Russe wollte unbedingt Stress machen, aber wie du siehst und dir vermutlich ausmalen kannst, hat es ihm mehr geschadet als mir.«

Seine Züge verhärteten sich.

»Was mir aber ganz und gar nicht gefallen hat, ist, dass mein Herr Bruder sich nicht ein einziges Mal bei mir hat blicken lassen.«

Er verengte die Augen zu engen, bedrohlich wirkenden Schlitzen.

»Es hat mir, um es mal ganz deutlich zu sagen, so was von überhaupt nicht gefallen, dass mein glorreicher Herr Bruder immer nur seine Vasallen geschickt hat, sein Fußvolk sozusagen, wo doch eine Premiumfürsorge so sehr von Nöten gewesen wäre.«

Thomas Blatter schluckte.

»Du musst das verstehen, Andreas. Ich betreibe diese Kanzlei nicht allein, und schon in den vergangenen Jahren bin ich immer wieder schief angesehen und auch angefeindet worden dafür, dass ich dir und deinen Leuten geholfen und dich und sie vertreten habe. Diesmal wäre es zum Äußersten gekommen, wenn ich es selbst gemacht hätte.«

Der Jurist wischte sich die Handinnenflächen an den teuren Designerjeans ab.

»Deshalb musste ich den Fall an diesen befreundeten Kollegen abgeben.«

Er zögerte.

»Hier in der Kanzlei kann ich es nicht mehr durchsetzen, wenn du verstehst, was ich meine.«

»Nö«, grinste Andreas Blatter, »ich verstehe gar nichts. Nicht die Bohne, sozusagen.«

»Ich habe mit meinen Sozien die Übereinkunft treffen müssen, dass ich dich und deine Freunde nicht mehr vertrete. Es … schadet einfach dem Ruf der Kanzlei zu sehr.«

»Klar, verstehe. Der Umgang mit mir und meinen Leuten ist nicht mehr so richtig en vogue.«

»Mensch, Andreas, du musst das doch verstehen. Ich habe in manchen Jahren das meiste meiner Arbeit in der Kanzlei für euch gemacht und nie einen Pfennig dafür gesehen. Und da wir hier nun mal die Einnahmen pro Kopf verteilen, sind meine Kollegen einfach auf die Barrikaden gegangen.«

Auf dem blütenweißen Hemd des Juristen zeigte sich ein kleiner, dunkler Fleck. Offenbar transpirierte er stark.

»Ganz abgesehen davon, dass ihr es in der letzten Zeit wirklich ziemlich arg getrieben habt. Zu arg, wenn du mich fragst.«

»Was für ein Glück, *dass* ich dich nicht frage, Bruderherz«, erwiderte Andreas Blatter herablassend. »Und was für ein Glück auch, speziell für dich, dass ich deinen ach so hoch geschätzten Sozien nicht erkläre, aus was genau meine und unsere Gegenleistung in diesen Jahren eigentlich bestand.«

Ein erneutes, deutlich zu erkennendes Schlucken auf der anderen Seite.

»Ich weiß, dass du immer für mich da warst, Andreas, aber es geht einfach nicht mehr, und ich bitte dich, das zu akzeptieren. Ich bitte dich wirklich inständig, weil ich sonst mit den Kollegen riesengroßen Ärger bekomme.«

Er winkte ab.

»Wobei ich den schon mehr als genug habe. Und von meinem Renommee als Jurist will ich dabei noch gar nicht mal sprechen.«

»Mensch, Thomas«, verfiel der jüngere der beiden Blatter-Brüder wieder in den Plauderton, »scheiß doch auf das Renommee, dafür kann man sich nichts kaufen. Du solltest dir mal überlegen, auf welcher Stufe dein Renommee angekommen ist, wenn deine Kollegen und mit ihnen die gesamte Stadt erfahren, was sich hinter dem erfolgreichen, alerten und geölten Starjuristen Thomas Blatter in Wirklichkeit für ein Mensch verbirgt.«

Seine Mimik gefror zu einem Haifischgrinsen.

»Wenn diese Leute erfahren, was für eine fiese, kleine Drecksau du in Wirklichkeit bist. Wenn sie erfahren, dass du in deiner Freizeit …«

»Bitte hör auf damit, Andreas«, bat der Jurist fast flehend. »Bitte mach das nicht.«

»Ich will das nicht machen, Bruderherz, absolut nicht. Aber wenn du es darauf anlegst, und so scheint es mir jetzt wirklich, was hab ich denn dann noch für eine Möglichkeit? Soll ich auf Jahre in den Knast marschieren, nur weil du es nicht geschafft hast, dich gegen deine verdammten Kanzleikumpels durchzusetzen?«

»Du wirst nicht ins Gefängnis müssen, das verspreche ich dir. Ich werde alles in meiner Macht Stehende tun, damit das nicht passiert.«

»Ach ja, das versprichst du mir unter Zuhilfenahme dieser juristischen Laienspieltruppe, die du mir in die U-Haft geschickt hast? Diese Arschgeigen, diese blutigen Anfänger sollen dafür sorgen, dass mir der Knast erspart bleibt? Das kann nun wirklich nicht dein Ernst sein.«

»Auch wenn es sich bei ihnen um recht junge Kollegen handelt, so sind sie doch schon sehr erfahrene Strafverteidiger. Einer von ihnen hat immerhin letztes Jahr …«

»Es interessiert mich nicht, was diese wachsweichen Typen letztes Jahr für einen verschissenen Fall gewonnen oder noch verschisseneren juristischen Preis gewonnen haben. Ich will von ihnen keinen bei meinem Prozess sehen, und das ist auch nicht verhandelbar. Hast du das verstanden?«

Thomas Blatter nickte stumm.

»Aber ich kann es auch nicht machen, Andreas. Ich kann es nicht, weil es meine Existenz bedrohen und vermutlich sogar zerstören würde.«

»Warte, warte, Bruderherz, das kommt mir irgendwie alles so bekannt vor.«

Der frisch aus der U-Haft Entlassene beugte sich nach vorn und ahmte dabei die Bewegungen und den Tonfall seines Bruders nach.

»Andy, ich schaffe das nicht mehr«, flötete er mit hoher Stimme. »Wenn dieser Rotzlöffel tatsächlich auspackt über sich und mich, dann bin ich total geliefert, dann kann ich wirklich einpacken. Bitte Andy, du musst mir helfen.«

»Nein, bitte …«

»Dieses Schwein hat Fotos gemacht von uns, beim …, du weißt schon. Wenn diese Bilder an die Öffentlichkeit kommen, kann ich mir einen Strick nehmen, Andy!«

Wieder fing der jüngere Blatter an zu grinsen.

»Und dabei sollten wir auf gar keinen Fall vergessen oder unterschlagen, dass es sich bei dem *Rotzlöffel*, wie du ihn damals bezeichnet hast, um einen Dreizehn- oder Vierzehnjährigen gehandelt hat. Einen Dreizehnjährigen, dem du deinen verdammten Schwanz in den Arsch gerammt hast, Bruderherz.«

Die letzten Worte hatte er mit abfälliger Schärfe in den Raum gebrüllt.

»Bitte Andreas, nicht so laut«, flehte Thomas Blatter. »Das war doch ein Stricher, und ich wusste nicht mal, dass er erst … dass er so jung gewesen ist.«

»Gut, dann halt leiser. So leise, dass besser niemand mitbekommt, dass ich es war, der dir dieses Problem vom Hals geschafft hat. Dass ich es war, der dir sowohl die Fotos beschafft, als auch den Jungen dazu überredet hat, sein kleines Maul in Bezug auf dich besser ein für alle Mal zu halten, dass ich das mit einer Baseballkeule in der Hand gemacht habe, und dass der arme Kerl danach wieder mühsam das Laufen lernen musste. Nicht zu vergessen die vielen Zähne, die er neu brauchte.«

»Ja, ich weiß …«

»Und, habe ich dir damals Vorwürfe gemacht? Hab ich auch nur einen Moment gezögert, als es darum ging, dir zu helfen?«

Die Stimme des Rechtsanwalts war kaum noch hörbar, als er antwortete.

»Nein, Andreas.«

»Und das war ja beileibe kein Einzelfall, wenn ich mich recht erinnere.«

»Nein, auch da hast du recht.«

»Und es ist trotzdem so, dass du mir nun die Hilfe verweigern willst? Dass du es zulassen willst, dass mich die böse, böse Staatsmacht ins Gefängnis stecken wird?«

»Nein, das will ich nicht. Ich werde einen Weg finden, wie ich dir helfen kann.«

Der Jurist hob den Kopf, wobei sein Blick nun etwas Linkisches hatte.

»Was ist eigentlich aus dem Tatzeugen geworden? Hast du nicht vorgehabt, in dieser Richtung etwas zu unternehmen?«

»Jesus, dieser Scheißbulle lebt immerhin in Österreich. Meine Jungs haben zwar mittlerweile herausbekommen, wo in etwa der Wichser zu finden ist, aber unternommen haben sie noch nichts.«

»Wenn der Mann nicht zum Prozess erscheint, bist du alle Sorgen los, das weißt du schon.«

»Na, da braucht es keinen Strategen wie dich, mir das klar zu machen. Aber es ist nicht so leicht, wie du vielleicht glaubst, in einem anderen Land einen Zeugen dazu anzuhalten, sich eine Aussage anders zu überlegen. In Kassel oder der Umgebung hat das, wie du dich sicher erinnern kannst, immer gut geklappt, aber bei einem österreichischen Bullen liegen die Dinge nun mal etwas anders. Wir arbeiten daran, aber bis jetzt ist noch nichts entschieden.«

Andreas Blatter stand abrupt auf, drehte sich um, und stapfte Richtung Tür. »Also kann ich davon ausgehen, dass der Fall Andreas Blatter demnächst auf deinem Schreibtisch liegt?«, fragte er mit drohendem Unterton.

»Ich werde sehen, was ich tun kann.«

»Das ist hoffentlich ein Ja.«

»Das ist … ein Ja, selbstverständlich.«

Andreas Blatter warf seinem Bruder noch einen kurzen Blick zu, in dem sich so etwas wie eine Warnung versteckte.

»Dann bis zum nächsten Mal, Bruderherz. Und lass dich nicht wieder mit Leuten ein, die dir Böses wollen. Tschüss.«

Damit schob er seinen massigen Körper durch die milchige Glastür und verschwand. Seine Schritte waren auf dem gewachsten Parkett noch ein paar Sekunden lang zu hören, dann war wieder Stille.

Thomas Blatter schloss die Augen, holte tief Luft und ging langsam zu seinem Schreibtischstuhl, wo er sich hinsetzte und erneut tief einatmete. Dann griff er zu dem weißen Blatt, das auf der polierten Schreibtischplatte lag, drehte es um und las die wenigen Worte, die darauf geschrieben standen.

Letzte Warnung! Nicht mit diesen Leuten.

Darunter die Unterschriften seiner beiden Sozien.

Er ließ das Blatt langsam auf den Tisch gleiten, lehnte sich in seinen Stuhl zurück und fing leise an zu weinen.

6

Zwischen Kassel und dem Lohfeldener Ortsteil Vollmarshausen lag an normalen Tagen nicht mehr als eine Viertelstunde Fahrzeit, an diesem unwirtlichen, verschneiten Wintertag jedoch dauerte die Fahrt mehr als doppelt so lang. Dann stellte Hain den Kombi vor einem sehr gepflegt wirkenden, hell verputzten Haus inmitten einer Siedlung anderer gepflegter Häuser ab.

»Wenigstens hat es bei ihm für den Putz gereicht«, murmelte er beim Aussteigen.

»Ja«, stimmte sein Boss zu, nachdem er die Autotür ins Schloss geworfen hatte, »das sieht alles schon ein wenig gediegener aus.«

Auch die etwa 45-jährige schlanke Frau, die den Beamten etwas später die Tür öffnete, erschien auf den ersten Blick deutlich seriöser als die etwas grelle Ramona Stark. Ihr Gesicht war zwar verheult und gerötet, doch ihr gesamter Auftritt wirkte trotzdem sehr bodenständig.

»Ja bitte?«, fragte sie mit leiser Stimme.

Lenz stellte sich und seinen Kollegen vor.

»Sind Sie Frau Kempf, die Frau von Walter Kempf?«

»Ja, ich bin Elisabeth Kempf.«

»Wir würden Ihnen gern ein paar Fragen stellen, Frau Kempf. Meinen Sie, das geht?«

»Haben Sie seinen Mörder gefasst?«, fragte sie zurück.

»Nein, leider noch nicht. Aber weil wir das gern so

schnell wie möglich tun würden, benötigen wir alle Informationen über das Mordopfer.«

Sie dachte ein paar Sekunden nach, trat zur Seite und bat die Polizisten ins Haus.

»Ist es Ihnen lieber, wenn wir die Schuhe ausziehen?«

»Nein, lassen Sie mal. Wir … ich habe zwei Jungs, die achten da überhaupt nicht drauf. Also kommt es auf ein paar Schuhabdrücke mehr oder weniger wirklich nicht an.«

Mit hängendem Kopf öffnete sie die Wohnzimmertür und wies mit der rechten Hand auf eine Sitzgruppe.

»Bitte nehmen Sie Platz. Möchten Sie vielleicht eine Tasse Kaffee? Ich habe gerade frischen gemacht. Oder vielleicht lieber einen Tee?«

»Das ist sehr freundlich von Ihnen«, erwiderte Lenz höflich, »aber nein danke, wir brauchen nichts.«

Frau Kempf zog sich einen Sessel heran und ließ sich darauf nieder.

»Ich muss Sie vorsorglich um Entschuldigung bitten, aber manchmal kann ich die Tränen einfach nicht unterdrücken. Das geht schon den ganzen Morgen so, seit Ihre Kollegen mich über Walters Tod informiert haben.«

»Wann war das genau?«

»Um kurz vor acht. Ich wollte gerade los zur Arbeit, als es schellte.«

Sie wischte sich mit dem Papiertaschentuch in ihrer Hand nacheinander über beide Augen.

»Die Jungs waren zum Glück schon auf dem Weg zur Schule.«

»Dann wissen die beiden also noch gar nichts vom … Tod ihres Vaters?«

»Nein. Ich werde es ihnen erzählen, wenn sie heimkommen. Heute haben sie acht Stunden, da ist es nicht vor halb vier.«

»Ihr Mann hat hier bei Ihnen und den Kindern gelebt, Frau Kempf?«

»Selbstverständlich«, gab sie mit weit aufgerissenen Augen zurück, wobei das Taschentuch wieder die Augen umkreiste. »Walter und ich sind seit 22 Jahren verheiratet und waren immer sehr glücklich miteinander. Natürlich haben wir alle zusammen hier gewohnt.«

»Aber Ihr Mann war viel unterwegs, oder?«

Sie schluckte.

»Ja, Walter ist viel unterwegs gewesen. Das war nicht immer einfach, aber wir haben es eigentlich ganz gut hinbekommen.«

Ihre Augen wurden feucht.

»Und jetzt ist er ermordet worden. Ich kann es einfach nicht fassen, dass er nie mehr nach Hause kommen wird.«

»Hatte Ihr Mann Feinde, von denen Sie wissen?«, fragte Hain, der wieder seinen aufgeklappten Notizblock in der Hand hielt.

»Feinde? Nein, Walter hatte keine Feinde. Natürlich kann man nicht mit jedem gut auskommen, aber richtige Feinde hatte er nicht.«

Sie zögerte.

»Und ich weigere mich auch zu glauben«, schluchzte die Frau mit den dunklen Haaren, »dass der Mord etwas mit ihm persönlich zu tun hat. Wenn Sie mich fragen, ist er einfach zur falschen Zeit am falschen Ort gewesen, und das ist ihm zum Verhängnis geworden.«

»Wie meinen Sie das?«, fragten die beiden Polizisten wie aus einer Kehle.

Es dauerte eine Weile, bis Elisabeth Kempf sich wieder so weit unter Kontrolle hatte, dass sie sprechen konnte.

»Walter hat ein Händchen dafür gehabt, sich mit den falschen Leuten einzulassen. Und einer von diesen falschen Leuten war sein Kollege Theo Stark, der andere Tote.«

Sie sah die Polizisten an, als fragte sie sich ernsthaft, ob die wüssten, dass es außer ihrem Walter noch einen weiteren Toten gab.

»Ja«, beendete Lenz schließlich die Pause in der Konversation, »Theo Stark. Wir wissen, dass er der andere Tote ist.«

»Und dieser Theo Stark hat Walter Zeit seines Lebens nur Probleme gemacht. Die beiden haben seit mehr als 14 Jahren zusammengearbeitet, aber von Theo ist nie etwas Gutes gekommen. Niemals.«

»Und wieso«, hakte Hain nach, »meinen Sie, dass Ihr Mann zur falschen Zeit am falschen Ort gewesen sein könnte?«

Frau Kempf hob den Kopf und presste die Augenlider dabei zusammen.

»Nicht *könnte*, junger Mann. Ich habe nichts von *könnte* gesagt, weil ich das nicht meinte. Ich bin, noch einmal, der festen Überzeugung, dass Walter einfach zur falschen Zeit am falschen Ort war.«

»Was genau wollen Sie damit zum Ausdruck bringen, Frau Kempf? Ich verstehe, ehrlich gesagt, nicht ganz, was Sie meinen.«

»Das ist gar nicht so schwer, wie Sie denken. Ich glaube, dass der Mörder es auf Theo abgesehen hatte, und dass Walter ihn vielleicht gesehen hat, ich weiß es nicht. Jedenfalls weiß ich ganz genau, dass Walter mit niemand so über Kreuz lag, dass der ihn umgebracht hätte. Und dass irgendwelche Einbrecher oder Metalldiebe, die auf dieser Baustelle immer wieder ihr Unwesen getrieben haben, plötzlich zu Mördern werden, das kann mir wirklich niemand erzählen.«

Wieder schluchzte sie laut auf.

»Nein, ich weiß genau, dass es dabei um etwas ging, das den Theo, also Theo Stark, betroffen hat. Der war nämlich immer und zu jeder Zeit in irgendwelche kleinen, schmutzigen Dinge verstrickt.«

»Fällt Ihnen da etwas Konkretes ein, Frau Kempf?«

Sie schüttelte den Kopf.

»Nein, das müssen Sie schon selbst herausfinden, meine Herren. Ich sage nur *Rockerklub*, mehr kann und will ich dazu nicht sagen.«

»Dass Theo Stark Mitglied in einem Motorradklub war, beweist natürlich noch nicht, dass er in irgendwelche illegalen Handlungen verstrickt oder an ihnen beteiligt gewesen ist«, gab Lenz zu bedenken. »Natürlich hat man als Außenstehender gern und schnell mal den Eindruck, dass bei Gruppen wie den Black Crows nicht alles ganz legal abläuft, aber bevor nicht das Gegenteil bewiesen ist, gelten auch diese Männer als unschuldig.«

Sie sah Lenz an, als hätte er einen schmutzigen, zumindest aber unpassenden Witz gemacht.

»Das kann jetzt wirklich nicht Ihr Ernst sein, Herr

Kommissar. Oder Sie hatten noch nie mit diesen Menschen zu tun.«

Erneut bewegte sich die Hand mit dem Taschentuch darin nach oben.

»Ich hatte nur ein einziges Mal mit ihnen zu tun, aber das hat gereicht, um mir ein endgültiges Urteil zu bilden.«

»Wann und warum war das?«

Sie schüttelte energisch den Kopf.

»Glauben Sie mir einfach, dass die Mitglieder dieses Rockerklubs Walter und Theo umgebracht haben. Glauben Sie es mir einfach.«

»Das würden wir gern, aber dazu müssten Sie schon etwas konkreter werden, Frau Kempf.«

»Etwas konkreter. Sie wollen es etwas konkreter? Also gut, dann etwas konkreter.«

Es war offensichtlich, dass Frau Kempf mit einem Heulkrampf kämpfte, doch sie riss sich zusammen.

»Vielleicht ist es ja konkret genug, wenn ich Ihnen erzähle, dass sechs von denen vor ungefähr einem Vierteljahr nachts hier aufgetaucht sind. Sie haben geklingelt, sich ins Haus gedrängelt und im Wohnzimmer niedergelassen. Dann wollten sie wissen, wo Theo Stark sei. Und ob er vielleicht bei uns Unterschlupf gefunden habe.«

Ihre Stimme wurde brüchig, und ein Tränenschwall ergoss sich über ihre Wangen, während sie sprach.

»Als Walter ihnen erklärte, dass er keine Ahnung habe, wo sich sein Kollege aufhält, und dass er die Polizei holen würde, wenn sie nicht auf der Stelle verschwinden würden, stand einer von ihnen auf, ging langsam auf ihn zu und schlug ihm dermaßen fest in den Magen, dass er zwei Wochen lang Blut im Urin hatte. Ich wurde, als ich gesehen habe, wie mein Mann auf den Boden fiel, einfach ohnmächtig und kam erst wieder zu mir, als sie schon weg waren. Aber Walter bestand darauf, nichts gegen sie zu unternehmen. Er hat es einfach hingenommen, dass fremde Männer nachts in unser Haus eindrangen und ihn zusammenschlugen.«

Wieder wurde sie von einem Weinkrampf geschüttelt.

»Und jetzt ist er tot. TOT, TOT, TOT!«

Ein weiteres anrührendes Schluchzen.

»Er ist tot, weil er mit Theo Stark zusammen Nachtschicht gefahren ist.«

Sowohl Lenz als auch sein Kollege fühlten sich zutiefst unwohl, wobei sich der Hauptkommissar dazu noch dafür schämte, die Rockergruppe sogar in Schutz genommen zu haben. Sie warteten, bis sich die Frau wieder einigermaßen unter Kontrolle hatte, bevor sie die Befragung fortsetzten.

»Kennen Sie einen gewissen Adolfo Vasquez, Frau Kempf?«

»Natürlich kenne ich Adolfo, warum?«

Noch während der Satz im Raum verklang, schien in der Frau eine schreckliche Befürchtung aufzukeimen.

»Nein«, flüsterte sie.

»Nein, nein, Herr Vasquez hat zwar ein paar Beulen und blaue Flecken abbekommen, aber sonst geht es ihm den Umständen entsprechend gut. Im Augenblick wird er gerade im Klinikum operiert.«

»Aber der Adolfo arbeitet doch schon lange nicht mehr

bei der Secupol«, gab sie irritiert zurück. »Was ist denn mit ihm passiert?«

»Ist er ein Freund Ihres Mannes gewesen?«, hakte Hain nach, ohne auf ihre Frage einzugehen, doch Elisabeth Kempf schien ihm überhaupt nicht zuzuhören.

»Bitte sagen Sie mir, was mit ihm passiert ist?«

»Er wurde heute Morgen niedergeschlagen. Offenbar hat der Täter etwas bei ihm vermutet oder gesucht, das Theo Stark gehört hat.«

Ihr Blick schoss fahrig zwischen den beiden Polizisten hin und her.

»Bei Adolfo? Etwas gesucht, das Theo gehört hat? Was ist denn das für ein Unsinn? Theo und Adolfo haben seit Jahren kein Wort mehr miteinander gewechselt. Adolfo hat Theo Stark mehr gehasst als die Pest.«

Nun tauschten die Polizisten einen überraschten Blick aus.

»Sind Sie sicher? Wir haben vor nicht einmal einer halben Stunde mit Herrn Vasquez gesprochen, und dabei hat er Herrn Stark als seinen Freund bezeichnet.«

»Da müssen Sie sich verhört haben. Der Adolfo hat immer gesagt, dass er dem Theo eines Tages mal den Schädel einschlagen wird, weil der damals dafür gesorgt hat, dass er bei Secupol rausgeflogen ist. Theo hat ihn angeschwärzt, weil er dachte, dass er danach dessen Posten als Vorarbeiter übernehmen könnte, was aber dann doch nichts geworden ist.«

»Haben Sie Kontakt zu Herrn Vasquez?«, wollte Lenz von ihr wissen.

»Bis vorletztes Jahr, bevor seine Frau gestorben ist,

war er eigentlich regelmäßig bei uns. Aber seitdem lebt er die meiste Zeit des Jahres in Spanien, dort, wo er herkommt. Gesehen habe ich ihn zuletzt …«

Sie legte die Stirn in Falten, während sie überlegte.

»… im Herbst letzten Jahres. Vielleicht im September oder Oktober. Er war kurz hier, weil er die Stichsäge zurückbringen wollte, die er sich von Walter geliehen hatte. Da hat er auch erzählt, dass er den Winter in Tarragona verbringen wollte, wo es nicht so kalt ist wie bei uns hier in Kassel.«

Wieder ein paar Sekunden des Überlegens, dann ein langer Blick aus dem Fenster, wo noch immer dichtes Schneetreiben zu erkennen war.

»Ich hätte gar nicht gedacht, dass er schon wieder da ist. Jetzt geht doch das Schmuddelwetter erst richtig los hier.«

»Ihr Mann und Herr Vasquez haben sich also recht gut verstanden?«

»Klar, die waren ganz alte Kumpels. Walter hat Adolfo quasi so ein bisschen wie adoptiert, als er damals aus Spanien kam. Das hat gepasst wie Topf auf Deckel, haben sich immer gut leiden können.«

Sie legte erneut die Stirn in Falten und holte dabei tief Luft.

»Deshalb war Walter auch so sauer auf Theo, als er das mit Adolfo damals abgezogen hat. Und er hat ihm wirklich dabei geholfen, einen neuen Job zu kriegen; hat Bewerbungen geschrieben für ihn und so weiter. Adolfo hat ja nicht mal einen Computer, und sein Deutsch ist auch nach all den Jahren nicht so gut.«

»Aber wenn Herr Vasquez die meiste Zeit in Spanien verbringt, kann er doch nicht in Deutschland arbeiten?«

»Nein, nein, er ist seit gut drei Jahren Frührentner. Nach seinem zweiten Herzinfarkt konnte er nicht mehr und wurde in Rente geschickt.«

»Wissen Sie, wie alt Herr Vasquez ist?«, fragte Hain mit aufgeklapptem Notizblock in der Hand.

»Adolfo ist letzten Mai Jahr 55 geworden. Schnapszahl, deshalb kann ich mich noch so gut daran erinnern. Obwohl es kein schönes Fest gewesen ist, weil seine Ilona erst ein paar Monate vorher gestorben war, kurz vor Weihnachten.«

Sie hob traurig den Kopf.

»Krebs. Es ging ganz furchtbar schnell zu Ende mit ihr.«

»Traurig, so ein Schicksal, ja«, erwiderte Lenz empathisch. »Aber von einem Papier oder Schriftstück, das Herrn Stark gehörte oder er irgendwo deponiert hatte, wissen Sie nichts?«

»Was genau soll denn das sein? Was meinen Sie mit Schriftstück oder Papier?«

»Das genau wissen wir eben noch nicht. Wir hoffen, dass Herr Vasquez uns mehr dazu sagen kann, sobald er aus der Narkose erwacht ist.«

»Aber ich weiß wirklich nichts von so etwas. Mit mir hat Adolfo nie darüber gesprochen, und wie gesagt, dass er etwas mit Theo, also Herrn Stark, zu schaffen hatte, kann ich mir beim besten Willen nicht vorstellen. Dazu hat er ihn einfach zu sehr gehasst.«

7

»Ich würde dich nicht mehr als meinen Freund bezeichnen, wenn du dafür gesorgt hättest, dass ich bei der Polizei rausfliege«, bemerkte Hain trocken, nachdem die beiden Polizisten wieder im Wagen saßen. Der Schneefall war etwas weniger geworden, doch auf den Straßen lag noch immer die ganze weiße Pracht. Ein paar Grundstücke weiter war ein älterer Mann dabei, mit dem Schneeschieber den Bürgersteig vor seinem Haus zu räumen.

»Du meinst, wenn ich dafür sorgen würde, dass du zu einem THC-Test eingeladen würdest?«

»Zum Beispiel, ja. Obwohl ich schon seit ein paar Wochen nicht mehr gekifft hab. Mit den Kindern wird das immer komplizierter, und nachdem Carla ganz weg ist davon, ist es für mich auch nicht mehr so prickelnd. Allein macht es halt nicht mal halb so viel Spaß.«

»Nachweisen könnte man es garantiert noch.«

Der Oberkommissar winkte ab.

»Vergiss es. Nach zwei Wochen ist es längst zu spät. Und die berühmte Haarprobe à la Daum funktioniert bei Haschisch nicht.«

»Dann müsste ich eben zuerst dafür sorgen, dass du wieder mal was rauchst.«

»Mann, kannst du ein Drecksack sein, Paule.«

Der junge Polizist griff zum Zündschlüssel und wollte den Toyota starten, überlegte es sich jedoch anders und wandte sich wieder seinem Kollegen zu.

»Außerdem ging es doch auch gar nicht darum, wer

wann was weggekifft hat. Ich hatte einfach bemerkt, dass ich dich nicht mehr als meinen Freund bezeichnen würde, wenn du mich in irgendeiner Form so anscheißen würdest, dass ich meinen Job verliere. Ob wegen der Kifferei oder was anderem, spielt dabei wirklich keine Rolle.«

»Und das macht die Sache im Fall Stark/Vasquez ja so spannend. Wir stehen dabei, als der Spanier uns erzählt, dass Theo Stark sein Freund ist, und wir den gefälligst beschützen sollen, und hier erfahren wir, dass er ihm den Verlust seines Arbeitsplatzes zu verdanken hat. Irgendwer will uns hier volle Kanne verladen, zumindest sieht es im Moment so aus.«

»Ja, ich bin auch schon ziemlich gespannt, wie Señor Vasquez dieses Paradoxon aufzulösen imstande ist.«

»Wollen wir ins Klinikum fahren und schauen, ob er schon ansprechbar ist?«

Hain warf einen Blick auf die Digitaluhr in der Mitte des Armaturenbretts, die 15:45 Uhr anzeigte.

»Das wäre nach meiner Meinung eindeutig zu optimistisch. Der ist, selbst wenn er schon aus dem OP raus ist, noch voll unter Strom, also in Narkose. Das lassen wir mal lieber bleiben und versuchen es morgen früh. Viel lieber würde ich den Black Crows noch einen Besuch abstatten.«

Lenz sah seinen Kollegen unsicher an.

»Das meinst du jetzt nicht ernst, oder? In jedem Seminar wird explizit darauf hingewiesen, dass kein gewöhnlicher Bulle sich mit denen anlegen soll, und du willst da einfach mal so vorbei fahren. Was willst du denn sagen? Vielleicht: *Guten Tag, mein Name ist Hain, hat von Ihnen vielleicht jemand die Herren Stark und Kempf umgelegt? Wenn ja, dann lassen Sie sich jetzt bitte widerstandslos festnehmen und kommen augenblicklich mit uns zum Präsidium.* Ich glaube wirklich nicht, dass das eine gute Idee ist, Thilo.«

»Was wäre dein Vorschlag?«

»Ich dachte, wir fahren zurück zum Präsidium und schauen mal bei Lemmi vorbei. Der ist doch seit ein paar Monaten bei der Organisierten Kriminalität, vielleicht hat er ja schon so viel Einblick, dass er uns was zu der Bande erzählen kann. Und wenn nicht, sollte der Kollege Weißenstein ein adäquater Ansprechpartner sein.«

»Das machst du dann aber allein, Paul. Den Weißenstein ertrage ich heute nicht mehr.«

»Das wird sich zeigen. Zuerst sehen wir, was Lemmi uns zu sagen hat.«

*

Jürgen ›Lemmi‹ Lehmann, ehemaliger lokaler Fußballstar und seit seinem Ausscheiden beim Kriminaldauerdienst Mitarbeiter der zentralen Kriminalinspektion ZK 30, Organisierte Kriminalität oder abgekürzt OK, war gerade dabei, sein Büro abzuschließen, als er die Kollegen auf dem Flur erblickte.

»Ihr Strauchdiebe wollt doch nicht etwa zu mir, oder?«

»Mensch, Lemmi«, flachste Hain zurück, »hast du schon wieder abgenommen? Du siehst irgendwie völlig abgemagert aus.«

Lehmann zog seinen prallen Bauch ein wenig ein und streckte den Rücken durch.

»Zwölf Kilo, wenn du es genau wissen willst, du kleiner Drecksack, aber leider sehen wir beide viel zu wenig davon. Und wenn du dein loses Lästermaul gehalten und nicht gleich mit meinem absoluten Tabuthema gekommen wärst, hätte ich mir vielleicht sogar ein paar Minuten Zeit genommen für euch.«

Lenz trat einen Schritt zur Seite und warf seinem Mitarbeiter einen strafenden Blick zu. Dann reichte er Lehmann die Hand.

»Ich kenne den Typen überhaupt nicht, Lemmi. Der läuft mir zwar schon seit heute Morgen hinterher, aber bis jetzt ist nichts Gescheites dabei rausgekommen.«

»Das glaube ich unbesehen«, erwiderte der 130-Kilo-Mann.

»Also«, fuhr der Leiter der Mordkommission fort, »am besten beachtest du diesen Wurmfortsatz gar nicht und kümmerst dich nur um mich.«

»Und was genau bedeutet dieses *kümmerst dich nur um mich?*«

»Das bedeutet, dass du dir jetzt zehn Minuten Zeit nimmst und uns ein bisschen davon berichtest, wie es dir in der neuen Abteilung so ergeht. Und wenn du schon mal mit ihnen zu tun gehabt haben solltest, würden wir un …, ich meine, dann würde ich mich für ein paar Infos zum Thema Black Crows auch überaus artig bedanken.«

Lehmann sah von einem Kollegen zum anderen und fuhr sich im Anschluss durch sein schütteres Haupthaar.

»Was habt ihr Schießbudenfiguren denn mit den Crows zu tun? Die sind doch mindestens zwei Schuhnummern zu groß für euch.«

»Darüber sind wir uns ja definitiv im Klaren, Lemmi, und deshalb wollen wir auch von deiner unermesslichen Erfahrung im Bereich OK profitieren.«

»Das klingt irgendwie nach Vollverarsche, Paul.«

»Nee«, wurde Lenz ernst, »wir sind an einem Doppelmord dran, bei dem es Verbindungen zu der Truppe geben könnte.«

»Ein Doppelmord? Davon weiß ich gar nichts. Hier bei uns?«

»Nein, irgendwo in der Nähe von Jena sind letzte Nacht zwei Männer erschossen worden, die aus Lohfelden und Bergshausen stammen.«

Er skizzierte Lehmann kurz die bekannten Details.

»Und jetzt könntest du die verdammte Tür wieder aufsperren und uns herein bitten. Und wenn du noch Zeit findest, uns einen Kaffee anzubieten, sagen wir bestimmt nicht Nein.«

»Kaffee kannst du vergessen«, erwiderte der OK-Mitarbeiter zerknirscht. »Aber koffeinfreien Tee könnte ich kredenzen.«

»Wie, du hast aufgehört mit dem Kaffeetrinken?«, kam es von hinten.

»Der Doktor hat mir ans Herz gelegt«, erklärte Lehmann Lenz, ohne sich um Hains Frage zu kümmern, »wieder etwas mehr Sport zu treiben und auf alles zu verzichten, was halbwegs Spaß macht, also vorrangig Koffein, Nikotin und Alkohol.«

»Aber du hast doch nie geraucht?«

»Stimmt. Deshalb fällt mir der Verzicht auf den Rest ja auch doppelt schwer.«

Er trat in das Büro und rückte den Kollegen der Mordkommission zwei Stühle vor seinem Schreibtisch zurecht.

»Also, was ist nun mit bleifreiem Tee?«

»Nein, lass mal. Zur Not würde es auch ein Wasser tun.«

»Das hab ich nicht«, grantelte Lehmann und ließ sich in seinen Stuhl fallen.

»Also, was wollt ihr zu den Black Crows wissen?«

»Zunächst, ob du überhaupt schon mal mit ihnen zu tun hattest?«

»Ist Paris 'ne Stadt? Ist der Papst katholisch? Wenn man in der Abteilung OK sein Geld verdient, dann ist die Beschäftigung mit den Crows quasi so etwas wie das tägliche Brot.«

»Das heißt, es stimmt, was man über sie in den Medien hört?«

»Was hört man denn in den Medien?«

»Dass es sich bei ihnen um durch und durch böse Buben handelt«, gab Hain grinsend zurück.

»Da hast du ausnahmsweise mal recht, du Großmaul.«

»Und du, lieber Lemmi«, bemühte Lenz sich um ein wenig Versachlichung, »erzählst uns auf die Schnelle, was es zu wissen gibt über die Jungs.«

Der Mann hinter dem Schreibtisch hob den Kopf, sah zur Decke und verschränkte die Arme vor seinem Bauch.

»Pünktlicher Feierabend, da gehst du hin,« philosophierte er ein wenig pathetisch, »aber sei's drum. Die Black

Crows Kassel sind ein sogenanntes Charter der Black Crows Germany. Gegründet wurde es 1995 von einem Typen, der leider die Jahrtausendwende nicht mehr erleben durfte, allerdings hatte das weniger mit seinem Status als Rocker, sondern mehr mit einem fies großen Tumor zu tun, der es sich in seinem Kopf gemütlich gemacht hatte. Das ausgehende 20. Jahrhundert, also die Zeit bis zu den Nullerjahren, war geprägt von Revierkämpfen um die Vorherrschaft im Drogen- und Prostitutionsgeschäft, speziell mit albanischen und russischen Mitbewerbern, die nach dem Fall des Eisernen Vorhangs die schnelle Mark in unserer ach so schönen, aber doch sehr verschlafenen Heimatstadt machen wollten. Weil die Crows aber ziemlich fest im Sattel saßen und außerdem nicht sehr zimperlich waren, ist es ihnen gelungen, sich über viele Jahre die Vorherrschaft in diesen Kreisen zu sichern. Das Ganze kam so um 2003, 2004 für ein paar Jahre ins Wanken, nachdem sich eine Familie aus dem Libanon Kassel als Heimat für ihre dreckigen Geschäfte ausgesucht hatte.«

Lehmann holte tief Luft, bevor er weiter sprach.

»Diese Familie hatte die Crows zunächst mit weichen, später dann auch mit härteren Drogen versorgt, es bestand also ein gütliches Miteinander im Sinne der Gewinnmaximierung. Diese Symbiose wurde durch eine ebenso romantische wie zum Ende hin triste Liebesgeschichte abrupt beendet, weil sich nämlich der Vizeboss der Crows und die Enkelin des Libanon-Patriarchen ziemlich heftig ineinander verguckt hatten, mit allem Pomp und Gloria, wie man sich so erzählt. Weil aber der Rocker vermutlich weder beschnitten war, noch an den richtigen Religionsstifter geglaubt haben dürfte, wenn er denn überhaupt an einen geglaubt hat, wurde die Beziehung vom Vater der Wüstenschönheit der Einfachheit halber strikt untersagt. Als das nichts half, weil nämlich die Gute sich für den Kuttenträger und gegen den strengen Erzeuger gewandt hat, wurde sie kurzerhand und natürlich gegen ihren erklärten Willen zurück in den Libanon exportiert. Zumindest vermutet man das bis heute, exakte Angaben dazu fehlen leider, weil sie seitdem nicht mehr aufgetaucht ist.«

Wieder ein Durchschnaufen.

»Wie ihr euch vorstellen könnt, war die für beide Seiten vorteilhafte und bis dahin ungetrübte geschäftliche Stimmung zwischen den beiden Gruppen von Stund an, sagen wir mal vorsichtig, dauerhaft gestört, was sich darin manifestierte, dass es zwar keine Toten, aber einen Haufen Verletzte und jede Menge warm sanierte Gebäude gab.«

»Stimmt«, meinte Lenz zustimmend, »an die Brände kann ich mich noch gut erinnern. Und der ganze Rest spukt irgendwo auch noch in meinem Hirn herum.«

»Na, ja, weder ihr noch wir vom KDD haben damals viel davon mitbekommen, weil das schon immer das Spielfeld von OK gewesen ist. Ich kann mich noch gut an eine Nacht erinnern, in der zwei Libanesen niedergestochen wurden und wir als Erste am Tatort waren, aber von meinen jetzigen Kollegen oder deren Vorgängern, höchst unsanft zur Seite gebeten wurden.«

»Ja«, bemerkte Hain süffisant, »da ist ZK 30 eigen, wenn ein anderes Kommissariat sich in ihrem Spielfeld tummelt.«

»Die Zeiten haben sich zum Glück geändert, Kleiner. Und in der Regel geschieht das auch eher zum Schutz der Kollegen, weil mit den Gesellen, mit denen wir es zu tun haben, wirklich nicht gut Kirschen essen ist.«

Lehmann stand auf, befüllte einen Wasserkocher, und schaltete ihn ein.

»Letzte Chance auf einen indischen Beruhigungstee«, ließ er die beiden Kollegen vor dem Schreibtisch wissen, die jedoch dankend und mit Schaudern ablehnten.

»Wie auch immer, die Crows haben es damals geschafft, als Sieger aus diesen Revierkämpfen hervorzugehen, was auch bedeutet, dass bis heute niemand versucht hat, ihnen diesen Rang streitig zu machen. Es gab zwar immer mal wieder Ansätze, von denen wir wissen, zuletzt von einem Trupp Rumänen, die mit dem Rückenwind des EU-Beitritts ihres Heimatlandes in Kassel Fuß fassen wollten, aber gelungen ist es keinem.«

»Das heißt, die Black Crows kontrollieren den Drogenhandel und die Prostitution in der Stadt?«

Lehmann nickte, stand auf, übergoss den Teebeutel in der Tasse mit heißem Wasser und stellte den Kocher zurück auf die Station. Sofort verbreitete sich im Raum ein Duft, den Liebhaber der Teesorte sicher als betörend beschreiben würden, Lenz und Hain jedoch mit einem schlagartig aufkommenden Brechreiz kämpfen ließ.

»Das zumindest, ja. Die Kollegen haben aber, wie sie mir erzählten, in den letzten Jahren immer wieder feststellen müssen, dass die Jungs versuchen, ihre auf dem illegalen Weg verdiente Kohle in blütenweiße Unternehmungen zu investieren. Beispielsweise wollten sie eine

Harley-Davidson-Dependance aufmachen, wozu sie natürlich die nötigen Barmittel gehabt hätten; gescheitert ist der Versuch allein daran, dass der seit ewigen Jahren vor Ort ansässige Händler in seinem Vertrag einen Gebietsschutz stehen hat.«

Der Teebeutel verließ die Tasse, wurde liebevoll ausgedrückt, wanderte in einen Eimer neben dem Sideboard, und Lehmann setzte sich.

»Aber das ist natürlich längst nicht alles. Gar nicht zu reden brauchen wir von solchen Allerweltsdelikten wie Körperverletzung, unerlaubter Waffenbesitz, Raub und Schutzgelderpressung, wobei die bei uns in Kassel eher als Randnotiz abzuhaken ist, so weit wir wissen.«

»Als ich noch bei der Sitte war«, hakte Hain nach, »hatten wir auffallend wenig mit den Jungs zu tun, Lemmi. Wie lässt sich das erklären?«

»Das ist ganz einfach. Die Crows stehen zwar manchmal in der Zeitung, wenn es wieder mal irgendwo eine Fehde oder einen Toten gegeben hat, aber ansonsten haben sie gelernt, dass man viel besser seinen Geschäften nachgehen kann, wenn man nicht auf große Fresse macht. Also benehmen sie sich nach außen hin wie die guten Jungs und provozieren keinen Ärger, was allerdings nicht heißt, dass der Umgang mit ihnen easy wäre. Die Frauen werden schlecht behandelt und natürlich vergewaltigt und in vielen Fällen zur Prostitution gezwungen, aber beweis das mal. Hier hat in den letzten zehn Jahren, so haben mir die Kollegen erzählt, gerade mal eine von ihnen über die Praktiken der Crows ausgepackt, und die ist, als es zur Gerichtsverhandlung kam, auch noch mit fliegenden Fahnen eingeknickt. Dem Richter hat sie erzählt, man hätte sie zur Aussage gezwungen, und dann hat sie alles zurückgenommen.«

»Manchmal kann ich nicht so schnell kotzen, wie mir übel ist«, schob Hain angewidert hinterher.

»Ja, aber das hilft ja auch nichts. Wir versuchen, das zu erreichen, was möglich ist, und was darüber hinausgeht, klappt halt nicht.«

»Von der Organisation her sind die ein Verein, oder?«, wollte Lenz wissen.

»Das hat früher mal gestimmt, jetzt nicht mehr. Damals waren sie als Verein eingetragen und es gab einen Ersten Vorsitzenden und einen Kassenwart und einen Schriftführer und so weiter. Irgendwann haben sie aber gemerkt, dass man mit dieser Masche recht gepflegt in der Öffentlichkeit steht, und haben den Verein einfach aufgelöst und gelöscht. Geändert hat sich dadurch natürlich gar nichts, aber keiner von ihnen musste jetzt nach außen hin die Rübe hinhalten.«

»Aber so etwas wie einen Boss gibt es doch bestimmt, oder?«

»Klar, den konntest du bis vor ein paar Tagen sogar in der Theodor-Fliedner-Straße besuchen.«

Lehmann sprach von der Kasseler Justizvollzugsanstalt.

»Allerdings ist er, wie man hört, auf Kaution freigekommen.«

»Was hat er denn angestellt?«

»Das ist eine ganz irre Geschichte, wenn ihr mich fragt.«

Lehmann lehnte sich zurück und nuckelte genüsslich an seinem Heißgetränk, was sowohl Lenz als auch Hain zu einem Stirnrunzeln veranlasste.

»Es war vor einem knappen dreiviertel Jahr. Drei Crows, darunter auch der Präsident, hatten sich einen Prospect vorgenommen, dem sie …«

»Moment, Moment, Lemmi«, bremste Lenz seinen Kollegen, »was hatten die Drei sich vorgenommen?«

Lehmann lachte laut auf.

»Einen Prospect hatten sie sich vorgenommen, Paul. Aber ich glaube, wir fangen mal ganz von vorn an, damit ihr beide zumindest rudimentäre Kenntnisse über die Struktur eines Black-Crows-Charters habt. Also am Anfang, oder besser gesagt auf der untersten Hierarchiestufe, stehen die Supporters. Das sind Menschen, die sich einfach für das Rockerleben interessieren, oftmals Motorradfahrer, aber ohne Mitgliedsstatus. Die meisten von denen wollen auch gar keine Mitglieder werden. Darüber tummeln sich die sogenannten Hangarounds. Wie der Name es schon sagt, sind das solche, die einfach nur rumhängen und dabei auch zu ziemlich üblen Arbeiten herangezogen werden. Putzen im Klubheim und so weiter. Wenn es gut läuft, den Saal, wenn es weniger gut läuft, die Klos.«

Der OK-Mann verzog angewidert das Gesicht.

»Na ja, muss ja auch gemacht werden, der Job. Als Hangaround besetzt man die Vorstufe zum Prospect, was wiederum die Vorstufe zum sogenannten Member, also dem Vollmitglied, ist. Erst als Member sind die blöden, erniedrigenden Zeiten dann wirklich vorbei, und man kann auf die neuen Hangarounds und Prospects runtergucken. Darüber gehen dann die interessanten Jobs los, die allerdings immer schwerer zu erreichen sind, wie Schatzmeister oder Verwaltungsmann. Natürlich gibt es auch dafür hinreißend zutreffende englische Bezeichnungen, aber die sparen wir uns an der Stelle, weil das definitiv zu weit führen würde. Interessant für uns ist einzig noch der President, also der Präsi, und eben jener Präsi der Kasseler Crows, der auf den bürgerlichen Namen Andreas Blatter hört, hat sich im letzten Juni einen dieser Prospects zur Brust genommen. Und weil man es als Rocker gern etwas pathetischer hat als Normalbürger wie du und ich, hat er den armen Kerl an den Herkules bestellt. Nachts natürlich, was bei dieser Blitzbirne nicht die Bohne an Zweifeln über die Rechtschaffenheit der Absichten ausgelöst hat. Also der Prospect kommt, es gibt ein kurzes Gespräch, und keine zwei Minuten später hängt der blöde Hund mit dem Kopf nach unten über einem mehr als 20 Meter hohen Abgrund. Natürlich schreit er wie am Spieß, was einen österreichischen Kollegen auf den Plan ruft, der mit seinem deutschen Gspusi, das er im letzten Skiurlaub aufgerissen hatte und gerade besucht, irgendwo dort oben am was-weiß-ich-machen ist.«

»Wie ist das mit dem Kollegen zu verstehen?«, ging Hain dazwischen.

»Na, er ist ein österreichischer Bulle. Ein Polizist.«

»Aha. Und die Frau?«

»Die ist nie ins Spiel gekommen, weil sie mit einer Aussage vermutlich ihre Ehe durch den Ausguss gespült hätte.«

»Schlechte Menschen gibt es«, sinnierte der Oberkommissar, während er sich Notizen machte. »Und die Frauen immer ganz vorn an der Spritze.«

»Das lass ich jetzt mal so stehen«, murmelte Lehmann grinsend, während sein kritischer Blick sich kurz mit dem von Lenz traf.

»He, he, meine Frau war schon längst in der inneren Immigration, bevor sie ihren Mann verlassen hat«, rief der Leiter der Mordkommission mit gespielter Empörung. »Außerdem ist unsere hehre, romantische Liebesgeschichte was ganz anderes, die außerdem, wie du weißt, im Ehehafen geendet hat.«

»Der Schoppen-Erich, so hört man, kann allerdings bis heute nicht über diese hehre, romantische Liebesgeschichte lachen.«

Lehmann spielte auf Marias früheren Mann an, den Kasseler Oberbürgermeister Erich Zeislinger, der wegen seiner in der Stadt bekannten Vorliebe für Getränke, die nach dem deutschen Reinheitsgebot hergestellt wurden, Schoppen-Erich genannt wurde.

»Aber wie auch immer, wir sind ja hier nicht zusammengekommen, um den Stab über Ehetorpedierern zu brechen«, feixte er, »sondern um euch in die Geheimnisse der Rockerzunft einzuweihen.«

Wieder ein Schluck Tee. Wie der Kommissar so da saß, mit der Tasse in der Hand und dem völlig zufriedenen Gesichtsausdruck, hatte er etwas Buddhahaftes.

»Also, der österreichische Kollege unterbricht, so stelle ich es mir zumindest vor, sein Freiluftliebesspiel, um dem armen Kerl, der von zwei Crows an den Füßen festgehalten und vom Präsi mit allerlei üblen Beschimpfungen bedacht wird, zu helfen und nähert sich dem Ort der Misshandlung. Als er dort ankommt, steht der Prospect schon wieder auf seinen eigenen Beinen, zumindest so etwas Ähnliches, weil die beiden ihn zwar immer noch festhalten, der Präsi aber seine schlagringbewehrte Hand immer und immer wieder mit voller Wucht ins Gesicht der bedauernswerten Kreatur krachen lässt. Als er nah genug dran ist, immerhin ist es eine Vollmondnacht, und die Drei ihn wahrnehmen, hauen sie schneller ab, als man einen Furz lassen kann. Zurück bleiben der Prospect, schwer verletzt, und der österreichische Kripomann, vermutlich ziemlich irritiert über die deutschen Sitten. Der ehemalige Rocker in spe kommt ins Krankenhaus, wo die Ärzte ihn in mühevoller Kleinarbeit wieder zusammenflicken, der Austrobulle macht eine ziemlich detaillierte Aussage und erkennt auf einem Foto unzweifelhaft den Sportsfreund Blatter. Ohne den Österreicher würde die Sache für ihn nicht schlecht, weil Aussage gegen Aussage, stehen, aber das klappt in diesem Fall nicht.«

»Was ist mit den anderen beiden?«, wollte Lenz wissen.

»Die hat es nie gegeben und die wird es auch nie mehr geben. Einfach weg. Vulgo unauffindbar.«

»Also hängt jetzt alles von der Aussage des Kollegen ab?«

»Quasi. Ich vermute, wenn er aus der hiesigen Gegend stammen würde, hätte er schon seine Aussage zurückgezogen, weil im Zeugen-unter-Druck-Setzen haben die Crows Champions-League-Format. Aber einen Österreicher, zudem einen, wie ich läuten gehört habe, Elitepolizisten, der auch nach deren Gesetzen seine Adresse nicht preisgeben muss und nur über die Dienststelle erreicht werden kann, da sieht die Sache schon ein wenig anders aus.«

»Klasse. Also kommt es zu einer Verhandlung?«

»Wie es aussieht, ja.«

»Und was ist mit dem Kerl, den sie sich vorgenommen hatten?«

»Den mussten die Kollegen, die ihn vernommen haben, bremsen, weil ihnen der Kopf gedröhnt hat von dem ganzen Zeug, das er ihnen erzählt hat. Natürlich weiß ein Mann mit diesem Status keine wirklich wichtigen Einzelheiten, aber ein bisschen was hat er schon erklären können.«

»Und er bleibt bei seiner Anzeige gegen den Präsi?«

»Der hat zwar einen horrormäßigen Schiss, dass sie ihn noch mal an den Füßen aufhängen und vermöbeln, aber das hindert ihn offenbar nicht, es durchzuziehen, ja.«

»Worum ging es bei der Sache eigentlich?«, fragte Hain. »Ich meine, was der Hintergrund des nächtlichen Tête-à-Tête am Herkules war?«

»Was kann bei so etwas schon der Hintergrund sein, Thilo? Es ging um eine Frau, was sonst?«

Über das Gesicht des Oberkommissars huschte ein Lächeln.

»Ja, ja, und ewig lockt das Weib …«

»Ich hab ihn ja nicht gesehen, aber die Kollegen sagen, dass er noch ein paar Monate brauchen wird, bis sich in dieser Richtung bei ihm wieder was tut, zumindest oral. Sein Kiefer soll angeblich noch immer verdrahtet sein.«

Nun lachten alle drei im Chor.

»Tja, das Rockerleben ist hart, wie es ausschaut«, stellte Lenz schließlich fest.

»Hart, aber einträglich«, übernahm Lehmann den Gedanken.

»Was heißt das genau, ich meine in Zahlen?«

»Ein normales Member, das in einem der organisierten Kriminalität zugerechneten Charter zu Hause ist, kommt auf gut und gern 10.000 Euro.«

»Im Monat?«, riefen Lenz und Hain ziemlich ungläubig und wie aus einem Mund.

»Klar im Monat, was denkt ihr denn? Im Jahr?«

»Schon gut, wir haben es kapiert«, beschwichtigte Hain den OK-Mann. »Was viel wichtiger für uns wäre, ist die Frage, ob du schon mal von den beiden Toten gehört hast, die uns beschäftigen. Also diesen Theo Stark und seinen Kumpel Walter Kempf.«

Lehmann musste noch nicht einmal nachdenken, bevor er zu seiner Antwort ansetzte.

»Nee, die Namen sagen mir gar nichts«, ließ er wissen, wobei er mit der freien Rechten nach dem Telefon angelte. »Aber ich weiß zumindest, wen wir fragen können. Unser Inspektionsleiter ist praktisch ein wandelndes Lexikon, was die Black Crows angeht.«

Lenz und Hain tauschten einen vielsagenden Blick.

»Was denn, was denn?«, echauffierte Lehmann sich, wobei seine Hand sich wieder vom Telefon entfernte, »ihr habt doch nicht etwa ein Problem mit Friedbert Weißenstein, wie der eine oder andere Kollege?«

»Na ja«, räusperte Lenz sich vorsichtig. »Problem wäre übertrieben, aber wenn es sich vermeiden lässt, müssen wir nicht unbedingt mit ihm persönlich in Kontakt treten.«

Lehmann ließ langsam den Kopf und damit den Blick zwischen seinen Kollegen hin und her pendeln. Dann trank er genüsslich den Rest Tee und stellte die Tasse auf dem Tisch ab.

»Ihr solltet«, ließ er mit pädagogischem Habitus wissen, »manchmal zu einer Tasse gutem indischen Beruhigungstee greifen, Männer. Die weniger wohlschmeckende Variante *Entspannung* täte es zwar auch, wirkt aber bei Weitem nicht so durchschlagend. Jedenfalls könntet ihr dann den vielleicht etwas weitschweifig und blumig argumentierenden, in einzelnen Fällen auch recht selbstverliebt wirkenden, immer aber überaus besserwisserisch daherkommenden Kollegen Weißenstein aus genau dem Blickwinkel betrachten, der euch bis zum jetzigen Zeitpunkt ganz offenbar verborgen geblieben ist.«

»Und was wäre das für ein Blickwinkel?«, wollte ein mehr als skeptischer Thilo Hain wissen.

»Ihr würdet euch«, prustete Lehmann los, »einen Scheiß aus diesem blasierten, eingebildeten und furchtbar unsympathischen Arschloch machen und euch einfach seiner Informationen bedienen. Und wenn er wieder weg ist, könntet ihr euch anschauen und gegenseitig voller Freude bestätigen, wie recht ihr doch hattet mit euren Vorurteilen.«

Der Hauptkommissar auf der anderen Seite des Schreibtischs kriegte sich kaum ein, und langsam rannen ihm die Lachtränen aus den Augen.

»Sieht aus, als würde unser alter Kumpel Lehmann heute das Zeitliche segnen«, stellte Lenz sachlich fest. »Auf seinem Grabstein wird zu lesen sein, dass seine Todesursache eine Mischung aus irgendwelchen indischen Teesorten und der hämischen Hinterfotzigkeit einem hoch geschätzten Kollegen gegenüber war.«

»Es gibt, glaube ich, auf der ganzen Welt keinen Menschen, der es länger als zehn Minuten mit dem guten Friedbert im gleichen Raum aushält«, brachte Lehmann, der sich langsam wieder unter Kontrolle hatte, es auf den Punkt. »Aber wenn ihr wissen wollt, ob eure beiden Toten bei den Crows in irgendeiner Weise in Erscheinung getreten sind, dann ist er der richtige, um nicht zu sagen der einzig wahre Ansprechpartner.«

Wieder ein kurzer Blickkontakt zwischen den beiden Polizisten der Mordkommission.

»Wenn du meinst, dass es wirklich nicht anders geht und dass wir es aushalten, dann in Gottes Namen«, stimmte Lenz matt zu.

»Bliebe noch das Risiko, dass der Fall bei uns landet, weil Weißenstein ihn an sich zieht.«

»Pah«, machte Hain, »ich will sowieso übernächste Woche zum Skilaufen. Soll sich der Weißenstein von mir aus die beiden doch intravenös einverleiben.«

»Dazu wird es vermutlich nicht kommen, aber er ist, was das Ansichziehen von Ermittlungen und Fällen angeht, berüchtigt, wie ihr sicher wisst.«

»Lass mal, Lemmi, es kommt ohnehin, wie es kommt. Wenn er entscheidet, dass es euer Fall ist, kann es uns nur recht sein.«

Zwei Minuten nach diesen generösen Worten betrat Kriminalrat Friedbert Weißenstein das Büro von Jürgen Lehmann und nahm nach einer kurzen, förmlichen Begrüßung an der kurzen Seite des Schreibtischs links von Lenz Platz.

»Theo Stark und Walter Kempf, sagen Sie?«, sinnierte er mit vor dem Mund liegenden Handflächen, nachdem Lehmann ihm die Namen der Toten von der Baustelle präsentiert und ein paar Hintergründe skizziert hatte.

»Und die beiden wurden erschossen?«

Lenz nickte.

»Weiß man schon Näheres zur benutzten Waffe?«

»Soweit mir bisher bekannt ist, nein.«

»Na ja, da warten wir mal die Obduktion ab. Und sie waren Wachschutzmänner?«

Wieder nickte Lenz, was Weißenstein mit einer undefinierbaren Kopfbewegung quittierte.

»Glaube nicht, dass dieser Fall etwas mit den Kasseler Black Crows zu tun hat, wenn Sie mich fragen.«

Das machen wir ja, dachte Lenz, *und es wäre noch schöner, wenn du uns langsam erklären würdest, ob du die Namen schon mal gehört hast.*

»Dafür ist die Tat zu weit weg von Kassel. Wenn die Crows so etwas machen würden, dann sicherlich direkt vor ihrer Haustür.«

»Wie ist das gemeint?«, hakte Hain nach.

Weißenstein schloss die Augen und fuhr sich mit der rechten Hand durch sein volles, vermutlich coloriertes Haupthaar.

»Jeder soll sehen oder zumindest vermuten, dass sie es waren. Deshalb würden sie es in Kassel machen und nicht irgendwo in den neuen Bundesländern.«

Lenz drehte den Kopf und betrachtete den noch immer mit geschlossenen Augen dasitzenden Kollegen. Alles an ihm strahlte eine Extraportion Extrovertiertheit aus, angefangen bei seinem leuchtend roten Sakko, bekräftigt durch die vermutlich ultrateuren Edelmarkenjeans und gekrönt von einem Paar dieser, wie Lenz fand, affigen Schuhe mit halbrunder Sohle, die angeblich das Abrollen trainierte. Einen Wimpernschlag lang schüttelte es den Hauptkommissar bei diesem Anblick, dann wandte er sich ab und schnaufte durch.

»Was ist nun genau mit den beiden? Sind sie Ihnen bekannt als Mitglieder der Black Crows?«

Weißenstein öffnete die Augen und ließ den Kopf in das Genick sinken.

»Nein, ich habe noch nie von diesen beiden Namen gehört«, ließ er nach einer weiteren Bedenkzeit vernehmen. »Und Members waren sie keinesfalls, höchstens Prospects. Vermutlich sogar nur Hangarounds, aber am wahrscheinlichsten waren sie einfach Supporters.«

Womit wir die unteren Chargen durchdekliniert hätten, fluchte Lenz innerlich und hatte dabei stark den Eindruck, dass Weißenstein ihm und seinem Kollegen zu gern die Bedeutung dieser Begriffe näher gebracht hätte.

»Der Kollege Lehmann hat uns schon erklärt, was es mit diesen Begrifflichkeiten auf sich hat«, bemerkte Hain schnell, weil er offensichtlich die Befürchtungen seines Chefs teilte.

»Hm«, machte Lehmanns Boss abwesend. »Ich hatte gerade im Hintergrund darüber nachgedacht, ob wir vielleicht den Fall besser an uns ziehen sollten.«

Sein Kopf schnellte blitzartig nach vorn, wobei sich die drei anderen Polizisten kurz erschreckten, dann fixierte er die beiden Kollegen der Mordkommission ein paar Augenblicke lang.

»Habe mich aber dagegen entschieden, meine Herren. Das Ganze klingt für mich nach einem aus dem Ruder gelaufenen Diebstahlversuch, da sollen sich lieber die Kollegen aus dem Osten die Zähne dran ausbeißen. Ich bin fest davon überzeugt, dass die Morde nichts mit dem Rockermilieu und schon gar nichts mit der OK zu tun haben.«

Er stand auf und schob seinen Stuhl zurück in die Ecke, wo er ihn hergeholt hatte.

»Und deshalb gehe ich jetzt in meinen wohlverdienten Feierabend.«

Ein kurzes Nicken musste als Abschiedsgeste reichen.

»Und Sie, Kollege Lehmann, vergessen bitte nicht, dass Sie morgen und übermorgen für das Seminar in Frankfurt gebucht sind. Seien Sie ausgeschlafen und machen Sie unserer Abteilung keine Schande.«

Damit verließ er den Raum, in dem noch ein paar Sekunden Schweigen herrschte.

»Das Seminar heißt nicht zufällig *Der Vorgesetzte im Wandel der Zeit – Besser führen mit neuen Managementmethoden?*, wollte Lenz wissen.

Lehmann kramte seine Einladung aus der Schreibtischschublade und warf sie verächtlich vor sich.

»Doch, warum?«

»Hab ich gerade hinter mich gebracht.«

»Und, wie war es?«

»Frag besser nicht.«

8

»Du glaubst es nicht, Paul«, berichtete Maria ihrem Mann, der gerade im Bad mit dem Händewaschen beschäftigt war, »aber ich habe heute die ersten Erdbeeren im Supermarkt gesehen. Im Februar!«

»Das ist doch in jedem Jahr das gleiche, Maria«, gab Lenz mit einem Anflug von Erheiterung zurück. »Und du bist jedes Jahr aufs Neue pikiert, wenn du diese harten, geschmacklosen spanischen Dinger, die mit guten, wohlschmeckenden Erdbeeren so gar nichts zu tun haben, in irgendeinem Regal liegen siehst.«

Seine Frau wartete, bis er ins Esszimmer getreten war, und warf ihm einen zweifelnden Blick entgegen.

»Wirklich? Ist das ernsthaft jedes Jahr das gleiche? Ich kann mich auch nach längerem Überlegen wirklich nicht daran erinnern, jemals mit dir über solche Erdbeeren gesprochen zu haben.«

Lenz nahm ihr das Salatbesteck aus den Händen, ließ es in die Schüssel fallen und nahm sie liebevoll in die Arme.

»Ich bin total froh, dass es dich gibt, meine Liebe, auch wenn du ein Gedächtnis hast so löchrig wie ein Schweizer Käse. Und du solltest dir auch keine Gedanken darüber machen, weil das noch nie anders gewesen ist. Du merkst dir eben die Dinge nicht so explizit wie andere Menschen.«

Er verstärkte den Druck mit den Armen.

»Dafür hast du Qualitäten auf vielen anderen Gebieten, von denen ich zum Beispiel nur träumen kann.«

»Ach ja? Was denn zum Beispiel?«

Seine Hand fuhr an ihrem Rücken entlang und schob sich genüsslich über ihre Pobacken.

»Na ja …«

»Lass, ich weiß, was du sagen willst«, entgegnete sie mit gespielter Empörung, wobei sie sich wie eine Schlange aus seiner Umklammerung befreite. »Nicht viel in der Birne, aber immerhin gut zu f …«

»Nein!«, bremste der Polizist ihre Fantasie. »Schluck es einfach runter und beweis mir diesen Teil deiner Behauptung in natura. Und den anderen Unsinn rede ich dir im Verlauf des Abendessens eh aus.«

»Dann meinst du also«, schnurrte sie, während sich ihr Unterleib an seinen heranschob, »dass ich mir keine Sorgen wegen einer bevorstehenden Demenz machen muss, weil ich halt schon immer solch eine Dummbirne gewesen bin?«

»Genau. Und jetzt lass uns lieber erst mal was futtern, ich hab nämlich einen Bärenhunger.«

Nach dem Essen lümmelten sich die beiden auf der großen Couch im Wohnzimmer. Auf dem Tisch stand eine Flasche Rotwein mit zwei befüllten Gläsern, und aus der Stereoanlage erklang leise Musik. Die Themen möglicherweise bevorstehender Demenz und mangelnder Merkfähigkeit bei Maria hatten sich während des Hauptgangs irgendwie in Luft aufgelöst, auch deshalb, weil sie von neuen, aufregenden Entwicklungen in der Galerie, die sie mit einer Freundin zusammen betrieb, berichtet hatte.

»Wie war eigentlich dein Tag, jetzt, nachdem wir mehr als eine Stunde nur von mir und der Galerie und irgendwelchen für dich unbekannten Künstlern geredet haben?«

Der Hauptkommissar winkte ab.

»Nichts Besonderes. Zwei Tote, aber zum Glück nicht bei uns, sondern in Jena.«

»In Jena?«, wunderte sie sich, woraufhin Lenz ihr in groben Zügen erläuterte, was er im Lauf des Tages erlebt hatte.

»Diese Rockerbanden«, entgegnete sie, nachdem er geendet hatte, »machen mir immer unterschwellig Angst.«

Sie beugte sich nach vorn, nahm einen Schluck Wein und stellte das Glas zurück auf den Tisch.

»Letzten Sommer, als ich einmal mit Judy am Edersee gewesen bin, war es ganz schlimm. Wir hatten an einer Currywurstbude angehalten, weil uns der Duft nach Frittenfett im Vorüberfahren so furchtbar in die Nase gestiegen war, dass uns das Wasser im Mund zusammengelaufen ist.«

»Du machst Halt an einer Bratwurstbude?«, fragte er ungläubig.

»Klar, manchmal schon. Wenn es passt, sitze ich gern in einem schicken Café, und wenn es anders passt, stoppe ich an einer Würstchenbude und schiebe mir eine fetttriefende Currywurst in den Rachen.«

»Maria, da tun sich ja Abgründe auf.«

Sie stieß ihm ihren Ellbogen in die Seite.

»Hör auf, du Showman. Du weißt genau, dass ich manchmal Heißhunger auf so ein Zeug habe, und wenn das so ist, dann gebe ich dem auch nach. Wie auch immer, Judy und ich stehen also an dieser Bude irgendwo zwischen dem See und Bad Wildungen und mümmeln unsere Würstchen, als eine Horde dieser Rocker anfährt. Alle mit Harley-Davidsons übrigens, aber das hat mir Judy gesteckt, ich kenne mich mit diesen Dingern ja nicht aus. Auf jeden Fall ging, zumindest für Judy und mich, allein von deren Anwesenheit so viel Einschüchterungspotenzial aus, dass wir die Hälfte unserer Würste stehen gelassen haben und verduftet sind. Und ich glaube auch, dass der Mann und die Frau hinter der Theke sich alles andere als wohlgefühlt haben.«

»Wie viele Motorräder waren es denn?«

Maria überlegte eine Weile.

»Du weißt, dass solch eine Schätzfrage für mein Spatzenhirn eine echte Herausforderung ist, Paul«, erwiderte sie schließlich lachend. »Aber es waren bestimmt 30, vielleicht sogar mehr. Manche der Fahrer waren allein unterwegs, andere hatten Frauen hinten drauf sitzen.«

Nochmals eine kurze Phase des Überlegens.

»Die übrigens alle recht jung und ziemlich schlank gewesen sind«, sinnierte sie. »Was darauf schließen lässt, dass es für die Anbahnung einer Beziehung mit einem Rocker von Vorteil sein dürfte, zumindest diese beiden Attribute zu erfüllen. Aber im Ernst, mich schaudert noch heute, wenn ich an die Situation denke.«

»Haben sie euch in irgendeiner Form bedrängt, belästigt oder angemacht?«

»Sag mal«, rief sie laut, »hörst du mir eigentlich zu? Ich habe von *jung* und *schlank* gesprochen, und du fragst mich, ob die uns angemacht haben? Judy und ich passen, mit Verlaub, ganz und gar und überhaupt nicht mehr in das Beuteschema dieser Männer. Und darum, ob sie uns nun angemacht haben könnten oder nicht, geht es auch gar nicht. Es geht einfach um die ungemeine physische

Präsenz, die von solchen Gruppen ausgeht. Wenn es ein einzelner Mann mit Kutte ist, so könnte ich es mir zumindest vorstellen, wäre das vermutlich anders, aber in der Gruppe haben die etwas latent Gewalttätiges. Da schwebt über allem, wobei sich das naturgemäß eher gegen Männer richtet, aber beileibe nicht nur, die Drohung, *wenn du uns nur schief anschaust, du Arschloch, kriegst du gehörig was auf die Schnauze*. Und ich tue mich einfach schwer mit diesem ganzen Gewaltzeugs, aber das weißt du ja.«

»Ja, das weiß ich tatsächlich, Maria. Und Gewaltzeugs, wie du es nennst, steht bei denen leider ganz oben auf der Tagesordnung.«

Er erzählte ihr ausführlich von den Begebenheiten am Herkules im vergangenen Sommer.

»Boah, das klingt ja abscheulich«, fasste sie nach seinen Schilderungen angewidert zusammen. »Und solche Leute werden auf Kaution freigelassen?«

»Irgendwie hat es sein Anwalt geschafft, ja.«

»Das glaube ich alles nicht. Viele andere müssen für weniger im Knast bleiben, schon allein, weil sie das Geld für die Kaution nicht aufbringen können.«

»Tja, meine Liebe, niemand hat behauptet, dass Gerechtigkeit und Barmittel nicht im Zusammenhang stehen.«

»Wenn du das so sagst, kommt mir das Abendessen noch ein bisschen weiter nach oben gerutscht.«

»Ja, aber so ist es nun mal. Dieser Blatter, der Rocker, hat …«

»Heißt der wirklich Blatter?«

»Ja, so hat es mir mein Kollege zumindest erzählt. Ich

konnte mir den Namen auch ganz gut merken, weil ich mir die Eselsbrücke zu diesem korrupten Fußballboss gebaut habe, diesem Schweizer.«

Sie überlegte einen Moment.

»Ach so, du meinst Sepp Blatter, den Boss des Weltfußballverbandes.«

»Genau den meinte ich. Warum hat dich der Name Blatter eben so stutzen lassen, Maria?«

»Ich hatte die Assoziation zu einem Klassenkameraden aus der Grundschule, der hieß auch Blatter. Ich glaube, sein Vorname war Dieter. Oder nein, ich weiß es ganz genau, er hieß Andreas. Andreas Blatter. Der war damals der Schrecken der Straße und das tiefschwarze Schaf seiner sehr angesehenen Familie.«

»Der Rocker vom Herkules, also dieser Blatter, heißt auch Andreas mit Vornamen. Aber das ist bestimmt nur ein dummer Zufall.«

Die Frau des Hauptkommissars überlegte wieder eine Weile.

»Vorstellen könnte ich mir schon, dass er bei so einer Gang gelandet ist. Aber vielleicht hast du auch recht, und es ist einfach nur eine banale Namensgleichheit.«

»Ja wahrscheinlich.«

»Immerhin«, lenkte sie mit einem schlagartig aufgehellten Gesicht das Gespräch in eine andere Richtung, »gibt es auch noch eine gute Nachricht zu vermelden. Na ja, jetzt nicht direkt für dich, aber immerhin für mich.«

»So, was soll das denn sein?«

»Judy hat unsere Reise gebucht. Eine Woche Teneriffa, wie ich es dir angedroht hatte. Übermorgen geht es los.«

»Von Drohung kann da aber keine Rede sein, Maria, immerhin bin ich dich für ganze sieben Tage los und kann endlich mal wieder machen, was ich will, wenn ich von einem harten und langen Arbeitstag nach Hause komme.«

»Stimmt, du kannst in der Woche machen, was du willst. Was nach meiner Einschätzung damit enden wird, dass es eine Woche lang Futter vom Pizza-Taxi und danach Dosenbier und Chips vor der Glotze geben wird.«

»Puh, jetzt hast du mich aber verdammt noch mal eiskalt erwischt. Genau so hatte ich mir diese Zeit nämlich vorgestellt.«

»Du wirst dich unterstehen, auch nur ein einziges Gramm zuzunehmen, während ich weg bin. Sonst kriegst du eine ganze Woche lang nur Gemüsebrühe und Mineralwasser.«

»Was für feine Aussichten«, brummte er vergnügt.

Zwei Stunden später lag Maria zufrieden schnarchend im Arm des Polizisten, während er noch einmal den Inhalt des Gesprächs mit ihr durchging. Es gab Zufälle, da war er sich sicher, aber in einer Stadt wie Kassel eine solche Namensgleichheit, das wäre schon sehr ungewöhnlich. Auf der anderen Seite, was würde es schon bedeuten, dass der Mann, selbst wenn es sich um ein und dieselbe Person handeln sollte, in grauer Vorzeit mit seiner Frau die gleiche Schule besucht hätte? Nichts eigentlich, und trotzdem nahm er sich vor, diesen Aspekt im Auge zu behalten.

9

Die beste Anlaufstelle in Fragen zu Kasseler Bürgern, egal ob strafrechtlich vorbelastet oder nicht, die Lenz sich vorstellen konnte, war sein alter Freund und gleichzeitig der Pressesprecher des Polizeipräsidiums Nordhessen, Uwe Wagner. Außerdem stand bei diesem nicht zu befürchten, dass er von wohlschmeckendem, frisch aufgebrühtem Kaffee auf irgendwelche dubiosen indischen Teesorten umgestiegen sein könnte. Deshalb führte den Kommissar der erste Weg am folgenden Morgen in das Dienstzimmer des Kollegen.

»Mensch, Paule, dich hab ich ja eine Ewigkeit nicht gesehen«, wurde er von dem Pressemann mit einer herzlichen Umarmung begrüßt.

»Na ja«, relativierte Lenz den klitzekleinen, aber doch nicht zu überhörenden Vorwurf, »immerhin war ich nicht 14 Tage zum Skilaufen in Kanada wie andere Mitarbeiter des Hauses.«

»He, he«, machte Wagner auf beleidigt, »ich habe mir seit mindestens 20 Jahren vorgenommen, das einmal zu machen, und jetzt kommst du mir so; das kann doch nicht dein Ernst sein. Du könntest dich wenigstens ein bisschen mit mir darüber freuen, dass ich die wirklich geilsten Skitage meines Lebens verbracht habe.«

»War es echt so schön?«

»Viel, viel schöner, als es jemals ein Foto darstellen könnte.«

Die nächste halbe Stunde verging mit ausführlichen

Beschreibungen von völlig unberührten Hängen, Heliskiing, und Champagne-Powder, wie der extrem weiche, bestens zu befahrende Schnee in Teilen Kanadas genannt wurde.

»Und das Schönste ist, dass so ein Ausflug gar nicht mal viel teurer ist als ein Skiurlaub in den Alpen«, resümierte Wagner zum Schluss.

Lenz betrachtete seinen Freund mit skeptischem Blick.

»Das würde ich mit Nichtwissen bestreiten«, entgegnete er in schönstem Juristendeutsch.

»Na schön, vielleicht ist es ein paar Euro teurer, aber viel kann es wirklich nicht sein. Und überhaupt weigere ich mich, die Kosten für diese Traumreise auf Heller und Pfennig zusammenzurechnen. Basta!«

Ein weiterer Blick des Hauptkommissars vor dem Schreibtisch ließ seine Argumentation in sich zusammenbrechen.

»Gut, vielleicht mache ich mir da auch was vor, aber es hat sich trotzdem gelohnt.«

»Doppelt so teuer?«

»Wahrscheinlich schon«, knurrte Wagner nach einer Weile des Nachdenkens oder eher des Nachrechnens.

»Aber bevor du mir auch noch die letzte schöne Erinnerung an die herrlichen Tage mit deinen blöden Fragen nach den Kosten dafür zerstörst, sollten wir besser das Thema wechseln«, warf er ein. »Du bist doch garantiert nicht nur deswegen hier aufgekreuzt?«

»Nein, eigentlich hatte ich mich auf einen leckeren Kaffee gefreut.«

»Herrje, den habe ich in meiner Erzählwut doch glatt

vergessen«, entschuldigte der Pressemann sich halbherzig. »Und weil du so knickerig nach den Kosten gefragt hast, kriegst du jetzt auch keinen mehr.«

»Das hältst du doch eh nicht durch, Uwe«, grinste Lenz. »Also mach dir und mir einen Kaffee, und dann fangen wir mit der Arbeit an.«

Bis zum endgültigen *fangen wir mit der Arbeit an* dauerte es dann doch noch ein paar Minuten länger, weil Wagner während des Kaffeezubereitens eine Skitour einfiel, über die er noch nicht berichtet hatte.

»Und was genau willst du jetzt von mir, du Schotte?«

»Ich will dich über einen gewissen Andreas Blatter ausfragen.«

»Den Rockerboss?«

»Also kennst du ihn?«

»Nicht persönlich zwar, aber klar kenne ich ihn. Wenn dem nicht so wäre, hätte ich meinen Job irgendwie falsch verstanden.«

»Erzähl mir was über den Mann.«

»Erzähl du mir erst mal, warum ich das machen sollte.«

Wieder spulte der Hauptkommissar die Geschichte der beiden toten Wachmänner auf der Baustelle in Thüringen ab.

»Und dieser Blatter ist tatsächlich auf freien Fuß gekommen? Das wundert mich schon sehr.«

»Warum?«

»Wegen seiner Latte an Vorstrafen. Der hat immerhin schon ein paarmal im Knast gesessen, soweit ich mich erinnere.«

Wagner griff zu seiner Tastatur und gab ein paar

Befehle ein. Die Antwort dauerte eine Weile, dann nickte er zufrieden.

»Hier haben wir es. Eine Bewährungsstrafe, die durchging, und einmal Bewährung, die widerrufen wurde. Zwei kürzere Haftstrafen und eine längere in diesem Jahrzehnt. Das nenne ich schon eine Vorstrafenlatte.«

»Da gebe ich dir recht. Trotzdem ist er auf Kaution freigelassen worden.«

»Na ja, bestimmt hat sein Bruder seine Beziehungen spielen lassen.«

»Wie? Von was für einem Bruder sprichst du, und was für Beziehungen sollen das sein?«

»Thomas Blatter, sein Bruder. Der Strafverteidiger. Sozius einer großen Kanzlei am Königsplatz.«

»Nie gehört.«

»Vielleicht verteidigt er eher Menschen, mit denen du nicht so viel zu tun hast. Steuerbetrüger und so.«

»Aber er kümmert sich auch um seinen Bruder?«

»Klar. Bruder Thomas war, soweit ich weiß, immer der Verteidiger von Andreas Blatter.«

»Interessant. Maria meint übrigens, dass sie mit diesem Andreas zusammen in der Grundschule die Schulbank gedrückt hat, und dass er schon damals ein ziemlich wilder Geselle gewesen ist.«

Wagner dachte kurz nach.

»Vom Alter her könnte es passen. Soll ich dir ein Bild ausdrucken, dass sie sich seine Visage mal anschauen kann?«

»Ja, mach mal.«

Kurz darauf faltete Wagner ein schwarz-weiß bedrucktes A4-Blatt und reichte es seinem Freund.

»Und warum bearbeitet ihr den Fall und nicht die Kollegen von ZK 30?«

»Weißenstein will nicht.«

»Wie?«, entgegnete Wagner sichtlich irritiert, »der gute Friedbert lässt euch Fuzzis von der Mordkommission so einen Fall? Was ist denn mit dem los, das kann ich ja kaum glauben.«

»Ist aber so.«

Nun folgte ein Abriss des Gesprächs in Lehmanns Büro.

»Interessant. Warum er euch das Ding lässt, werden wir zwar nicht erfahren, aber das ist auch nicht so wichtig. Immerhin wissen Thilo und du jetzt, wie das mit den Black Crows alles so zusammenhängt.«

»Und vielleicht hat Weißenstein ja auch recht, und die ganze Sache hat wirklich nichts mit denen zu tun.«

Wieder dachte Wagner einen Augenblick lang nach.

»Möglich wäre es, ja. Diese Kabeldiebe werden tatsächlich immer dreister; und vielleicht war es wirklich so, dass die beiden einfach das Pech hatten, zur falschen Zeit am falschen Ort gewesen zu sein.«

»Und vergiss nicht, dass die Kollegen aus Jena noch den Hut aufhaben, was die Ermittlungen betrifft. Wir schauen einfach, ob wir sie irgendwie unterstützen können, den Rest allerdings müssen sie schon selbst regeln.«

»Auch keine schlechte Sache«, feixte Wagner, »ein Doppelmord, bei dem man sich so quasi an der Außenlinie bewegen kann. Kommt ja auch nicht jeden Tag vor, so was.«

»Außenlinie ist ein gutes Stichwort«, entgegnete Lenz, trank seinen Kaffee aus, erhob sich und stellte die Tasse auf die dafür vorgesehene Ablage. »Ich will mal schauen, was der Kleine so treibt. Nicht, dass er schon eine Vermisstenanzeige nach mir aufgegeben hat.«

Wie bestellt klopfte es kurz an der Tür, die direkt danach geöffnet wurde.

»Wie könnte es anders sein«, brummte der junge Oberkommissar.

»Ich wollte gerade runter kommen«, antwortete sein Boss grinsend.

»Ach ja?«

»Ja, ehrlich. Was meinst du, warum ich schon stehe?«

»Weil du mich kommen gehört hast.«

»Quatsch, Thilo. Komm, lass uns losfahren, wir haben viel vor heute.«

»Jetzt will ich zuerst auch einen Kaffee«, entgegnete Hain mit Blick auf die frisch benutzte Tasse in der Ablage.

»Kaffee bei Onkel Uwe ist heute nicht«, entschied Lenz mit hochgezogenen Schultern. »Du kriegst auf dem Weg ins Krankenhaus einen bei Tchibo in der Stadt. Ich lade dich auch ein.«

»Was soll ich denn bei Tchibo?«

»Hör auf zu wimmern und komm.«

»Ich denke, wir wollen zu Deutschlands Kaffeekanne Nummer eins und danach ins Krankenhaus«, nörgelte Hain, als kurz darauf klar wurde, dass sein Chef sich in Richtung ihrer eigenen Abteilung bewegte.

»Ja, ja, nun sei mal nicht so ungeduldig. Zuerst müssen wir noch bei RW vorbei und ihn mit Arbeit versorgen, damit ihm nicht langweilig wird.«

Hauptkommissar Rolf-Werner Gecks, von allen nur RW genannt, saß an seinem Schreibtisch und arbeitete an einem Bericht.

»Du könntest«, bat Lenz nach einer kurzen Begrüßung und einer knappen Zusammenfassung der Ereignisse des Vortags, die diesmal Hain übernahm, »mal versuchen, möglichst viel über einen gewissen Andreas Blatter herauszubekommen. Seine Daten findest du im System, natürlich auch alle seine Kontakte mit uns und der Judikative.«

»Aber ich habe doch die strikte Order von dir«, entgegnete Gecks halbherzig, »den Bericht zu der aufgeklärten Brandstiftung in Niederzwehren endlich abzuliefern. Gilt die jetzt oder gilt sie nicht? Ich meine, ich reiß mich nicht drum, hier am Schreibtisch zu sitzen und mir einen Bericht aus den Fingern zu saugen, während ihr in einem Doppelmord ermittelt.«

»Den Bericht stellst du zurück, der hat Zeit.«

»Das klang vorgestern aber noch ganz anders, Paul.«

»Ich weiß. Aber jetzt kümmerst du dich vorrangig um diesen Andreas Blatter. Es wäre übrigens auch interessant zu erfahren, auf welcher Grundschule er gewesen ist.«

»Auf welcher Grundschule? Wie alt ist der Kerl denn?«

»47, glaube ich.«

»Und du bist sicher, dass du wissen willst, auf welcher …«

Gecks brach seinen Satz ab. »Was interessiert es mich, warum du was wissen willst. Ich kümmere mich darum, aber sei nicht beleidigt, wenn sich das auf die Schnelle nicht herauskriegen lässt bei einem Mann knapp unter 50.«

»Nein, RW, das ist wirklich nur die Kür. Was die Pflicht angeht, weißt du, was wir brauchen. Er ist übrigens der Präsident der Black Crows.«

»Der Rockergang?«

»Exakt.«

»Heilige Scheiße.«

10

Thomas Blatter wischte zum x-ten Mal seine feuchten Finger an der Hose ab und sah dabei nervös aus dem Fenster. Am liebsten hätte der Jurist die Notbremse der Straßenbahn nach unten gerissen und wäre hinausgestürmt, doch er wusste, dass ihm solch eine Kurzschlusshandlung höchstens eine Atempause verschaffen würde, nicht mehr. Als die Bahn die Haltestelle *Am Stern* erreicht hatte, stand er auf und drängte sich mit den anderen Pendlern und vielen Studenten, die auf dem Weg zur nahen Universität waren, aus dem Wagen. Eigentlich hätte er erst an der nächsten Station aussteigen müssen, aber er wollte noch ein wenig frische Luft atmen und sich bewegen. Mit fahrigen Händen spannte er seinen Schirm auf, um sich vor dem unangenehmen Schneeregen zu schützen, und machte sich auf den Weg zur Kanzlei. Zwischendurch blieb er immer wieder stehen und betrachtete das Warenangebot in den Schaufenstern auf der Unteren Königstraße, wobei ihm sehr wohl bewusst war, dass er das ausschließlich tat, um bloß keine Sekunde zu früh anzukommen.

Morgen früh 09:00 Uhr im Besprechungsraum, hatte auf dem Zettel gestanden, den Frau Reichenbach vom Empfang ihm am Abend zuvor in sein Büro gebracht hatte. Kurz und knapp, wie seine Kollegen es immer hielten. Keine Anrede, kein *lieber Thomas*, nur die unverblümte Aufforderung, zu erscheinen.

Er passierte den Seiteneingang des City-Points, der großen innerstädtischen Einkaufshalle, ging ein paar Schritte zurück, schüttelte den Schirm aus, zog ihn zusammen und betrat den Konsumtempel. Dort nahm er nicht die Rolltreppe, sondern schlenderte langsam die Stufen hinauf, umrundete die Etage und verließ das Gebäude wieder am Ausgang Königsplatz. Dort wandte er sich nach rechts und ging, die letzten Meter nach dem Arkadengang im Freien ohne Schirm, auf die schwere klobig wirkende Holztür zu, die er in den 18 Jahren seiner Tätigkeit hier sicher schon Tausende Male aufgezogen und geschoben hatte. Als er den Fahrstuhl verließ, musste er so intensiv schlucken, dass er für einen Moment befürchtete, sich übergeben zu müssen, doch er bekam die Situation, wenn auch mit großer Mühe, in den Griff.

»Ihre Kollegen warten schon im Besprechungsraum«, wurde er von Frau Reichenbach begrüßt, die natürlich, wie alle anderen Mitarbeiter der Kanzlei auch, haargenau wussten, warum sich die Chefetage an diesem Morgen dort zusammenfand. »Darf ich Ihnen eine Tasse Kaffee bringen?«

»Nein, vielen Dank, ich hatte schon zwei Espressi«, erwiderte Blatter leise.

Mit einem angedeuteten Nicken und einem kurzen Antippen der Theke mit der rechten Handfläche verließ er den Empfang und hatte Sekunden später den Raum erreicht, in dem seine Kollegen auf ihn warteten. Vor der Tür hielt er kurz inne, atmete tief durch, versuchte, einen heiteren, optimistischen Gesichtsausdruck zu imitieren, und drückte die kalte Edelstahlklinke nach unten.

»Guten Morgen, Kollegen«, schmetterte er den beiden an dem großen Tisch sitzenden Männern zu, die mit Kaffeetassen vor sich dasaßen.

Robert Bosch und Cord Frommert hoben kurz die Köpfe, nickten ihm unverbindlich zu und bedeuteten ihm, er möge bitte zwischen ihnen am oberen Ende Platz nehmen.

»Du weißt, warum wir um dieses Treffen ersuchen mussten«, begann Frommert mit ernster Miene.

»Na ja, ersuchen würde ich das nicht nennen«, machte Blatter auf pikiert.

»Da magst du recht haben«, stimmte Bosch zu. »Aber die Klärung der Situation duldet nun einmal keinen Aufschub, Thomas.«

Blatter zog, wie er es auch vor Gericht gern machte, eine Augenbraue hoch und fixierte die beiden Männer.

»Ich bin mir nicht sicher, ob ich so genau weiß, von welcher Situation wir sprechen.«

»Wir sprechen«, schrie Frommert ihn völlig unvermittelt an, während er seine rechte Hand auf die Tischplatte krachen ließ, »davon, dass dein Verhalten sich zunehmend existenzbedrohend auf die Kanzlei auswirkt.«

Bosch legte seinem Kollegen sanft die Hand auf den Arm und tätschelte die Stelle. Wenn diese Geste beruhigend wirken sollte, so schien sie ihr Ziel deutlich zu verfehlen, denn Cord Frommert zog mit einer hastigen Bewegung die Hand zur Seite.

»Wir alle hier wissen, dass dein Beitrag zum Ertrag in den letzten Jahren deutlich hinter Roberts und meinem zurückgeblieben ist. Du erwirtschaftest nicht einmal mehr zehn Prozent des Umsatzes, wenn es überhaupt so viel sein sollte. Du verbringst ein Viertel des Jahres in deinem Haus in Thailand, wobei wir alle hier froh sind, dass nicht publik wird, was genau du dort eigentlich treibst. Und, als ob das noch nicht genug wäre, bringst du die Kanzlei mit Aktionen in Verruf, die wir schon seit Jahren missbilligen. Wir wollen nicht mit Rockergruppen in Verbindung gebracht werden, dazu ist unsere andere Klientel eindeutig zu konservativ.«

Er schnappte nach Luft.

»Außerdem bringt es neben der sich in Luft auflösenden Reputation nicht das Schwarze unter dem Nagel ein. Wir verdienen rein gar nichts damit, diese Leute als Mandanten anzunehmen.«

Eine weitere kurze Pause.

»Und dann triffst du dich trotz unserer deutlich zum

Ausdruck gebrachten Vorbehalte hier in der Kanzlei mit deinem gerade erst auf Kaution freigekommenen Bruder, dem Boss dieser Gangsterbande.«

Thomas Blatter lehnte sich zurück und schloss die Augen. Als er sie wieder öffnete, hatte sein Blick etwas Bedrohliches.

»Ich kann mich nicht erinnern, dass mir während meines Studiums gelehrt wurde, Mandantschaft in gute und weniger gute zu unterteilen. Ich bin Strafverteidiger und ich unterscheide nicht, ob ich einen Steuerbetrüger oder einen Mörder vertrete.«

»Hör zu, Thomas«, versuchte Robert Bosch mit leiser Stimme vermittelnd zu wirken, »wir kämpfen mit diesem Problem seit vielen Jahren, und ich weiß nicht, wie viele dieser Gespräche wir in dieser Zeit führen mussten. Aber Fakt ist nun einmal, dass Cord und ich eine völlig andere Klientel betreuen als du, und sowohl er als auch ich haben in den letzten Jahren einige wirklich wichtige Schlüsselmandanten verloren, weil diese nicht von einer Kanzlei vertreten werden wollten, in der, nach ihrer Ansicht, Kontakte zum Rockermilieu gepflegt werden. Ich kann einfach dem Chefarzt einer Klinik oder dem Direktor eines mittelständischen Unternehmens, die ihre Scheidung mit mir durchziehen wollen, nicht klar machen, dass sie sich mit Kuttenträgern ins Wartezimmer setzen sollen, die sie vielleicht noch bedrohlich anstarren. Ganz zu schweigen von den Medien, in denen wir schon seit Jahren nur noch als die Kanzlei dargestellt werden, die sich vorrangig mit dem Rotlicht- und Rockermilieu beschäftigt.«

»Aber das stimmt doch einfach nicht«, entgegnete Blatter energisch.

»Doch«, brüllte Frommert, »und wie das stimmt! Und wenn du hier deinen Job so machen würdest wie Robert und ich, dann wüsstest du das auch.«

Er funkelte seinen Kollegen an.

»Wir beide machen nämlich nur vier Wochen im Jahr Urlaub, und nicht mindestens drei Monate. Wir versuchen, einen gesunden Beitrag zum Bestehen der Kanzlei zu erwirtschaften, und wir kommen auch in der Regel nicht erst am Vormittag, um das Haus noch vor der Kaffeezeit wieder zu verlassen. Wir akquirieren Mandanten, indem wir uns sozial und in Vereinen engagieren, was man von dir beim besten Willen nicht sagen kann.«

»Ach, weil ich nicht Golf spiele, bin ich ein schlechter Sozius?«

»Ob du Golf spielst oder nicht, darum geht es doch nun wirklich nicht, Thomas«, widersprach Bosch und griff zu einem vor ihm auf dem Tisch liegenden Blatt Papier.

»Hier sind die Beiträge von uns dreien zum Kanzleiumsatz der letzten fünf Jahre aufgelistet.«

Er schob Blatter die Liste zu.

»Daraus geht eindeutig hervor, dass du im Schnitt tatsächlich kaum zehn Prozent des Gesamtumsatzes erwirtschaftet hast. Und diese Berechnungen drücken klar aus, dass es so nicht weitergehen kann.«

Er machte eine Pause und sah Blatter an, doch der würdigte das vor ihm liegende Papier keines Blickes.

»Also«, fuhr Bosch schließlich fort, »müssen wir eine Lösung finden, die alle Beteiligten in irgendeiner Weise …«

»Nun hör schon auf, um den heißen Brei herum zu reden, Robert«, fuhr Frommert dazwischen, »und sag ihm, dass er entweder wieder vernünftig arbeiten oder die Kanzlei verlassen muss. Was anderes kommt gar nicht mehr in die Tüte. Wir haben uns sein asoziales Verhalten lang genug angesehen.«

»Asoziales Verhalten, soso«, äffte Blatter den weitaus älteren Kollegen nach, um im Anschluss einfach abzuwinken. »Ihr könnt mich mal, ihr Spießer.«

»Was habe ich dir gesagt?«, herrschte Frommert Bosch an, der kopfschüttelnd dasaß. »Er will es nicht verstehen und er wird es nicht verstehen.«

»Soweit ich die Situation überblicke«, dozierte Blatter nun hochgradig arrogant seine Sicht der Dinge, »haben wir einen gültigen Vertrag, verehrte Sozien. Und der besagt, dass wir die Erlöse der Kanzlei nach Abzug der Kosten durch drei teilen. Damit sollte eigentlich alles Notwendige gesagt sein, was meint ihr?«

Robert Boschs Kopf bewegte sich immer noch hin und her, als er dazu ansetzte, Blatters Einwand zu bewerten.

»Das ist durchaus richtig, Thomas. Durchaus. Aber du bist lang genug im juristischen Geschäft, um zu wissen, dass es immer Wege gibt, wenn man sich trennen will.«

Er saugte angestrengt Luft in seine Lungen.

»Oder dazu gezwungen ist.«

»Da bin ich aber wirklich gespannt, wie ihr das deichseln wollt. Ich kann mir beim besten Willen nicht vorstellen, was für Argumente ihr ins Feld führen wollt. Und weiterhin könnt ihr euch jetzt schon mal auf einen langen, aufreibenden und für alle Beteiligten sehr, sehr teuren Prozess einstellen, wenn ihr tatsächlich plant, mich aus der Kanzlei zu drängen.«

Cord Frommert, der weißhaarige, komplett in Tweed gekleidete, sportliche und deutlich jünger wirkende Endsechziger sah aus, als würde er seinem Kollegen jeden Moment an die Gurgel springen.

»Du bist nicht nur asozial, Thomas, du bist geradezu antisozial«, schnaubte er gereizt. »Und ich bin von diesem Moment an fertig mit dir. Unsere Beziehung, gleich ob geschäftlich oder privat, ist komplett und irreparabel beschädigt oder, um es besser auszudrücken, zerstört. Und wenn du die Kanzlei nicht freiwillig verlässt, werde ich dich so fertig machen, dass am Ende kein Hund mehr ein Stück Brot von dir nimmt, du verdammter Bastard.«

Blatters Gesicht verzog sich zu einer Grimasse, die sich jedoch weiter veränderte und in einem eingefrorenen Grinsen ihr Ende fand.

»Meinst du nicht, dass diese Drohung dein angegriffenes Herz ein klein wenig zu stark belastet?«, höhnte er schließlich. »Ich zumindest glaube es.«

Frommert sah in die kleine Runde, stand wortlos auf und verließ ohne einen Blick zurück den Raum.

»Herrje, ist das wirklich alles nötig, Thomas?«, wollte Bosch tief erschüttert wissen. »Wir waren doch mal ein richtig gutes Team. Warum kannst du dich nicht einfach wieder ein wenig mehr einbringen, damit wären vermutlich schon alle Probleme gelöst.«

»Ich werde mich nicht von diesem alten Sack bevormunden lassen«, zischte er. »Und wenn ich mal eine Zeit lang ein wenig zurückhaltender bin mit der Arbeit, dann muss das eine Kanzlei wie unsere auch aushalten. Basta.«

»Das würde zweifellos jeder von uns verstehen, wenn du mal eine Auszeit brauchen würdest, ganz sicher. Aber die Auszeit, die du dir gönnst, geht jetzt schon ein paar Jahre lang, und das kann einfach nicht gut sein; sowohl für das Portemonnaie wie auch für den Kanzleifrieden.«

Er deutete auf die Tür, durch die Frommert keine Minute zuvor hinausgegangen war.

»Und ich kann ihn wirklich verstehen, Thomas. Er wollte schon vor drei, dann vor zwei Jahren und dann letztes Jahr aufhören, was nie geklappt hat, weil die Umsätze ohne ihn nicht reichen würden, um die Kanzlei in der Form, wie wir sie betreiben wollen und du sie auch mal betreiben wolltest, am Leben zu halten.«

»In den guten Jahren habe ich deutlich mehr als ihr erwirtschaftet, vergiss das nicht«, entgegnete Blatter.

»Das hat niemand von uns vergessen, glaub mir, aber diese Jahre sind längst aufgebraucht. Und ich kann Cord nicht widersprechen, wenn er …«

Robert Bosch stockte, weil in diesem Moment die Tür des Besprechungszimmers aufgestoßen wurde, und Cord Frommert in den Raum stürmte. Den braunen Din-A4-Umschlag, den er in der rechten Hand hielt, warf er mit einer abfälligen Geste vor Thomas Blatter auf den Tisch.

»Das ist für dich, du mieses Stück Scheiße. Und wenn ich nicht bis zum Ende der Woche deine Kündigung, natürlich ohne irgendwelche wie auch immer gearteten Forderungen, auf dem Schreibtisch habe, geht der Inhalt dieses Kuverts zuerst an die Presse und dann an die Polizei.«

Blatter sah auf, direkt in das von Wut und Hass gezeichnete Gesicht des Kollegen, der dem Blick ohne die geringste Anstrengung standhielt.

»Was wird das, Cord? Die Rache des alten Mannes?«

Ein verächtliches Lachen.

»Verzeih mir bitte, wenn ich das so despektierlich sage, aber der große Auftritt war noch nie deine starke Seite.«

Frommert wandte sich wortlos ab und ging zur Tür. Dann jedoch drehte er sich noch einmal um, ging langsam zurück und beugte sich zu Blatter hinunter, so weit, dass sich die Nasen der beiden Männer fast berührten.

»Das mag wohl sein, Thomas, aber wenn die Dinge in diesem Umschlag an die Öffentlichkeit geraten, werden die Tage deiner großen Auftritte wohl ebenfalls gezählt sein. Dann darfst du noch ein einziges Mal den großen Max machen und danach wanderst du für lange Zeit in den Knast. Und was sie dort mit Würstchen wie dir anstellen, brauche ich sicher nicht haarklein zu beschreiben.«

Blatter schluckte, betrachtete das Kuvert, bedachte Frommert erneut mit einem nun unsicher wirkenden Blick und sah danach Robert Bosch an, der nur gelangweilt mit den Schultern zuckte.

»Wer nicht hören will, muss fühlen«, brummte er gereizt. »Und wenn du es unbedingt auf die harte Tour haben willst, sollst du nicht enttäuscht werden.«

Der Bruder des Rockerbosses streckte die linke Hand nach vorn, griff nach der Papierhülle und klaubte den Inhalt daraus hervor, worauf ein paar Bilder und ein Din-

A4-Blatt zum Vorschein kamen. Mit spitzen Fingern hob der Jurist einen Abzug nach dem anderen an, warf einen kurzen, bestürzten Blick darauf und legte ihn wieder ab. Danach las er den knapp gehaltenen Text.

Ich, Marcel Hafenberger, versichere an Eides statt, dass ich mit Herrn Thomas Blatter eine sexuelle Beziehung unterhalten habe. In dem Zeitraum, in dem sich der Sachverhalt ereignet hat, war ich 14 und 15 Jahre alt. Herr Blatter hat mich mit Geldzahlungen und Drohungen gefügig gemacht.

Ich versichere weiterhin, dass ich in einem möglichen Strafprozess vollumfänglich gegen Herrn Blatter aussagen werde.

Kassel, 15. Dezember 2013

Zum Abschluss war das Schriftstück mit einer krakeligen Unterschrift versehen.

»Damit kommt ihr nicht durch!«, schrie Blatter hysterisch. »Das ist eine Nummer zu groß für euch. Dieser kleine, miese Stricher wird niemals …«

Er brach ab, weil er sich vermutlich selbst über seine Worte erschreckt hatte.

Frommert bedachte ihn mit einem letzten triumphierenden Blick und verließ anschließend ohne jede weitere Regung den Raum, in dem für ein paar Sekunden tödliche Stille herrschte.

»Du weißt, was wir von dir erwarten, und du weißt demzufolge, was du zu tun hast«, durchbrach Bosch das

Schweigen, stand federnd auf und ließ den jetzt klein und verletzlich wirkenden Kollegen zurück. Der betrachtete mehrere Sekunden lang völlig apathisch einen imaginären Punkt an der Wand, bevor er hysterisch zu lachen begann.

»Das werdet ihr bereuen«, murmelte er. »Das werdet ihr todsicher bereuen.«

Kurz darauf, während Blatter noch immer mit gesenktem Kopf dasaß, ertönte ein leises Klopfen an der Tür, auf das der Jurist jedoch nicht reagierte. Nach zwei weiteren Versuchen wurde die Tür sanft in den Raum geschoben und das runde, besorgt wirkende Gesicht von Frau Reichenbach wurde sichtbar.

»Ihr Bruder ist vorn, Herr Blatter. Er sagt, dass er Sie unbedingt sprechen will.«

11

Deutschlands Kaffeekanne Nummer eins hatte die Beamten mit dem vertrauten Duft empfangen, der Geschmack des Kaffees hingegen hinkte im Vergleich zu Uwe Wagners Produkt um Längen hinterher, was vorrangig damit zu begründen war, dass der Pressesprecher seit ewigen Jahren auf erstklassige Sorten aus kleinen Röstereien setzte und sich jeglichem industriell hergestellten Kaffee erfolgreich verweigerte.

»Hoffentlich ist der gute Adolfo überhaupt vernehmungsfähig«, formulierte Hain einen Gedanken, der auch seinen Boss schon beschäftigt hatte.

»Das wird schon«, gab der Hauptkommissar zuversichtlicher zurück, als er tatsächlich war, und betrachtete mit schief gelegtem Kopf weiter das Tanzen der Schneeflocken vor der großen Glasscheibe und die wenigen Menschen, die sich, meist geschützt von Regenschirmen, auf der Straße bewegten.

»He, was ist denn mit dir?«, hakte Hain ein wenig besorgt nach. »Machst du jetzt einen auf Depri?«

»Nee, das nicht. Aber ich hab gerade über diesen Vasquez und diese ganze Rockerscheiße nachgedacht.«

»Und, was ist dabei herausgekommen?«

»Ungerechtigkeit, Thilo. Himmelschreiende Ungerechtigkeit.«

»Das stimmt, mein Freund, aber es ist wiederum nichts Neues für uns. Die meisten Fälle, die wir bearbeiten müssen, basieren auf verdammten Ungerechtigkeiten. Einer ist stärker, der andere schwächer, und schon brennt die Hütte. Der eine hat eine Waffe, der andere nicht, der eine hat viele Freunde, der andere nicht. So sieht die Realität nun mal aus.«

»Richtig, ja. Aber Maria hat mir gestern eine Geschichte erzählt, die sie letztes Jahr erlebt hat, und da kriege ich schon schlechte Laune, wenn ich dran denke.«

Er wiederholte in knappen Worten die Begegnung seiner Frau mit den Motorradfahrern vom letzten Sommer.

»Ja, Paul, deshalb zitieren wir so gern Marie von Ebner-Eschenbach. *Das Recht des Stärkeren ist das stärkste*

Unrecht, hat sie irgendwann mal gesagt und damit den Nagel auf den Kopf getroffen. Und ändern oder beeinflussen können wir beide das nur in dem uns vom Gesetzgeber abgesteckten, total engen Rahmen.«

Der junge Oberkommissar folgte dem Blick seines Chefs und betrachtete die nicht sehr einladende Szenerie vor dem Fenster.

»Klar würde jeder von uns gern mal einfach die Knarre ziehen und zetern und drohen, aber dann würden wir uns am Ende gemeinmachen mit genau jenen Arschlöchern, die wir so sehr verachten; deshalb lassen wir es und halten uns schön an die Regeln.«

»Das hast du jetzt aber wirklich gekonnt auf den Punkt gebracht, Thilo. Allerdings hilft es nicht, dieses miese Gefühl der Hilflosigkeit im Bauch zu dämpfen. Es bleibt ein schaler Beigeschmack, wie auch immer ich die Sache drehe.«

Hain trank seinen Kaffee aus, stellte die Tasse zurück und legte seinem Boss den rechten Arm auf die Schulter.

»Nun lass dich mal nicht so hängen, alter Spürhund. Wir fahren jetzt ins Krankenhaus und holen alles aus dem Spanier heraus, was zu kriegen ist. Und danach wissen wir vermutlich schon ein wenig mehr über die ganze Sache.«

Lenz schüttete ebenfalls den Rest seines Kaffees hinunter und nickte dabei.

»Also gut, Schluss dann mit der Jammerrunde.«

An der Information des Klinikums wurde ihnen mitgeteilt, dass Adolfo Vasquez sich noch auf der Intensivstation befand.

»Das muss aber nicht unbedingt heißen, dass er wirklich noch dort liegt«, erklärte die Frau an der Information freundlich. »Manchmal kriegen wir die Nachricht von der Verlegung erst mit ein paar Stunden Verzögerung, und wenn Sie sagen, dass er gestern operiert wurde, dann kann es gut sein, dass er entweder wirklich schon verlegt wurde oder dass es gerade stattfindet.«

Sie beschrieb den Beamten den Weg und nickte noch einmal aufmunternd zum Abschied. Ihre Vermutung, dass der Patient schon verlegt oder zumindest auf dem Weg wäre, bestätigte der vor der Tür zur Intensivstation sitzende Aufpasser jedoch nicht.

»Nein, er ist noch nicht verlegt worden«, wurden sie von dem müde und gelangweilt wirkenden Uniformierten ins Bild gesetzt.

»Herr Vasquez?«, fragte die weiß gekleidete Schwester kurz darauf ein wenig pikiert, nachdem die Polizisten geklingelt und sich vorgestellt hatten.

»Nein, den können Sie ganz sicher nicht sprechen.«

»Gestern wurde uns gesagt, dass wir heute Morgen …«

»Ja, das war gestern«, blaffte sie. »Heute sieht die Sache leider ganz anders aus.«

»Also …«

»Was gibt es denn, Schwester Irene?«, wollte eine Männerstimme aus dem Hintergrund wissen.

Die Intensivpflegerin drehte den Kopf nach hinten.

»Hier sind zwei Herren von der Polizei, die mit Herrn Vasquez sprechen möchten. Ich habe ihnen gesagt, dass …«

In der sich ein wenig weiter öffnenden Tür wurde das sonnengebräunte Gesicht von Dr. Berger sichtbar, mit dem Lenz und Hain schon des Öfteren zu tun hatten.

»Ach, Sie mal wieder«, begrüßte er die beiden Besucher freundlich, um sich im Anschluss der Schwester zuzuwenden.

»Das geht schon in Ordnung, Schwester. Ich kümmere mich kurz um das Anliegen der Herren.«

Während sie sich ein wenig grummelnd davon schlich, bat er die Kripobeamten herein und führte sie in sein kleines Büro.

»So, Sie wollten also Herrn Vasquez einen Besuch abstatten?«, fragte er zögernd, nachdem alle drei Platz genommen hatten.

»Ja«, bestätigte Lenz. »Wir hätten ein paar Fragen an ihn wegen der Sache, die ihn hierher gebracht hat.«

Dr. Berger legte die Stirn in Falten und machte ein trauriges Gesicht.

»Das ist im Augenblick leider nicht möglich, meine Herren. Es ist während der Operation zu Komplikationen gekommen, die nicht vorhersehbar waren.«

Er fuhr sich schwer atmend durch die Haare.

»Wie es ausschaut, hat Herr Vasquez noch während der OP einen schweren Schlaganfall erlitten. Einen sehr schweren. Zurzeit liegt er im Koma, und darüber, wie sich sein Zustand entwickeln wird, kann man definitiv keine positive Prognose abgeben.«

»Was für ein Mist«, murmelte Hain.

»Das trifft es leider wohl ziemlich genau, Herr Kommissar.«

»Hat das mit den Schlägen auf den Kopf zu tun?«, wollte Lenz wissen.

»Mit 100-prozentiger Sicherheit kann man das natürlich nicht sagen, aber die Vermutung liegt schon sehr nah. Die Untersuchungen, die bei seiner Einlieferung durchgeführt wurden, hatten zwar eine kleine, lokal wirklich sehr begrenzte Hirnblutung ergeben, aber …«

Er brach ab.

»Es war sicher nicht vorauszusehen«, nahm Lenz den Gedanken des Arztes auf.

»Nein, das nicht«, stimmte der mit ein wenig Erleichterung zu. »Wir sind nach Auswertung der Blutuntersuchungen zu der Überzeugung gelangt, dass bei Herrn Vasquez, bedingt durch übermäßigen Konsum von Alkohol, eine schwere Leberschädigung vorliegt. Die hat wohl, vermutlich im Zusammenhang mit anderen Faktoren, dafür gesorgt, dass seine Blutgerinnung in erheblichem Maß gestört ist.«

Wieder machte er eine Pause.

»Der Neurochirurg hat mir erklärt, dass er so etwas noch nie erlebt habe. *Es war genau so, als ob man einen Wasserhahn geöffnet hätte*, beschrieb der Kollege die Blutung.«

»Das heißt, wenn ich Sie richtig verstehe, dass wir Herrn Vasquez in der nächsten Zeit nicht vernehmen können?«

Dr. Berger schüttelte betrübt den Kopf.

»Nein, daraus wird sicher nichts. Ich bin zwar kein Neurochirurg, aber selbst ich würde so weit gehen zu sagen, dass Sie Ihre Hoffnungen auf eine Vernehmung des Herrn dauerhaft begraben müssen.«

Hain riss die Augen auf.

»Sie wollen damit sagen, dass er …?«

Berger nickte.

»Das wird nichts mehr mit dem Mann, dafür ist ein viel zu großes Areal in seinem Gehirn massiv geschädigt. Zumindest ist das die Aussage meines Kollegen, und der sollten wir in diesem Fall vertrauen.«

Der Oberkommissar steckte seinen Notizblock zurück in die Daunenjacke.

»Das war's dann wohl.«

Wieder ein zustimmendes Nicken des Arztes.

»Ich wünschte, ich hätte Ihnen etwas Angenehmeres sagen können, meine Herren.«

»Lassen Sie mal, Sie können ja nichts dafür. Trotzdem natürlich vielen Dank, dass Sie sich die Zeit genommen haben, mit uns zu sprechen.«

*

»Was für eine Scheiße«, brachte Hain die Gedanken der beiden auf einen kurzen Nenner. »Jetzt stehen wir nämlich mit komplett heruntergelassenen Hosen da.«

Der junge Oberkommissar trat tänzelnd von einem Bein aufs andere.

»Mit nacktem Arsch, sozusagen.«

Lenz, der mit dem Telefon in der Hand neben seinem Kollegen am Ausgang des Klinikums stand, drückte auf die rote Taste und schob das Gerät zurück in die Jackentasche.

»RW ist nicht zu erreichen. Ich probiere es bei Frau Ritter, vielleicht haben wir ja bei ihr Glück.«

Er wies mit dem Daumen hinter sich in Richtung des langen Flurs, den sie gerade verlassen hatten.

»Ansonsten müssen wir es halt noch einmal bei der Rezeptionistin versuchen.«

Keine Minute später hatte die Polizistin, von der die beiden am Tag zuvor um Hilfe gebeten worden waren, ihm die Meldeadresse von Adolfo Vasquez durchgegeben.

»Rothfelsstraße. Schon mal gehört?«

Hain schüttelte den Kopf.

»Nein. Aber wenn du meinem Navi eine Chance gibst, können wir gern von hier und aus dieser Eiseskälte verduften.«

»Du bist doch dick angezogen, was stellst du dich denn so an?«

»Leider verfüge ich, im Gegensatz zu dir, nicht über diesen walähnlichen, körpereigenen Schutzpanzer aus Speck.«

»He, he, nun bleib mal auf dem Teppich, Cowboy«, knurrte Lenz. »Nur weil ich ein klein wenig mehr Unterhautfettgewebe habe als du, ist das noch lang kein Grund, mich hier als Pummel abzustempeln.«

Sein Mitarbeiter warf ihm einen gekünstelt verächtlichen Blick zu.

»Nun hör aber mal auf. Dein Body-Mass-Index nähert sich doch bedrohlich meinem Intelligenzquotienten.«

»Ui«, griff der Hauptkommissar diese unfreiwillige Steilvorlage auf, »da will ich dir jetzt aber mal gar nicht widersprechen. Vorgestern, als ich meinen verfetteten Kadaver zuletzt auf die Körperfettwaage gewuchtet habe, war das Ergebnis knapp unter 23. Das sollte, wenn ich mir deine Hirnleistung so anschaue, der Sache ziemlich nah kommen.«

»Vergiss es«, nölte Hain, dem erst in diesem Augenblick die ganze Tragweite seines daneben gegangenen Vergleichs bewusst wurde. »Das, was du als Körperfettwaage ansiehst, ist wahrscheinlich ein Promilletester von den Kollegen der Verkehrspolizei, und du hast dich wohl eher im Promillefeld bewegt als in der Prozentabteilung.«

»Keine schlechte Replik, wirklich nicht«, grinste Lenz über das ganze Gesicht, »aber diese verkackte Nummer rettest du mit keinem Argument der Welt mehr.«

»Ach was, das brauche ich doch gar nicht. Objektiv betrachtet bist du wirklich ein bisschen runder geworden in den letzten Jahren.«

»Das will ich ja auch gar nicht bestreiten, aber eine Walverwandtschaft lass ich mir deshalb noch lange nicht andichten.«

»Damit«, wollte Hain das Thema nach ein paar Sekunden des Überlegens sanft beendigen, »hätten wir uns auch über dieses Sujet mal wieder bis zum Schlussakkord ausgetauscht.«

»Nicht so schnell, junger Freund«, bremste der Leiter der Mordkommission seinen Kollegen. »Mir fällt nämlich schon seit ein paar Monaten die deutliche Wölbung über deiner Gürtellinie auf.«

Hain winkte gelassen ab.

»Das sind nur die zwei, drei Kilo, die ich über den Winter immer zulege. Sobald der Frühling kommt, erledigt sich das von ganz allein.«

»Das hab ich auch mal gesagt«, erwiderte Lenz genüsslich und machte sich auf den Weg zum Parkhaus.

»Die Rothfelsstraße ist gar nicht weit von hier«, fiel Hain auf, nachdem das Navigationsgerät in Betrieb war. »Einmal über den Berg, und schon sind wir da; es ist eine Querstraße der Bunsenstraße.«

»Dann mal los.«

Alfredo Vasquez hatte in einem unscheinbaren, jedoch die gesamte Länge der Rothfelsstraße zwischen Fiedler- und Quellhofstraße einnehmenden Mietshaus gelebt, in einer kleinen Wohnung im vierten Stock, in die er, schenkte man den Worten von Dr. Berger Glauben, vermutlich nie wieder zurückkehren würde. Die unversehrt wirkende Eingangstür war mit schwarz-rotem Flatterband abgesperrt, und zwischen Rahmen und Türblatt war deutlich das längliche Polizeisiegel mit den darauf verzeichneten Hinweisen zu erkennen.

»Lass uns mal rein, wenn du es hinkriegst«, forderte Lenz seinen Kollegen auf, der das Schloss schon einer ersten Begutachtung unterzogen hatte.

»Eineinhalb Minuten, höchstens.«

Nach genau 75 Sekunden des sogenannten Lockpicking durch den Polizisten bewegte sich die Tür nach innen, wobei das Dienstsiegel mit einem leisen Ratschen auseinandergerissen wurde.

»Nicht schlecht.«

»Tja, gelernt ist gelernt. Und dank deiner Unwilligkeit, dir neue Fähigkeiten anzueignen, bleibe ich ja auch ständig in Übung.«

»Du bist heute wirklich auf Krawall gebürstet«, brummte Lenz, zog sich Füßlinge und Gummihandschuhe über, beugte sich unter dem Flatterband hindurch, und betrat hinter seinem ebenfalls gegen Spurenvernichtung bereit gemachten Kollegen die Wohnung, in der es nach Essen, kaltem Rauch und Alkohol roch.

»Scheint eine Einmannkneipe betrieben zu haben, der gute Adolfo«, bemerkte er mit belegter Stimme, während die beiden nacheinander einen Blick in die Küche, das kleine Wohnzimmer und das noch kleinere Schlafzimmer warfen, wo jede noch so unbedeutend wirkende Schranktür offen stand und der Inhalt aller Schubladen auf dem Boden verteilt worden war.

»Was für eine Borkenbude.«

»Und ein bisschen Messie scheint er obendrein gewesen zu sein«, fiel dem Hauptkommissar im Anblick der überall herumstehenden Kisten und Kartons mit Nippes darin auf.

»Oder einer, der sich auf dem Flohmarkt ein paar Mücken dazu verdient.«

»Mit diesem Krempel? Wer sollte denn für so was auch noch Geld bezahlen?«

Hain beugte sich nach unten und warf einen Blick in eine der vielen prall gefüllten Plastiktüten, die überall auf dem Flur herumstanden.

»Wenigstens hungern hätte er nicht müssen, bei den Unmengen an Pfandflaschen, die hier rumgammeln.«

Sein Chef ging langsam zurück ins Wohnzimmer, wo die Spurenlage eindeutig darauf hinwies, dass dort die Misshandlungen stattgefunden haben mussten.

»Er hat zuerst auf dem Sofa gesessen«, fasste er seine Eindrücke zusammen. »Danach ging es über Tische und Bänke.«

»Meinst du«, wollte sein Kollege, der neben ihn getreten war, wissen, »er hat versucht, abzuhauen?«

»Keine Ahnung. Was mich viel mehr interessieren würde, ist die Antwort auf die Frage, ob die Arschlöcher das, weswegen sie gekommen sind und weswegen Vasquez jetzt im Koma liegt, überhaupt gefunden haben.«

»Wie meinst du das? So wie ich ihn gestern verstanden habe, sind sie fündig geworden.«

»Woran machst du das fest?«

»Na, denk doch mal nach, Paul. Theo Stark hatte hier bei seinem alten Kumpel Vasquez ein Schriftstück deponiert mit, nach meiner Lesart zumindest, für die Black Crows kompromittierendem Inhalt. Die kommen und nehmen ihn sich vor, woraufhin er ihnen das Versteck der Papiere preisgibt. Und weil Theo Stark das ihn vermutlich schützende Material verloren hat, sollen wir uns, nach Auffassung von Vasquez, nun um ihn kümmern.«

Er breitete die Arme aus, als warte er auf Applaus.

»Klingt doch ganz vernünftig und ziemlich schlüssig, wenn du mich fragst.«

»Ja, klar, zunächst habe ich das auch gedacht. Aber nachdem ich mich hier so umgeschaut habe, kommen mir schon arge Zweifel.«

Der Hauptkommissar betrachtete noch einmal das von unten nach oben gekrempelte Zimmer.

»Warum sollten die, wenn sie ihn eh schon weich gekocht haben und er ihnen das Versteck der Papiere verraten hat, hier noch solch einen Zinnober veranstalten? Das passt für mich hinten und vorn nicht zusammen.«

»Vielleicht haben sie zweigleisig gearbeitet«, gab Hain zu bedenken. »Einer traktiert den Spanier, damit er auspackt, und der andere sichtet vorsichtshalber schon mal die Bude.«

»Möglich, ja, aber irgendwas sagt mir, dass es nicht so war, und dass Vasquez ihnen nicht verraten hat, wo sie suchen müssen.«

Hain wandte sich schnaubend ab.

»Du immer mit deinen Eingebungen. Obwohl …«

Er zögerte, sah sich angewidert um und machte dabei ein sehr, sehr unglückliches Gesicht.

»Wenn du recht hättest, müsste die ganze Wohnung auf den Kopf gestellt werden. Und zu der Zeit melde ich mich garantiert krank oder nehme mir Urlaub, da kannst du einen drauf lassen.«

»Darum geht es mir im Augenblick noch gar nicht, Thilo. Wenn ich wirklich recht hätte, müssten die beiden Täter noch einmal hierher kommen, das ist mir viel wichtiger.«

»Da hast du ausnahmsweise mal recht. Wenn sie das, was sie suchen, nicht gefunden haben, kommen sie noch mal. Also lassen wir das Haus observieren?«

»Ich glaube nicht, dass wir dafür genug Leute haben, aber ein Versuch, es durchzukriegen, kann trotzdem nicht schaden.«

»Und du willst nicht nach diesen ominösen Papieren suchen oder suchen lassen?«

Erneut glitt der Blick des Hauptkommissars durch den Raum, bevor er antwortete.

»Lust darauf hätte ich schon, aber du siehst doch selbst, was das für eine Aufgabe wäre. Wie groß ist das Papier, ist es gefaltet, gerollt oder liegt es plan unter etwas anderem? Dieser Vasquez könnte es außerhalb der Wohnung deponiert haben, zum Beispiel im Keller oder auf dem Dachboden. Er könnte es weitergegeben haben, obwohl ich das nicht glaube. Vielleicht hat er es hinter dem Haus vergraben oder irgendwo anders versteckt, was weiß ich? Also, wo wollen wir anfangen zu suchen?«

»Meine Rede. Es lohnt sich nicht, hier alles auf den Kopf zu stellen, nur um dann zu der Überzeugung zu gelangen, dass er es außer Haus geschafft hat. Und ein nicht zu unterschätzendes Restrisiko, dass du dich irrst und die Jungs, die ihn fertig gemacht haben, das Gesuchte schon gefunden haben, besteht obendrein.«

»Bleibt die Frage, um was es sich dabei eigentlich gehandelt hat?«

Hain zuckte mit den Schultern.

»Tja, das wüssten wir beide gern, was? Wir könnten ja den Black Crows unsere Aufwartung machen und bei ihnen nachfragen, um was es hier eigentlich geht.«

»Klasse Idee. Vermutlich würden die jetzt schon mit dem Zittern anfangen, wenn sie wüssten, dass du kommst.«

»Schöner Gedanke.«

»Nee, das lassen wir mal lieber.«

Der Hauptkommissar betrachtete die eingetrocknete Blutlache vor dem Sofa.

»Ich habe eine bessere Idee. Wir statten dem Bruder des Präsidenten einen Besuch ab, mal hören, ob der mit der Polizei redet.«

»Du sprichst in Rätseln, großer Buana.«

Lenz winkte lächelnd ab und griff zu seinem Telefon.

»Das macht nichts«, schob er leise hinterher und drückte die Nummer einer Schnellwahltaste.

»Hier ist Paul«, begann er das Gespräch. »Bist du schon weitergekommen mit deinem Auftrag, RW?«

»Klar«, kam es quäkend aus dem kleinen Lautsprecher. »Aber warum willst du das wissen?«

»Weil ich schon wieder einen neuen für dich habe.«

»Du kannst mich mal. Ich kämpfe noch mit dem ersten, und du willst mir schon den zweiten aufs Auge drücken?«

»Genau.«

Lenz schilderte dem Kollegen sein Anliegen für eine 24-Stunden-Observation der Vasquez-Wohnung.

»Es wäre mir deutlich lieber, wenn du das selbst bei Schiller vortragen würdest, Paul. Um das hinzukriegen, braucht es Fingerspitzengefühl, und das zu haben, kann man mir beim besten Willen nicht unterstellen.«

»Du machst das schon. Melde dich, wenn es geklappt hat.«

»Und was treibt ihr …?«, wollte Gecks noch wissen, doch der Hauptkommissar brach das Gespräch ab, ohne auf seine Frage einzugehen. Stattdessen wandte er sich Hain zu.

»Das läuft. Wir pappen jetzt ein neues Siegel an die Tür und hoffen, dass RW bei unserem Boss, dem verehrten Herrn Kriminalrat Schiller, Erfolg hat.«

Der *verehrte Kriminalrat Schiller* war seit etwa drei Monaten in Amt und Würden und ein etwas sperriger, um nicht zu sagen wenig zugänglicher Typ, mit dem sich praktisch alle Mitarbeiter der Mordkommission sehr schwer taten. Allerdings hatte das auch für die anderen beiden Kandidaten gegolten, die sich seit dem traurigen Abgang des allseits beliebten Ludger Brandt ein paar Jahre zuvor auf diesem Posten versucht hatten.

»Passt«, stellte Hain fest, nachdem er das neue Siegel an der Tür angebracht und mit beiden Händen fest fixiert hatte. Lenz hatte schon einen halben Stock hinter sich gebracht und stand wartend im Zwischengeschoss, wo es, dem Geruch nach zu urteilen, hinter einer der beiden Türen noch ein Klo geben musste. Durch das trübe Fenster konnte er schemenhaft erkennen, dass draußen starker Schneefall eingesetzt hatte.

»Boah, was müffelt das hier«, mokierte er sich mit zusammengekniffenen Augen. »Mach schon, lass uns bloß abhauen.«

»Ja, ja, nun mach mal nicht so einen Strahl. Wenn ich das Siegel nicht gescheit angebracht hätte und es deswegen von selbst abfallen würde, wäre es dir auch nicht recht.«

Die beiden gingen hintereinander die knarrenden, unter der Belastung ächzenden Holzstufen hinab, immer eine Hand am Geländer, denn trotz der insgesamt eher tristen Allgemeinverfassung des Hauses war die Treppe in einem einwandfreien, frisch gebohnerten Zustand und in Verbindung mit der Feuchtigkeit, die ins Haus getragen wurde, mörderisch glatt. Auf Höhe des zweiten Stocks nahmen die Kommissare wahr, dass im Erdgeschoss die Eingangstür geöffnet und gleich darauf wieder zugeschoben wurde. Hain blieb stehen, warf einen Blick über das Treppengeländer und erkannte im diffusen Licht der

Energiesparlampen zwei Männer von etwa 40 Jahren. Der eine hatte lange Haare, die zu einem Zopf zusammengebunden waren und unter einer Baseballkappe heraushingen, während der andere sein offenbar schütteres oder gar nicht mehr vorhandenes Haupthaar unter einem Beanie verbarg, einer kalottenartigen Wollmütze. Jeder der beiden trug einen Rucksack auf dem Rücken, zusätzlich hatte der mit dem Zopf noch etwas in der rechten Hand, das wie eine dunkle Plastiktüte aussah. Der Oberkommissar gab Lenz, der ebenfalls stehen geblieben war und ihn fragend ansah, ein kurzes Zeichen, indem er den rechten Zeigefinger an die Lippen legte.

»Verdammte Scheiße«, kam es mit leiser tiefer Stimme von unten, »ich glaube, ich hab mein Schraubenzieherset im Auto vergessen.«

Kurze Pause, in der offenbar eine Tasche durchsucht wurde.

»Tatsächlich, das liegt noch im Kofferraum.«

»Dann geh los und hol den Kram. Ohne kommen wir ja nicht weiter, oder?«

»Nein.«

Es folgte ein derber Fluch.

»Und das ausgerechnet, wo die Karre einen ganzen Häuserblock entfernt steht. Da bin ich garantiert pitschnass, bis ich wieder hier bin.«

»Gib Gas, Alter. Je eher du dich los machst, desto schneller bist du zurück.«

Etwas wurde vorsichtig auf dem Boden abgesetzt, kurz darauf hörte man Schritte und wieder das Geräusch der Eingangstür. Dann Geraschel, schließlich das typische

Ratschen eines Feuerzeugs. Nur Sekunden später waberte an den Polizisten Zigarettenrauch vorbei.

Lenz beugte sich vorsichtig über das Geländer, konnte den wartenden Mann jedoch nicht erkennen, weil die Treppe die Sicht verdeckte. Er zog den Oberkörper zurück und bedachte seinen Kollegen mit einer Geste, die Unschlüssigkeit ausdrücken sollte. Hain bedeutete ihm, sich weiterhin nicht zu bewegen, doch der Hauptkommissar hatte augenscheinlich andere Pläne. Er drehte sich in Richtung Treppe und stapfte Stufe um Stufe nach unten, verfolgt von Hains entsetztem Blick. Im gleichen Moment, in dem der Chef der Mordkommission das Zwischengeschoss erreicht hatte, verlosch mit einem satten Klacken das Flurlicht. Es dauerte jedoch keine drei Sekunden, und die Beleuchtung war wieder, begleitet vom gleichen Klacken des Relais, in Betrieb. Wie es aussah, mochte der Mann im Erdgeschoss die Dunkelheit nicht.

Lenz ging weiter die Treppe hinunter, hatte kurz darauf die unterste Stufe erreicht, und fing nun fröhlich an zu pfeifen.

»'n Abend!«, rief er dem Wartenden zu, der sich seine Baseballkappe so tief ins Gesicht gezogen hatte, dass der auffallend lange Schirm den größten Teil seines Gesichts verdeckte. Trotz der Schummerbeleuchtung konnte Lenz gut erkennen, dass er es mit einem Prügel von Kerl zu tun hatte.

»Oh, Sie rauchen, das ist gut. Hätten Sie dann vielleicht Feuer für mich?«, fragte er fast übertrieben freundlich.

»Nee, hab ich nicht. Und ich will auch nicht mit dir hier ein Palaver anfangen. Verdrück dich einfach, dann haben wir keine Probleme.«

»Warum sollten wir Probleme haben?«, gab der Polizist überrascht zurück. »Ich habe nur ganz höflich nach Feuer gefragt, und das ist bestimmt kein Grund, so schroff zu reagieren.«

»Gut. Ich geb dir Feuer, und dann verduftest du. Klar?«

»Ja, selbstverständlich.«

Die Hand des Mannes, der Jeans und einen grauen Parka trug, fuhr in die Jackentasche und näherte sich danach mit einem gezückten Sturmfeuerzeug dem Kommissar. Zwei schnelle, beeindruckende Bewegungen, und der Docht brannte.

»Na los, wo ist deine Kippe?«

»Kippe habe ich keine, aber damit kann ich dienen«, erwiderte Lenz so sachlich wie möglich, während seine Rechte nach vorn zuckte, das Handgelenk seines Gegenübers umfasste und die eine Seite eines Handschellenpaars darüber klappte. Das Feuerzeug verließ die Hand und fiel zu Boden, und noch während es in der Luft war, versuchte der Polizist, nach dem anderen Arm des Mannes zu greifen, was jedoch nicht zur Gänze gelang. Im Hintergrund waren die stakkatoartigen Schritte von Thilo Hain auf der Treppe zu hören, doch noch bevor der den untersten Absatz erreicht hatte, bekam Lenz die linke Faust seines Gegners mit voller Wucht in den Magen gerammt, sodass ihm kurzzeitig die Luft weg blieb. Mit Sternen vor den Augen klammerte er sich an das offene Ende der Handschellen und versuchte dabei, einem weiteren Hieb auszuweichen. Gleichzeitig hatte sein Kollege das Erdgeschoss erreicht und warf sich, untermalt von einem lang anhaltenden, überaus bedrohlich wirkenden Schrei auf den Mann, der gerade dabei war, zu seinem nächsten Schlag auszuholen. Dass es dazu nicht kam, war ein wirklich großes Glück für Lenz, der zu diesem Zeitpunkt noch nicht wissen konnte, dass die beiden es mit einem ehemaligen Rummelboxer zu tun hatten.

Faustkämpfer hin oder her, Hain warf ihn einfach um, was dazu führte, dass auch sein Boss, der die Handschelle mit frühkindlichem Greifreflex noch immer fest umklammert hielt, in hohem Bogen in den Flur stürzte. Der Preisboxer war durch das Auftauchen des zweiten Angreifers und seinen dadurch ausgelösten Sturz zu Boden so schwer irritiert, dass er zunächst einmal die Arme schützend vor den Kopf zog und die Nase nicht vom Boden hob. Lenz, der auf ihm lag und noch immer die Fessel in der Hand hielt, löste sich stöhnend von ihm und kam auf die Füße, während Hain schon neben dem Mann kniete und ihm den linken Arm auf den Rücken drehte, was sich wegen des dort im Weg befindlichen Rucksacks sehr mühselig gestaltete.

»Au, verdammt noch mal, das tut scheiße weh«, brüllte der Zopfträger und versuchte, seinen Arm aus der Umklammerung zu befreien, was jedoch misslang. Kurz darauf hatten die beiden Polizisten ihn in einer Position, dass sie auch sein linkes Handgelenk fixieren konnten.

»Seid ihr blöd?«, jaulte der Gefesselte auf. »Macht mich sofort wieder los!«

»Vorwärts, du sicherst die Tür«, rief Lenz seinem Kollegen zu, während er sich nach unten beugte und versuchte, den Reißverschluss des Rucksacks aufzuziehen, was allerdings nicht so einfach war, weil dessen Träger sich wand wie ein Aal auf der Suche nach dem Ausgang aus der Reuse.

»Liegen bleiben«, befahl der Kommissar energisch und untermauerte diese Forderung mit kräftigem Druck auf den beim Sturz von der Baseballkappe befreiten Hinterkopf des Mannes. Weil den das jedoch überhaupt nicht beeindrucken wollte, sprang Lenz auf, riss seine Dienstwaffe aus dem Holster und ließ sich so neben ihm auf die Knie fallen, dass die Pistole direkt in dessen Sichtfeld landete.

»Pass gut auf, du Arschgesicht, weil das, was jetzt kommt, erzähle ich dir garantiert nur einmal. Capito?«

Das Zucken erlahmte schlagartig und wurde abgelöst durch einen auf und ab wandernden Kopf, aus dem große Augen die Heckler & Koch P30 in der Hand des Polizisten anstarrten.

»Wenn du weiterhin Zicken machst, jage ich dir eine Kugel in die linke Kniescheibe. Wenn das nicht reichen sollte, gibts noch eine in die rechte. Immer noch capito?«

Wieder ein Nicken mit dem Kopf, diesmal überaus rasant ausgeführt.

»Das gilt übrigens auch, wenn du irgendeinen Mucks machst, um damit deinen Kumpel zu warnen. Lass es einfach bleiben, sonst brauchst du für den Rest deines Lebens einen Rollator.«

Die Augen, die noch immer wie gebannt die Waffe fixierten, wurden abermals ein wenig größer, und auch die zustimmenden Bewegungen des Kopfes erreichten nun ein Tempo, dass ein daraus resultierendes Schleudertrauma im Bereich des Denkbaren lag. Andererseits schien der Mann am Boden eindeutig verstanden zu haben, was von ihm verlangt wurde.

»Ich bin beeindruckt«, kam es von oben, wo Hain mit der Waffe in der Hand dastand. »Aber jetzt wäre es toll, wenn du dich in meine Richtung begeben würdest, weil der zweite Strolch sich vielleicht nicht so einfach übertölpeln lässt.«

»Das werden wir …«, wollte Lenz erwidern, brach jedoch seinen Satz ab, weil die Flurbeleuchtung wieder erlosch. Nur der fahle Schein einer Straßenlaterne, der durch das Fenster über der Tür hereinfiel, sorgte dafür, dass die Polizisten nicht in völliger Dunkelheit standen.

»An oder aus?«, murmelte Hain.

»Was würdest du sagen?«

»Weißt du, wo der Schalter ist?«

»Nein.«

»Dann aus.«

Im gleichen Moment, in dem diese Entscheidung gefallen war, wurden Geräusche an der Tür hörbar. Jemand trat sich Schnee von den Schuhen.

»Das ist …«, wollte Lenz flüsternd etwas kundtun, brachte jedoch auch diesen Satz nicht zu Ende, weil von schräg hinten ein infernalisches Geplärre losging.

»Hau ab, hier wimmelt es von Bullen«, brüllte der Mann auf dem Boden derart laut und vermutlich noch unterstützt von der engen Flursituation, dass Lenz ernsthaft einen bleibenden Hörschaden befürchtete. Außerdem keimte schlagartig eine derartige Wut in ihm auf, dass er dem schreienden Kerl auf dem Boden am liebsten tatsächlich eine Kugel in die Kniescheibe verpasst hätte.

»Los, hinterher!«, forderte er stattdessen seinen Kollegen auf, der jedoch schon die Klinke in der Hand hielt und gleich darauf durch die Tür ins Freie stürmte. Die vier Stufen zum Bürgersteig nahm er in einem, und als er dort angekommen war, erkannte er auf der anderen Straßenseite den Mann mit dem Rucksack, der, so sah es es zumindest aus, ein passabler Läufer war.

Geil, dass ich heute Morgen die dicken Wanderschuhe mit den griffigen Sohlen angezogen habe, dachte der Oberkommissar, während er nach rechts schwenkte und beschleunigte. Keuchend lief er mit etwa 20 Meter Abstand hinter dem Flüchtenden her, der nun links in die Fiedlerstraße einbog, sodass Hain ihn für ein paar Sekunden aus den Augen verlor. Als auch der Polizist um die Hausecke bog, schrammte direkt neben seinem Kopf eine Kugel an der Wand vorbei und pfiff als heulender Querschläger davon. Der Schuss selbst war so leise gewesen, dass der Schütze vermutlich einen Schalldämpfer benutzte. Hain warf sich hinter einem am Straßenrand stehenden betagten VW Jetta in den Schneematsch, zog den Kopf ein und lauschte, doch es gab, bis auf die Kakofonie des durch den noch immer starken Schneefall gedämpften Verkehrslärms, nichts zu hören. Also lugte er vorsichtig durch die Heckscheibe des Wolfsburger Youngtimers, zog den Kopf jedoch sofort wieder zurück, weil im gleichen Sekundenbruchteil das Projektil des nächsten Schusses die

Frontscheibe und die Heckscheibe des Wagens durchschlug, dort jeweils hässliche kreisrunde Löcher hinterließ und ein paar Zentimeter über seinem Haupthaar vorbei zischte.

Jetzt hab ich aber die Schnauze voll, dachte er, und schob sich an den rechten hinteren Kotflügel seiner Deckung. Von dort aus wollte er sich auf den Weg zur Beifahrertür machen, aber dazu kam es nicht mehr, weil er wieder die hastigen, knirschenden Schritte des Mannes auf dem frischen Schnee hörte. Also hob er kurz den Kopf und zog ihn gleich wieder zurück, was jedoch reichte, um sicher zu erkennen, dass der Schütze wieder am Laufen war. Geduckt und die Deckung der in Reihe stehenden geparkten Autos ausnutzend nahm der Polizist erneut die Verfolgung auf, wobei er anerkennen musste, dass der Flüchtende, der schon an der Kreuzung Eisenschmiede angekommen war und dort wieder nach links abbog, seinen Vorsprung deutlich ausgebaut hatte.

Fuck!

Mit großen, raumgreifenden Schritten hastete er weiter, bremste diesmal jedoch kurz vor der Hausecke ab und wollte sich mit einem schnellen Blick vergewissern, dass er nicht wieder in eine Kugel laufen würde. Das jedoch wäre gar nicht notwendig gewesen, denn keine zwei Meter vor ihm lag der Mann mit dem Rucksack auf dem Rücken stöhnend auf der Straße. Vor ihm stand ein verwundert nach unten blickender Mann, der Metzgerklamotten, eine weiße Kappe und Gummistiefel trug und einen Rollcolli in beiden Händen hielt.

»Ich konnte nichts dazu, wirklich«, rief er erschreckt, als er Hain mit der Pistole in der Hand sah. »Der ist mir voll in den Colli gelaufen, mit dem Kopf zuerst.«

»Schon gut«, erwiderte der Kommissar schnell, schob seine Pistole in das Holster, trat neben den noch immer Stöhnenden am Boden und beförderte mit einer beherzten Bewegung dessen Waffe in den Rinnstein. Im Anschluss zog er seine Handschellen aus dem Etui am Rücken, klemmte ihm den rechten Arm nach hinten und wollte gerade die Schellen einklicken, als der vermeintlich Bewusstlose sich aufbäumte und den Polizisten zur Seite schleuderte. Aus dem Augenwinkel und im Flug konnte Hain das total verdutzte Gesicht des Metzgers erkennen, ehe er mit dem Kopf zuerst in die Hauswand krachte und sich sofort alle Sterne des Universums vor seinen Augen versammelten. Als er eine knappe Minute später wieder zu sich kam, war von dem Mann mit dem Rucksack nichts mehr zu sehen. Dafür hatte der Fleischer Verstärkung in Form dreier Metzgereifachverkäuferinnen bekommen, die als Quartett über ihm standen und besorgt auf ihn einredeten.

12

»Was heißt das, der Kerl ist nicht zu finden? Jeder bekackte Mensch auf dieser Welt ist zu finden.«

Andreas Blatter schloss die Augen, presste die Lippen aufeinander und warf wütend die Papiere, die er in der Hand gehalten hatte, auf den Tresen.

»Das ist die Ladung zum Prozess. Wenn die es schaffen, dass dieser Clown zur Verhandlung anreist, bin ich auf jeden Fall geliefert«, schnaubte er. »Und ihr wollt mir was von *ist nicht zu finden* erzählen!«

»Aber es stimmt wirklich, Andy. In diesem beschissenen Österreich sind Bullen nur über die Dienststellen zu laden, genau wie bei uns auch. Die Leute vom Wiener Charter haben versucht, so viel wie möglich über ihn rauszukriegen, aber es klappt einfach nicht.«

»Dann müssen sie halt mal ein paar Tage vor der Tür der Bullenwache sitzen und schauen, wohin er nach Dienstschluss fährt. So schwer kann das doch nicht sein.«

»Genau das erklären wir denen seit Monaten.«

»Und? Haben die keine Heizungen in ihren Autos, oder was?«

»Doch, bestimmt. Aber nachdem es im letzten Herbst fette Durchsuchungen bei allen österreichischen Charters gegeben hat und zwei Arschlöcher Aussagen bei den Bullen gemacht haben, sind die da unten alle ziemlich vorsichtig geworden. Keiner will so richtig seine Nase aus der Deckung heben.«

»Was für Pisser sind das denn? Wegen so einem Scheiß machen die sich in die Hose, oder was?«

»Der, mit dem ich letzte Woche telefoniert hab, hat mir gesagt, dass du es am besten selbst machen sollst. Und wenn du kommst, sollst du auch ohne Kutte anreisen. Ist im Moment wohl besser, meint er.«

Blatter schloss erneut kurz die Augen, riss sie dann unvermittelt auf, schob seinen rechten Arm nach vorn und versetzte dem Mann auf der anderen Seite des Tisches einen Schlag mit der flachen Hand auf die Stirn.

»Hallo, jemand zu Hause? Ich kann nicht da hinfahren, ihr Blitzbirnen. Ich hab ebenso wenig einen Reisepass wie die beschissene Erlaubnis, mich aus Deutschland wegzubewegen. Davon, dass ich mich jeden zweiten Tag bei den Bullen melden muss, will ich dabei gar nicht reden. Also wie sollte ich mich um ein Problem in Österreich kümmern?«

Der dritte Mann im Raum, der aus sicherer Entfernung das Gespräch verfolgt hatte, trat einen Schritt nach vorn.

»Wenn das so ist, mach ich es für dich, Andy. Um die Mädchen kann sich jemand von euch kümmern, und ich fahre da hin und sehe, dass ich dieses Arschloch irgendwie unschädlich mache.«

»So will ich dich hören, Bruno«, feixte Blatter mit deutlich aufgehelltem Gesichtsausdruck. »Genau so und nicht anders will ich …!«

Das Klingeln seines Telefons unterbrach die Dankesbekundung.

»Ja«, brummte er in das kleine Gerät.

»Wir müssen uns sehen.«

Ein Moment des Innehaltens, ein kurzer Blick an die Zimmerdecke.

»Alles klar bei dir?«

»Nein, ganz und gar nicht.«

»Dann in einer halben Stunde.«

»Gut.«

Er steckte das Gerät in die Jackentasche und bewegte sich langsam Richtung Ausgang.

»Irgendwas passiert?«, wollte der Problemlöser wissen.

»Nee, alles in Butter. Ist was Privates. Ich muss mal für 'ne Stunde weg.«

Kurz darauf stand er am Schalter der größten Kasseler Autovermietung und nahm die Schlüssel zu einem VW-Passat in Empfang, mit dem er direkt im Anschluss vom Hof rollte und zu einem öffentlichen Parkplatz hinter dem Niestetaler Ortsteil Sandershausen fuhr, ein paar Kilometer hinter der Kasseler Stadtgrenze. Dort musste er 20 Minuten warten, bis ein Kleinwagen neben dem Leihwagen einparkte und ein Mann zu ihm ins Auto stieg.

»Was, zum Teufel, ist passiert, Ralf?«, wollte der Rockerboss unwirsch und ohne jegliche Begrüßung wissen.

»Wir haben Probleme gekriegt, Andy. Da sind Bullen im Haus gewesen. Mindestens zwei, vermute ich, vielleicht aber auch viel mehr.«

»Und?«

Der Mann auf dem Beifahrersitz zuckte mit den Schultern.

»Was mit Stefan ist«, erklärte er kleinlaut, »kann ich dir nicht genau sagen, aber vermutlich haben sie ihn geschnappt.«

»Wie, geschnappt?«

Es folgte ein kurzer Abriss der Ereignisse in und vor dem Haus, auf der Straße, und wie er nach dem Zusammenprall mit dem Metzger den Polizisten übertölpelt hatte.

»Er geht auf jeden Fall nicht ans Telefon. Ich vermute, dass sie ihn schon hatten, als ich wieder dort ankam. Also habe ich sofort einen Schuh gemacht, aber der eine Bulle kam halt hinter mir her.«

»Wo sind die Sachen geblieben, die ihr dabei hattet?«

»Die sind alle schon im Haus gewesen, bei Stefan, der unten im Eingang auf mich gewartet hat.«

»Na, schöne Scheiße. Dann wissen die Bullen jetzt, was dort ablaufen sollte.«

»Von ihm werden die nichts erfahren, da kannst du ganz sicher sein. Für den lege ich meine Hand ins Feuer.«

»Das kann schon sein, aber was sollte er denen noch erzählen müssen, bei dem Zeug, das ihr dabei hattet?«

Ralf Prentel, wie der Mann auf dem Beifahrersitz mit vollem Namen hieß, ließ den Kopf sinken und machte ein bedrücktes Gesicht.

»Das lässt sich nicht schönreden, ja. Mit dem, was die Bullen vermutlich bei ihm gefunden haben dürften, sollte das so sein.«

»Was aber noch viel schlimmer ist«, setzte Blatter den Gedanken fort, »ist die Tatsache, dass sie jetzt zu Recht vermuten dürften, dass in der Wohnung des Kanaken irgendwas Spannendes zu finden sein muss. Sonst würde das ja alles keinen Sinn machen, oder?«

»Darüber habe ich mir auf der Fahrt hierher auch schon meine Gedanken gemacht, Andy«, gab Prentel devot zurück. »Vielleicht denken sie ja auch nur, dass wir die Spuren der Geschichte verwischen wollten.«

Blatter dachte ein paar Sekunden lang nach.

»Das kann ich mir zwar gar nicht vorstellen, aber eine Möglichkeit ist es immerhin. Und wenn Stefan dann noch seine Schnauze hält, könnte die Sache doch noch vernünftig ausgehen.«

»Aber ich sag doch, dass er …«

»Ja, ich hab's gehört«, unterbrach der bullige Mann auf dem Fahrersitz den Satz. »Und daran habe ich auch keinen Zweifel, dafür ist Stefan cool genug. Was mir nur Sorge macht, ist, wenn die verdammten Bullen die Bude jetzt so richtig auseinandernehmen und das finden, was wir nicht gefunden haben. Das wäre ja nun so was von Scheiße.«

»Aber wir haben doch jeden Winkel dieses Rattenlochs auf den Kopf gestellt, Andy, und wir waren uns fast zu 100 Prozent sicher, dass er den Krempel nicht dort hatte.«

»Ja«, stimmte Blatter vermeintlich zu, »aber eben leider nur zu *fast* 100 Prozent. Deshalb hatte ich euch ja noch mal hingeschickt, weil es eben nicht glatt 100 Prozent waren.«

»Um was es dir dabei eigentlich geht, willst du mir vermutlich immer noch nicht sagen, oder?«

»Nein, das hat dich nicht zu interessieren.«

»Schon klar. Du weißt schon, was du tust.«

»Das stimmt.«

Der erste Mann des Kasseler Black-Crows-Charters sah seinem Helfer lange ins Gesicht, wo er trotz der relativen Dunkelheit jede Menge Furcht erkennen konnte. Furcht, die sich nicht auf die Polizei oder ein eventuelles Erwischtwerden bezog.

»Und du bist sicher, dass der Bulle, dem du eine verpasst hast, dich nicht erkannt hat?«

»Ganz sicher, ja. Der hatte gar keine Chance, mich zu sehen.«

»Und was ist mit dem Schlachter?«

»Genau das Gleiche. Ich bin ihm in sein komisches Wägelchen gerannt und kurz zu Boden gegangen, bin aber clevererweise unten geblieben, als der Bulle aufgetaucht ist. Dann habe ich darauf geachtet, dass ich ihm nicht die Visage zudrehe, und schon war ich weg.«

»Du weißt schon, dass jetzt jeder noch so blöde Streifencop nach dir sucht? Das weißt du doch? Wenn man auf einen Bullen ballert, das können die ganz und gar nicht leiden.«

Prentel winkte ab, wobei ihm die Andeutung eines Grinsens über das Gesicht huschte.

»Ja, schon klar, aber die haben wirklich nichts, wonach sie konkret suchen könnten. Er hat mich nicht gesehen, und die Ecke, wo ich ihm eine verpasst habe, ist noch dazu ziemlich dunkel. Vermutlich ist der Bulle sogar immer noch k.o., sodass sie noch viel weniger haben.«

»Vergiss nicht, dass du und Stefan schon ein paar Sachen zusammen gemacht habt und dass ihr auch schon mal zusammen eingefahren seid.«

»Daran habe ich natürlich auch schon gedacht«, erwiderte er genüsslich. »Deshalb wird Petra, meine Freundin, jedem, der es hören will erzählen, dass ich den ganzen Nachmittag und den Abend bei ihr in Göttingen verbracht habe.«

»Und auf die Tussi kannst du dich verlassen?«

»Auf jeden Fall, klar.«

Blatter dachte wieder ein paar Sekunden lang nach.

»Gut. Dann machst du dich am besten gleich auf zu ihr und hältst die Rübe unten, bis sich die Aufregung etwas gelegt hat. Falls die Bullen dich irgendwas fragen sollten, weißt du, was zu sagen ist.«

»Klar, Andy. So machen wir es.«

Prentel wollte aussteigen, zögerte jedoch einen Augenblick.

»Ist noch was?«

»Nein … ja, vielleicht.«

»Was denn? Komm, spuck's schon aus! Diese Geheimniskrämerei kann ich auf den Tod nicht leiden, das weißt du.«

»Ja, ich weiß. Es ist eigentlich auch gar nichts, aber …«

»Ralf!«

»Es geht um den Kanaken«, begann Prentel nach einem weiteren Moment des Zögerns. »Ich bin mir immer noch nicht ganz sicher, dass er wirklich tot gewesen ist. Und deshalb sollten wir vielleicht …«

»Ja? Was sollten wir vielleicht?«

»Na, du weißt schon. Wir sollten lieber mal im Krankenhaus anrufen, ob er …«

Blatter atmete genervt durch.

»Er war tot, das kannst du mir glauben. Du hast daneben gestanden, als ich ihm den Puls am Hals gefühlt habe.«

»Ja klar, aber du bist halt kein Arzt.«

Ralf Prentel bekam keine Antwort, sondern stattdessen einen zutiefst bösen, ins Mark treffenden Blick. Zehn Sekunden später saß er in seinem längst ausgekühlten, bitterkalten Wagen, startete den Motor und verließ mit durchdrehenden Reifen den verschneiten Parkplatz. Blatter blieb noch eine Weile stehen, betrachtete das dunkle Armaturenbrett und sinnierte darüber nach, was er zum Schluss des Gesprächs zu hören bekommen hatte.

Der Kerl ist tot, dachte er. *Der Scheißkerl ist garantiert tot. Er muss einfach tot sein!*

13

»Was ist dir nur in die Rübe gefahren, dass du auf den Kerl zumarschieren musstest?«, blaffte Hain seinen Boss an, während eine Rettungssanitäterin ihm eine Kompresse auf die noch immer blutende Kopfwunde presste.

Der Hauptkommissar wandte den Blick kurz ab, sah den mit gefesselten Händen auf der Treppe sitzenden Zopfträger an und hob wieder den Kopf.

»Das zu entscheiden, war relativ einfach, Thilo. Den einen haben wir gekriegt, weil wir ihn allein erwischt haben. Wären sie wieder zu zweit gewesen, weil der andere schon wieder im Hausflur war, hätte sich das viel schwieriger dargestellt.«

Der Oberkommissar zuckte, weil die Frau neben ihm begann, seine Wunde zu säubern. Währenddessen dachte er über das Argument seines Chefs nach.

»Gut«, erwiderte er nach einer Weile des Abwägens. »Dagegen ist nichts zu sagen. Aber ich hab mir schon fast in die Schuhe geschissen, als du so mir nichts dir nichts losgetrabt bist. Deine Erklärung jetzt ist schlüssig, aber in dem Moment dachte ich wirklich, du hättest den Verstand verloren.«

»Das kann ich verstehen und ich bin wirklich höllisch froh, dass der zweite Mann dich nicht erwischt hat.«

»Und ich erst«, gab Hain mit ernstem Gesichtsausdruck zurück.

Lenz drehte sich um und nickte den Streifenpolizisten zu, die rechts und links neben dem Zopfträger standen, worauf die beiden sofort jeweils ein paar Meter zurücktraten.

»Was uns direkt und ohne Umweg zum Hauptdarsteller des Abends kommen lässt«, brummte der Hauptkommissar missmutig.

»Mit welchem Schauspieler haben wir es denn überhaupt zu tun?«, fragte er den Mann, der seit Minuten konsequent den Boden anstarrte.

»He, ich spreche mit dir, Kollege!«

Der Kopf des Gefesselten hob sich ein paar Zentimeter, wobei in seinem Gesicht ein hämisches Grinsen erkennbar wurde.

»Ich will meinen Anwalt sprechen. Ohne meinen Anwalt sage ich gar nichts.«

Aus dem stummen Grinsen wurde ein fieses Lachen.

»Und mit ihm noch viel weniger«, setzte er seinen Satz leise fort.

»Ich habe dich darüber belehrt, dass du erstens nichts sagen musst, und dass du zweitens das Recht auf einen Anwalt hast. Aber ich habe dir auch erklärt, dass du im Verdacht stehst, mithilfe der Gerätschaften in den Rucksäcken und der Plastiktüte hier im Haus für eine Explosion oder ein Feuer sorgen zu wollen. Und das ist nun mal eine schwerwiegende Straftat.«

Der Mann betrachtete genüsslich die an der Wand liegenden Utensilien, wobei sich seine beiden Schultern kurz nach oben und wieder zurück bewegten.

»Das Zeug habe ich nie in meinem Leben gesehen, das wollt ihr mir unterschieben. Ich wollte einen Freund hier im Haus besuchen und dabei bin ich von euch brutal zusammengeschlagen worden. So einfach ist das.«

»Wie heißt denn dein Freund?«

Der Zopf zögerte.

»Das geht dich gar nichts an, das ist meine Privatsache.«

»Vermutlich ist sein Name Adolfo Vasquez, und so richtig freundschaftlich würde er, wenn er es denn könnte, euer Verhältnis auch nicht nennen.«

Das Kinn des Mannes auf der Treppe bewegte sich wieder Richtung Brustbein.

»Ich will meinen Anwalt sprechen. Ich will meinen Anwalt sprechen. Ich will meinen Anwalt sprechen. Ich will meinen Anwalt sprechen. Ich will …«

»Damit kannst du noch stundenlang weitermachen«, fuhr Lenz in seinen monotonen Singsang, »aber es bringt dir rein gar nichts, wenn du uns nicht erzählst, um welchen Anwalt es sich handelt.«

»Mein Anwalt ist Thomas Blatter. Mein Anwalt ist Thomas Blatter. Mein Anwalt ist Thomas Blatter.«

»Bringt ihn weg«, bat der Hauptkommissar die Uniformierten. »Diese Scheiße hält doch keine Sau aus. Wir kümmern uns um ihn, wenn wir hier fertig sind. Oder morgen früh, was weiß ich.«

»Soll er gleich erkennungsdienstlich behandelt werden?«

Lenz schüttelte den Kopf.

»Damit braucht sich heute keiner mehr die Laune zu verderben. Steckt ihn einfach in eine Zelle, der Rest findet sich.«

Nachdem der Festgenommene, eskortiert von insgesamt sechs blau gekleideten Polizisten, das Haus verlassen hatte, gab es ein paar Sekunden lang nur die leisen Geräusche zu hören, die von den Bemühungen der Rettungsassistentin um Hains Kopfwunde verursacht wurden.

»Die wollten Vasquez' Bude anzünden«, durchbrach der Oberkommissar schließlich die Stille.

»Pst, nicht bewegen«, kam es von über ihm. »Es ist schon schlimm genug, dass Sie noch bis hierher gelaufen sind, aber viel sollten Sie Ihrem malträtierten Schädel in den nächsten Tagen nicht zumuten. Und auf hastige Bewegungen müssen Sie sowieso verzichten.«

Die Sanitäterin zog eine Schere aus ihrem Koffer, schnitt außerhalb von Hains Sichtfeld damit irgendetwas ab, und steckte sie zurück.

»Eine Gehirnerschütterung haben Sie auf jeden Fall, und röntgen würde ich den Kopf auch noch mal lassen, wenn Sie mich fragen. Nicht, dass da noch was Schlimmeres auf Sie zukommt.«

Damit trat sie zur Seite und betrachtete ihr Werk.

»Fürs Erste geht es so, aber da muss auf jeden Fall noch mal ein Arzt drauf schauen.«

»Das lasse ich machen, versprochen.«

Ihr zweifelnder Blick traf sich mit seinem.

»Das hoffe ich, obwohl sich der rechte Glaube bei mir nicht einstellen will.«

Sie verstaute ihre Sachen, griff nach dem Koffer und verabschiedete sich.

»Hören Sie auf meinen Rat, mit so etwas ist nicht zu spaßen.«

»Alles klar.«

»Wir müssen draußen einen Wagen postieren«, bemerkte Lenz nach ein paar weiteren Sekunden der Stille, während er sich noch einmal den auf dem Boden liegenden Brandsätzen zuwandte. »Und wir müssen …«

»Warte mal, Paul«, ging sein Kollege dazwischen, der aufgestanden und neben ihn getreten war.

»Ja?«

»Ich denke gerade an die Szene im Krankenhaus, als Vasquez uns aufgefordert hat, seinen Kumpel Theo Stark zu beschützen, von dessen Tod er ganz offenbar noch nichts wusste. Er hat gerufen, dass wir ihn beschützen müssen, aber das war nicht alles, da kam noch was. Erinnerst du dich?«

»Ja, klar. Irgendwas mit dem oder das Flu…, denke ich.«

»Genau«, bestätigte der Oberkommissar. »Er hatte es mit einem Flu…, und wenn du mich fragst, meinte er damit seinen Flur. Das, was die und wir suchen, befindet sich im Flur seiner Wohnung.«

Lenz sah ihn kopfschüttelnd an.

»Du suchst heute gar nichts mehr, mein Freund. Du hörst auf die Rotkreuztante und lässt dir die Birne röntgen.«

»Ja, das mache ich schon noch, Paul. Aber zuerst müssen wir noch mal in die Wohnung und den Flur auf den Kopf stellen.«

»Nein. Wenn, dann schaffe ich das auch allein oder ich rufe mir RW oder sonst ein paar Kollegen zu Hilfe. Mit dir jedenfalls werde ich es nicht machen.«

Hain setzte sein gewinnendstes Schwiegermuttereroberungsgesicht auf, als er zu seiner Erwiderung ansetzte.

»He, du weißt doch ganz genau, was für eine harte Hirnbüchse ich hab. Morgen früh ist das alles vergessen.«

»Du spinnst. Immerhin warst du für ein paar Minuten ohne Strom im Hirn.«

»Ach was. Das, was der komische Metzger dir erzählt hat, stimmt doch hinten und vorne nicht«, log der junge Polizist. »Ich habe mich einfach nur mal ein paar Sekunden nicht bewegt, weil es halt schon ein bisschen gebrannt hat an der Stirn. Aber das ist doch alles rein äußerlich.«

Er grinste triumphierend.

»Und außerdem, wie wollt ihr denn ohne mich überhaupt in die Bude reinkommen?«

»Das regelt schon der Schlüsseldienst«, gab Lenz ebenso selbstbewusst zurück.

»Aber doch nicht …«

Der junge Polizist brach ab, weil die Haustür geöffnet wurde und zwei Mitarbeiter der Kriminaltechnik den Hausflur betraten.

»Wir sind draußen auf der Straße so weit durch«, begrüßten sie die auf sie wartenden Kollegen. »Wo liegen denn die Knallbonbons?«

Hain deutete auf den Boden.

»Wartet bitte, bis wir außer Sichtweite sind.«

Damit drehte er sich um und steuerte auf die Treppe zu.

»Wir müssen nämlich noch mal nach oben, in den vierten Stock.«

»Thilo!«, machte Lenz einen letzten Versuch, von dem er allerdings ohnehin wusste, dass er zum Scheitern verurteilt war, weshalb er sich nach ein paar Schweigesekunden geschlagen gab.

»Also gut, von mir aus, wir machen es. Aber nur den Flur auf den Kopf stellen, und dann ab ins Hospital«, bestimmte er ebenso resolut wie verbindlich das Vorgehen, während Hain schon fast das Zwischengeschoss erreicht hatte.

»Ja, Papa. Nur dieses komische Dokument oder Papier oder Schriftstück finden, und schon geht es ab zum Röntgenstrahlenfassen.«

*

Dieses komische Dokument oder Papier oder Schriftstück ließ sich nicht so einfach finden, wie Thilo Hain es sich vermutlich vorgestellt hatte. Die beiden Polizisten waren schon mehr als eine Stunde im Flur der Vasquez-Wohnung zu Gange, doch gefunden hatten sie außer einer beachtlichen Sammlung pornografischer Werke aus den siebziger und achtziger Jahren des vorigen Jahrhunderts und diversen alten Tageszeitungen nichts.

»Wie kann man nur seine Pornos im Flur horten?«, wiederholte der Oberkommissar einen Satz, den er genau so schon eine halbe Stunde zuvor von sich gegeben hatte.

»Vielleicht hat er im Schlafzimmer keinen Platz dafür gehabt«, antwortete sein Boss und schob frustriert einen Stapel verblichener Illustrierter zur Seite.

»Immerhin sind wir bald durch, und dann geht es ab ins Spital.«

Er schüttelte eine uralte Ausgabe einer *Bunten*, um sicherzustellen, dass sich darin nichts von Interesse befand. Kurz darauf stellte der Hauptkommissar die Arbeit ein.

»Aus und vorbei, Thilo. Wir sind durch und gefunden haben wir nicht die Bohne; also los, lass uns abhauen.«

»Du hast doch einfach keinen Bock mehr«, gab Hain gut gelaunt zurück. »Ich bin noch nicht ganz durch, aber ich höre auch nicht auf, bis ich wirklich sicher bin, dass hier nichts herumliegt.«

Mit fliegenden Fingern hob er eine Holzkiste mit geleerten Marmeladengläsern auf den Boden, untersuchte das Potpourri eingehend und wandte sich danach wieder dem Regal zu, vor dem er stand. Seine rechte Hand fuhr über die Wachstuchabdeckung, mit der das darunter liegende Holz vermutlich vor den Unbilden der Verwitterung und des Alterns geschützt werden sollte. Plötzlich stockte er, als seine Finger im hinteren Teil der Planke eine Erhöhung ertasteten.

»Warte, hier ist was!«, rief er aufgeregt und versuchte, die mit den Jahren steif gewordene Schutzabdeckung zur Seite zu schieben. »Verdammt, ist das Zeug hartnäckig.«

Er zog den gesamten Regalboden nach vorn und betrachtete die Unregelmäßigkeit im matten Licht der Flurbeleuchtung.

»Bingo«, hauchte er siegessicher. »Das ist garantiert, was wir suchen.«

Langsam schob er das an den Seiten mit Reißzwecken befestigte Wachstuch nach oben und nestelte einen braunen Din-A5-Umschlag zwischen Tuch und Holz hervor.

»Du altes Trüffelschwein«, bemerkte Lenz anerkennend. »Hast du es doch gefunden.«

»Ja«, gab Hain leise zurück, stellte die Holzplatte auf dem Boden ab und unterzog den Umschlag einer eingehenden Prüfung. Auf der Vorderseite stand Vasquez' Adresse, oben rechts in der Ecke erkannten die beiden Polizisten eine abgestempelte Briefmarke. Die Rückseite war leer, es gab also keinen Absender.

»Stark hat ihm das Zeug per Post geschickt«, stellte der Oberkommissar überrascht fest, während er sich die Verschlusslasche genauer ansah.

»Und geöffnet wurde der Umschlag auf jeden Fall.«

»Das hat Vasquez doch auch eingeräumt«, erinnerte Lenz seinen Kollegen an die Worte des gebürtigen Spaniers im Krankenhaus. »Er hat gesagt, dass er das Papier gelesen hätte, obwohl Stark ihm das wohl verboten hatte.«

»Stimmt, ja.«

Vorsichtig und wegen der Gummihandschuhe ein wenig umständlich öffnete der junge Polizist das Kuvert und sah hinein.

»Fuck«, fluchte er enttäuscht, »da ist gar nichts drin!«

Lenz drängte sich näher an ihn heran, um ebenfalls einen Blick ins Innere des braunen Umschlags werfen zu können.

»Dann wissen wir jetzt, dass es zwar etwas gab, was Theo Stark diesem Vasquez hat zukommen lassen, aber wir haben noch immer nicht die geringste Ahnung, um was genau es dabei geht.«

Er wandte sich unzufrieden ab.

»Und heute kriegen wir es auch nicht mehr raus, weil ich die Nase gestrichen voll habe. Ich will in die Klinik, danach auf dem schnellsten Weg nach Hause und schnurstracks in die Badewanne.«

»Ja«, stimmte Hain zu, aus dessen Stimme jegliche Euphorie verschwunden war. »Ich auch. Von mir aus könnten wir zwar den Klinikbesuch sein lassen, aber das kriege ich eh bei dir nicht durch.«

Sein Blick fiel noch einmal auf den Umschlag, den er anschließend in einem durchsichtigen Plastikbeutel verschwinden ließ.

»Es wäre ja auch zu einfach gewesen, was?«

»Ja, Thilo. So einfach ist das Leben als Bulle dann doch nicht.«

Eine gute Stunde später lieferte der Leiter der Mordkommission seinen besten Mann zu Hause ab. Die Untersuchung im Klinikum hatte zu keinem eindeutigen Befund geführt, allerdings bekräftigte der untersuchende Arzt die Ansage der Rettungsassistentin, nach der Hain sich ein paar Tage schonen und Ruhe gönnen sollte.

»Holst du mich morgen früh ab, wenn ich dir schon meine Karre für den Heimweg überlasse?«, wollte der Oberkommissar wissen.

»Am Arsch hängt der Hammer«, widersprach dessen Boss unwirsch. »Du bleibst morgen und übermorgen im Bett, danach sehen wir weiter. Dieses Auto braucht ihr ja nicht, weil Carla doch noch das kleine hat, also werde ich die Tage damit herumkurven.«

Sein Ton hatte etwas, was keinen Widerspruch duldete.

»Und jetzt raus hier, ich will zu meiner Frau und mit ihr ins heiße, wohlriechende Wasser.«

»Pass auf, dass du dir den Hintern nicht verbrühst«, erwiderte Hain grinsend, öffnete die Beifahrertür und stieg langsam aus. »Grüß Maria von mir und sag ihr, dass sie einen echten Arsch abgekriegt hat.«

»Mach ich. Und du grüßt Carla von mir und richtest ihr aus, dass ihr Kerl sich glücklich schätzen kann, einen Boss wie mich zu haben.«

»Das kannst du getrost vergessen. Lieber küsse ich einem Elefanten die Vorhaut.«

Die Tür fiel ins Schloss, und kurz darauf ging der von einem Bewegungsmelder gesteuerte Scheinwerfer auf dem Vordach über der Eingangstür an. Lenz legte den ersten Gang ein, setzte den Blinker, sah noch einmal nach rechts, wo sein Kollege mit dem Schlüsselbund in der Hand auf das Haus zu ging, und fuhr davon.

14

Am nächsten Morgen stieg Lenz nach einer ziemlich unruhig verbrachten Nacht schon gegen halb sieben in Hains Wagen und machte sich auf zum Präsidium. Zu dieser Zeit war auf den Straßen noch nicht viel los, und weil der Schneefall im Lauf der Nacht nachgelassen und gegen vier Uhr schließlich ganz aufgehört hatte, kam er auf den frisch geräumten Straßen gut vorwärts. In seinem Büro machte er sich einen schnellen, löslichen Kaffee und griff, während der Computer hochfuhr, zum Telefon.

»Ich will um sieben mit dem Vogel sprechen, den wir gestern Abend in der Rothfelsstraße geschnappt haben«, gab er durch.

»Geht klar«, antwortete der Kollege am anderen Ende der Leitung. »Der Bursche heißt übrigens Trosser. Stefan Trosser.«

»Woher wisst ihr das?«, wollte Lenz überrascht wissen.

»Das ist ganz einfach. Einer der Kollegen, die gestern Abend Dienst hatten, war mal in eine Auseinandersetzung mit ihm verwickelt. Irgendwas wegen einer Motorradsache, das sich aufgeschaukelt hat. Auf jeden Fall konnte er sich gut an ihn erinnern.«

»Kommt dieser Trossert aus Kassel?«

»Trosser, ohne t am Ende.«

»Ja, klar. Also kommt er aus Kassel?«

»Soweit ich es verstanden habe, stammt er aus dem

Schwalm-Eder-Kreis, lebt aber schon seit ewigen Zeiten in Kassel.«

»Gut. War sein Anwalt schon da?«

»Nee, von der Schlipsträgerabteilung hat sich wegen ihm noch niemand blicken lassen. Natürlich haben wir ihn gleich gestern Abend verständigt, aber wie gesagt, bis jetzt ist hier kein Herr Blatter aufgetaucht. Und weil ich wusste, dass Sie ohnehin danach fragen würden, habe ich alles, was bei uns über Trosser bekannt ist, ausgedruckt und in die Vernehmung bringen lassen. Dann haben Sie keine Arbeit mehr damit.«

»Klasse, vielen Dank.«

Um genau fünf Minuten nach sieben wollte der Kommissar sein Büro verlassen, blieb jedoch mit der Türklinke in der Hand wie versteinert stehen, als er den Mann erkannte, der breit grinsend über den Flur gestiefelt kam.

»Das läuft nicht, Thilo«, brummte der Leiter der Mordkommission missmutig. »Wir hatten eine klare Absprache.«

»Ach was, gar nichts hatten wir«, protestierte der noch immer grinsende Hain gut gelaunt. »Du hattest eine Idee, die sich leider nicht mit meinen Ideen für den Tag deckt. Voilà, deshalb bin ich hier.«

»Du hast einen fetten Treffer an der Birne abgekriegt, du kleines, renitentes Arschloch. Und jetzt drehst du dich am besten um und siehst zu, dass du auf dem schnellsten Weg wieder nach Hause kommst, sonst werde ich ernsthaft sauer.«

Hain trat völlig ungerührt an ihm vorbei und schloss seine Bürotür auf.

»Das sagt der Typ, der mit eingegipstem Bein auf Mörderjagd geht. Da lach ich mich doch weg.«

Lenz dachte einen Moment nach und versuchte es danach auf die väterliche Tour.

»Mensch, Junge, sei doch vernünftig. Das muss doch alles nicht sein.«

»Muss nicht, kann aber.«

Der Oberkommissar drehte sich um und sah seinem Boss fest in die Augen.

»Du hörst mir jetzt mal einen Moment zu, ohne mich zu unterbrechen, ja?«

Lenz nickte.

»Ich bin alt genug und kenne meinen Körper garantiert auch gut genug, um zu wissen, was ich ihm zumuten kann und was nicht. Ich habe letzte Nacht geschlafen wie ein Baby, was sich mit den letzten ungefähr 10.000 Nächten deckt. Ich hatte heute Morgen weder Kopfschmerzen noch irgendwelche anderen Wehwehchen. Auch war mir nicht schwindelig oder übel, und kotzen musste ich im Verlauf der Nacht und heute Morgen übrigens nicht ein Mal. Ich sehe keine Doppelbilder und bin in der Lage, mit dir ein vernünftiges Gespräch zu führen, sofern man das, was du mir in dem Zusammenhang anbietest, als solches bezeichnen kann. Also verschon mich bitte mit deiner übertriebenen Fürsorge und lass uns den Job machen, für den wir bezahlt werden.«

Lenz hatte Mühe, seinen offen stehenden Mund zu schließen, so beeindruckend fand er die Rede seines Mitarbeiters.

»Dann will ich mal lieber nichts weiter sagen, Thilo, und vertraue deinem Körpergefühl.«

Er zögerte.

»Obwohl …«

»Nichts *obwohl*!«, ging Hain dazwischen. »Vertrauen ist wie schwanger sein, ein bisschen gibt es dabei nicht. Also, was liegt an? Und was machst du eigentlich so früh hier im Büro? Das habe ich, seit ich dich kenne, noch nie erlebt.«

»Ich konnte nicht mehr schlafen und wollte außerdem unserem Kumpel aus der Rothfelsstraße so schnell wie möglich auf den Zahn fühlen. Er heißt übrigens Stefan Trosser.«

»Hat er dir das schon gesteckt?«

»Nee, ein Kollege der Streife, der gestern Abend hier im Präsidium Dienst hatte, kannte ihn. Hatte vor ein paar Jahren mal mit ihm zu tun.«

»Na prima, dann wissen wir wenigstens, wie wir ihn ansprechen müssen. War sein Advokat schon da?«

Der Hauptkommissar schüttelte den Kopf.

»Wie es aussieht, hat der berühmte und hoch verehrte Strafverteidiger Blatter noch keine Zeit gefunden.«

»Sollte ich sonst noch irgendetwas was wissen, bevor ich ihm eine runterhaue dafür, dass sein Kumpel gestern auf mich geschossen hat?«

Der Blick des Hauptkommissars verfinsterte sich augenblicklich.

»He, war nur ein Scherz. Ich würde nie einen Gefangenen schlagen, das weißt du.«

»Hoffentlich.«

»Klar«, bestätigte der junge Polizist. »Aber die Nase aus dem Gesicht rausreißen könnte ich ihm schon oder zumindest mal fest in seine Genitalien zwicken«, fügte er leise hinzu, wobei ein sattes Grinsen sein Gesicht zierte.

Stefan Trosser saß vornübergebeugt und wegen der Handschellen, die er trug, mit nach vorn gestreckten Armen auf seinem Stuhl, als die Kripobeamten das Vernehmungszimmer betraten, und würdigte die Neuankömmlinge keines Blickes. Hier im Tageslicht wirkten die vielen Tätowierungen, die seine Arme und die Handrücken zierten, noch deutlich bedrohlicher als im Dämmerlicht des Hausflurs am Abend zuvor. Der junge Polizist, der neben der Tür stand, bemerkte sofort den Blick der Zivilkollegen auf die gefesselten Handgelenke.

»Ich wollte kein Risiko eingehen«, baute er rasch vor, »und dachte mir, ich lass die Handschellen lieber dran.«

Lenz nickte.

»Gut gemacht. Immerhin ist er Beteiligter am Mordversuch an einem Polizisten. Deshalb werden wir die Dinger auch dran lassen. Aber jetzt können Sie uns gern mit ihm allein lassen, wir kriegen das schon geregelt.«

Das Gesicht des Uniformierten hellte sich schlagartig auf.

»Ja gut, dann mach ich das mal. Wenn Sie mich brauchen sollten, bin ich draußen vor der Tür.«

Ein paar Sekunden später hatte er den Raum verlassen. Lenz baute sich mit einem Din-A4-Blatt vor dem Tisch auf, an dem Trosser noch immer völlig regungslos verharrte.

»Das liest sich schon nicht schlecht, was unser Herr Trosser hier so auf dem Kerbholz hat.«

Bei der Nennung seines Namens hob der Mann hinter dem Tisch vorsichtig den Kopf und grinste den Kommissar hämisch an.

»Na, eure Minimalhausaufgaben habt ihr ja wenigstens gemacht.«

»Ja, was das angeht, sind wir pfiffig«, erwiderte Lenz ruhig und warf wieder einen Blick auf den Zettel. »Ganz anders als du übrigens, der sich schon bei einem popeligen Raubüberfall erwischen lässt, weil er sich so blöd anstellt wie eine Büchse Thunfisch.«

Trosser warf dem Polizisten einen verächtlichen Blick zu.

»Du kannst mich mal, Bulle.«

»Ja, das hättest du gern«, mischte Hain sich von der Seite ein. »Aber das wird nichts, weil du in den nächsten Jahren ganz anderen Besuch an deiner Heckluke erwarten darfst. Für das, was da gestern Abend gelaufen ist, fährst du nämlich auf Jahre ein, und der versuchte Mord an dem armen Adolfo Vasquez kommt als Sahnehäubchen noch on top.«

»Ach, das weißt du ja noch gar nicht, Thilo«, bluffte Lenz. »Wir haben in der Wohnung jede Menge DNA-Spuren gefunden, und wenn uns der gnädige Herr Trosser hier mit seiner Speichelprobe versorgt hat, bin ich sicher, dass ihm auch der beste Anwalt aus der Nummer nicht mehr raus helfen kann.«

Der Gefesselte schluckte.

»Von mir kriegt ihr gar nichts.«

»Ach lass mal, das haben schon ganz andere gesagt, und gekriegt haben wir bis jetzt immer, was wir wollten.«

Trosser hob die rechte Hand und bewegte den Mittelfinger nach oben.

»Fuck you«, zischte er. »Und überhaupt, ich will jetzt meinen Anwalt sehen, und zwar sofort.«

»Das haben wir den Herrn Blatter schon gestern Abend wissen lassen, wie du es angeordnet hast, aber offenbar hat er keine Lust auf dich als Mandanten.«

»Quatsch, was reden Sie denn da für einen Scheiß?«

Hain drehte den Kopf hin und her und tat dabei, als würde er das Verhörzimmer absuchen.

»Hallo, Erde an Stefan Trosser! Hier ist kein Anwalt!«

Damit trat er an den Tisch, zog sich einen Stuhl heran, und ließ sich verkehrt herum darauf nieder.

»So, und nun mal Butter bei die Fische, Kollege. Du und dein Kumpel haben gestern Abend versucht, mich um die Ecke zu bringen, und das nehme ich euch echt übel. Du kannst Punkte bei mir sammeln, wenn du mir erzählst, wer der andere ist, und wenn du das nicht willst und wir ihn deshalb nicht finden, wanderst du allein in den Knast, und zwar, wie schon erwähnt, für lange, lange Zeit.«

»Hör doch auf, so einen Scheiß zu erzählen! Als draußen vor der Tür auf dich geschossen wurde, lag ich mit der Fresse nach unten im Dreck, die Hände hinter dem Rücken festgebunden.«

»Das stimmt. Aber jeder halbwegs begabte Staatsanwalt macht daraus eine Mittäterschaft, weil du erstens eine Knarre dabei hattest und weil du zweitens mit dem festen Vorsatz ausgerückt bist, dir den Weg auf die gleiche Weise frei zu schießen wie dein Kumpel. Und Ruck-Zuck wanderst du lebenslänglich in den Bau. LEBENSLÄNGLICH!«

Nun wurde zum ersten Mal in Trossers Gesicht so etwas wie eine Regung erkennbar. Hain bewegte sich mit seiner Aussage zwar auf ganz, ganz dünnem Eis, doch das schien er nicht zu erkennen.

»Nun mal halblang, Kollegen«, brummte er. »Mordversuch läuft nicht mit mir, damit hab ich nicht die Bohne zu tun.«

»Dann lässt du uns am besten möglichst schnell wissen, wer auf mich geschossen hat.«

»Nie im Leben. Normal würde ich nicht mal mit euch reden.«

»Tja«, erwiderte Hain seelenruhig, stand auf, und schob den Stuhl in seine Ausgangsposition zurück.

»Dann siehst du im Lauf des Vormittags den Haftrichter, der dich garantiert nicht auf freien Fuß setzen wird, was nichts anderes heißt, als dass du in der U-Haft landen wirst. Und während du dir den Kopf darüber zermartern darfst, warum der gute Herr Blatter dich so schmählich im Stich lässt, gehen wir einmal die Wolfhager Straße hoch und runter und erzählen allen, die es wissen wollen, und natürlich auch denen, die es nicht interessiert, was du uns alles auf die Nase gebunden hast. Und du glaubst nicht, was ich für eine Fantasie entwickeln kann, wenn einer mit einer Kanone auf mich anlegt und dann auch noch abdrückt.«

Der Oberkommissar nickte Lenz zu, der mit ihm Richtung Tür schlenderte. Kurz bevor die beiden den Ausgang erreicht hatten, kam von hinten ein Brummlaut.

»Bullen sind immer elende Dreckschweine, und daran wird sich auch nie was ändern.«

Lenz lachte laut auf.

»Stimmt, du Arschgeige. Und wir werden sogar noch ziemlich anständig bezahlt dafür, solch räudige Rüsselschwänzer zu sein.«

Er hob den Arm und wollte an der Tür klopfen, wurde jedoch von Trosser verbal eingebremst.

»Moment, Moment, nicht so eilig. Vielleicht können wir uns ja doch auf einen Deal einigen?«

Lenz und Hain sahen kurz sich an.

»Wie soll der Deal denn deiner Meinung nach aussehen?«, wollte der Hauptkommissar skeptisch wissen.

Der Mann mit dem Zopf räusperte sich leise.

»Ich kann nichts zu dieser Scheiße von gestern sagen, das muss klar sein.«

Wieder tauschten die beiden Polizisten einen Blick aus, diesmal jedoch einen eher irritierten.

»Sag mal, hast du sie noch alle?«, fauchte Lenz den Zopfträger an. »Wenn du scheiß Spiele spielen willst, musst du warten, bis du im Knast angekommen bist, da warten sie garantiert auf einen so feschen Spielkameraden wie dich. Aber versuch nicht, uns hier zu verarschen.«

Trosser lehnte sich zurück und holte tief Luft. Über sein Gesicht huschte dabei ein selbstzufriedenes Grinsen.

»Wenn ich euch das sage, was ich meine, dann vergesst ihr diese blöde Lappalie von gestern Abend auf der Stelle. Garantiert.«

Nun wurde Thilo Hain richtiggehend zornig.

»Dass dein verschissener Kumpel auf mich geschossen hat, nennst du eine Lappalie?«, brüllte er und sprang dabei auf Trosser zu, der erschreckt zurückwich. »Eine Lappalie? Dir haben sie doch echt ins Hirn geschissen.«

Der Mann mit den Handschellen wich dem stechenden, angriffslustigen Blick des Polizisten aus, als er zu seiner Antwort ansetzte.

»Es geht um eine Sache, die viel größer ist als das, weswegen wir hier sitzen. Und deswegen will ich auch, dass ihr mir eine Zusage gebt, wenn ich darüber rede.«

»Was für eine Zusage sollte das denn sein?«

Trosser hob den Kopf und fixierte den jungen Polizisten eine Weile.

»Kein Mordversuch. Ich will, dass ihr die Sache mit dem Mordversuch vergesst.«

»Und was ist mit der Vasquez-Geschichte? Sollen wir die auch vergessen?«

»Ich war nicht mal mit in der Wohnung, also könnt ihr mir deswegen auch nichts anhängen. Und gestern Abend wollte ich später noch auf eine Geburtstagsfeier, da sollte ich für ein bisschen Feuerzauber sorgen.«

Lenz drängte sich an seinem Kollegen vorbei und beugte sich über die Tischplatte.

»Du kannst uns mal, du mieser Vogel. Deine einzige Hoffnung ist doch, dass wir tatsächlich keine DNA von dir in der Wohnung finden, damit du fein aus der Sache raus wärst. Aber das läuft nicht. Das läuft garantiert nicht! Und einen Deal gibt es auf dieser Grundlage schon gar nicht.«

Wieder zog sich ein selbstgefälliges Grinsen über Trossers Gesicht.

»Dann seid ihr beiden Figuren womöglich am Ende dafür verantwortlich, dass es einen Haufen Tote gibt.«

Er ließ sich mit seinem Stuhl nach vorn fallen und schlug mit der flachen Hand auf die Tischplatte.

»Und wenn ich *einen Haufen Tote* sage, dann meine ich auch *einen Haufen Tote.*«

Lenz wandte sich kopfschüttelnd ab.

»Lass uns bloß mit deinem Rockerscheiß in Ruhe. Wenn ihr Kuttenheinis euch gegenseitig um die Ecke bringt, ist nach meiner Meinung der Menschheit ein großer Dienst erwiesen worden.«

Damit wandte er sich erneut ab und stapfte wieder zur Tür.

»Ihr blöden Bullen kapiert auch gar nichts!«, schrie Trosser. »Überhaupt nichts kapiert ihr, weil ihr nicht nur elende Dreckschweine seid, sondern auch noch strohdoof dazu.«

Seine Stimme überschlug sich nun.

»Und wenn du glaubst, dass ich hier nur Scheiße rede, dann mach dich doch mal schlau, wo ein gewisser Theo Stark die letzten Jahre so gearbeitet hat. Frag nach und du wirst schon checken, dass ich euch hier keinen Müll erzähle!«

Lenz drehte sich abermals um und baute sich vor Trosser auf.

»Was weißt du über den Mord an Stark?«

Der Mann mit den Tätowierungen entspannte sich ein wenig, legte die Ellenbogen auf dem Tisch ab und betrachtete einen Punkt an der Wand.

»Über einen Mord an ihm weiß ich gar nichts, das schon mal als Erstes. Was ich aber weiß, ist, wo er in den letzten Jahren Dienst geschoben hat, und das sollte auch für euch von großem Interesse sein.«

Er schloss die Augen, atmete erneut schwer ein und ließ den Kopf dabei sinken.

»Und jetzt ist Schluss mit Plauderstunde. Mehr erfahrt ihr von mir nicht, und wenn euch das, was ich gesagt habe, weitergeholfen hat, dann hoffe ich, dass ihr euch an mich und den Deal mit mir erinnert.«

Lenz sah den wie versteinert dasitzenden Mann ungläubig an.

»Wie jetzt? Das soll alles sein, was du uns anbietest?«

Keine Reaktion.

»Hey, ich rede mit dir.«

»Mach deinen Job, Bulle, und lass mich zufrieden. Mehr als das, was ich euch gesagt habe, gibt es nicht, und das war sowieso schon viel mehr, als ihr verdient habt. Und wenn ihr nicht wollt, dass irgendwann hier in der Gegend 100 oder 200 Tote rumliegen, dann macht ihr euch am besten sofort auf den Weg.«

*

»Was für ein Schaumschläger«, bemerkte Hain giftig, als die beiden auf dem Weg zu Uwe Wagners Büro waren.

»Glaubt, er könne uns mit so einer Räuberpistole verladen.«

Er klopfte, drückte im gleichen Atemzug die Klinke herunter und bewegte sich dabei ungebremst vorwärts, was ihm jedoch überhaupt nicht gut bekam, denn die Tür gab, weil sie abgesperrt war, keinen Millimeter nach. Rasant schlug der Oberkommissar mit dem Kopf gegen das Holz, zuckte erschreckt zurück und griff sich an die schmerzende Stirn.

»Was ist denn das für eine …?«, blökte er.

»Tja, sieht so aus, als sei Uwe nicht am Platz«, kommentierte sein Boss die Szene.

»Das habe ich in der ganzen Zeit erst ein Mal erlebt«, gab Hain, immer noch total verdutzt, zurück.

»Also gut, dann eben kein frisch gebrühter Espresso mit Hocker, sondern Automatenkaffee im Stehen.«

»Gut erkannt. Aber vorher gehen wir bei Lemmi vorbei und hören, was der uns zu erzählen hat.«

»Der ist doch heute im Seminar.«

»Verdammt, stimmt ja. Das hatte ich schon wieder total vergessen.«

»Was mir die Chance eröffnet, endlich mein Frühstück nachholen zu können. Also, rüber zum Amerikaner im Bahnhof und einen Burger geordert.«

»Och nö, Thilo, du weißt doch, wie ich diesen Fraß hasse.«

»Klar weiß ich das, aber das hat doch nichts mit mir zu tun. Trinkst halt einen Kaffee oder nimmst ein Eis, das geht immer.«

Lenz entschied sich wegen der Witterung und seiner

Abneigung gegen Softeis für einen Kaffee. Hain orderte tatsächlich eines der Menüs, noch dazu das Ganze in sehr, sehr groß.

»Du glaubst also nicht, dass an dem, was Trosser uns da aufgetischt hat, irgendwas dran sein könnte?«, wollte Lenz wissen, nachdem er sich an seinem Heißgetränk einmal herzhaft den Mund verbrannt und daraufhin das Behältnis zur Seite geschoben hatte.

»Kein Wort glaube ich diesem Hafensänger. Der will uns auf die billige Tour einen vom Pferd erzählen und hofft, wie du schon angemerkt hast, dass er damit durchkommt.«

»Könnte doch sein, dass es sich um irgendwas mit der Bahn dreht?«

»Was sollte denn ein Wachschutzmann wie Stark schon machen können? Eine Stinkbombe im Zug unterbringen, von der 100 oder 200 arme Bahnreisende dahingemetzelt werden?«

Er schüttelte energisch den Kopf.

»Nein, da ist nichts dran, Paul; das ist Geschwätz von einem, der mit allen Mitteln seinen Kopf aus der Schlinge ziehen will.«

Lenz zog sich den Becher wieder heran, trank vorsichtig einen Schluck der braunen Brühe und betrachtete dabei das Treiben an der Theke, wo eine Reisegruppe Jugendlicher sich in Szene setzte.

»Wir sollten trotzdem noch mal bei der Secupol vorbeigehen und uns sagen lassen, wo er eingesetzt gewesen ist. Immerhin ermitteln wir in einem Mordfall.«

»Wenn du meinst«, gab Hain ein wenig trotzig

zurück, setzte den Burger an und biss ein großes Stück ab. »Haben wir eigentlich schon was Neues aus Thüringen gehört?«

»Nein, bisher nicht. Ich wollte eigentlich heute Morgen mal mit dem Kollegen telefonieren, aber irgendwie hat es noch nicht geklappt.«

Der Oberkommissar schob sich den letzten Bissen seines matschigen Hauptgerichts in den Mund, steckte ein paar Pommes dazu und spülte das Ganze nach ein paar müden Kaubewegungen mit einem mächtigen Schluck Cola hinunter. Das fällige Rülpsen konnte er gerade noch unterdrücken.

»Dann los, mein Herr und Meister. Wirst schon sehen, dass an der Sache nichts dran ist.«

»Ich bin schon voll und ganz deiner Meinung, Thilo, aber weil wir gute Bullen sind, oder besser sein wollen, schauen wir uns seinen Einsatzplan wenigstens mal an.«

15

Thomas Blatter stand in der Küche seines noblen Hauses in der besten Gegend von Kassel am Fenster, nippte an einem Espresso und betrachtete gelangweilt die wenigen Schneeflocken, die vom leichten Wind hin und her getrieben wurden. Hinter ihm schlüpfte ein junger Mann in seine Jeans und griff nach den Stiefeln.

»Hast du meine Kohle?«, fragte er teilnahmslos.

Der Jurist wollte zu seiner auf dem Tisch liegenden Brieftasche greifen, doch ein Geräusch in der Einfahrt ließ ihn stocken.

»Geh bitte zurück ins Schlafzimmer und lass dich nicht blicken, bis ich dich hole«, befahl er dem verdutzt aus der Wäsche guckenden Jungen, der jedoch keine Anstalten machte, der Aufforderung Folge zu leisten.

»Geh ins Schlafzimmer, sage ich!«

»He, he, was ist denn los? Ich hab um halb zehn einen Termin auf dem Arbeitsamt, und wenn ich da nicht auflaufe, kriege ich einen Haufen Ärger.«

»Du kriegst einen viel größeren Ärger, und zwar mit mir, wenn du nicht augenblicklich ins Schlafzimmer verduftest.«

»Aber …«

»Nichts aber. Wenn dich das was kostet, ersetze ich es, und jetzt hopp!«

Langsam und mit schlurfenden Schritten verließ der Besucher die Küche, bewegte sich aufreizend langsam über den Flur und verschwand schließlich in dem Raum, in dem er die Nacht verbracht hatte.

Blatter, der ihm bis zu diesem Moment hinterher gesehen hatte, drehte sich um und erkannte gerade noch, wie zwei hünenhafte, breitschultrige Männer aus einem großen, ihm bestens vertrauten Geländewagen kletterten.

Ich weiß, was du willst, dachte der Strafverteidiger, während er in das wütende, unwirsch und kalt wirkende Gesicht seines Bruders blickte.

»Was fällt dir ein?«, brüllte Andreas Blatter ohne jegliche Form von Begrüßung, nachdem er an der Tür in Empfang genommen worden war.

Sein Bruder wartete auf den zweiten Mann, der jedoch an der Beifahrertür des Mercedes-G-Modells lehnte und die Hände aneinander rieb.

»Nun komm doch erst mal rein, Bruderherz«, gab Blatter ruhig zurück. »Und mach vor allem nicht so einen Lärm, da platzt einem ja das Trommelfell.«

Der Jüngere sah den Älteren an, als habe der in einer anderen, fremden Sprache zu ihm geredet.

»Lass diesen Fraternisierungsscheiß«, zischte er. »Und komm mir auch nicht mit irgendwelchen Ausreden, du Arschloch.«

Thomas Blatter schloss seelenruhig die Tür, trat an seinem Bruder vorbei und nahm Kurs auf das Bücherzimmer.

»Komm, hier gehts rein.«

»Was soll ich denn in deiner Papierabteilung?«, gab der Rockerpräsident unwirsch zurück.

»Mir zuhören.«

»Als ob du mir etwas erzählen könntest, das ich noch nicht weiß.«

»Na, dann lass dich mal überraschen«, erwiderte der Jurist, schob seinen unwillig dastehenden Bruder vor sich her, schloss auch diese Tür hinter sich und ließ sich in einen schwarzen Ledersessel fallen.

»Nimm Platz, bitte.«

»Warum sollte ich das machen? Und warum müssen wir uns unbedingt hier unterhalten?«

»Hier haben wir die Ruhe, die wir brauchen, und sind auf jeden Fall im Rest des Hauses nicht zu hören.«

»Wer sollte uns denn hören? Sag bloß, du hast Besuch?«

Thomas Blatter nickte.

»Ja, genau. Ich habe Besuch von einem total süßen Stricher, der in meinem Schlafzimmer herumlungert und darauf wartet, seine Kohle in Empfang nehmen zu dürfen, für die er mir letzte Nacht zwei Mal einen geblasen hat.«

Der Mann mit der Lederjacke sah seinen Bruder fassungslos an und ließ sich ebenfalls in einem der bequemen Ledersessel nieder.

»Spinnst du, mir so was zu erzählen? Ich will diese Schwulengeschichten nicht hören, und das weißt du auch ganz genau.«

»Es ist mir so was von egal, was du hören willst und was nicht, Bruderherz. Und es ist mir auch total egal, ob du mich erpressen willst oder nicht.«

Andreas Blatters Gesicht hatte sich bei jedem Wort etwas mehr in Richtung dunkelrot verfärbt.

»Was war das?«, fragte er ungläubig.

»Ich habe gesagt, dass ich mich nicht von dir erpressen lassen werde, Andreas. Nicht von dir und auch nicht von einem anderen deiner Spießgesellen.«

Nun lachte der Anführer der Black Crows laut los.

»Also entweder haben sie dir ins Gehirn geschissen, oder du glaubst blödsinnigerweise, dass du aus Versehen in einen Kessel mit Zaubertrank gefallen bist.«

Nun musste auch der Strafverteidiger schmunzeln.

»Weder das eine noch das andere«, erwiderte er blasiert. »Ich habe mir nur so meine Gedanken über deinen Auftritt in der Kanzlei gemacht.«

»Und mit welchem Ergebnis?«

»Ach Gott, zuerst wollte ich mir das Leben nehmen, aber davon bin ich recht schnell wieder abgekommen. Irgendwie hänge ich zu sehr daran, glaube ich.«

»Interessant. Was kam danach?«

»Danach kam der Ärger darüber, dass mein eigen Fleisch und Blut mich erpresst. Mein eigen Fleisch und Blut will mich an die Justiz ausliefern, wenn ich ihm nicht willfährig ergeben bin.«

»Und?«

»Was soll ich sagen? Die gewonnenen Erkenntnisse sind recht schlicht, dafür aber umso wirkungsvoller.«

»Jetzt machst du mich wirklich neugierig.«

»Na ja, ich habe mich gewaltig geärgert über dich, aber ich bin zu der Erkenntnis gelangt, dass ich am Leben hänge, wie gesagt. Und ich bin weiterhin zu der Erkenntnis gelangt, dass ich in Zukunft ein genauso großer Mistkerl sein möchte wie du.«

Verständnisloses Kopfschütteln auf der anderen Seite.

»Na, das ist doch recht einfach zu verstehen, oder? Du weißt ein paar Dinge über mich, die besser unter uns bleiben sollten, und ich weiß ein paar Dinge über dich, die besser unter uns bleiben sollten.«

Er fing an zu grinsen.

»Irgendwie eine Pattsituation.«

Obwohl Andreas Blatter nach außen hin völlig ruhig blieb, war ihm doch anzumerken, dass er in seinem tiefsten Innern vor Wut bebte.

»So, so«, gab er mit leiser Stimme zurück. »In einer Pattsituation befinden wir uns also.«

»Siehst du das etwa anders?«

Ein desinteressiertes Schulterzucken.

»Und damit wir uns gleich ganz klar verstehen«, schob der Strafverteidiger nach, wobei seine Stimme an Schärfe zunahm, »ich will nie wieder in meinem Leben von einem deiner Vasallen angerufen werden mit der Bitte, ihn auf dem Polizeipräsidium oder im Gefängnis aufzusuchen. Diese Zeiten sind vorbei, und zwar ein für alle Mal.«

Andreas Blatter sah seinem Bruder ein paar Sekunden lang direkt und stechend in die Augen.

»Hoffentlich übernimmst du dich nicht mit dieser Dirty-Harry-Nummer, *Bruderherz*. Es könnte durchaus sein, dass du dich damit ein klein wenig, oder vielleicht sogar ein klein wenig mehr verhebst, und diese Geschichte ein paar Schuhnummern zu groß ist für einen Sesselfurzer wie dich.«

Thomas Blatter schüttelte selbstgefällig den Kopf.

»Das glaube ich nicht. Und selbst für den Fall, dass ich mich wirklich damit übernommen haben sollte, gibt es so etwas wie einen Rettungsanker für mich.«

»Und wie sieht der aus?«

»Na ja, man hört doch immer wieder von plötzlichen Todesfällen. Und da habe ich gedacht, ich gehe auf Nummer sicher und hinterlege meine gesammelten Erinnerungen an dich und deine Kumpane bei einem befreundeten Notar, der sie an die Behörden weiterreicht, falls mir etwas zustoßen sollte. Und dabei ist es egal, ob ich spurlos verschwinde, eines natürlichen

Todes sterbe, gewaltsam sterbe oder die Todesursache sich nicht klären lässt.«

Wieder huschte ein Lächeln über sein Gesicht.

»Was zu der bizarren Konstellation führt, dass du, obwohl du mich, wenn ich deinen Blick gerade richtig deute, am liebsten sofort umbringen würdest, dafür sorgen musst, dass es mir gut geht. Du musst sogar dafür sorgen, dass es mir *sehr gut* geht.«

Wieder ein paar Sekunden des Schweigens.

»Ist das eigentlich mit deinem Berufsethos zu vereinbaren, was du hier abziehst?«

Thomas Blatters Gesicht wurde ernst, so ernst, dass sein Bruder zum ersten Mal seit vielen Jahren so etwas wie Respekt ihm gegenüber empfand.

»Was interessiert es mich, ob das mit meinem *Berufsethos* zu vereinbaren ist.«

Er beugte sich nach vorn.

»Du und Deinesgleichen«, fauchte er, »glauben immer, dass sie mit ihrer körperlichen Überlegenheit auch die Unbesiegbarkeit gepachtet haben, aber dem ist nicht so, wie du jetzt schmerzlich erfahren musst. Berufsethos? Dass ein ganz und gar unethischer Mensch wie du dieses Wort auch nur in den Mund nimmt, ist eine bodenlose Frechheit, Andreas. Du willst immer, dass sich jedermann vor dir fürchtet, weil du so stark bist, aber wenn sich mal jemand gegen dich wehrt, dann kommst du mit der Ethik. Die ganze Zeit kümmert ihr euch keinen Deut um die Gesetze, aber wenn ihr bei einer Straftat erwischt werdet, wollt ihr mit allen Mitteln, die euch zur Verfügung stehen, diese Gesetze angewendet sehen. Es ist so armselig, wenn ein Mensch wie du von Ethik spricht, dass ich mich auf der Stelle übergeben könnte.«

Andreas Blatter schnaufte durch.

»Dann pass mal auf, dass dein schönes Parkett keinen Schaden nimmt.«

Er schob den Sessel zurück, stand auf und sah sich in dem mit bis unter die Decke reichenden Bücherregalen vollgestellten Raum um.

»Besser, ich gehe jetzt, sonst könnte dir tatsächlich noch was passieren, und das wollen wir ja beide nicht.«

»Dann mach's mal gut, Bruder«, gab der Jurist aufgeräumt zurück, wobei er demonstrativ in seinem Sessel sitzen blieb. »Du findest den Weg nach draußen ja allein«, schob er provokant nach. »Und mach bitte keinen unnötigen Lärm, für den Fall, dass sich mein Spielkamerad von letzter Nacht noch einmal hingelegt hat.«

16

»Wie meinen Sie das, wo Theo Stark in den letzten Jahren eingesetzt wurde?«

Auf der Stirn von Heiner Wehmeyer, dem Geschäftsführer von Secupol, zeigten sich kleine, im Licht der Leuchtstoffröhren über seinem Schreibtisch deutlich erkennbare glitzernde Schweißperlen.

»Nun«, gab Thilo Hain gleichmütig zurück, »wir möchten einfach eine Aufstellung darüber, wo Ihr Unternehmen den Mitarbeiter Theo Stark in den, sagen wir mal, letzten zehn Jahren eingesetzt hat. Auf welchen Baustellen, in welchen Discotheken und so weiter.«

Wehmeyer räusperte sich leise.

»Das wird leider nicht so einfach gehen, wie Sie sich das vermutlich vorstellen, meine Herren. Dazu müsste ich Einiges an Unterlagen und alten Akten sichten.«

»Alte Akten sichten?«, gab Lenz ein wenig gereizt zurück. »Sie wissen aber schon, dass wir im Zeitalter der Computer leben, Herr Wehmeyer?«

»Ja, sicher, klar weiß ich das. Aber es gibt da gewisse Dinge, die zu beachten sind. Und den Datenschutz darf man in diesem Zusammenhang auch nicht vernachlässigen.«

Die Gesichtszüge des Polizisten entspannten sich schlagartig.

»Ich glaube, ich habe gerade die eigentlichen Hintergründe Ihres Zauderns und Ihrer zögerlichen Haltung erkannt«, erklärte er ruhig. »Und ich versichere Ihnen, dass wir unsere Erkenntnisse nicht mit den Beamten der Steuerfahndung teilen werden. Wir ermitteln in einer Mordsache und interessieren uns nicht für irgendwelche Schwarzarbeitergeschichten.«

Wehmeyer schloss die Augen für einen Moment und atmete dabei erleichtert aus.

»Es ist … wir haben in unserer Branche einen brutalen Wettbewerbsdruck, Herr Kommissar, das glaubt man als Außenstehender gar nicht. Immer taucht einer auf, der es noch etwas billiger macht, und wir sind nun mal der größte Anbieter in der Gegend. Da geht das eine oder andere nur …«

Er brach ab, weil Hain seinen Erklärungsversuch mit einer Handbewegung gestoppt hatte.

»Geschenkt, Herr Wehmeyer. Und jetzt bitte die benötigten Unterlagen.«

»Und ich kann mich wirklich darauf verlassen, dass …«

»Können Sie, ja.«

Der Geschäftsführer griff zum Telefonhörer und gab ein paar Anweisungen durch.

»Na bitte, so kompliziert hat sich das doch gar nicht dargestellt«, feixte Lenz, erntete dafür jedoch nur ein schüchternes Nicken von der anderen Schreibtischseite.

Kurz darauf betrat eine junge Frau mit strohblonden Haaren und irrwitzig langen Fingernägeln das Büro und legte ein einzelnes Blatt Papier vor ihrem Boss ab.

»Alle Einsatzorte von Theo Stark, wie gewünscht.«

»Danke, Nadine.«

So schnell, wie sie gekommen war, verschwand die Frau auch wieder.

Wehmeyer griff nach dem Ausdruck und überflog ihn.

»Wie ich es mir gedacht habe und wie ich es in Erinnerung hatte, meine Herren«, flötete er. »Herr Stark war in den letzten Jahren fast ausschließlich im Nachtdienst eingesetzt, und in der Regel auch immer länger am gleichen Standort.«

Sein Blick wandte sich den Besuchern zu.

»Er war, wie ich Ihnen schon während unseres letzten Gesprächs mitgeteilt hatte, einer unserer erfahrensten

Mitarbeiter. Und er wollte immer Nachtschicht machen, was natürlich für ein Unternehmen wie das unsere ein wahrer Glücksfall ist.«

Hain warf einen sehnsüchtigen Blick auf das Papier in der Hand des Sicherheitsmannes.

»Darf ich …?«

»Oh, ja klar«, erwiderte der und reichte ihm das Schriftstück.

»Also, er war in der Hauptsache auf irgendwelchen Baustellen im Einsatz, wenn ich das richtig sehe. Ein Bahnhof in Berlin, eine Neubaustrecke in Ingolstadt und jetzt für die gleiche Baufirma in Jena.«

Er hob fragend den Kopf.

»Hier steht zwischen Ingolstadt und Thüringen, dass er in KSF eingesetzt war. Für was steht das?«

»Ach je, das wissen Sie nicht? Das ist unser neuer Flughafen Kassel-Calden.«

»Soso, der heißt also KSF. Und aus Ihren Unterlagen geht hervor, dass er dort zwischen Mai 2010 und April 2013 eingesetzt gewesen ist.«

»Wenn es da steht, dann stimmt es auch.«

»Was genau hat er dort gemacht?«, wollte Lenz wissen.

»Na, was er auf den anderen Baustellen auch gemacht hat. Sicherung der Einrichtungen gewährleisten, Streifenfahrten, Überprüfung von Arbeitern.«

»Und er war auch dort ausschließlich nachts eingesetzt.«

»Ausschließlich nachts, richtig«, bestätigte Wehmeyer.

»Musste man dort nachts Arbeiter kontrollieren? Irgendwie kann ich mir gar nicht vorstellen, dass es auf dieser Baustelle Nachtarbeit gegeben hat.«

»Doch, natürlich. So was kommt immer wieder vor, auf allen Baustellen, die wir betreuen. Manchmal wollen die Baufirmen eine gute, stabile Wetterlage ausnutzen, manchmal steht aber auch zum Ende der Bautätigkeiten nicht mehr genügend Zeit am Tag zur Verfügung, speziell direkt vor dem Eröffnungstermin. Und bevor dieser in der Regel groß angekündigte Stichtag verschoben wird, machen die dann eben Nachtschichten.«

»Das klingt einleuchtend«, bestätigte der Polizist. »Hier steht weiterhin, dass der Auftraggeber die Bauunternehmung Zeitz gewesen ist.«

»Völlig richtig. Diese Firma ist einer unserer größten Kunden.«

»Das heißt, dieses Unternehmen hat in Calden mitgebaut?«

»Bei den meisten Bauabschnitten, soweit ich mich erinnere.«

Lenz bedankte sich, faltete das Papier zusammen und schob es in die Jackentasche.

»Wollen Sie den Ausdruck mitnehmen?«, fragte Wehmeyer ängstlich.

»Ja natürlich«, beschied Lenz ihn unmissverständlich. »Und bevor Sie in Zukunft wieder in solch eine unangenehme Situation kommen wie heute, sollten Sie ernsthaft darüber nachdenken, an Ihrer Steuerehrlichkeit zu arbeiten.«

»Das werde ich machen, versprochen.«

Lenz und Hain standen auf, verabschiedeten sich und gingen Richtung Tür.

»Ach, eins hätte ich fast vergessen, Herr Wehmeyer«,

drehte der Hauptkommissar sich noch einmal um. »Wir haben gestern mit einem Herrn Trosser gesprochen, Stefan Trosser. Dabei hat er erwähnt, dass er früher mal für Sie gearbeitet hat. Stimmt das?«

Wehmeyer schien zu überlegen.

»Trosser, Trosser, der Name kommt mir irgendwie bekannt vor. Ich glaube, da war mal was, ja.«

»Ein großer, breitschultriger Mann mit einem langen, schwarzen Zopf«, wollte der Polizist dem Gedächtnis des Geschäftsführers ein wenig auf die Sprünge helfen.

»Nun, ich kann mich wirklich nicht an jeden Einzelnen erinnern, der mal für uns gearbeitet hat«, erwiderte der.

»Erstaunlich, wo er doch glatt behauptet hat, Sie richtig gut zu kennen. Persönlich, quasi.«

Wehmeyer schluckte.

»Wie sagten Sie noch mal, heißt er?«

»Trosser. Stefan Trosser.«

»Ach, der Stevie, klar. Wir nennen ihn hier alle nur Stevie oder Steff, deshalb konnte ich mit dem Namen jetzt erst mal so gar nichts anfangen.«

»Also kennen Sie ihn?«

»Ja natürlich.«

»Und er arbeitet auch für Ihr Unternehmen?«

»Schon, ja. Aber nicht fest, er ist mehr so etwas wie eine Aushilfe.«

»Eine Aushilfe?«

»Na ja, er ist jemand, den man kurzfristig anruft, wenn ein fest eingeplanter Mitarbeiter ausfällt oder es sonst irgendwo brennt.«

»Wie lang macht er das schon für die Secupol?«

»Ein paar Jahre bestimmt. Genau kann ich es Ihnen aber leider nicht aus dem Kopf sagen.«

»Das macht nichts. Danke, dass es Ihnen noch eingefallen ist.«

*

»Du kannst dir meiner Hochachtung für heute sicher sein«, bemerkte Hain beeindruckt, nachdem die beiden Polizisten in den Kombi gestiegen waren. »Wie bist du denn darauf gekommen, diese Verbindung herzustellen?«

»Keine Ahnung, es ist mir tatsächlich erst in diesem Moment eingefallen. Aber irgendwie passt eine Figur wie dieser Trosser einfach in das Mitarbeiterschema von Secupol.«

»Du meinst, Wehmeyer hat uns bei unserem letzten Besuch verarscht, als er uns vorgemacht hat, dass er die Black Crows eigentlich gar nicht kennt?«

»Das weiß ich nicht, Thilo, aber immerhin sind mit Theo Stark und Stefan Trosser zwei seiner Mitarbeiter definitiv deren Umfeld zuzuordnen. Und es würde mich nicht wundern, wenn es insgesamt noch deutlich mehr wären.«

»Das lässt sich vermutlich relativ einfach raus kriegen«, erklärte der Oberkommissar. »Allerdings beschäftigt mich die Tatsache, dass Theo Stark als Nachtwächter auf dem neuen Flughafen eingesetzt war, im Augenblick deutlich mehr.«

Er startete den Motor und legte den ersten Gang ein.

»Wie hat Trosser gesagt? *Wenn ihr nicht wollt, dass irgendwann hier in der Gegend 100 oder 200 Tote rum-*

liegen, dann macht ihr euch am besten sofort auf den Weg. Die Baustelle in Berlin können wir abhaken, und eine Schnellbahntrasse in Thüringen liegt auch nicht hier bei uns in der Gegend. Also bliebe nur der Flughafen in Calden. Ich traue diesem Windbeutel zwar immer noch nicht für fünf Pfennige über den Weg, aber interessant ist es schon, dass der gute Theo am Airport Nachtschicht gefahren ist.«

»Das sehe ich genauso, aber was sollte da schon groß passieren? Immerhin hat Stark vor knapp einem Jahr aufgehört, dort zu arbeiten.«

»Gute Frage, auf die ich dir leider keine Antwort geben kann.«

Lenz zog den Gurt heran und schob die Lasche in das Schloss.

»Mir ist natürlich sofort ein Raub oder so etwas in den Sinn gekommen, als ich gehört habe, dass er dort eingesetzt war, aber wir sind doch hier nicht in Brüssel oder Antwerpen, wo Edelsteine und sonstiges Geschmeide in die Luft verfrachtet werden. In Calden können die Betreiber doch froh sein, wenn sie ihre Maschinen halbwegs vollkriegen, und die Menschen nicht mit dem Taxi nach Paderborn gekarrt werden müssen, weil es sich nun mal nicht rechnet, eine Boeing 737 mit sechs oder sieben verkauften Tickets loszujagen.«

»Jetzt wirst du aber unseriös, Paul. Immerhin hat Frau Meyer, die Vorturnerin der Betreibergesellschaft, erst letztens in einem Interview erklärt, dass es für das vergangene Geschäftsjahr zwar ein Minus zu vermelden gibt, das aber voll im Rahmen der Erwartungen liegen würde.«

»Ein erwartetes Minus also?«

»Sicher.«

»Feine Gesellschaft.«

»Und was machen wir jetzt? Wäre es nicht sinnvoll, zuerst mal bei dieser Baufirma vorbeizuschauen und mit denen zu sprechen? Vielleicht gab es ja auf der Baustelle irgendwelche Unregelmäßigkeiten, über die wir informiert sein sollten.«

Lenz dachte eine Weile nach.

»Das ist eigentlich keine schlechte Idee, Thilo, aber ich würde lieber zuerst noch einmal bei der Witwe von Theo Stark vorbeifahren. Damals waren die beiden doch noch ein bisschen dicker miteinander, und vielleicht hat sie ja eine Idee, was Trosser gemeint haben könnte.«

»Na, dann machen wir das doch. Nach der Nummer da drin könntest du heute vermutlich auch Fellatio von mir verlangen.«

Lenz drängte sich augenblicklich so weit nach rechts, wie es die Karosse des Kombis zuließ, und riss erschrocken die Augen weit auf.

»Gott bewahre, du Spinner, und jetzt fahr los.«

Auf dem Weg nach Bergshausen sinnierte der Hauptkommissar lange über die Worte von Stefan Trosser. Einerseits wehrte sich alles in ihm, diesem Mann, der am Abend zuvor eine Wohnung und vielleicht sogar ein ganzes Haus anzünden wollte, zu glauben, doch andererseits war er Kripomann genug, um auch in dieser aberwitzigen Behauptung einen Funken Wahrheit erkennen zu wollen. Es war nach den Regeln des gesunden Menschenverstands mit an Sicherheit grenzender Wahrscheinlichkeit ausgeschlossen, dass Trosser von irgendetwas Kenntnis hatte, das mehrere, vielleicht sogar wirklich 100 oder 200 Menschen das Leben kosten könnte, und doch wollte er sich nicht damit zufriedengeben, dessen Worte einfach nur als Geschwätz abzutun.

Hain bog von der Hauptstraße in die ruhige Seitenstraße ab, in der das Haus der Starks lag, und nahm langsam den Fuß vom Gas.

»Da«, deutete er auf einen auffälligen, schwarzen Geländewagen mit dunkel getönten Scheiben im Fond und protzig aufgemotztem Äußeren, unter dessen Heckklappe ein Zulassungskennzeichen der Stadt Frankfurt zu erkennen war. »Frau Stark hat offenbar Besuch aus Südhessen.«

»Das steht zu befürchten«, erwiderte Lenz besorgt. »Und es stellt sich die Frage, ob es sich nicht um eher ungebetene Besucher handelt.«

Der Oberkommissar parkte an der gleichen Stelle wie bei ihrem ersten Besuch, stellte den Motor aus und sah nach rechts.

»Gleich mit Verstärkung, oder wollen wir es zunächst allein probieren?«

Sein Boss atmete schwer ein und ebenso schwer wieder aus.

»Ich weiß es nicht, Junge. Wir könnten einen Haufen Ärger kriegen, wenn wir das verkacken.«

»Stimmt. Aber wer sagt uns denn, dass es sich wirklich um ungebetene Gäste handelt? Vielleicht ist es einfach nur der neue Beschäler der Hausherrin, und wir drehen völlig umsonst das ganz große Rad.«

»Gut«, nickte Lenz. »Klingeln wir und sehen, was passiert.«

Damit stieg er aus, ließ den Blick einmal kurz kreisen und ging dann vor Hain her auf das Haus zu. Als die beiden Polizisten an der Eingangstür angekommen waren, hörten sie aus dem Innern gedämpfte, jedoch deutlich zu vernehmende spitze, hysterische Frauenschreie.

Hain riss seine Dienstpistole aus dem Holster, sprang auf die Klingel zu, drückte mit der Waffe in der Hand auf den Taster, und hämmerte gleichzeitig mit der linken Faust gegen die Milchglasscheibe der Tür.

»Hallo, Frau Stark. Machen Sie auf, hier ist die Polizei.«

Das Schreien brach ab, und es entstand eine beklemmende Stille, die nur durch die Kakofonie der nahen Autobahnen ein wenig untermalt wurde.

»Hallo, aufmachen«, hämmerte Hain erneut gegen die Tür.

Kurz darauf wurde es ein wenig heller hinter der undurchsichtigen Glasscheibe, und es waren Bewegungen erkennbar.

»Was gibt's«, wollte eine Männerstimme wissen.

»Wir sind von der Polizei«, rief Lenz. »Bitte öffnen Sie die Tür.«

»Haben Sie etwas, das mich dazu veranlassen könnte? Einen Durchsuchungsbeschluss vielleicht?«

»Den brauchen wir nicht, und jetzt öffnen Sie die Tür!«

»Hier ist alles in bester Ordnung, wir brauchen ganz sicher keine … Polizei.«

»Wenn Sie uns nicht augenblicklich ins Haus lassen, werden wir die Tür aufbrechen.«

In diesem Augenblick erschien ein weiterer Schemen hinter der Glastür, und eine müde, matte Frauenstimme erklang.

»Hier ist Frau Stark. Wir brauchen wirklich keine Polizei; bitte kommen Sie doch wann anders wieder.«

»Wenn Sie nur kurz die Tür öffnen würden«, gab der Hauptkommissar mit möglichst beruhigendem Tonfall zurück, »sodass wir uns einen Überblick verschaffen können, Frau Stark.«

»Ihr hört doch, dass es hier nichts zu überblicken gibt. Und jetzt macht 'nen Abflug.«

»Wir werden nicht von der Tür weggehen, bis wir mit Frau Stark persönlich gesprochen haben. Also öffnen Sie die Tür und lassen uns rein.«

Auf der anderen Seite wurde leise getuschelt.

»Gut, ich öffne Ihnen kurz die Tür«, ging Ramona Stark leise auf die Forderung der Polizisten ein. »Aber dann müssen Sie wirklich gehen, ja?«

»Ja, das machen wir.«

Hinter der Scheibe wurden wieder Bewegungen erkennbar, dann öffnete sich die Tür einen Spalt, und das furchtbar zugerichtete Gesicht der Frau wurde sichtbar.

»Mein Gott, Sie sehen ja …«, wollte Hain ihren bemitleidenswerten Zustand und das mit Blut beschmierte hellblaue Kleid kommentieren, wozu es jedoch nicht mehr kam, denn im gleichen Augenblick zog Ramona Stark die Tür ganz auf, riss sich von dem Mann hinter ihr, der sie offenbar an der Kleidung festhielt, los, und hechtete mit einem beherzten Satz aus dem Haus. Nach zwei unsicheren Schritten mit nackten Füßen auf dem festgetretenen Schnee allerdings rutschte sie aus und schlug mit einem lauten Schrei direkt vor den Polizisten der Länge nach hin.

»Bitte helfen Sie mir«, rief sie, während hinter ihr die Tür ins Schloss geworfen wurde. »Meine Mutter ist noch drin, die werden sie bestimmt umbringen.«

Lenz, der mit der Waffe in der einen Hand und dem Telefon in der anderen dastand, warf ihr einen kurzen Blick zu. Dann hatte er eine Verbindung zur Leitstelle, schilderte kurz die Situation und forderte Verstärkung an.

»Und macht schnell, Jungs, es ist wirklich dringend!«

Ohne das Gespräch zu beenden, schob er das Mobiltelefon in die Jacke, bewegte sich vorsichtig zur Hausecke und sah danach kurz zurück.

»Ich gehe nach hinten«, flüsterte er seinem Mitarbeiter zu. »Du bleibst hier und sorgst dafür, dass sie nicht zur Vordertür raus marschieren.«

Damit verschwand er aus dem Blickfeld von Hain, der Ramona Stark auf die Beine half und sie rechts von der Eingangstür absetzte.

»Schön unten bleiben, bis ich Ihnen was anderes sage.«

»Ja.«

»Wie viele sind es?«

»Zwei.«

»Sind sie bewaffnet?«

»Ich habe keine Pistolen oder so was gesehen.«

»Gut. Dann verhalten Sie sich jetzt ruhig und bleiben, wo Sie sind.«

»Aber meine Mutter ...«

»Wir kümmern uns darum, dass Ihrer Mutter nichts geschieht.«

»Es geht ihr nicht gut, die beiden haben sie zus …«

In diesem Augenblick wurde die Tür aufgerissen, und zwei schwarz gekleidete Männer mit Waffen in den Händen stürmten hintereinander ins Freie. Hain hob den Arm und wollte seine Dienstpistole in Anschlag bringen, doch der erste der beiden ließ ihm keine Chance dazu, denn er war genau jenen Wimpernschlag schneller, der ausreichte, um den Polizisten in das dunkle, bedrohlich wirkende Ende des schimmernden Laufs eines gewaltigen Trommelrevolvers blicken zu lassen.

»Weg mit der Kanone!«, fauchte der Mann und trat dabei einen Schritt näher auf den Oberkommissar zu. »Weg damit, oder ich schieß dir die Augen aus dem Kopf.«

Sein Blick und seine ruhige Hand ließen nicht den geringsten Zweifel zu, dass er es absolut ernst meinte.

Hain senkte langsam den Arm, spreizte die Hand ab und ließ seine Waffe in den Schnee fallen.

»Wo ist dein Kollege?«, wollte der zweite Mann wissen, doch der Polizist gab ihm keine Antwort.

»Wo dein verschissener Bullenkollege ist, hab ich dich gefragt.«

Wieder ein standhafter Blick, jedoch keine Antwort.

»Wie du willst!«, schrie der ihm näher stehende Mann, drehte sich ein wenig zur Seite und nahm Ramona Stark ins Visier.

»Dann verpasse ich eben der scheiß Fotze hier ein paar neue Löcher.«

»Nein, warten Sie«, rief Hain beschwichtigend. »Mein Kollege ist hinter dem Haus.«

»Ruf ihn her.«

»Was soll ich?«

Der Revolverlauf wechselte erneut die Richtung.

»Verdammt, hast du was mit den Ohren? Du sollst …«

Der Mann brach ab, vermutlich, weil in weiter Entfernung das typische Geräusch von Polizeisirenen zu hören war.

»Schnapp dir die Tussi«, schrie der hintere der beiden seinen Kollegen an, während er selbst sich schnell dem mit erhobenen Händen dastehenden Thilo Hain näherte und ihm den Lauf seiner Waffe an den Kopf drückte.

»Du bist unser Rückfahrticket, Bulle«, fuhr er fort, doch in seiner Stimme lag eine gehörige Portion Unsicherheit.

»Hört doch auf mit dem …«, wollte der junge Oberkommissar ihm seine Situation klar machen, doch der Mann griff ihm brutal in die Haare, drückte sich hinter ihn und bugsierte den sich nun nicht mehr sträubenden Polizisten langsam vor sich her. Gleichzeitig riss der andere Ramona Stark auf die Beine, warf sie sich mit dem Kopf nach vorn über die Schulter und setzte der vor Angst Zitternden seinen Revolver an die Schläfe.

»Eine falsche Bewegung, und du bist tot.«

In dieser Konstellation machte sich die kleine Gruppe auf den Weg zu dem Geländewagen, der etwa 15 Meter entfernt stand. Hain sah immer wieder vorsichtig nach links und hoffte inständig, dass sein Boss die Entwicklung beobachtet oder zumindest mit angehört hatte. Die

Spitze der Waffe schabte die Haut von seinem ohnehin noch geschundenen Kopf, und seine größte Furcht war, dass der Mann hinter ihm eine unbedachte Bewegung mit seinem rechten Zeigefinger machen könnte, vielleicht sogar unbeabsichtigt; aber unbeabsichtigt oder nicht, am Ende würde es auf den gleichen Effekt hinauslaufen.

Als sie noch etwa vier Meter von der Heckklappe des Wagens entfernt waren, warf der andere Ramona Stark einfach auf den Boden und schlug ihr im Anschluss mit dem Lauf seiner Waffe gegen den Kopf, sodass die Frau mit einem kurzen Stöhnen in den Schnee sank und ohnmächtig liegen blieb.

»Wir brauchen sie nicht, sie ist nur Ballast«, erklärte er mit Blick auf die andere Geisel. »Der ist viel interessanter. Also los, Bulle, ab auf den Rücksitz.«

Hain wollte seiner Aufforderung nachkommen, genau so, wie er es in einem Seminar ein paar Jahre zuvor erklärt bekommen hatte.

Kein Heldenmut, meine Herren, hatte der Seminarleiter ihnen dargelegt, *der endet in der Regel tödlich. Kommen Sie den Befehlen von Geiselnehmern nach und lassen Sie den Rest die Kollegen machen, dann geschieht Ihnen in aller Regel kein physisches Leid.*

Leider waren die beiden schwarz gekleideten Männer, die ihn als lebendes Schutzschild benutzten, damals nicht zugegen gewesen, sonst hätten sie womöglich an diesem Tag anders gehandelt. Denn im gleichen Augenblick, in dem der junge Polizist das Heck des Wagens erreicht hatte, feuerte derjenige von ihnen, der Ramona Stark k.o. geschlagen hatte, einen Schuss auf die Hausecke ab, hinter der er offensichtlich den zweiten Kripobeamten vermutete oder vielleicht auch gesehen hatte. Hain warf sich sofort nach rechts, krabbelte zum Hinterrad und machte sich dort mit den Armen über dem Kopf so klein, wie er nur konnte.

Es fielen zwei weitere Schüsse, die dem Ton nach ebenfalls aus den großkalibrigen Waffen der beiden Männer kamen. Dann ein etwas leiserer Knall, direkt gefolgt von einem kurzen gurgelnden Schrei. Hain drehte sich zur Seite, spähte an der rechten Seite des Reifens vorbei und sah, wie der Mann, der ihm ein paar Sekunden zuvor noch seine Waffe an den Kopf gedrückt hatte, zuerst auf die Knie sank und dann in den Schnee fiel. Und er sah, dass dessen Kollege sich langsam und mit der Waffe im Anschlag in Richtung Haus in Bewegung setzte. Sorgfältig auf seine Deckung achtend richtete der Oberkommissar seinen Oberkörper auf, sah vorsichtig durch die Scheiben der hinteren Türen und erkannte, dass der Mann mit der auf das Ende der Backsteinwand zielenden Waffe keine sechs Meter mehr von der Hausecke entfernt war. Wenn sein Chef jetzt den Kopf auch nur ein paar Zentimeter aus der Deckung heraus bewegen würde, würde der Schütze ihn unweigerlich treffen.

»Er kommt auf dich zu, Paul!«, schrie er deshalb hysterisch. »Er ist nur noch ein paar Meter von dir entfernt!«

Der Mann mit dem Revolver in der Hand zielte weiterhin auf die Hausecke, seinen Kopf jedoch wandte er für einen Moment nach hinten, wo sein Kumpan in einer seltsam verdrehten Position zuckend am Boden lag. Dann sah er wieder für ein paar Augenblicke nach vorn, dem

Lauf der Waffe entlang. Es hatte den Anschein, dass er sich nicht entscheiden konnte, was er tun sollte. Deutlich zu erkennen war auf jeden Fall, dass sein Verhalten sich grundlegend von seiner vorherigen Handlungsweise unterschied. Er wirkte nun keinesfalls mehr sicher und überlegen, sondern eher zögerlich und in gewisser Weise sogar ängstlich. Hain wusste, dass er trotzdem nicht zu unterschätzen und noch immer sehr gefährlich war. Außerdem breitete sich im Kopf des Polizisten immer mehr ein Gefühl der Angst um seinen Kollegen aus.

Im gleichen Sekundenbruchteil, in dem er versuchte, dieser Emotion etwas entgegenzusetzen, hörte er ein leises Stöhnen. Ein Stöhnen, dessen Verursacherin im Schnee lag und die unbeholfen mit der rechten Hand in der Luft herumstocherte. Der Mann mit dem Revolver hatte ihren bevorstehenden Wiedereintritt ins bewusste Leben offenbar ebenfalls mitbekommen, denn er schwenkte langsam die Waffe und nahm nun die Frau ins Visier.

»Mach keinen Scheiß«, brüllte Hain. »Mach jetzt bloß keinen Scheiß!«

Er erkannte, dass sich der Hahn der Waffe etappenweise nach hinten bewegte, auf den Punkt zu, von dem es kein Zurück mehr gab, über den hinweg der Hammer die Patrone traf und aus dem Lauf katapultierte, und fragte sich, ob dieser Irre wirklich die auf dem Boden liegende, wehrlose Frau erschießen würde. Und wenn, ob es etwas gäbe, das er dagegen unternehmen könnte.

All diese Gedanken wichen einem traurigen Zusammenzucken, als tatsächlich ein Schuss losbrach. Doch nicht die sich ebenfalls erschreckende Frau war getroffen, sondern der auf sie zielende Mann, dessen Finger nun die Kontrolle über die Waffe in seiner Hand verloren und der sich, die freie Hand an die Brust pressend, langsam, fast wie in Zeitlupe, zur Seite neigte.

An der Mauerecke war für den Oberkommissar zunächst nur die rauchende Waffe seines Chefs zu erkennen.

»Alles in Ordnung mit dir, Paul?«, rief er hinüber.

»Ja, alles in Ordnung.«

Als die großkalibrige Waffe aus der Hand des nun auf den Knien kauernden Mannes in den Schnee fiel, bewegte Lenz sich blitzartig aus seiner Deckung, sprang auf den röchelnden Gangster zu, trat mit einem beherzten Kick den Revolver zur Seite und beugte sich nach unten.

»Hallo, hören Sie mich?«

Hain, der ebenfalls, wenn auch etwas vorsichtiger, sein Versteck verlassen hatte, bugsierte die Waffe des anderen ebenfalls aus dessen Reichweite, warf einen Blick auf den im Schnee liegenden Mann und schluckte.

»Verdammte Scheiße«, murmelte er, während seine linke Hand sich dem Hals des Verletzten näherte und nach einem Puls suchte.

»Der hier braucht dringend einen Arzt«, rief er Lenz zu.

»Der hier genauso«, kam es leise zurück.

Als der junge Polizist sich umdrehte, hatte sein Kollege schon das Telefon in der Hand und wählte. Im gleichen Moment bogen die ersten beiden Streifenwagen in die Straße ein und stoppten neben dem schwarzen SUV.

»Hände hoch und keine Bewegung!«, schrie der Uniformierte, der, nachdem er die Tür aufgerissen hatte, mit der Pistole in der Hand dahinter Schutz suchte und auf die beiden Kripobeamten zielte.

»Wir sind Kollegen«, erwiderte Lenz so ruhig es ihm möglich war. »Und nehmen Sie bitte die Waffe runter.«

»Zeigen Sie mir Ihren Dienstausweis!«

Hain, dessen Heckler & Koch noch immer etwa zehn Meter entfernt im Schnee lag, griff vorsichtig und mit spitzen Fingern in die Innentasche seiner Daunenjacke und hielt die kleine Plastikkarte in die Höhe.

»Kommen die Krankenwagen?«, wollte er von seinem Chef wissen, ohne sich weiter um die uniformierten Kollegen, die langsam aus ihrer Deckung kamen, zu kümmern.

»Sind unterwegs«, bestätigte Lenz ein paar Sekunden später und wollte das Telefon zurück in die Jacke schieben, wurde jedoch vom Klingeln des Geräts gebremst.

»Ja«, meldete er sich schnaufend.

»Tag, Herr Kollege. Hier ist Jochen Sowa.«

»Wer ist da?«

»Jochen Sowa, der Leiter der Mordkommission Jena. Ich rufe an, weil ich bisher gar nichts aus Kassel gehört hab. Gibt's bei euch was Neues zu den beiden Toten von der Neubaustrecke, oder laufen eure Ermittlungen genauso schleppend wie unsere?«

Lenz hob den Kopf, betrachtete die Szenerie vor sich und legte dabei die Stirn in Falten.

»Nee, Kollege, *schleppend* kann man das nun nicht gerade nennen.«

17

Erich Zeislinger, der Oberbürgermeister der Stadt Kassel, trat fahrig von einem Bein aufs andere, während er dem Tanzen der Flocken vor dem Fenster seines Dienstzimmers zusah.

Immerhin hat die Tussi Eier in der Hose, dachte er mit einem weiteren Blick auf seine Armbanduhr. *Hat hier anzutanzen, weil nichts von dem, was sie angekündigt hat, läuft, und kommt dann einfach mal eine Viertelstunde zu spät.*

Zwei Minuten später ertönte ein leises Klopfen.

»Ja«, rief der OB.

Seine Sekretärin öffnete mit gesenktem Kopf die Tür, stellte sich an der Seite auf und machte eine einladende Handbewegung zu der Frau, die hinter ihr wartete.

»Bitte, Frau Meyer. Der Herr Oberbürgermeister ist bereit für Sie.«

»Danke«, erwiderte die stark geschminkte Endvierzigerin mit den pechschwarzen Haaren, drängte sich an der Vorzimmerdame vorbei und ging mit weit ausgebreiteten Armen auf den Ersten Mann der Stadt Kassel zu.

»Herr Zeislinger!«, rief sie überschwänglich. »Was für eine Freude, Sie zu sehen.«

Sie presste ihre rechte Wange an seine rechte Wange, wiederholte das Ganze mit der linken Gesichtsseite und umfasste dabei kräftig seinen Rücken.

»Obwohl, wenn ich mich recht erinnere, sind wir seit der Weihnachtsfeier ja per Du.«

Zeislinger, dem die Erwähnung dieses Abends mehr als peinlich war, weil er die Geschäftsführerin der Flughafengesellschaft an diesem Abend über alle Maßen, jedoch erfolglos angebaggert hatte, machte sich behutsam von ihr frei.

»Wirklich?«, flötete er. »Daran kann ich mich gar nicht mehr so genau erinnern.«

Er trat hinter seinen Schreibtisch, bot seiner Besucherin einen der Stühle davor an und ließ sich in den lederbezogenen Chefsessel fallen.

»Danke, Frau Reuß, wir brauchen Sie nicht mehr«, beschied er seiner Sekretärin, die immer noch an der Tür wartete.

»Na ja, macht ja nichts, dass ich mich daran nicht mehr erinnern kann«, wandte er sich wieder Paula Meyer zu, die Platz genommen hatte und ihren deutlich zu kurzen Rock mit ein paar geschickten Bewegungen auf Linie brachte.

»Immerhin haben wir damit noch einmal die Chance, Brüderschaft zu trinken.«

»Das heißt, wenn ich Sie richtig verstehe, dass wir wieder beim Sie angekommen sind?«

»Im Augenblick, meine ich, dass es so besser ist, ja.«

Der korpulente Mann hinter dem Schreibtisch räusperte sich steif.

»Immerhin müssen wir, zumindest heute, ein paar wirklich unangenehme Dinge besprechen. Außerordentlich unangenehme Dinge sogar.«

»Oh je, da kriege ich es ja fast mit der Angst zu tun, Herr Oberbürgermeister«, erwiderte sie förmlich, wobei es deutlich zu spüren war, dass die Zurückweisung bezüglich des Du sie ärgerte.

»Nein, nein, Angst wäre hier sicher der falsche Ratgeber, Frau Meyer«, unternahm er den Versuch, sie ein wenig zu beschwichtigen, wobei ihm schon seit ein paar Tagen klar war, dass es an der Situation, die sie zu verantworten hatte, nicht das Geringste zu beschwichtigen gab.

»Aber wir müssen einfach konstatieren, dass der Flughafen Kassel-Calden sich leider ganz und gar nicht so entwickelt, wie wir und vermutlich auch Sie, zumindest, wenn ich Ihren Worten Glauben schenken darf, es uns vorgestellt haben.. Eigentlich«, stellte er sarkastisch fest, »entwickelt sich da draußen überhaupt nichts.«

»Also nein, Herr Oberbürgermeister, das ist doch nun wirklich übertrieben«, gab Paula Meyer mit anmutigem Lächeln zurück. »Wir sind, das gebe ich unumwunden zu, noch nicht dort, wo wir sein möchten, auch, was die nackten Zahlen angeht, aber man kommt doch auch nicht umhin, einzugestehen, dass wir auf einem wirklich guten Weg sind. Wir haben diejenigen Chartergesellschaften, mit denen wir von Anbeginn an zusammenarbeiten, zum größten Teil halten können und sind weiterhin mit einigen namhaften Airlines im Gespräch.«

Sie breitete wieder die Arme aus.

»Insofern ist nicht alles rosarot auf dem Flughafen, aber so negativ, wie Sie es gerade dargestellt haben, ist es nun auch wieder nicht.«

»Mit welchen namhaften Gesellschaften sind Sie denn gerade am Verhandeln?«, erkundigte Zeislinger sich süffisant.

»Darüber«, gab die Geschäftsführerin knapp zurück, »kann ich im Augenblick leider keine Auskunft geben. Sie können sich vermutlich vorstellen, dass in dieser Branche alles nur auf Vertrauen und einer gehörigen Portion Networking basiert, und wenn demzufolge auch nur das Geringste zu früh an die Öffentlichkeit gerät, ist unter Umständen die Arbeit von Wochen oder Monaten mit einem Schlag dahin.«

Zeislinger ließ sich in seinem Stuhl zurückfallen und bedachte die Frau mit einem kalten Blick.

»Ich möchte nicht unhöflich wirken, Frau Meyer, aber solche Standardsätze höre ich jetzt schon viel zu lange von Ihnen. Wir, und damit Sie, brauchen Erfolge, wir brauchen sie schnell und wir brauchen sie dauerhaft. Was wir aber gar nicht mehr gebrauchen können, sind Allgemeinplätze wie die, mit denen Sie mich gerade abspeisen wollen. Also, mit welchen Gesellschaften stehen Sie in Verhandlungen?«

Sein letzter Satz hatte deutlich an Schärfe zugelegt, was Paula Meyer jedoch offensichtlich nicht im Mindesten beeindruckte.

»Wir sollten versuchen«, gab sie in ruhigem Ton zurück, »weiterhin wie zivilisierte Menschen miteinander umzugehen, Herr Zeislinger. Gegenseitige Schuldzuweisungen oder Ultimaten bringen doch wirklich weder Ihnen noch mir etwas.«

Sie griff zu ihrer Handtasche und kramte eine Zigarettenschachtel und ein Feuerzeug daraus hervor.

»Darf ich?«, fragte sie mit schönstem Schulmädchenlächeln.

Er schüttelte den Kopf.

»Das Kasseler Rathaus ist rauchfrei. Deshalb muss ich Sie leider bitten, darauf zu verzichten.«

Frau Meyer sah ihn lange an.

»Keine Ausnahme für eine gute Freundin?«

Zeislinger schloss die Augen und schnaufte unschlüssig durch.

»Meinetwegen«, stieß er schließlich aus, »aber verraten Sie mich bloß nicht.«

»Niemals, versprochen.«

Paula Meyer zündete sich eine Zigarette an, sog genüsslich den Rauch ein und ließ das schwer wirkende, silbern schimmernde Feuerzeug auf den Tisch gleiten.

»Ich weiß natürlich«, ließ sie mit aus dem Mund quellendem Qualm wissen, »dass die Stadt Kassel genauso wie die anderen Gesellschafter sich möglichst schnell einen durchschlagenden und nachhaltigen Erfolg wünschen, aber auch ich bin nicht des Zauberns mächtig. Also sollten wir dem Airport die Zeit geben, die er braucht, um sich zu entwickeln. Er wird eine Erfolgsgeschichte werden, das können Sie mir glauben, Herr Zeislinger, aber wir brauchen einfach noch ein wenig Geduld.«

Zeislinger beugte sich nach vorn und legte die Stirn in Falten.

»Wäre es nicht klasse, wenn wir wenigstens so einen Verein wie diese Ryanair nach Calden lotsen könnten?«, wollte er fast verschwörerisch leise wissen.

Die Sprecherin der Flughafengesellschaft lächelte ihn an, wobei sie gleichzeitig die Asche an der Spitze ihres

Glimmstängels im Auge behielt. Zeislinger verstand den Wink sofort und kramte aus einer tief liegenden Schublade einen Aschenbecher hervor.

»Bitte«, meinte er beflissen.

Paula Meyer bedankte sich, schnippte die Asche in den mit einem Aufdruck des Herkules versehene Glasschale und lehnte sich entspannt zurück.

»Natürlich möchte jeder mit dem Airport Befasste, auch wenn er nicht den ganz großen Überblick hat, dass jeden Tag mindestens drei Dutzend Transkontinentalflieger abheben.«

Zeislinger schluckte, ließ sich jedoch ansonsten nicht anmerken, dass er sich von ihr beleidigt fühlte.

»Mindestens drei Dutzend«, fuhr Frau Meyer fort. »Und wenn es ganz schlimm kommt, werden solche Blutsauger wie Ryanair auf die Startbahn gerollt; verbal natürlich. Und obwohl nicht einer derjenigen, die diese Airline ins Spiel bringen, auch nur die geringste Ahnung davon hat, was es bedeutet, mit Mister O. Geschäfte zu machen, plappern sie trotzdem das nach, was ihnen von sogenannten Fachleuten erzählt wird.«

Nun wurde es Zeislinger doch zu viel.

»Mir völlige Unkenntnis zu unterstellen, ist nicht fair, Frau Meyer«, beschwerte er sich lautstark. »Ich bin vielleicht nicht so versiert wie Sie, was den Umgang mit Fluglinien betrifft, aber ein wenig auskennen tue ich mich schon, nicht wahr.«

Die Geschäftsführerin blieb trotz seiner erhobenen Stimme völlig ruhig.

»Das will ich auch gar nicht in Abrede stellen, Herr

Oberbürgermeister«, entgegnete sie. »Aber es ist auch nicht fair von Ihnen, mir zu unterstellen, ich würde meinen Job nicht gut machen. Was zum Beispiel würden Sie denn den Leuten von Ryanair sagen, wenn Sie mit denen ins Geschäft kommen wollten? Und an wen genau würden Sie sich eigentlich wenden?«

Der OB schluckte erneut.

»Da müsste ich mich natürlich zuerst ein wenig in die eigentliche Materie einarbeiten, Frau Meyer. Aber denken Sie mal nicht, dass es mir als Oberbürgermeister einer Stadt mit fast 200.000 Einwohnern nicht gelänge, mit denen einen für alle Seiten vorteilhaften Vertrag aufzusetzen.«

Paula Meyer schüttelte genervt den Kopf.

»Gar nichts würden Sie zustande bringen, mein lieber *Herr Oberbürgermeister einer Stadt mit fast 200.000 Einwohnern*. Mister O'Leary, von dem wir hier reden, würde Ihnen nämlich noch nicht mal am Telefon zuhören, wenn Sie nicht gleich ein paar Millionen an Subventionen in seine Richtung schleudern würden. Und dann müssten Sie einen Vertrag unterschreiben, der dem eigenen Todesurteil mehr als nahekommt.«

Sie drückte die halb gerauchte Zigarette aus und warf ihrem Gesprächspartner einen vernichtenden Blick zu.

»Das ist die Realität, und jetzt verschonen Sie mich bitte mit weiteren Ratschlägen, und seien sie auch noch so gut gemeint.«

Zeislinger war während ihrer letzten Sätze puterrot angelaufen und verspürte wieder dieses enervierende Piepen in den Ohren, ein Andenken an ein Ereignis vor eineinhalb Jahren, bei dem er von einem durchgeknallten Priester fast totgeschlagen worden war.

»Nun muss ich Sie aber zur Mäßigung rufen!«, bellte er. »So können Sie nicht mit mir reden, das lasse ich mir weder von Ihnen noch von sonst jemandem bieten.«

Die Frau vor dem Schreibtisch senkte den Blick und nickte demütig.

»Das war nicht richtig von mir, das sehe ich ein. Und deshalb bitte ich Sie auch um Verzeihung für meine harten, keinesfalls zutreffenden Worte, Herr Zeislinger.«

Der Oberbürgermeister streckte seinen Arm über den Tisch und hielt ihr seine Hand hin, die sie gern ergriff.

»Das muss doch wirklich alles nicht sein, Frau Meyer«, flötete er, »dass wir uns hier so angiften. Wir sitzen doch schlussendlich im gleichen Boot, nicht wahr?«

Ihr ergebenes Nicken weckte im Oberbürgermeister der Stadt Kassel augenblicklich den Beschützerinstinkt.

»Ist es denn wirklich so schwer, mit diesen Billigfluglinien ins Geschäft zu kommen?«, wollte er halblaut wissen.

Wieder dieses Nicken.

»Das heißt, dass wir uns am Flughafen Kassel-Calden auch in Zukunft nicht mit denen einlassen sollten?«

»Auf gar keinen Fall. Das würde unseren Ruin bedeuten.«

Zeislinger drückte ihre Hand etwas fester.

»Na, na, wirklich gleich den Ruin?«

»Wirklich gleich den Ruin. Und wir müssten denen praktisch alles ohne Gegenleistung bieten. Zahlen will Ryanair nämlich nichts.«

»Aber die können doch nicht mit dieser Masche seit

so vielen Jahren dermaßen erfolgreich sein? Das kann ich mir beim besten Willen nicht vorstellen, Frau Meyer.«

»Es ist aber genau so«, erwiderte sie, nun wieder etwas gefasster. »Ryanair saugt die Flughäfen, auf denen sie landet, aus, bis diese völlig trocken oder gleich gar insolvent sind. Dann zieht die Gesellschaft einfach weiter zum nächsten Kandidaten.«

»Also ist mit denen kein Gewinn zu erwarten?«

Paula Meyer lachte laut auf.

»Der Einzige, der bei Geschäften mit Ryanair Gewinn macht, ist Ryanair. Das war schon immer so und das wird auf absehbare Zeit auch so bleiben, glauben Sie mir.«

Zeislinger sah sie nachsichtig an.

»Das heißt, Sie müssen mit anderen Fluggesellschaften ins Geschäft kommen?«

»Das heißt es, ja.«

»Aber Sie wollen mir nicht erzählen, um welche es sich dabei handelt?«

Sie schüttelte den Kopf.

»Das geht wirklich nicht, zumindest im Augenblick noch nicht. Aber ich verspreche Ihnen, dass Sie der Erste sind, der davon erfährt, sobald es etwas gibt.«

»Das wäre wirklich schön«, flötete er und verstärkte erneut den Druck auf ihre Hand um eine Nuance. »Und es wäre obendrein auch noch sehr wichtig für mich«, fuhr er fort.

»Wie darf ich das verstehen?«

Der OB schon sanft ihre Hand zurück und sah der Frau fest in die Augen.

»Nun, im Gegensatz zu Ihnen muss ich mich von den

Bürgern meiner Stadt in einer Wahl bestätigen lassen«, erklärte er. »Und diese Wahl steht in knapp einem Jahr wieder an.«

Ich weiß, dachte Paula Meyer. *Das weiß ich nur zu genau.*

»Erwarten Sie denn Probleme bei der Wiederwahl?«, fragte sie sehr besorgt.

»Na ja, sicher kann man sich bei einer Wahl natürlich nicht sein, aber es sollte schon zu meinen Gunsten ausgehen. Was mich ein wenig besorgt macht, sind die schlechten Nachrichten aus Calden und die damit einhergehende schlechte Presse, wenn Sie verstehen, was ich meine.«

»Nicht direkt.«

Er ließ sich schwer in seinen Drehstuhl zurückfallen und faltete die Hände vor dem Bauch.

»Ach, liebe Frau Meyer, das müssen wir doch nun wirklich nicht noch einmal aufwärmen, oder? Seit der Eröffnung vor knapp einem Jahr gab es nicht eine positive Meldung über den Flughafen, und wenn ich irgendwo in Deutschland unterwegs bin, werde ich als Erstes immer auf die Probleme in Calden angesprochen. Manchmal komme ich mir vor, als betrachtete der Rest der Republik uns hier in Kassel als eine Horde von Deppen, die nicht mal den Betrieb eines Regionalflughafens hinbekommt.«

Paula Meyer schüttelte erneut den Kopf.

»Ich bin auch viel unterwegs in Deutschland, Herr Zeislinger, aber ich nehme das deutlich differenzierter wahr als Sie. Natürlich gibt es die Neider, die uns unseren schönen Flughafen nicht gönnen, aber viel öfter bekomme ich zu hören, dass wir hier ein richtiges Schmuckstück auf die Beine gestellt haben.«

»Tja, das mag wohl sein«, bestätigte Zeislinger vorsichtig, »aber die Menschen, die in Kassel zur Wahl gehen, wollen nun mal nicht hören, dass wir als Kommune bei ihnen direkt Geld einsparen müssen, um damit den defizitären Flughafen zu unterstützen.«

»Aber jeder wusste doch, dass wir am Anfang keine schwarzen Zahlen schreiben würden«, behauptete sie nun fast flehentlich, »und deshalb ist es auch überaus unfair, dass jetzt und auf der Stelle ein Gewinn erzielt werden muss.«

»Das weiß ich ja alles, Frau Meyer, das weiß ich ja, aber wir sollten auch an die Menschen denken, denen wir zum Beispiel die Schwimmbäder schließen müssen. Das gibt einen Aufstand, wenn wir das wirklich wahr machen müssen, und dieser Aufstand wird auch in Calden und bei der Betreibergesellschaft zu hören und zu spüren sein.«

Aha, da also läuft der Hase lang, dachte Paula Meyer. *Jetzt wissen wir wenigstens, was wir von dir zu erwarten haben.*

»Vielleicht sollte ich Ihnen wirklich einmal meine gesamten Bemühungen schildern, Herr Zeislinger«, säuselte sie, »damit Sie sehen, dass ich und mein Team alles tun, um Ihre Wiederwahl nicht zu gefährden.«

»Das ist doch genau mein Anliegen, Frau Meyer. Sie erzählen mir etwas, das ich wiederum meinen Wählern erzählen kann, und so ist allen Beteiligten doch geholfen, nicht wahr?«

Er sah sie erwartungsvoll an.

»Wie wäre es, wenn wir uns vielleicht am Abend ein wenig Zeit nehmen, damit wir das alles in Ruhe besprechen können? Vielleicht am besten gleich morgen, das würde mir sehr gut passen?«

Die attraktive Frau hob den Kopf und wartete, bekam jedoch keine Antwort, weil Zeislinger sie ungläubig anstarrte.

»Ich mache uns eine Kleinigkeit zu essen, dazu gibt es ein gutes Glas Rotwein, und während wir uns stärken erkläre ich Ihnen, was ich in den letzten Monaten alles unternommen habe, um den Airport Kassel-Calden zu der Erfolgsgeschichte zu machen, die er verdient hat zu sein.«

»Das klingt ja wirklich wunderbar«, hüstelte Zeislinger, »aber leider kann ich morgen Abend nicht. Da bin ich in Wiesbaden beim Ministerpräsidenten.«

Er hob den Zeigefinger zu einer gespielten Drohung.

»Und der wird mich sicher wieder darauf ansprechen, warum das hier oben bei uns alles so schlecht läuft, wo wir doch so viel Geld in die Sache investiert haben.«

»Wenn morgen nicht geht und Sie sich ohnehin beim Ministerpräsidenten rechtfertigen müssen, wie wäre es dann mit heute Abend? Vielleicht ist es sogar ganz gut, wenn wir diesen Termin nicht auf die lange Bank schieben?«

Zeislinger musste erneut schlucken, doch dieses Schlucken unterschied sich kolossal von dem vorigen.

»Heute würde mir gut in den Kram … äh, ich meine in den Kalender passen.«

»Dann um neun bei mir?«

Der OB sah sie irritiert an.

»Um neun? So spät soll man aber doch eigentlich gar nicht mehr essen, lese ich immer.«

»Das stimmt«, gurrte sie. »Aber es geht, wenn sich dem Abendmahl noch ein kleiner Spaziergang anschließt. Oder eine sonst wie geartete Trainingseinheit, *wenn Sie verstehen, was ich meine*.«

Wieder konnte Zeislinger ein Schlucken nicht unterdrücken.

»Ich glaube, ich weiß, was Sie meinen, Frau Meyer.«

»Das ist gut. Ich heiße für meine Freunde übrigens Paula, wie Sie wissen.«

»Daran kann ich mich erinnern … Paula.«

»Gut. Dann bis heute Abend … Erich.«

18

»Der eine ist in kritischem Zustand«, erklärte der Notfallmediziner, der zu Lenz und Hain getreten war, »um den steht es wirklich sehr schlecht. Der andere ist auf dem Weg ins Klinikum und wird wohl gleich operiert werden, wobei das aber gar nicht so schlimm aussieht bei ihm.«

Die beiden Kriminalbeamten hatten sich ein paar Minuten zuvor in die Küche von Ramona Starks Haus begeben, wo Kriminalrat Herbert Schiller, Uwe Wagner und Rolf-Werner Gecks gerade dabei waren, die Lage und das weitere Vorgehen zu besprechen.

»Danke«, erwiderte Lenz ein wenig erleichtert. »Und was ist mit den Frauen?«

»Mein Kollege sagt, dass es der älteren ebenfalls nicht sehr gut geht, aber keine akute Lebensgefahr besteht. Die jüngere braucht wohl ein paar Wochen, bis sie wieder halbwegs ansehnlich aussehen wird, es sollte aber nichts zurückbleiben. Wir verfrachten beide gleich ins Elisabeth-Krankenhaus.«

»Gut.«

»Kann ich was für *Sie* tun, Herr Kommissar?«, wollte der Mediziner wissen.

»Nee, lassen Sie mal. Ich fühle mich zwar jetzt nicht gerade erstklassig, aber das kann man wohl auch nicht erwarten, was?«

»Bestimmt nicht.«

Lenz versuchte sich an einem Lächeln, das ihm jedoch nicht recht gelingen wollte.

»Können wir noch kurz mit der jüngeren reden?«, fragte er vorsichtig. »Nur ein paar einfache Fragen?«

Der Arzt nickte.

»Klar geht das.«

Kurz darauf knieten die beiden Polizisten neben der Trage, auf der Ramona Stark lag, und versuchten, der schluchzenden Frau ein wenig Zuversicht zu geben.

»Das wird schon wieder, Frau Stark«, meinte Hain. »Der Arzt sagt, dass Sie und Ihre Mutter zwar ziemlich übel verletzt sind, es aber weder bei Ihnen noch bei Ihrer Mutter wirklich bedrohlich aussieht.«

»Das hat er mir auch gesagt«, wisperte sie.

»Meinen Sie, wir können Ihnen ein paar kurze Fragen stellen?«, wollte der Oberkommissar wissen.

Sie nickte kaum wahrnehmbar.

»Zunächst würde uns interessieren, ob Sie die zwei Männer kannten, die Sie überfallen haben?«

»Nein, ich hatte die vorher noch nie gesehen.«

»Wie war das, als sie ankamen?«

»Na, die haben geklingelt, und ich habe die Tür aufgemacht. Und noch bevor ich papp sagen konnte, standen sie auch schon im Flur, und dann gab es gleich die erste Backpfeife.«

Während sie sprach, rann eine dicke Träne über ihre rechte Wange.

»Und dann fingen sie an, mich nach einem Schreiben auszufragen, von dem ich aber noch nie auch nur das Geringste gehört hatte. Immer wieder haben sie mich angebrüllt, dass ich ihnen endlich dieses blöde Schriftstück herausgeben soll. Und ich hatte doch wirklich keine Ahnung, von was die geredet haben.«

Ihr Schluchzen wurde stärker.

»Und dann hat meine Mutter geklingelt.«

Die beiden Polizisten gaben der Frau ein paar Sekunden Zeit, sich zu sammeln.

»Ja, was ist dann passiert?«, fragte Lenz sanft.

»Der eine ist zur Tür und hat sie rein gelassen. Sie hat ja gar nicht gewusst, dass die im Haus waren und was das für Kerle sind. Und als klar war, dass es meine Mutter ist, haben sie angefangen, auf sie einzuschlagen; alle beide haben sie auf sie eingeschlagen und eingetreten. Und immer wieder haben sie mich angebrüllt, dass ich nun endlich damit herausrücken soll, wo sich das Schreiben befindet. Angeblich hat Theo vor seinem Tod etwas aufgeschrieben, aber davon weiß ich doch wirklich nichts.«

Ramona Starks letzter Satz war fast völlig in ihrem Schluchzen untergegangen, deshalb warteten Lenz und Hain geduldig, bis ihr Weinkrampf vorbei war.

»Und dann haben sie meiner Mutter die Kehle zugedrückt und geschrien, dass sie … dass sie ihr … sie würden sie kalt machen, haben sie geschrien, wenn ich es mir nicht überlegen würde und ihnen dieses blöde Schriftstück geben oder ihnen sagen würde, wo sie es finden können.«

»Und sie haben wirklich gar keine Ahnung, nach was genau die Männer gesucht haben?«

»Nicht die Bohne, das sag ich Ihnen doch. Der Theo hat mir schon seit Monaten nichts mehr anvertraut, ach was, eigentlich schon seit Jahren nichts mehr. Immer wieder habe ich versucht, ihnen zu erklären, dass wir in Scheidung gelebt haben und der Theo schon seit längerer Zeit nicht mehr hier gewohnt hat, aber das war denen völlig egal. Die waren wie rasend, glauben Sie mir, die hatten regelrecht Schaum vor dem Mund, so aufgebracht und aufgeregt waren die.«

Wieder eine kurze Pause, während der sich die Frau das Gesicht mit einem Papiertaschentuch abwischte.

»Und Ihr verstorbener Mann hat auch niemals etwas davon erwähnt, dass auf der Baustelle am Flughafen, wo er Dienst geschoben hat, etwas Ungewöhnliches passiert ist?«

Ramona Stark sah ihn entgeistert an.

»Auf dieser Baustelle ist alle Nase lang etwas Ungewöhnliches passiert, Herr Kommissar. Da musste man gar nicht mehr drüber reden, wenn es wieder mal so weit war.«

»Aber es gab nichts, worin Ihr Mann direkt verwickelt war?«

»Sie meinen, ob er was falsch gemacht hat?«

Lenz nickte unschlüssig.

»Vielleicht so was, ja.«

»Davon hat er mir wirklich nichts erzählt, ganz ehrlich. Aber wir haben, als er dort gearbeitet hat, ja auch schon gar nicht mehr so viel miteinander zu tun gehabt. Jeder hat sein Leben gelebt, und das war es.«

Ihr Blick verharrte eine Weile an der Decke.

»Und wenn einem sein Leben nach und nach komplett um die Ohren geflogen ist, dann kommen zwei Irre um die Ecke und prügeln einen fast tot. Wenn das nicht richtig gemein ist, dann weiß ich es auch nicht mehr. Und noch weniger weiß ich, was passiert wäre, wenn Sie und Ihr Kollege nicht aufgetaucht wären.«

»Es ist ja noch mal gut gegangen, und in ein paar Wochen sind die blauen Flecke auch wieder verheilt«, machte Lenz der Frau Mut.

»Das kann schon sein, aber ich hatte noch nie in meinem Leben so viel Angst wie vorhin. Auch als der Theo mich manchmal verhauen hat, war das längst nicht so. Und irgendwann hab ich einfach gedacht, jetzt bringt mich halt um, ihr Blödmänner, weil mir wirklich egal war, was weiter passiert. Sie schlugen abwechselnd auf meine Mutter und mich ein, und ich glaube, dass ich zwischendrin sogar einmal kurz ohnmächtig gewesen bin.«

Ihr Gesicht hellte sich um ein paar Nuancen auf.

»Und dann hat es geklingelt, und Sie beide standen vor der Tür. Irgendwie hab ich gedacht, dass Sie so was wie Engel sind. Schutzengel, damit meine Mutter und ich doch noch nicht sterben müssen.«

Sie griff nach der Hand des Polizisten und drückte sie dankbar.

»Den Rest muss ich Ihnen nicht mehr erzählen, da waren Sie ja dabei, oder?«

Lenz lächelte sie an.

»Nein, das müssen Sie wirklich nicht. Und jetzt werden Sie erst mal wieder gesund, der Rest findet sich dann ganz von allein.«

»Ja, das wird schon wieder. Es ist irgendwie immer wieder alles halbwegs gut geworden.«

*

»Das wird ein mächtiges Medienecho nach sich ziehen«, fasste Kriminalrat Schiller die Ereignisse der letzten beiden Stunden zusammen. »Darauf können Sie sich schon mal einstellen, meine Herren. Aber Sie können sich genauso darauf einstellen, dass jeder im Präsidium bis ganz hinauf in die oberste Etage voll und ganz hinter Ihnen steht. Das Wichtigste ist, dass Sie beide halbwegs heil aus der Situation herausgekommen sind.«

Lenz und Hain tauschten einen verstohlenen Blick, weil sie eine solche Ansprache von Herbert Schiller nicht erwartet hatten.

Vielleicht, dachte der Hauptkommissar, *sollten wir ihm einfach die ernst gemeinte Chance geben, unser neuer Boss zu werden.*

»Ich habe in Übereinstimmung mit dem Polizeipräsidenten entschieden, dass wir heute erst mal gar nichts mehr groß verlauten lassen.«

Er wandte sich direkt an den Pressesprecher.

»Aus ermittlungstaktischen Gründen und so weiter, bla, bla, bla; Sie wissen schon, Herr Wagner.«

»Klar, das ist kein Problem«, gab Uwe Wagner knapp zurück.

»Und für morgen früh, sagen wir um 09:00 Uhr, setzen wir eine Pressekonferenz an. Mal schauen, was sich bis dahin über diese beiden Gestalten herausfinden lässt.«

»Die Identitäten der beiden stehen fest«, erklärte Rolf-Werner Gecks. »Und herauszufinden, was sie alles auf dem Kerbholz hatten, war ebenfalls keine Hexerei, weil ihre jeweilige Vorstrafenlatte überaus ansehnlich ist.«

»Lass hören«, forderte Hain, nachdem der Kollege nicht weiter gesprochen hatte.

Gecks kramte einen kleinen Notizblock aus der Jackentasche und blätterte darin.

»Der schwerer Verletzte hört auf den Namen Rainer Barzel, und das ist kein Gag, der heißt wirklich wie der ehemalige Politiker. Der andere ist türkischer Abstammung, aber in Darmstadt geboren. Sein Name ist Celal Daver. Beide sind in der Frankfurter Bordellszene zu

Hause, wie die beträchtlichen Einträge im Zentralregister belegen. Aktuell sind obendrein bei Barzel vier Verfahren anhängig, bei Daver drei, vorwiegend wegen Körperverletzung, Nötigung oder Bedrohung.«

Er klappte den Block zu und sah seine Kollegen an.

»Mit den Genossen war und ist nicht gut Kirschen essen, also könnt ihr wirklich mehr als froh sein, mit ein paar Beulen aus der Geschichte herausgekommen zu sein.«

Hain nickte.

»Das stimmt, RW, da bin ich wirklich heilfroh drüber.«

»Gar keine Frage«, stimmte Lenz ebenfalls zu. »Was mich aber viel mehr beschäftigt ist dieses verdammte Schreiben, das Stark offensichtlich schützen sollte, seine Wirkung jedoch klar und deutlich nicht erfüllt hat. Was hat er über die Crows gewusst, dass die so brutal durchdrehen?«

Der Hauptkommissar unterrichtete seinen Kollegen über das, was Stefan Trosser ihnen am Morgen zum Ende des Verhörs mit auf den Weg gegeben hatte.

Wenn ihr nicht wollt, dass irgendwann hier in der Gegend 100 oder 200 Tote rumliegen, dann macht ihr euch am besten sofort auf den Weg.

Alle dachten ein paar Sekunden über das Gehörte nach.

»Klingt ein bisschen wie die überzogene Reaktion eines auf frischer Tat Ertappten«, bemerkte Kriminalrat Schiller schließlich.

»Das haben wir uns auch zuerst gedacht«, stimmte Lenz ihm zu, »aber in Verbindung mit diesem ominösen Schriftstück wollten wir es dann doch nicht ausschließlich in diese Kategorie einordnen.«

»Könnte es denn überhaupt sein«, wollte Uwe Wagner wissen, »dass dieser Stark etwas darüber wusste, was die Black Crows planen?«

Lenz und Hain sahen sich kurz an.

»Na ja«, antwortete der Oberkommissar, »die einzig wirklich stimmige Option wäre der neue Flughafen. Da hat er Dienst geschoben als … so was wie Nachtwächter. Aber was in aller Welt sollte passieren, dass plötzlich *100 oder 200 Leichen dort herumliegen*? Und was sollte das dann noch alles mit den Black Crows zu tun haben?«

»Waren Sie schon am Flughafen und haben dort mit den Verantwortlichen gesprochen?«, wollte Schiller wissen.

»Nein. Das hatten wir vor, nachdem wir hier mit Frau Stark gesprochen haben.«

»Die beiden von heute«, warf Gecks ein, »stehen nach meinen ersten Informationen den Crows gar nicht mal so nah. Eher würde ich sie als die klassischen Ausputzer bezeichnen, die man holt, wenn es gar nicht mehr anders geht.«

»Das ist übrigens auch der Grund, weshalb der Kollege Weißenstein der Auffassung ist, dass es sich hier definitiv nicht um einen Vorgang aus dem Bereich der organisierten Kriminalität handelt. Er möchte zwar gern über die Ermittlungsergebnisse auf dem Laufenden gehalten werden, ist jedoch felsenfest davon überzeugt, dass wir es hier nicht mit der OK zu tun haben.«

»Schade eigentlich«, fiel Hain dazu ein. »Dann wären wir diese Bande und diesen beschissenen Fall nämlich ein für alle Mal los.«

»Das Gleiche habe ich auch schon gedacht, Herr Hain, aber so einfach geht es dann leider doch nicht. Wenn die nicht wollen, dann müssen sie auch nicht.«

Während der Kriminalrat gesprochen hatte, war die Küchentür in den Raum geschoben worden und der deutlich übergewichtige Körper von Heini Kostkamp presste sich durch die Öffnung.

»Ich will ja nicht drängeln, meine Herren Ermittler, aber so langsam müsstet ihr den Ort des Geschehens mal den Spezialisten überlassen. Draußen sind wir soweit durch und würden jetzt gern hier drinnen weitermachen.«

»Klar, Heini«, antwortete Lenz mit einem Kopfnicken. »Hast du schon was gefunden, das für uns von Interesse sein könnte?«

Kostkamp nickte.

»Mich schaudert zwar, wenn ich daran denke, aber ihr erfahrt es ja ohnehin.«

»Nun mach es mal nicht so spannend«, zeigte Hain sich ein wenig ungeduldig.

Der Mann von der Spurensicherung warf dem Oberkommissar einen sein Missfallen deutlich zum Ausdruck bringenden Blick zu, bevor er sich an den Leiter der Mordkommission wandte.

»Die Jungs wussten, wie man dem Rest der Menschheit richtig wehtun kann. In den Trommeln ihrer Smith & Wesson Modell 29 befanden sich Dum-Dum-Geschosse. Offenbar selbst angefertigte zwar, aber ziemlich gut gemachte. Wenn man so ein Ding abkriegt, egal wo am Körper, dann reißt das brutale Löcher.«

»Smith & Wesson Modell 29?«, hakte Lenz nach. »Muss man so ein Ding kennen?«

»Das ist das Schießeisen«, beantwortete Thilo Hain die an den Spurensicherer gerichtete Frage schnell, »das Clint Eastwood in seiner Rolle als Dirty Harry benutzt hat. *The most powerful handgun in the World*, soll er damals über die Kanone gesagt haben, was wohl gar nicht so weit hergeholt gewesen sein dürfte. Heute gibt es zwar deutlich effektivere Knarren in der Supermagnumklasse, aber für damalige Verhältnisse war das, was man damit kaputtmachen konnte, schon überaus beeindruckend.«

Kostkamp betrachtete zunächst seinen jungen Kollegen eingehend und sah danach Lenz an.

»Manchmal ist er wirklich zu gebrauchen, der Kleine«, brummte er grinsend. »Wenn er sein großes Maul noch ein bisschen besser im Zaum halten könnte, würde vielleicht sogar irgendwann noch mal ein leidlich brauchbarer Bulle aus ihm werden.«

Lenz lachte laut auf, während sein Blick aus dem Küchenfenster fiel.

»Da draußen ist ein Auflauf, als würde etwas gratis verteilt werden«, stellte er kopfschüttelnd fest.

»Ja«, bestätigte Uwe Wagner. »Deshalb werde ich gleich mal rausgehen und den so überaus geschätzten Herren Medienvertretern die Sachlage erklären.«

Er bedachte Lenz und Hain mit einem ernsten Blick.

»Dabei versuche ich, sie ein wenig vom Haus wegzulocken, damit ihr beiden ohne großes Tamtam das Gelände verlassen könnt.«

»Dafür hast du was gut bei mir«, erklärte der Leiter

der Mordkommission seinem Freund und Kollegen, der über das Angebot jedoch nur müde lächeln konnte.

»Wenn ich das alles, was ich bei dir gut habe, auf einmal einfordern würde, müsstest du dir einen Lieferwagen kaufen.«

»Wirklich?«

Ein gequältes Nicken des Pressesprechers musste als Antwort genügen.

»Was hielten Sie davon«, wollte Kriminalrat Schiller wissen, als Wagner längst mit der versammelten Medienschar ein Stück vom Haus entfernt zusammenstand, »wenn Sie diesem Trosser noch einmal auf die Füße steigen würden? Immerhin hat er diese abwegig erscheinende These in den Raum gestellt, und vielleicht kriegen Sie ihn ja dazu, noch etwas mehr darüber preiszugeben.«

»Darüber habe ich auch schon nachgedacht«, erklärte Lenz seinem Chef, »wobei ich allerdings befürchte, dass er uns nicht mehr darüber erzählen wird. Vielleicht weiß er auch gar nicht viel mehr als das, was er uns heute Morgen auf die Nase gebunden hat.«

»Das kann durchaus sein«, bestätigte Schiller den Gedanken, »aber es könnte sich auch herausstellen, dass er noch das eine oder andere weiß, das Ihnen weiterhilft. Außerdem befindet er sich noch im Präsidium. Es gab zwar heute Morgen den Termin beim Haftrichter, und der Haftbefehl ist auch erlassen worden, aber die Theodor-Fliedner-Straße hat uns gebeten, ihn erst frühestens heute Abend bei ihnen abzuliefern.«

Er sprach von der Justizvollzugsanstalt Kassel im

Stadtteil Wehlheiden, in der nach Schließung des Untersuchungsgefängnisses Elwe ein paar Jahre zuvor auch die U-Häftlinge einsaßen.

»Das kommt uns in diesem Fall zupass, weil Sie ihn dann, ohne den großen Papierkrieg auf sich nehmen zu müssen, einfach noch mal befragen können.«

Lenz und Hain tauschten einen kurzen Blick.

»Klar, dann machen wir das als Erstes. Und direkt im Anschluss fahren wir am Flughafen vorbei und sprechen mit dem für das Sicherheitspersonal Verantwortlichen.«

»Gut, dann verbleiben wir so«, bestimmte der Kriminalrat. »Ich koordiniere die Dinge hier vor Ort und sorge dafür, dass alles seinen geregelten Gang geht.«

19

Andreas Blatter stellte den großen Mercedes direkt neben der Eingangstür der Sicherheitsfirma Secupol ab, stieg mit hochrotem Gesicht aus dem Wagen, warf die Tür ins Schloss und stapfte die vier Treppenstufen hoch. Dort angekommen drückte er auf den Klingelknopf, trat einen Schritt zurück und sah gereizt in die über seinem Kopf angebrachte Kamera.

Kurz darauf erschien jener Marc, der Lenz und Hain

bei deren erstem Besuch am liebsten vom Hof gejagt hätte, und grinste den Rockerboss erfreut an.

»Mensch, Andy, das ist ja geil!«, posaunte er laut heraus, nachdem er die Tür geöffnet und den Besucher herzlich umarmt hatte. Die rechten Hände der beiden waren, auch nachdem sie sich voneinander gelöst hatten, ineinander verhakt geblieben.

»Ich habe schon gehört, dass du wieder draußen bist, hatte aber noch keine Zeit, mich bei dir zu melden.«

Der Mann mit dem Bandana auf dem Kopf drehte sich um und sah vorsichtig in den Flur hinter sich.

»Außerdem weißt du ja bestimmt, dass unser Boss hier dich nicht …«

Er brach ab, weil sein Gegenüber wissend nickte.

»Ist schon gut, Marc. Ich will trotzdem mit ihm sprechen.«

»Dann komm rein. Er ist in seiner heiligen Halle und zählt vermutlich die Millionen, die er jeden Monat verdient.«

»Na, so schlimm wird es schon nicht sein«, entgegnete Blatter und schob sich an dem breitschultrigen Mann mit der Ledermontur vorbei. Kurz darauf betrat er ohne anzuklopfen Heiner Wehmeyers Büro.

»Hallo, Heiner«, stieß er dazu laut aus.

Der Geschäftsführer des Sicherheitsunternehmens zuckte panisch zusammen, riss dabei erschreckt die Augen auf und drückte ein paarmal hektisch auf der linken Taste seiner Computermaus herum.

»Na, Henner, mal wieder am Wichsen zu irgendwelchen abgefuckten Youtube-Pornos?«

»Äh … nein … natürlich nicht. Außerdem geht dich das …«

Der Ausdruck des Mannes hinter dem Schreibtisch, dessen Gesicht fast zur Gänze von dem riesigen Monitor verdeckt war, verfinsterte sich.

»Was willst du denn eigentlich hier? Hatten wir nicht vereinbart, dass wir uns in Zukunft nicht mehr hier bei mir in der Firma treffen?«

Während er sprach, nestelte er mit der linken Hand an seiner Hose herum.

»Vergiss bloß nicht, dir gleich die Finger zu waschen, du Drecksau«, zischte Blatter. »Und um auf deine Frage zurückzukommen, wir haben schon so viele Dinge vereinbart, dass ich mich kaum an alle erinnern kann.«

Er funkelte Wehmeyer drohend an.

»Und jetzt will ich meine Kohle haben. Ich will sie sofort und ich will alles.«

Der Geschäftsführer schluckte.

»Das geht nicht, und das weißt du auch ganz genau, Andreas. Außerdem … du kannst nicht einfach so, noch dazu ohne anzuklopfen, in mein Büro stürmen und Geld von mir verlangen.«

Seine rechte Hand ließ die Maus los und bewegte sich langsam in Richtung des kitschig wirkenden antiken Telefons. Blatter, dessen Augen der Bewegung folgten, sprang zwei Schritte nach vorn, hob das schwere Gerät an und ließ es mit voller Wucht auf die sich noch immer bewegende Hand krachen. Wehmeyer heulte auf und presste sich den Arm vor die Brust. Seine helle, rattenähnliche Visage fixierte ebenso ängstlich wie ärgerlich den Rocker.

»He, bist du in der U-Haft verrückt geworden? Was soll denn das?«

»Sei froh, dass ich dir die Hand nicht gleich komplett abhacke, du Drecksack. Und jetzt will ich keine Ausreden mehr hören, sondern mein Geld haben.«

»Du kriegst dein Geld, versprochen. Aber es muss doch selbst einem …«

Es sah für ein paar Sekundenbruchteile so aus, als suche er nach einem passenden Wort, doch noch währenddessen wurde ihm klar, dass er einen schweren Fehler gemacht hatte. Die Blicke der beiden Männer kreuzten sich, dann wurde das Telefon nach oben gerissen und die Unterseite des schwarzen schweren Apparates landete direkt in der Mitte von Wehmeyers Gesicht. Jedem anderen Menschen hätte das Geräusch des splitternden Nasenbeins einen Schauer über den Rücken gejagt, der Rockerboss hingegen zog den Arm zurück, holte erneut aus und klatschte die ebene Unterseite mit einer schwungvollen Bewegung auf das rechte Ohr von Wehmeyer, der schutzlos war, weil seine beiden Hände den Blutschwall, der aus seiner Nase quoll, zu bändigen versuchten.

»Reicht das oder brauchst du ein bisschen Nachschlag«, wollte Blatter wissen, nachdem er um den Schreibtisch herum gestürmt und dem wimmernden Sicherheitsunternehmer, der nach dem zweiten Treffer auf den Boden gestürzt war, den Absatz seines Lederstiefels auf das bisher unverletzt gebliebene linke Ohr gedrückt hatte.

»Bitte«, kam es von unten, »bitte hör auf, Andy. Du

kriegst dein Geld doch so schnell ich es freimachen kann.«

Der erste Mann der Black Crows verstärkte den Druck deutlich, was zu einem augenblicklichen Anschwellen des Jammerns bei Wehmeyer führte.

»Ich höre so schlecht, seit ich im Knast war«, entschuldigte er sich heuchlerisch. »Wann genau, hast du gesagt, kann ich kommen, um mir meine Kohle zu holen?«

»Morgen Vormittag«, schrie der Gepeinigte auf dem Boden. »Morgen Vormittag, spätestens, hab ich dein Geld hier. Ich schwöre es dir, ganz ehrlich.«

»Das hast du Ratte schon einmal gesagt, erinnerst du dich? Und kurz darauf bin ich eingefahren, und du hast eine Menge Zeit gewonnen. Und vermutlich einen Haufen Zinsen eingestrichen auf meine Kosten.«

»Aber die Zinsen sind doch total im Keller, Andy«, erwiderte Wehmeyer völlig überflüssigerweise. »Gib mir Zeit bis morgen, dann sind wir endgültig glatt.«

»Ich rate es dir, Henner, ich rate es dir. Morgen um elf bin ich hier, und wenn dann nicht ein hübsch anzuschauender Koffer mit einer halben Million Euros für mich parat steht, reagiere ich ernsthaft ungehalten. Gegen den Sturm, den du dann erlebst, war das, was du gerade aushalten musstest, ein wirklich laues Lüftchen.«

Wieder verstärkte er den Druck des Absatzes auf dem Ohr deutlich.

»Alles klar?«

»Ja«, kam es wimmernd von unter seinem Stiefel. »Gib mir Zeit bis morgen, dann …«

Ein paar Sekunden darauf verließ Blatter das Gebäude, griff in den Schnee, wischte sich mit der Feuchtigkeit ein paar Blutspritzer von den Händen und stieg in seinen Wagen.

»Alles klar?«, fragte der Mann auf dem Beifahrersitz, der auf ihn gewartet hatte.

»Ja, alles klar. Ich glaube, er hat verstanden, was ich will.«

»Dann sollten wir vielleicht jetzt ein bisschen Radio hören.«

»Warum?«

Manuel Aust, der Mann auf dem Beifahrersitz, legte den rechten Zeigefinger an die Lippen, deutete auf die Tür und stieg aus dem Wagen.

»Was soll denn diese Scheiße mit dem Radio?«, giftete Blatter, nachdem auch er ausgestiegen war und sich zu seinem Kumpel gestellt hatte, der ein paar Meter zur Seite getreten war.

»Während du dich um Henner gekümmert hast, habe ich ein bisschen Radio gehört. Die sagen, dass es in Bergshausen eine Schießerei gegeben hat. Vielleicht hat es sogar Tote gegeben, aber das ist noch nicht ganz klar.«

»Fuck«, murmelte Andreas Blatter nach einem kurzen Augenblick des Realisierens.

»Fuck, fuck, fuck.«

Damit griff er in seine Jackentasche, zog ein Smartphone heraus und wählte sich ins Internet ein. Ein paar Sekunden später hatte er die Onlineseite der Lokalpostille geöffnet, wo ein rotes Laufband eine Eilmeldung präsentierte, die über allen anderen Nachrichten stand.

Schießerei in Bergshausen

Zu einem dramatischen Feuergefecht ist es vor knapp zwei Stunden zwischen zwei offenbar aus Südhessen stammenden Männern und Einsatzkräften der Polizei Kassel in Bergshausen gekommen. Nach ersten Informationen gab es mehrere Verletzte oder sogar Getötete, wobei es bisher keine näheren Informationen darüber gibt, ob sich unter den Getöteten und Verletzten auch Polizisten befinden. Völlig unklar sind zum jetzigen Zeitpunkt auch die näheren Hintergründe der tragischen Ereignisse. Unser Mitarbeiter Werner Peters ist vor Ort und wird Sie informieren, sobald es neue Erkenntnisse gibt.

Blatter steckte das Gerät zurück und sah seinen Begleiter fassungslos an.

»Die haben es verkackt«, flüsterte er. »Diese Arschgeigen haben es tatsächlich verkackt.«

In diesem Moment schoss ein Notarztwagen auf den Hof der Sicherheitsfirma, aus dem kurz darauf zwei Männer sprangen, die von dem Breitschultrigen mit dem Bandana auf dem Kopf an der Tür erwartet wurden.

»Hier entlang«, rief er. »Und beeilt euch gefälligst.«

20

»Na, schon was von Anwalt Blatter gehört?«, wollte Thilo Hain wissen, nachdem Stefan Trosser in den gleichen Raum geführt worden war wie am Morgen.

»Leck mich. Ich hab's nicht gern, wenn ich aus meinem Schönheitsschlaf gerissen werde. Und schon gar nicht, wenn es ein Bulle ist, der es macht.«

»Also ist der Advokat deiner Wahl noch nicht aufgetaucht.«

»Nein«, stöhnte der Zopfträger gekünstelt auf, »aber das liegt daran, dass ich mir einen anderen ausgesucht habe.«

Er deutete auf sich selbst.

»Für den Besten nur das Beste.«

»Große Worte eines kleinen Geistes«, fiel Lenz dazu ein, der sich einen Stuhl heranzog und sich auf der Vorderseite des großen Tisches niederließ. Mit einer Geste forderte er Trosser auf, den Stuhl auf der gegenüberliegenden Seite zu benutzen, was dieser, wenn auch provozierend langsam, schließlich tat.

»Na, was hat der Haftrichter gesagt?«, wollte Hain wissen, der hinter dem Häftling auf und ab ging.

Stille.

»Er redet nicht mit uns, Paul. Der Beste ist sich natürlich zu fein, um mit dahergelaufenen Bullen wie uns zu parlieren.«

»Kann sein, ja«, gab Lenz seelenruhig zurück. »Das wird sich aber garantiert ändern, wenn er erst mal in Wehlheiden sein Zimmer bezogen hat. Und wenn sich dann noch herumgesprochen hat, dass er uns alles auf die Nase gebunden hat, was wir von ihm wissen wollten.«

Trosser sah den Hauptkommissar zornig an.

»Diese Scheißnummer läuft nicht mit mir, das könnt ihr euch gleich abschminken. Ich erzähle euch nichts, und ich will von euch auch nichts wissen.«

»Ja, Thilo, das hätten wir uns ja auch gleich denken können, dass mit einem wie Stefan Trosser diese Scheißnummer nicht läuft. Dazu ist er viel zu abgekocht, der Herr Trosser.«

Er stand auf, schob seinen Stuhl zurück und ging ein paar Schritte in Richtung Ausgangstür.

»Lass uns abhauen. Wir hätten uns eigentlich gleich denken können, dass es einem wie Stefan Trosser rein gar nichts ausmacht, wenn man sich über ihn erzählt, dass er seine Kollegen Barzel und Daver bei den Bullen hingehängt hat. Dass die beiden halb oder vielleicht bald ganz tot sind, weil ihr guter Kumpel Trosser sie verpfiffen hat.«

Nun spiegelte sich im Gesicht des Gefangenen zum ersten Mal so etwas wie eine Regung.

»Wie? Was wollen Sie denn damit sagen? Ich hab niemand verpfiffen, und das wissen Sie auch ganz genau. Und was soll denn das überhaupt, dass die beiden vielleicht bald tot sind?«

»Ob beide mittlerweile tot sind, kann ich dir im Augenblick gar nicht genau sagen, aber der Sportkamerad Barzel hat seinen Auftrag in Kassel definitiv mit mächtigen, lebensbedrohlichen Blessuren bezahlt. Er hat sein Leben riskiert bei dem gleichen hirnrissigen Versuch wie deinem, ein Schriftstück zu finden, das es vielleicht gar nicht gibt oder dessen Inhalt möglicherweise gar nicht so interessant ist, wie viele glauben.«

Trosser schluckte, sagte jedoch nichts.

»Tja, und wie es das Schicksal will«, fügte der Leiter der Mordkommission hinzu, »sind die verdammten Bullen genau zu dem Zeitpunkt aufgetaucht, als die beiden südhessischen Ausputzer ihren Job machen wollten. Und der Einzige, der von dem Auftrag wirklich was gewusst haben könnte, sitzt hier auf dem Präsidium und wartet mit angehaltenem Atem auf seine Verlegung nach Wehlheiden.«

Er ging wieder zurück zum Tisch und sah den Mann mit dem Zopf mitleidig an.

»Tja, das sieht nicht gut aus für dich, wenn du mich fragst. Es sieht nicht gut aus, weil spätestens morgen früh jeder noch so bekloppte Eierdieb in der Stadt weiß, dass du deine Kumpels an uns verkauft hast.«

»Aber das stimmt doch alles gar nicht!«, brüllte Trosser unvermittelt los. »Es stimmt nicht, und das wisst ihr Scheißbullen auch ganz genau.«

Hain trat neben seinen Boss und nickte.

»Da hast du recht, du Arschgeige, wir wissen das ganz genau. Aber die Faktenlage spricht nun mal eine brutal eindeutige Sprache, und zwar frontal gegen dich. Woher, wenn nicht von dir, hätten wir wissen sollen, wann und wo eure südhessischen Kollegen hier in der Gegend auftauchen würden?«

Der Mann mit dem Zopf wäre am liebsten aufgesprungen und den beiden Polizisten an den Hals gegangen, zumal er genau wusste, dass der Anschein wirklich höchstmöglich gegen ihn sprach.

»Damit kommt ihr nie durch«, startete er einen letzten, hoffnungslosen und fast schon verzweifelten Versuch. »Niemals, nicht mit dieser Scheiße.«

Lenz und Hain zuckten synchron mit den Schultern, wandten sich ab und gingen Richtung Tür.

»Viel Spaß dann in der U-Haft«, gab der Oberkommissar dem wie versteinert dasitzenden Mann am Tisch honigsüß mit, nachdem er sich noch einmal umgedreht hatte. »Vielleicht stößt Andy Blatter ja wieder mal zu euch in Wehlheiden, dann kannst du ihm bestimmt haarklein erklären, wie wir dich hier und heute so schamlos über den Tisch gezogen haben.«

Er winkte mit der Rechten.

»Sag Bescheid, die Nummer würde ich mir gern erste Reihe Mitte anschauen.«

Damit hob er den Arm und wollte an der Tür klopfen, doch Trosser kam ihm mit einer fast weinerlich klingenden Bitte zuvor.

»Stopp, wartet.«

Die Polizisten drehten sich um und sahen den Mann in der Lederhose erwartungsvoll an.

»Ihr habt gewonnen«, setzte er leise hinzu.

»Was genau haben wir gewonnen?«, ätzte Lenz. »Eine Waschmaschine, einen Staubsauger oder ein wirklich stimmiges Geständnis?«

»Ich will euch einen Deal vorschlagen«, erwiderte Trosser.

Lenz und Hain tauschten einen ungläubigen Blick.

»Er will einen *Deal* machen«, paraphrasierte der jüngere der beiden Polizisten. »Er schlägt uns tatsächlich einen *Deal* vor, als ob er noch immer nicht kapiert hätte, dass es für ihn keinen Deal geben wird. Dass es besser für ihn wäre, endlich das Maul aufzumachen und auszupacken, anstatt sich hier hinzuhocken und von einem Deal zu quatschen!«

Hains Stimme hatte während des letzten Satzes wirklich genervt geklungen.

»Aber ich habe wirklich was, mit dem ihr was anfangen könnt«, flüsterte Trosser. »Ich will, dass wir die Scheiße von gestern Abend vergessen. Im Gegenzug dafür erzähle ich euch alles, was ich über die andere Sache weiß.«

»Was ist das für eine andere Sache?«, bellte Lenz und baute sich vor dem Tisch auf. »Diese Räuberpistole, bei der 100 oder 200 Leute ihr Leben lassen könnten?«

Der Mann mit dem Zopf nickte.

»Aber ich fange erst an, wenn ich schriftlich hab, dass ihr mich wegen der Scheiße von gestern Abend nicht belangen werdet.«

Lenz starrte ihn fassungslos an.

»Dir haben sie doch wohl ins Gehirn geschissen«, bellte er wütend. »Ihr Arschlöcher fackelt, wenn es halbwegs schlecht läuft, einen ganzen Wohnblock ab, dann liefert ihr euch eine Schießerei mit der Polizei, und du willst als Krönung noch, dass wir das alles unter den Tisch fallen lassen, weil du irgendwo etwas über eine angebliche *Riesensache* aufgeschnappt hast? Das kannst du unmöglich ernst meinen.«

»Dann lasst es halt!«, schrie Trosser zurück. »Aber lasst mich bloß in Ruhe, wenn es wirklich so weit gekommen ist und die Leichen auf der verdammten Landeb …«

Er brach erschrocken ab.

Hain, der bis zu diesem Moment noch immer neben der Tür gestanden hatte, trat langsam auf Trosser zu und legte ihm freundschaftlich die rechte Hand auf die Schulter.

»Jetzt lass ihn halt mal in Ruhe, Paul«, forderte er von seinem Kollegen. »Wir sollten uns wenigstens anhören, was er zu sagen hat, und ihn nicht gleich als Trottel fertigmachen.«

Der Hauptkommissar riss entgeistert die Augen auf.

»Ja, jetzt sag bloß, dass du diesem Spinner auch noch glaubst? Hast du auch was am Hirn, oder was?«

Trosser hob den Kopf und blickte zu Hain auf.

»Vielleicht wäre es besser, wenn wir die Sache unter vier Augen besprechen würden. Dein Kollege ist irgendwie nicht sehr aufgeschlossen, was meinen Wunsch angeht.«

»Da will ich dir gar nicht groß widersprechen, aber Straffreiheit kann ich dir genauso wenig versprechen wie er. Zuerst müsstest du mal rauslassen, was du weißt, dann könnten wir entscheiden, inwieweit wir ein gutes Wort beim Staatsanwalt für dich einlegen.«

»Aber ich weiß doch, dass ihr das könnt.«

»Klar können wir das eine oder andere möglich machen, zum Beispiel, was das Zeugenschutzprogramm angeht. Aber da müsste das, was du uns zu sagen hast, schon ein echter Knüller sein, sonst wird da gleich mal gar nichts draus.«

»Aber«, entgegnete Trosser mit hysterischer Stimme, »das ist es doch, was ich euch die ganze Zeit klarmachen will. Ihr kriegt genau den Knüller, von dem du redest.«

Der Oberkommissar hob den Kopf und sah seinen Kollegen fragend an.

»Was meinst du, sollten wir nicht versuchen, ihn im Zeugenschutzprogramm unterzubringen, wenn er wirklich den Knüller zu bieten hat, von dem er spricht?«

»Bevor ich nicht erfahren habe, was er zu bieten hat, kriegt er rein gar nichts von mir. Nicht das Schwarze unter dem Nagel, um ganz genau zu sein.«

Der Blick des Untersuchungsgefangenen zuckte hektisch zwischen den beiden Polizisten hin und her.

»Gut, dann nehme ich es auf meine Kappe«, entschied Hain schließlich und senkte den Kopf wieder.

»Ich verspreche dir, dass ich mich dafür einsetzen werde, dass du ins Zeugenschutzprogramm kommst, wenn du wirklich so einen Knaller auf der Pfanne hast. Wenn du mich allerdings verladen solltest, landest du in der Theodor-Fliedner 12 mit einem Riesenstempel auf den Arschbacken, dass du deine Kumpels verpfiffen hast. Alles klar?«

»Ja klar. Logo.«

»Na, dann fang mal an, mein Freund und Kupferstecher.«

So schnell, wie Hain es sich gedacht hatte, begann die Offenbarung des Trosser'schen Knüllers dann doch nicht. Zuerst wollte der Rocker noch etwas zu essen und zu trinken und außerdem wollte er während des Verhörs rauchen.

»Bestell dir zu essen und zu trinken, was immer du willst, und ich sorge dafür, dass du es bekommst«, teilte Hain seinem neu gewonnenen Freund mit, »aber geraucht wird hier drin nicht, das kannst du dir ganz gepflegt abschminken. Und wenn es ohne Zigaretten partout nicht geht, dann wird eben nichts aus unserem Deal.«

»Nein, nein, das geht schon irgendwie«, antwortete Trosser, dessen überhebliche und zu großen Teilen absolut arrogante Attitüde komplett verschwunden war. Einzig an manchen Bewegungen und der Mimik war noch zu erkennen, dass die Beamten es mit einem durch und durch gewalttätigen, brutalen Kriminellen zu tun hatten.

»Bevor du mit deiner Riesensache anfängst, habe ich ein paar andere Fragen an dich«, mischte Lenz sich ein, nachdem ein paar Flaschen Cola auf dem Tisch gelandet waren und ein uniformierter Kollege mit einer umfangreichen Bestellung in der Tasche auf dem Weg zum Amerikaner im Bahnhof war.

Trosser sah zu Hain, als ob er sich bei dem die Erlaubnis holen müsse, auf die Fragen des älteren Polizisten zu antworten. Der nickte generös.

»Kennst du Rainer Barzel und Celal Daver?«

»Ja klar kenne ich die.«

»Woher?«

»Wie, woher?«

»Na, woher du sie kennst? So schwer kann das ja nicht zu verstehen sein, oder?«

»Wir haben uns in Frankfurt kennengelernt. Die beiden sind Members im Frankfurter Charter, und so haben wir uns kennengelernt. Na ja, eigentlich *waren* sie Members, weil das Charter ja schon vor einiger Zeit aufgelöst worden ist.«

»Und du wusstest, dass sie nach Kassel kommen würden?«

»Da war was im Gespräch, ja. Aber wann genau sie hier auflaufen würden, wusste ich nicht.«

»Aber du wusstest, was sie hier wollten?«

Nun zögerte Trosser.

»Also?«

»Ich glaub schon, ja.«

»Du wusstest also, dass die beiden auf die Frau von Theo Stark angesetzt waren?«

»Sie sollten die Alte ein bisschen kitzeln, soweit ich es verstanden habe. Mehr weiß ich aber wirklich nicht darüber.«

»Was heißt das in deiner Sprache, *ein bisschen kitzeln*?«

»Na, ein bisschen kitzeln halt. Vielleicht eine Ohrfeige oder so was, nicht mehr.«

»Umbringen war also nicht vereinbart?«

Der Zopf sah Richtung Boden.

»Nein, soweit ich weiß, war das nicht vereinbart.«

»Warum sollte sie denn *gekitzelt* werden?«

»Weil wir … also … weil wir … den Verdacht hatten, dass Theo ihr … dass Theo dieses verdammte … Schriftstück … bei ihr … deponiert haben könnte.«

»Für einen großen Bänkelsänger bist du ganz schön am Stottern«, blaffte Lenz ihn an.

»Ach, sag nur. Vielleicht muss ich erst mal in meine Rolle reinwachsen, was hältst du denn davon? Bis vor ein paar Minuten habe ich mit den Bull… also hab ich mit der Polizei nur geredet, wenn ich mich über sie lustig machen wollte. Alles klar?«

»Ja, alles klar. Du musst nur jetzt ständig damit rechnen, dass die Bullen sich über dich lustig machen.«

Trossers wütender Blick suchte wieder Thilo Hain, der jedoch beschwichtigend lächelte.

»Er meint es nicht so, glaub mir. Im Grunde seines Herzens ist er ein richtig guter Kerl.«

»Na, wenn du das sagst.«

»Also«, nahm Lenz den Faden wieder auf, »du wusstest nichts davon, dass Celal und Barzel die Frau umbringen sollten?«

»Nein, das hab ich doch schon gesagt.«

»Aber du und deine Kumpels wollten den armen Adolfo Vasquez schon totschlagen, oder?«

»Ich war nicht dabei, deshalb kann ich zu der Geschichte auch nichts sagen.«

»Wie, du warst nicht dabei, als ihr ihn ins Koma geprügelt habt?«

Trosser beugte sich nach vorn, kam bis auf ein paar Zentimeter an Lenz heran und holte tief Luft.

»Und wenn du es noch hundertmal behauptest, es wird auch dann nicht wahr. Ich bin nicht dabei gewesen, als es dem Kanaken an den Kragen gegangen ist, und mehr sag ich dazu jetzt auch nicht mehr. Ich will euch mit Informationen versorgen, die *wirklich* wichtig sind, und ihr kommt mir hier mit Lappalien.«

Lenz wäre dem Zopfträger am liebsten mit voller Wucht ins Gesicht gesprungen, verkniff sich jedoch jeglichen Kommentar.

»Aber dass du von uns dabei erwischt wurdest, wie du seine Bude abfackeln wolltest, das bestreitest du nicht?«, fragte er stattdessen.

Es gab eine kurze Pause, bevor Trosser antwortete.

»Warum soll ich denn, was das angeht, um den heißen Brei herum reden. Ja, wir waren da, um ein wenig in seiner Bude zu zündeln.«

»Und wenn ihr das ganze Haus angezündet hättet? Was wäre dann gewesen? Hättet ihr die alten und kranken Leute selbst aus der Hütte getragen?«

»Nein«, hob der Häftling abwehrend die Hände. »Sie können mir schon glauben, dass ich mich mit so was auskenne. Das wäre ganz sicher nicht passiert, Ehrenwort.«

»Also war das nicht das erste Mal, dass du so was gemacht hast?«

Schweigen.

»Und wer war dein Kumpel, der auf meinen Kollegen geschossen hat?«

Noch längeres Schweigen.

»Ich würde dieses Arschloch am liebsten auf der Stelle erschießen«, knurrte der Hauptkommissar seinem Kollegen zu.

»Jetzt krieg dich mal wieder ein, Paul. Immerhin haben wir einen Deal mit ihm.«

»Ich hab gar nichts mit diesem Drecksack!«, schrie Lenz. »Du hast einen Deal mit ihm gemacht, vergiss das nicht.«

»Ja, ich habe den Deal mit ihm gemacht, das stimmt. Und ich will, im Gegensatz zu dir, wenigstens hören, was er uns zu erzählen hat.«

»Ach, leck mich doch am Arsch«, brummte der Leiter der Mordkommission, griff sich seinen Stuhl und setzte sich möglichst weit von den anderen entfernt neben die Tür.

»Also, jetzt kommt dein großer Auftritt«, beschied Hain dem ein wenig bedröppelt dreinblickenden Trosser. »Leg los mit deinem Knüller und überzeug mich und meinen Kollegen.«

»Aber *der*«, deutete der Rocker auf Lenz, »lässt mich ab jetzt einfach in Ruhe, klar?«

»Klar, versprochen.«

21

Thomas Blatter fühlte sich gut wie seit Jahren nicht mehr. Auf dem Weg zum Bus pfiff er trotz der Kälte und der Glätte auf den Straßen und Bürgersteigen geradezu befreit durch die Zähne. So, wie er sich der Probleme mit seinem Bruder entledigt hatte, würde er es auch mit den Kollegen in der Kanzlei machen. Nicht auf die knallharte Tour wie bei dem Rocker, sondern eher gediegen. Er wusste, dass es für seine Kollegen mindestens genauso hart werden würde wie für ihn, wenn sie ihn wirklich bei den Behörden anschwärzen würden; eine Anwaltskanzlei, zumal eine alt eingesessene wie *Dr. Frommert, Bosch und Blatter*, lebte von ihrem guten Ruf und dem Vertrauen der Mandanten, in juristisch guten, aber auch diskreten Händen zu sein. Also würde alles auf einen Vergleich hinauslaufen. Einen Vergleich, bei dem er, Thomas Blatter, nur gewinnen konnte.

Er würde sich auszahlen lassen, genau so würde er es machen. Vielleicht würden sie zucken, wenn er ihnen die Summe nennen würde, für die er sich aus der Kanzlei zurückziehen würde, aber letztendlich hatten sie gar keine andere Chance, als auf seine Wünsche einzugehen. Wenn es tatsächlich zu dem von ihnen angedrohten Eklat kommen sollte, müsste nicht allein er leiden, nein, auch sie müssten sich fragen lassen, warum sie so lang gewartet hatten, bevor sie ihn ans Licht der Öffentlichkeit gezerrt hatten.

Der nach außen hin so erfolgreiche und smarte Jurist trat einen Schritt zurück, um nicht vom aus den Radkästen des einfahrenden Busses hochspritzenden Wasser getroffen zu werden, und reihte sich anschließend in die Menge der Wartenden ein, die beim Einsteigen dem Fahrer ihre Fahrausweise vorzeigten. Im Bus angekommen ließ er sich auf den Sitz hinter dem Fahrrad- und Kinderwagenabteil fallen, sah ob der für ihn sehr erfolgreich verlaufenen letzten Stunden geradezu euphorisiert aus dem Fenster und begann, sich auf seinen möglicherweise letzten Tag als Knecht des Kapitals und der Juristerei zu freuen.

Es war nie leicht gewesen für den erstgeborenen Sohn des erfolgreichen Kasseler Rechtsanwalts Hieronymus Blatter, der nach dem Krieg einer der Ersten war, der in

Kassel eine Anwaltskanzlei gegründet und ständig weiter ausgebaut und vergrößert hatte. Schon als Primaner war ihm immer wieder erklärt worden, dass es für ihn nur einen einzigen Berufswunsch geben könnte, und zwar den des Juristen. So kam es, dass Thomas Blatter schon Jahre vor seinem Abitur wusste, dass er im Anschluss an die Reifeprüfung zunächst seinen Militärdienst ableisten und danach sofort das Studium der Rechtswissenschaften an der Johann-Wolfgang-von Goethe Universität in Frankfurt aufnehmen würde. Das mit dem Militärdienst erledigte sich nach einer für ihn zutiefst demütigenden Musterung, während der ihm vom Militärarzt auf den Kopf zugesagt wurde, dass der ihn wegen seiner Feingliedrigkeit und seiner androgynen Art in keinem Fall bei der Bundeswehr sehen wollte. Zu dieser Zeit war dem jungen Blatter längst klar, dass irgendetwas an ihm anders war als bei seinen Freunden und Mitschülern. Wenn die am Wochenende mit ihren Mopeds loszogen, um auf den Volksfesten der näheren und weiteren Umgegend dem anderen Geschlecht ihre Aufwartung zu machen, hatte er dafür nicht mehr als ein überlegenes Lächeln übrig. Ihn zog es nie zu den Petras, Heidis oder Monikas hin, nicht ein einziges Mal in seinem Leben. Thomas Blatter war angetan von Männern, und ein nackter, wenn möglich noch gut gebauter Männerkörper, hatte eine geradezu elektrisierende Wirkung auf ihn.

So kam es, dass er, nachdem er sein Studium in Frankfurt aufgenommen hatte, wo er in die gleiche Verbindung eintrat, wie schon sein Vater ein paar Jahrzehnte zuvor, die ersten Kontakte zur damals noch weitestgehend im Verborgenen blühenden Schwulenszene herstellte. Obwohl er sich in den einschlägigen Etablissements herumtrieb, wurde er nie auffällig, sodass seine Neigung lange Jahre für andere nicht wahrzunehmen war. Mit Ende des Studiums und des anschließenden Referendariats kam er zurück nach Kassel, wo er lange unter den mangelnden Möglichkeiten für Homosexuelle zu leiden hatte, denn die betreffende Szene war deutlich kleiner als die in der südlich gelegenen Großstadt. Nachdem sein Vater verfügt hatte, dass er sich *zunächst für ein paar Jahre* die ersten Meriten in einer anderen Kanzlei verdienen sollte, kam es im Sommer 1987 zu einem folgenschweren Zusammentreffen der beiden Männer. Hieronymus Blatter und seine Frau mussten nach einem sich entzündenden Kontakt mit einer Feuerqualle den Jugoslawienurlaub abbrechen und standen unverhofft eine ganze Woche zu früh für den ältesten Spross im heimischen Haus. Thomas Blatter, der die Absenz der Eltern für ausschweifende Partys und andere wilde Festivitäten genutzt hatte, lag nackt in den Armen zweier Jugendlicher, als sein Vater das Wohnzimmer betrat. Der sich anschließende Meinungsaustausch hatte den Charakter eines Tribunals, bei dem das Urteil bereits vor Beginn feststand. Keine zwei Stunden nach der Rückkehr der Eltern hatte der ältere der beiden Blatter-Söhne zum letzten Mal das Haus von innen gesehen, danach gab es nie wieder einen Kontakt zu Vater oder Mutter. Dass der völlig überraschende Suizid des honorigen Juristen Hieronymus Blatter am 24.12.1987 auch nur im Geringsten mit den Ereignissen dieses Sommermorgens zu tun haben könnte, stritt Thomas Blatter im inneren Dialog mit sich selbst in den folgenden Jahren vehement ab. Wie auch immer, er blieb schließlich in der Kanzlei, in der sein Vater ihn untergebracht hatte, und wurde einige Jahre später Sozius.

Nun, an diesem feuchtkalten Wintertag des Jahres 2014 schien sich für den zur Manieriertheit neigenden Juristen alles zum Guten zu wenden, denn zum ersten Mal seit vielen Jahren fuhr er mit einem positiven Gefühl in die Kanzlei. Er fuhr mit dem befreienden Gefühl dorthin, dass es nicht mehr sehr viele Termine in diesem Gebäude für ihn geben würde. Nachdem er am Bahnhof Wilhelmshöhe in die Straßenbahn umgestiegen war, die sich kurz darauf in Bewegung setzte, begann er von seinem Haus in Thailand zu träumen. Er wusste, dass er das Anwesen in den letzten Jahren ein wenig vernachlässigt hatte, aber das würde sich schlagartig ändern, sobald er nicht immer wieder nach Deutschland zurückkehren musste. Er konnte bleiben, ohne ständig auf den Kalender achten zu müssen, er konnte zum ersten Mal, seit er das Haus gekauft hatte, wirklich ankommen.

Rechts und links neben der Einfahrt kommen Palmen hin, dachte er beglückt. *Und ich werde endlich die alte, klappernde Klimaanlage gegen eine neue austauschen.*

Die vor seinem geistigen Auge ablaufenden Bilder ließen die paar Wochen oder Monate, die er noch in dem kalten, unwirtlichen Deutschland verbringen musste, erträglich erscheinen. Als die Bahn die Haltestelle Friedrichsplatz erreicht hatte, stand er auf, drängte sich mit den in seinen Augen vielen armen Menschen, die vermutlich noch Jahre oder Jahrzehnte arbeiten mussten, bis ihnen eine kleine oder im schlimmsten Fall noch mickrigere Rente ausbezahlt wurde, aus dem Zug und ging, innerlich singend, auf der rechten Straßenseite in Richtung Königsplatz. Vor dem Bekleidungsladen blieb er kurz stehen und betrachtete eine Weile die Auslage.

Ich werde mir jede Menge neue Klamotten kaufen, aber das mache ich alles dort.

Nicht, dass es ihm ums Geld ging, aber ein perfekt sitzender Maßanzug war schon etwas anderes als die im Preis vergleichbare Europäische Stangenware.

Etwa auf Hälfte der Strecke zwischen Friedrichsplatz und Königsplatz wollte er die Straßenbahnschienen überqueren und drehte sich deshalb kurz um. Aus dem Augenwinkel erkannte er, dass sich etwa 50 Meter hinter ihm einer der für die Stadt so charakteristischen blauen Züge näherte.

Das schaffe ich spielend, dachte der Jurist, wandte den Körper nach links und setzte den rechten Fuß nach vorn. Genau in dem Moment, in dem die Ledersohle seiner teuren rahmengenähten Schuhe auf das kalte Metall der Schiene traf, rutschte er leicht weg. Die Aktentasche glitt ihm aus der Hand und fiel direkt vor ihm zwischen die Gleise. Blatter fing sich, musste unwillkürlich über sein Straucheln grinsen und bückte sich hastig nach der wertvollen Mappe. In diesem Augenblick jedoch rutschte er mit dem anderen Fuß aus, verlor endgültig das Gleichgewicht und schlug mit dem Kopf direkt neben der Tasche auf. Er hörte nicht mehr das grelle Quietschen der Bremsen und er hörte auch nicht mehr den gellenden Schrei der jungen Frau, die direkt neben dem Gleis stand und völlig paralysiert dabei zusehen musste, wie sein lebloser Körper von der sich kurz aus den Gleisen hebenden Bahn überrollt wurde.

22

Stefan Trosser lehnte sich in den Stuhl zurück, nippte an seiner Cola und sah Hain gleichzeitig an, als würde er in den nächsten Minuten das neue Evangelium verkünden.

»Alles, was ich euch jetzt erzähle«, begann er schließlich mit mächtig Pathos in der Stimme, »ist wirklich wahr. Ich dichte nichts hinzu, und wenn ich was weglasse, dann nur Nebensächlichkeiten, um die Sache nicht unnötig in die Länge zu ziehen.«

»Gut«, drückte Hain zum wiederholten Mal auf den imaginären Startknopf, während sein noch immer an der Tür sitzender Kollege die Szene mit Kopfschütteln bedachte.

»Angefangen hat die ganze Geschichte schon vor mehr als zwei Jahren. Damals haben eure Kollegen aus dem Süden das Charter Frankfurt dichtgemacht.«

»Das von den Black Crows?«, hakte Hain nach, um ja nichts zu verpassen oder falsch zu verstehen.

»Klar das Charter der Frankfurter Crows. Ihr könnt euch sicher vorstellen, dass die Jungs davon überhaupt nicht begeistert waren, weil nämlich nicht nur das Verbot ausgesprochen worden ist, sondern auch das gesamte Clubvermögen und ein paar andere wertvolle Dinge eingezogen worden sind. Dass es überhaupt dazu kommen würde, hat von den Brüdern dort unten nie jemand gedacht, weil es da so etwas wie einen Schutzschirm gab, wenn du verstehst, was ich meine.«

Hain nickte zwar, verstand jedoch nicht die Bohne. Aber er wollte den Langhaarigen auch nicht ständig unterbrechen.

»Was ich damit sagen will, ist, dass das Frankfurter Charter seit ein paar Jahren so quasi Narrenfreiheit hatte, weil sie mit ein paar eurer Kollegen, ich will mal sagen, in ziemlich engem Kontakt standen. Dass dabei Geld geflossen ist, war sicher auch nicht verkehrt. Aber es gab obendrauf, on top sozusagen, einen Kontakt, den es nach menschlichem Ermessen nie hätte geben dürfen.«

»Ja?«, trieb der Oberkommissar den Mann auf der anderen Seite des Tisches ein wenig an, der die dramaturgische Pause um einiges zu überziehen drohte.

»Es geht darum«, fuhr er ein paar Sekunden später fort, »wer dieser Kontakt ist.«

»Wenn du«, brummte Lenz genervt aus dem Hintergrund, »uns jetzt wieder diese olle Kamelle an die Rippen leiern willst, dass ein hochrangiger hessischer Politiker in direkter Verbindung zu eurem Frankfurter Haufen gestanden haben soll, dann lasse ich dich gleich nach Wehlheiden bringen.«

Thilo Hain bedachte seinen Informanten mit einem beruhigenden Blick, während sein Boss einen sehr bösen abbekam.

»Wie gesagt, er meint es nicht so«, erklärte er leise.

»Also, auch wenn der Klugscheißer da drüben es nicht hören will, es ist trotzdem genau so, wie ich es sage. Und der Typ, von dem wir reden, ist kein Geringerer als der amtierende hessische Innenminister Bernd Röder.«

Nun fing Lenz laut und hässlich zu lachen an.

»Er traut es sich wirklich«, stöhnte er.

»Ja, er traut es sich, weil es wahr ist!«, schrie Trosser in Richtung des Polizisten neben der Tür. »Es ist wahr und es ist kein Spaß, das kannst du mir glauben, Bulle.«

»Ich für meinen Teil glaube dir«, meinte Hain. »Aber, das mal vorausgesetzt, erklärt doch noch immer nicht deine Ansage, dass irgendwann hier so viele Leichen herumliegen könnten.«

»Nun mach doch mal langsam«, gab der Rocker mit großer Geste zurück und nahm einen weiteren Schluck von der braunen Zuckerbrühe vor sich. »Wir sind ja noch nicht mal am Ende des ersten Kapitels angekommen.«

»Manche Märchen sollten erst gar nicht erzählt werden, das wäre besser«, giftete Lenz.

»Dann würden sich manche Bullen, und damit meine ich speziell euch beide, aber ganz schön umgucken, wenn die Kacke wirklich am Dampfen ist«, schickte Trosser mit dem gleichen ätzenden Tonfall zurück.

»Also«, fasste Hain zusammen, »die Frankfurter haben sich zuerst sicher gefühlt, sind dann aber doch ausgehoben worden. Richtig?«

»Jau.«

»Und sie haben sich sicher gefühlt, weil sie von mehreren Seiten Protektion erhalten haben?«

»Protektion?«

»Schutz. Sie sind beschützt worden. Oder gewarnt, wenn zum Beispiel Razzien anstanden.«

»Genau, sie sind protektiert worden«, bestätigte Trosser grammatikalisch nicht wirklich korrekt, wobei dieses Detail den Polizisten im Augenblick total schnuppe war.

»Ihr könnt euch sicher vorstellen, dass es für die Jungs ein maximaler Vertrauensbruch war, von Röder so dermaßen über den Tisch gezogen worden zu sein.«

»Hast du eine Ahnung, wie der Kontakt zwischen den Crows und dem Minister zustande gekommen ist?«

Trosser schüttelte den Kopf.

»Davon weiß ich echt nichts. Es gab immer mal wieder Gerüchte, dass er und ein Frankfurter Member zusammen zur Schule gegangen sein sollen, aber bestätigt worden ist das nie. Ist außerdem sowieso völlig Latte, wie das nun genau zusammenhängt, wichtig ist nur, dass er sich im Hintergrund für die Crows starkgemacht und sie auch über anstehende Aktionen der Bullen informiert hat.«

»Aber das, was er dann gemacht hat, also die Sache mit dem Verbot, das wollten sich die Frankfurter Crows nicht gefallen lassen?«

»Genau darum geht es«, bestätigte der Zopf Hains Theorie.

»Und wie soll oder sollte das laufen?«

»Die ganze Idee ist eigentlich auf Andy Blatters Mist gewachsen, nachdem das Frankfurter Charter es aufgegeben hatte, diesem Röder eine Kugel oder so was verpassen zu wollen. Ich war dabei, als die Jungs erzählt haben, wie schwer es ist, überhaupt in seine Nähe zu kommen, und dass es geradezu unmöglich ist, ihm eine zu verpassen und danach noch den langen Schuh machen zu können. Also zu verduften«, fügte er rasch an, nachdem er in Hains fragendes Gesicht geschaut hatte.

»Und wir sind ja keine religiösen Fanatiker, die sich gleich selbst in die Luft jagen, weil sie hoffen, im Paradies von 72 Jungfrauen verwöhnt zu werden.«

»Du willst uns hier also allen Ernstes erzählen, dass die Frankfurter Black Crows den hessischen Innenminister Bernd Röder umbringen wollten?«, frage Lenz ungläubig.

»Jep, das wollten sie. Hat aber, wie gesagt, nicht geklappt.«

»Und was ist nun Blatters Plan?«

»Der Andy wusste, dass Theo auf dem Flughafenbau Wache fährt, und hat sich was echt Abgefahrenes überlegt, als er erfahren hat, dass dieser Röder und eine Menge anderer Politiker am Eröffnungstag des blöden Flughafens mit einer Sondermaschine hier einschweben würden. Er hat sich gedacht, dass es eine gute Sache wäre, die ganze Bagage mit einem einzigen Schlag zu killen.«

»Wow, ein Massaker auf dem Rollfeld?«, ätzte Lenz weiter. »Wie sollte das denn vonstattengehen? Wollten deine Leute die Maschine entführen und mit den Politikclowns nach Kuba abdüsen?«

Trosser warf Lenz einen bösen Blick zu und wandte sich danach an Thilo Hain.

»Wenn der nicht aufhört, halte ich gleich meine Klappe, ich schwöre es dir. Noch ein Wort, und ihr werdet nie erfahren, was auf dem Flughafen wirklich für eine Gefahr lauert.«

Hain, der von der Wortwahl des Rockers überrascht war, bedachte ihn erneut mit einem sanften, Ruhe ausstrahlenden Blick.

»Ich weiß«, kam Trosser seiner Aussage zuvor, »dass er es gar nicht böse meint, aber das ist mir langsam scheißegal.«

In diesem Augenblick klopfte es leise an der Tür, und ein Uniformierter mit mehreren riesigen braunen Tüten in der Hand betrat das Vernehmungszimmer.

»Euer Futter ist da«, erklärte er kurz, stellte das Fast-Food-Paket auf dem Tisch ab und verließ ohne weiteres Wort den Raum.

»Also, was genau hat sich Andy Blatter überlegt?«, nahm Hain den Faden wieder auf, nachdem der Hunger des Rockers nach ein paar Burgern, jeder Menge Pommes und zwei Eisbechern fürs Erste gestillt schien.

»Der Andy wusste, wie gesagt, dass Theo nachts für die Sicherheit der Baustelle verantwortlich war, also hat er sich einen Plan überlegt.«

Trossers Kopf bewegte sich zwischen Lenz und Hain hin und her, bevor er weiter sprach.

»Ich weiß, dass ihr mich jetzt vermutlich für komplett verrückt erklären werdet, aber es ist wirklich so, dass ein paar von unseren Jungs im Sommer 2012 40 Kilo Semtex in die Startbahn eingebaut haben.«

»Semtex? Den Sprengstoff?«

»Ja klar, was gibt es denn sonst noch für Semtex?«

»Woher und wie soll denn jemand gleich 40 Kilo Semtex organisieren können?«, zeigte Hain sich komplett verblüfft. »Das Zeug kriegen selbst die bösesten Terroristen nicht in Kilodosierungen.«

»Das mag sein, aber Andy hat gute Kontakte nach Tschechien, wo der Krempel hergestellt wird. Und eines Abends kam er mit einem Kombi angefahren, in dessen Kofferraum sich genau diese Menge befunden hat. Wir hatten schon ziemlich Arschrunzeln, als wir danebengestanden haben.«

»Und du hast das alles mit eigenen Augen gesehen?«, wollte Lenz mehr als skeptisch und vor Ironie triefend wissen. »Und vermutlich warst du auch dabei, als das Zeug zwischen Drainage und oberer Deckschicht verbuddelt wurde.«

»Nein, das war ich nicht, du Arschgesicht, weil ich zu der Zeit für ein paar Wochen in U-Haft saß. Aber ich weiß, dass es irgendwo in der Bahn liegt.«

»Und das sollte gezündet werden, wenn das Flugzeug mit den Herren aus Wiesbaden in Calden aufsetzt?«, hakte der Hauptkommissar nach.

»Ja.«

»Und warum sind die dann alle völlig unbehelligt wieder in ihre Heimat entschwunden? Sogar mit dem Flieger, wenn ich mich recht erinnere.«

»Der Haken an der Sache war, dass Andy ein paar Tage vor dem Eröffnungstermin selbst eingefahren ist, weil es da so eine Sache mit einem Prospect am Herkules gab.«

»Was genau für eine Sache war das?«

»Oh, Mann«, brauste Trosser gekünstelt auf, »das hat doch mit der ganzen anderen Geschichte nicht das Geringste zu tun. Wir sollten uns wirklich auf das Wesentliche konzentrieren, was meint ihr?«

»Nein, meine ich nicht«, bellte Lenz. »Ich will wissen, was mit diesem Prospect am Herkules passiert ist, und warum Blatter dafür eingefahren ist.«

Der Rocker griff nach einer Apfeltasche, rollte die Verpackung auf und biss in den mittlerweile vermutlich höchstens noch lauwarmen Nachtisch.

»Das war so was wie eine Erziehungsmaßnahme, weil der Typ sich nicht an die Regeln gehalten hat. Wir ... also ich meine Andy und ein paar Kumpels haben mit ihm eine kleine Regelkunde gemacht. Das hat so ein Vollpfosten aus Österreich mitgekriegt, der auch noch dazu Bulle ist, und hat eine Riesensache draus gemacht. Und weil es also einen Zeugen gab, der Andy eindeutig identifiziert hat, musste er in U-Haft.«

»Ich verstehe aber richtig, dass du ebenfalls an dem Abend am Herkules gewesen bist?«

»Tut das was zur Sache?«, fragte Trosser kauend und mit genervtem Blick zurück. »Wir wollten uns doch auf das Wesentliche konzentrieren, und das ist in dem Zusammenhang nun mal die Tatsache, dass Andy in Wehlheiden saß, als der Flieger aus Frankfurt hier gelandet ist.«

»Wie sollte das denn alles passieren? Gibt es so etwas wie eine Fernbedienung, mit der die Zündung ausgelöst werden sollte?«

Der Zopf nickte.

»Ja, ist alles Hightech und so. Nur vom Feinsten.«

Lenz und Hain tauschten einen verstohlenen Blick, den der Gefangene nicht mitbekam. Es hatte den Anschein, als würde der Hauptkommissar bei der nächstbesten Gelegenheit explodieren.

»Nun pass mal auf, Kumpel, wir reden hier, zumindest nach deiner Darstellung, die ich aber immer noch für reinen Schwachsinn halte, von einem terroristischen Anschlag, bei dem es zu vielen Toten und Verletzten kommen würde. Also schenk dir diese coole Attitüde und sag uns endlich, ob dieses Semtex noch dort zu finden ist, wo es war, und ob es immer noch möglich ist, es zu zünden.«

Trosser holte mit der Zunge einen Rest seines Burgers aus einem Zahnzwischenraum, trank die Cola aus und lehnte sich wieder zurück.

»Alles kann ich euch natürlich nicht sagen, weil ich ein paar Dinge einfach nicht weiß. Was ich aber weiß, ist, dass Theo Stark 40.000 Euro dafür bekommen hat, dass Andy und seine Jungs eine ganze Sommernacht lang die Startbahn für sich hatten und in der Zeit das Semtex eingebaut haben.«

Er sah wieder von einem Polizisten zum anderen.

»Glaubt mir oder lasst es, aber genau das ist passiert.«

»Ich kann nicht mehr, Thilo«, stöhnte Lenz auf. »Der Typ erzählt eine derartige Scheiße, dass es mir den Magen umdreht.«

»Ach«, schrie Trosser unvermittelt los, »und warum versucht dann der Andy so verzweifelt, an dieses blöde Schriftstück zu kommen, das der Theo irgendwo deponiert hat?«

»Hat Blatter Theo Stark und seinen Kollegen umgebracht?«, wollte Hain wissen.

Der Mann auf der anderen Seite des Tisches holte tief Luft, sah kurz zu Boden und stierte im Anschluss dauerhaft die Decke an.

»He, du Arsch, mein Kollege hat dich was gefragt!«, brüllte Lenz. »Hat dein Boss Andreas Blatter Theo Stark und seinen Arbeitskollegen erschossen?«

Stefan Trosser senkte den Blick und sah dem Kommissar lange in die Augen.

»Das weiß ich nicht, und auch das könnt ihr mir glauben. Aber selbst wenn ich es wüsste, würde ich zu der Geschichte nichts sagen. Wir sitzen hier, weil es um den Flughafen und einen Haufen unschuldiger Leute geht, und nicht, weil es diesen Drecksack Theo Stark und seinen Kumpel in der Ostzone aus den Schuhen gehauen hat.«

Es entstand eine Pause, während der jeder der drei Männer wohl ein paar eigenen Gedanken nachhing.

»Es ist vorbei, Thilo«, verkündete Lenz schließlich. »Dein Deal mit diesem Scheißkerl hat sich erledigt. Sorg dafür, dass er in den Knast kommt, und sorg vor allem dafür, dass er sofort aus meinem Blickwinkel verschwindet.«

Der Leiter der Mordkommission ging kopfschüttelnd auf die Ausgangstür zu, drehte sich kurz davor jedoch noch einmal um.

»Und sorg auf jeden Fall dafür, dass auch wirklich der letzte Ganove in der Theodor-Fliedner-Straße erfährt, dass er seine Kumpels an uns verraten hat. Vielleicht macht ihn das ja insgesamt etwas demütiger.«

Der Rocker schluckte, sah Hain unsicher an und schien von der Ansage des älteren Polizisten zutiefst verunsichert zu sein.

»Aber das kann er doch nicht machen«, meinte er fast flehentlich.

»Doch, das kann er, schließlich ist er der Boss«, widersprach der Oberkommissar. »Und ich will ihm das gar nicht mal übel nehmen, weil du dich durch dein Verhalten nicht wirklich für eine Freundschaft mit ihm empfohlen hast.«

»Aber …«

»Nichts aber. Wir lassen dich jetzt nach Wehlheiden bringen, und dann wird alles genau so laufen, wie er es verlangt hat.«

»Hey, Leute«, sprang Trosser von seinem Stuhl auf, »ich habe euch doch nun wirklich das gesagt, was ich weiß. Und ich weiß zum Kuckuck wirklich nicht, wer die beiden gekillt hat. Und dass ich es euch nicht sagen würde, selbst wenn ich es wüsste, war doch nur so ein Spruch, das habe ich gar nicht so gemeint. Also setzen wir uns wieder hin und machen weiter, und ich werde mich bemühen, euch nicht mehr zu nerven, okay?«

Hain sah zu Lenz, der den Kopf schüttelte.

»Nein, nichts mehr zu machen. Ich will diesen Arsch nicht mehr sehen und ich glaube ihm auch diese ganze Räuberpistole nicht, die er uns hier auftischt.«

»Wartet, wartet!«, schrie Trosser hysterisch. »Ich kann sogar beweisen, dass Theo das Geld gekriegt hat, weil er es nämlich dafür benutzt hat, einen Kredit bei seiner Bank glatt zu kriegen. Wenn er die Kohle nicht gehabt hätte, wäre ihm die Hütte unter dem Arsch weggepfändet worden, weil er die Raten nicht mehr bezahlen konnte. Fragt doch einfach bei seiner Bank nach, die können das bestimmt bestätigen.«

»Und was ist mit seinem Kollegen?«, wollte Lenz wissen. »Hat der auch Geld bekommen?«

»Nein, der hatte mit der ganzen Sache doch gar nichts zu tun. Der war einfach zur falschen Zeit am falschen Ort.«

Schon in dem Augenblick, in dem die Worte seinen Mund verlassen hatten, merkte der Zopfträger, dass er etwas Falsches gesagt hatte.

»He, dass es ihn erwischt hat, tut mir echt leid, weil er zu der ganzen Sache doch eigentlich gar nichts kann. Wirklich, das müsst ihr mir glauben.«

»Warst du vorgestern Abend mit Andreas Blatter zusammen?«, wollte Hain wissen.

»Nein, ich hatte in Frankfurt zu tun. Wir … ich …«

Er stockte.

»Du warst also in Frankfurt, um dafür zu sorgen, dass Ramona Stark mal *ein bisschen gekitzelt* würde?«

Es dauerte eine Weile, doch dann nickte Trosser verhalten.

»Das war ich, ja«, setzte er leise hinzu. »Aber es war nie geplant, die Frau umzubringen, ehrlich. Nur ein bisschen kitzeln, damit sie erzählt, wo dieses Schriftstück ist, mehr nicht.«

»Und Blatter hat dir auch nichts davon erzählt, dass er vielleicht im Osten gewesen ist? Dass er Theo Stark und Walter Kempf einen finalen Besuch abgestattet hat?«

»Nein, wirklich nicht. Ich habe ihn in der letzten Zeit auch nicht mehr oft gesehen.«

»Was«, mischte Lenz sich wieder ein, »wollte Blatter eigentlich damit bezwecken, dass er den Flieger oder von mir aus die Landebahn hochgehen lässt? Er hätte sich ja schlecht im Anschluss hinstellen und der Welt verkünden können, dass er es ist, der die Verantwortung dafür trägt.«

»Das ist ziemlich einfach zu beantworten, Herr Kommissar«, machte Trosser auf devot. »Es gibt seit dem Verbot des Frankfurter Charters und der Sache mit dem Charter in Hannover so etwas wie ein Machtvakuum. Die Frankfurter und die Jungs aus Hannover waren immer die Nummern eins und zwei, wobei die Reihenfolge nicht so klar zu erkennen war. Auf jeden Fall waren sie ganz vorn, und jetzt plötzlich ist keiner von denen mehr im Geschäft. Das hat den Andreas gereizt, da wollte er hin. Er wollte schon immer das größte und bedeutendste Charter in Europa führen, und wenn ihm das am Flughafen gelungen wäre, dann hätte ihn niemand mehr stoppen können, dann hätten alle zu ihm aufgesehen.«

»Vielleicht hätten sie ihn ja auch verflucht, weil er die Blicke direkt auf die Geschäfte der Crows gezogen hätte.«

Trosser schüttelte den Kopf.

»Niemand von außerhalb hätte erfahren, wer wirklich hinter dem Anschlag steht. Es hätte einen Bekennerbrief gegeben, unterzeichnet von irgendeiner dieser dämlichen Windelträgerbanden aus Palästina oder sonstwo, und alles andere wäre schön still und heimlich innerhalb der Crows geblieben.«

»Du meinst, der Anschlag wäre irgendwelchen radikalen Muslimen in die Schuhe geschoben worden?«

»Genau das.«

»Aber jetzt ist es ja am Eröffnungstag nicht dazu gekommen«, warf Hain ein, »und ob Innenminister Röder irgendwann wieder einmal mit dem Flugzeug nach Kassel kommen wird, steht bestimmt nicht in der Zeitung. Also könnte Blatter die Sache doch einfach vergessen. Oder denkt er darüber nach, das Semtex auszugraben?«

»Das hat ihn einer der Brüder auch gefragt, aber darüber wollte er partout nicht reden. Es ist, wie es ist, hat er nur gemeint, und dass wir uns *verdammt noch mal nicht seine Gedanken machen sollen*. Es war …«

Der Rocker brach ab, weil es an der Tür geklopft hatte. Lenz öffnete und sah in das besorgte Gesicht von Uwe Wagner.

»Ja, was gibt's, Uwe?«

»Ich muss dich kurz sprechen. Es ist dringend.«

Lenz warf Hain einen fragenden Blick zu.

»Von mir aus, wir sind hier ohnehin so gut wie fertig.«

Der Hauptkommissar nickte seinem Mitarbeiter zu, zog die Tür hinter sich ins Schloss und trat zu seinem Freund auf den Flur.

»Du siehst aus, als sei dir eine wirklich dicke Laus über die Leber gelaufen, Uwe.«

»Wie dick sie ist, kann ich noch nicht sagen, aber eine Laus ist es auf jeden Fall«, bestätigte der Pressemann.

»Also lass hören.«

»Vor knapp einer halben Stunde kam die Meldung rein, dass es auf der Königsstraße einen Unfall gegeben hätte. Ein Mann ist von einer Tram überrollt worden. Nach übereinstimmenden Zeugenaussagen war niemand anderes im Spiel, es sollte sich also wirklich um ein bedauernswertes Unglück handeln.«

»Ja und?«

»So weit war es für mich reine Routine, Paul. Ich hätte eine Pressemeldung rausgegeben, und morgen wäre die Sache vergessen gewesen, aber als ich gelesen habe, um wen es sich bei dem Toten handelt, haben alle Alarmglocken angefangen zu klingeln.«

»Och, Uwe, nun mach es doch nicht so spannend. Wer ist der Tote?«

»Es ist Thomas Blatter, der Bruder von Andreas Blatter, dem Rockerboss.«

Lenz brauchte eine Sekunde, bis er das Gehörte in den richtigen Schubladen im Hirn abgelegt hatte.

»Du sprichst von dem Rechtsanwalt?«

»Genau dem, ja.«

Wieder ein paar Augenblicke des Nachdenkens.

»Aber wenn es wirklich ein Unfall war, was sollen wir dann groß machen?«

»Lass ihn wenigstens obduzieren. Bei der Verwandtschaft solltet ihr total auf Nummer sicher gehen, was die Todesursache angeht. Und dabei würde sich ja auch klären, ob er irgendwas im Blut hatte, das da nicht hin gehört.«

»Gute Idee, ich veranlasse das gleich.«

Der Hauptkommissar deutete auf die Tür des Vernehmungszimmers.

»Ist eigentlich ganz gut, dass du da bist, ich hätte da auch ein paar Fragen an dich.«

»Wenn ich dir helfen kann, immer gern, das weißt du.«

»Ist aber vielleicht ein bisschen heikel, das Ganze«, gab Lenz kopfschüttelnd zurück. »Und es ist garantiert die größte Schnurre, die du jemals gehört hast.«

Fünf Minuten später war Wagner mit allen wichtigen Details der Trosser-Aussage vertraut.

»Und, was sagst du?«

Der Pressesprecher atmete tief durch.

»Normalerweise würde ich dir raten, den Kerl auf der Stelle in die Geschlossene bringen zu lassen, aber es gibt da ein Detail, das mir Kopfschmerzen bereitet.«

»Und was für ein Detail ist das genau?«

Wagner sah sich auf dem Flur um und zog seinen Freund und Kollegen dann ein paar Meter zur Seite, sodass sie garantiert außerhalb der Hörweite des Uniformierten waren, der vor der Tür des Vernehmungszimmers saß.

»Diese angebliche oder vermutete Verbindung unseres obersten Dienstherrn zum Rockermilieu. Dass es in dieser Richtung schon seit Jahren Gerüchte gibt, ist ja nichts umwerfend Neues, aber seit ein paar Monaten geistert ein wirklich interessantes Gerücht über die Flure der sogenannten *informierten Kreise*: In dem wird tatsächlich behauptet, dass Bernd Röder und die Schwester eines exponierten Rockers ein Verhältnis hätten.«

Er zögerte.

»Ich habe das Ganze irgendwo aufgeschnappt und eigentlich sofort wieder aus dem Datenspeicher in meinem Kopf gelöscht, weil ich viele solcher Informationen bekomme, wenn der Tag lang ist. Aber im Kontext zu dem, was der Knabe im Vernehmungszimmer dir da erzählt hat, könnte ja zumindest ein Fünkchen Wahrheit an der Sache sein. Und selbst wenn es nur ein homöopathisch kleines Fünkchen wäre, könnte es immer noch sinnvoll sein, der Sache nachzugehen.«

»Du machst mich fertig, Uwe«, brummte Lenz. »Ich hatte erwartet, dass du mich auslachen würdest oder so was, und stattdessen rätst du mir, mich um diese Geschichte zu kümmern.«

»Was würdest du machen, wenn irgendwann in der nächsten Zeit auf dem Flughafen wirklich was passiert?«

»Maria hat mit Judy zusammen einen Flug nach Teneriffa gebucht. Die beiden wollen übermorgen losfliegen.«

»Siehst du? So wie du klingst, findest du den Gedanken, dass an der Sache wirklich was dran sein könnte, nicht unbedingt prickelnd.«

»Das stimmt und stimmt irgendwie auch wieder nicht. Ich will nämlich solch einem Arschloch wie diesem Trosser ums Verrecken so eine Geschichte nicht glauben.«

»Dann denk mal lieber nicht darüber nach, dass du mit dieser Haltung auch voll daneben liegen könntest.«

23

Andreas Blatter betrat die kleine Wohnung gegenüber der alten Hauptpost, öffnete kurz das Fenster, um den Mief ein wenig zu vertreiben, und goss sich im Anschluss einen Cognac ein.

Du verkommst zusehends zu einem Penner, schoss es ihm durch den Kopf, nachdem der Schnaps ihm die Kehle hinab geronnen war. Dann stellte er das Glas auf den Tisch und legte die in den Cowboystiefeln steckenden Füße daneben. Sofort bildete sich eine hässliche Pfütze aus mit Streusalz versetztem, widerlich grauem Schmelzwasser auf dem Holz.

Fuck, dachte der Rockerboss. *Fuck, fuck, fuck.*

Irgendwie lief sein Leben im Moment ganz und gar nicht so, wie er es gern hatte und wie er es sich vorstellte. Die Sache mit dem Prospect konnte ihn für einige Jahre in den Knast bringen, wenn es schlecht lief und wenn diesem verdammten Bullen aus dem Schluchtenscheißerland nicht klar gemacht werden konnte, dass er sich seine Aussage schenken kann. Seine uneingeschränkte Macht über das Kasseler Charter hatte zwar während seines Knastaufenthalts nicht ernsthaft gelitten, doch es war abzusehen, dass, sollte er erneut für eine längere Zeit verschwinden müssen, die nächste Generation die Vorherrschaft beanspruchen würde. Männer, die er einst aufgenommen und ausgebildet hatte, würden ihn ohne jegliche Skrupel vom Hof jagen.

Ist halt wie im Tierreich, sinnierte er. Der alte Rudelführer ist in die Jahre gekommen und wird von den jungen, kräftigen und zähen Tieren, vielleicht sogar den eigenen Söhnen, zum Abdanken gezwungen.

Ihm fiel eine Szene aus dem Film *Das Boot* ein, in der Jürgen Prochnow als *Der Alte* auf der Brücke stehend den imaginären englischen Truppen *Not yet, Kameraden, not yet,* zuruft, die seiner Meinung nach schon die Versenkung des von ihm befehligten deutschen Kriegsschiffs feiern.

Not yet, Kameraden, not yet.

Blatter schmunzelte, goss sich einen weiteren Cognac ein und trank auch diesen in einem Zug aus.

Nein, noch war seine Herrschaft in Kassel noch nicht beendet, so viel war klar. Und wenn der blöde Wehmeyer erst einmal mit der Kohle rüber gekommen war, würde seine ganze Situation sich schlagartig verbessern. Mit Geld, das wusste Andreas Blatter wie wenige Menschen sonst auf der Welt, war vieles möglich, wenn nicht alles, und wenn zum Geld noch unbedingter Durchsetzungswille und eine kaum zu übertreffende Brutalität kamen, wie es bei ihm der Fall war, gab es so gut wie keine Hindernisse.

Wenn alles passte, gab es keine Hindernisse, musste er sich eingestehen; und im Augenblick passte nun mal leider nicht alles.

Ganz und gar nicht passte die Sache mit dem Prospect, die passte wirklich überhaupt nicht. Wenn sich in Österreich nichts Entscheidendes tun würde, käme ein langer …

Er wollte gar nicht weiter darüber nachdenken.

Und er hätte Wehmeyer das Geld niemals leihen dürfen, das war ihm schon seit einiger Zeit klar. Es war einfach eine Schnapsidee gewesen, geboren aus einer dämlichen Laune heraus. Ein Mann wie er war nun mal nicht dazu geboren, sein Geld mit dem Einsatz legaler Mittel zu verdienen. Klar wäre es schön gewesen, als Teilhaber an einer Sicherheitsfirma jeden Monat einen Haufen Kohle zu verdienen, aber so gut, wie Heiner Wehmeyer ihm das damals vorgemacht hatte, war die Firma nie gelaufen.

Ein weiterer Cognac.

Auf Stefan zumindest würde er sich verlassen können, da war er absolut sicher. Bevor der auch nur einen ernsthaften Satz mit den Bullen reden würde, würde die Hölle zufrieren. Einen Stefan Trosser kochen die Kasseler Bullen nicht weich, den nicht. Wenn es Ralf gewesen wäre, den sie erwischt hätten, dann würde er jetzt nicht so relativ ruhig auf dem Stuhl sitzen, Ralf Prentel war eher einer von der gesprächigen Sorte. Den musste man nur ein bisschen anpieksen, und schon ging bei dem was. Aber auf Stefan war echt Verlass.

Thomas. Sein Bruder Thomas! Nie hätte er gedacht, dass aus dieser Richtung einmal die größte Gefahr für ihn und seine Geschäfte ausgehen würde. Noch während er mit ihm in dessen Haus gesessen hatte, war ihm durch den Kopf gegangen, ihm einfach den Schädel einzuschlagen und dem verdammten Stricher, der irgendwo in der Bude herumlag, gleich mit. Aber die Drohung, ihn mit seinem ganzen Wissen hops gehen zu lassen, hatte schon Wirkung gezeigt. Und Thomas wusste so gut wie alles über ihn. Zum Beispiel, dass er vor zwei Jahren einen Mann erschlagen hatte, wofür er aber nie angeklagt worden war. Und nicht zu vergessen die ganzen Schutzgelderpressungen und Körperverletzungen, aus denen ihn sein Bruder immer wieder herausgehauen hatte. Andreas Blatter verfluchte sich dafür, dass er seinem Bruder aus purer Prahlerei immer wieder die schmutzigsten Details seiner Geschäfte und Unternehmungen geschildert hatte, und das über Jahre.

Vielleicht gibt es diese bei einem anderen Juristen hinterlegte Sammlung meiner Untaten gar nicht? Aber wenn doch, verbringe ich den Rest meines Lebens im Knast.

Er überlegte, was er seinem Bruder anzutun in der Lage war, und es war eine ganze Menge, die da zusammenkam. Vielleicht würde er ja noch einmal das Gespräch mit ihm suchen müssen, um seiner Position, dass man besser mit ihm so nicht umgehen sollte, Nachdruck zu verleihen.

Und als Krönung noch die beiden Penner aus Frankfurt, die es offenbar nicht geschafft hatten, lebendig aus der Sache mit der Frau in Bergshausen raus zu kommen. Was für eine Scheiße!

Als Kontrastpunkt wollte er sich kurz klarmachen, was es aktuell Positives in seinem Leben zu vermelden gab, aber bis auf die Tatsache, dass es ihm gelungen war, aus der U-Haft entlassen zu werden, gab es da nicht viel Erwähnenswertes. Und diesen Umstand hatte er auch noch der Tatsache zu verdanken, dass es ein Gesetz gab, das es untersagte, Beschuldigte länger als einen gewissen Zeitraum in Untersuchungshaft zu behalten. Ohne diese für ihn vorteilhafte Verordnung würde er immer noch in Wehlheiden einsitzen und müsste jeden Tag mehr befürchten, seine Machtstellung innerhalb der Black Crows zu verlieren.

In Gedanken ging er seine Barmittel und die schnell verfügbaren anderen Investments durch. Mit den 500.000 Euro von Henner Wehmeyer kam er auf knapp zwei Millionen. Nicht schlecht, um sich in Spanien oder sonstwo, wo die Sonne die meiste Zeit des Jahres schien, niederzulassen. Aber das war es natürlich nicht, was er wollte. Er wollte das Sagen haben, er wollte Entscheidungen treffen, wollte über Menschen bestimmen und verfügen, wie es ihm passte. Ruheständler auf der Iberischen Halbinsel konnte er immer noch werden, so weit war es noch längst nicht.

Nach einem weiteren Cognac schaltete er den Fernseher ein, ließ sich auf die Couch sinken und schloss die Augen. Keine zwei Minuten später war er eingeschlafen.

Kassel:

Zu einem tragischen Verkehrsunfall kam es heute in den Nachmittagsstunden auf der Oberen Königsstraße in Kassel. Wie Augenzeugen berichteten, kam ein Mann infolge der Schneeglätte auf den Schienen der Kasseler Straßenbahnen ins Straucheln und stürzte direkt vor eine anfahrende Tram. Der Fahrer des Zuges, der mit einem Schock ins Klinikum gebracht werden musste, löste zwar eine Notbremsung aus, konnte jedoch den Zusammenprall nicht verhindern. Bei dem sofort getöteten Mann handelt es sich nach Auskunft von Uwe Wagner, dem Pressesprecher des Polizeipräsidiums Nordhessen, um den bekannten Kasseler Strafverteidiger Thomas Blatter, 55.

Weil sich die Bergung der Leiche überaus schwierig gestaltet und zudem die Tram bei dem Aufprall aus den Schienen gehoben wurde, wird der Straßenbahnverkehr in der Kasseler Innenstadt noch bis weit in die Abendstunden behindert sein.

Andreas Blatter, der die Meldung im Unterbewusstsein mitgehört hatte, baute die Informationen in einen Traum ein, in dem er und sein großer Bruder als Kinder durch die Innenstadt flitzen. Jeder von ihnen hat von der Mutter 30 Pfennige bekommen, die sie für saure Zungen einsetzen wollen. Thomas trägt seine Lederhose, die er noch nie hat leiden können, aber der Vater hatte darauf bestanden, sonst hätte es kein Geld gegeben.

Pass auf, die Straba.

Auf Höhe von Bilka biegen die beiden rechts ab und stehen kurz darauf wegen ihrer Rennerei und der sommerlichen Hitze schwitzend vor dem Kiosk, der immer die besten sauren Zungen vorhält.

Ich zuerst, ruft Thomas.

Bei dem sofort getöteten Mann handelt es sich nach Auskunft von Uwe Wagner, dem Pressesprecher des Polizeipräsidiums Nordhessen, um den bekannten Kasseler Strafverteidiger Thomas Blatter, 55.

Andreas Blatter öffnet vorsichtig ein Auge, verbleibt jedoch in der Zwischenwelt zwischen Schlafen und Erwachen.

Bei dem sofort getöteten Mann handelt es sich nach Auskunft von Uwe Wagner, dem Pressesprecher des Polizeipräsidiums Nordhessen, um den bekannten Kasseler Strafverteidiger Thomas Blatter, 55.

Nun schreckt der Rockerboss so schnell hoch, dass ihm kurz schwarz vor Augen wird, greift panisch nach der auf dem Tisch liegenden Fernbedienung und regelt die Lautstärke hoch.

Die Deutsche Bahn hat in einer Pressemitteilung erklärt, dass sie den Siemens-Konzern als Lieferanten der ICE-3-Züge verklagen …

Blatter angelt sich das Telefon aus der Jacke, ist keine fünf Sekunden später mit dem Internet verbunden und hat weitere 20 Sekunden darauf die Gewissheit, dass es sich bei dem Mann, der ein paar Stunden zuvor auf der Oberen Königsstraße unter einer Straßenbahn sein Leben ausgehaucht hat, um seinen Bruder handelt. Um seinen Bruder, der gleichzeitig jener Mann ist, der irgendwo auf der Welt ein Dossier hinterlegt hatte, das ihn, den Chef der Kasseler Black Crows, ohne jede Frage für eine sehr, sehr lange Zeit ins Gefängnis bringen könnte.

24

Als Lenz und Hain jenen Raum betraten, der im Allgemeinen nur als *kleine Lage* bezeichnet wird, waren dort schon ihr Chef, Kriminalrat Herbert Schiller, der Leiter der Abteilung Organisierte Kriminalität, Erster Kriminalhauptkommissar Friedbert Weißenstein, der Leiter der Staatsschutzabteilung, Siegfried Papenburg, sowie der Präsident des Polizeipräsidiums Kassel, Dr. Jost Bartholdy, anwesend.

»Setzen Sie sich, meine Herren«, bat der die Polizisten. »Und erklären Sie uns bitte in kurzen Worten, warum Sie eine solche Dringlichkeit in Ihrem Wunsch untergebracht haben, sich hier zu versammeln.«

»Es geht um die Vernehmung, aus der wir gerade kommen«, erklärte der Hauptkommissar, nachdem er und sein Kollege sich einen Kaffee und Platz genommen hatten.

Dann schilderte er ausführlich die Ergebnisse der Unterredung mit Stefan Trosser.

»Das glauben Sie doch selbst nicht, dass an dieser Sache auch nur das Geringste dran sein könnte«, fuhr der Polizeipräsident hoch, noch bevor Lenz seinen letzten Satz beendet hatte. »Wer überlegt sich denn solch einen Unfug?«

»Darum haben wir um dieses Treffen ersucht. Vielleicht gelingt es uns ja, den geballten Sachverstand und die Informationen aller hier Anwesenden so zu verknüpfen, dass es uns weiter hilft.«

»Ich kann dazu leider gar nichts sagen«, betonte Siegfried Papenburg schnell. »Wir glauben zwar, dass von Gruppierungen wie den Black Crows eine nicht zu unterschätzende Gefahr ausgeht, aber in Richtung von staatsschutzrelevanten Delikten sehen wir deren kriminelles Potenzial nicht gehen.«

Damit faltete er die Hände vor seinem feisten Bauch und sah Herbert Schiller an, der allerdings mit einem Blick das Wort an Friedbert Weißenstein weitergab.

Der Leiter der Abteilung Organisierte Kriminalität senkte den Kopf, holte tief Luft und spannte den Oberkörper.

»Diese Geschichte hat uns vor einiger Zeit kurz beschäftigt«, gab er zu Protokoll. »Aber wir haben, nach gründlichsten Recherchen natürlich, nicht den geringsten Anhaltspunkt dafür gefunden, dass an der Sache was dran sein könnte.«

Lenz und Hain hatten, während der Kollege gesprochen hatte, erstaunt die Köpfe gehoben.

»Bei Ihnen ist also etwas darüber bekannt gewesen?«

Weißenstein nickte.

»Das kann ich bestätigen, ja.«

»Und woher kamen die Informationen?«

»Darüber kann und werde ich nicht sprechen.«

Herbert Schiller zog sichtbar irritiert eine Augenbraue hoch.

»Aber Sie erinnern sich schon, dass wir auf der gleichen Seite stehen, Herr Kollege? Wir zumindest versuchen es so zu sehen.«

»Das ist gar keine Frage, aber es geht hier um den Schutz eines Informanten, und deshalb werde ich die Frage nicht beantworten.«

»Was haben Sie alles unternommen«, hakte Lenz nach, der wusste, dass Weißenstein sich nicht würde überreden lassen, seine Haltung zu ändern, »um die Informationen, die Sie hatten, zu verifizieren oder zu widerlegen? Und wann genau erfuhren Sie von einem diesbezüglichen Plan?«

»Die erste Information erhielt ich im Herbst des vorletzten Jahres. Mein Informant machte ein paar Andeutungen in die von Ihnen jetzt angeführte Richtung, und wir nahmen die Ermittlungen auf.«

Er sah in die Runde, wo jedoch jeder mit gleichlautender Mimik signalisierte, dass er weiterführende Erläuterungen erwartete.

»In der Folge überprüften wir alle infrage kommenden Personen, natürlich auch Andreas Blatter, aber es konnte nicht ein einziger Hinweis gefunden werden, der die Angaben auch nur im Ansatz bestätigte.«

»Haben Sie mit Theo Stark gesprochen?«

»Das kann ich Ihnen so aus dem Kopf natürlich nicht sagen, da müsste ich in meinen Aufzeichnungen nachsehen.«

»Aber in Bezug auf die Black Crows war Ihnen der Name ja nicht bekannt, wie Sie mir bei unserem letzten Gespräch erklärt haben.«

»Nein, das ist korrekt.«

»Aber Sie haben auf der Flughafenbaustelle in Calden ermittelt?«

»Natürlich, das sagte ich bereits«, echauffierte Weißenstein sich gekünstelt. »Und Sie können mir glauben, dass wir das erstens mit der gebotenen Sorgfalt und zweitens mit der nötigen Diskretion gemacht haben.«

Lenz hätte zu gern nachgefragt, was seinerzeit mehr im Vordergrund gestanden hatte, die Sorgfalt oder die Diskretion, verkniff es sich jedoch.

»Aber es ist nichts dabei herausgekommen?«

»Nicht das Geringste, wie gesagt.«

»Können Sie uns einen kurzen Abriss darüber geben, was Sie unternommen haben, um zu einem Ermittlungsergebnis zu kommen?«

Friedbert Weißenstein warf zuerst dem Polizeipräsidenten und dann Lenz' Chef einen Blick zu, der vermutlich seine tiefe Missbilligung gegenüber der Frage des Kollegen zum Ausdruck bringen sollte.

»Ich wundere mich schon sehr über diese Fragen, Herr Lenz. Wenn ich es nicht besser wüsste, würde ich vermuten, Sie wollen mit ihnen etwas implizieren.«

Er hüstelte leicht genervt.

»Etwas, das mir überhaupt nicht gefällt, wenn ich das so sagen darf.«

»Das kann sich nur um ein bedauernswertes Missverständnis handeln, Herr Kollege. Ich will mit meiner Frage gar nichts implizieren, sondern schlicht und einfach erfahren, was Sie unternommen haben, um den Verdacht, dass es am Flughafen Kassel-Calden zu einem wie auch immer gearteten Anschlag durch die Black Crows kommen könnte, aus der Welt zu schaffen.«

»Dieser Verdacht ließ sich ganz leicht aus der Welt schaffen, indem ich und meine Kollegen aus der Abteilung uns die Bauarbeiten ganz genau angeschaut haben. Aber den größten Fortschritt habe ich persönlich erzielt, nachdem ich dem Informanten noch einmal dezidiert auf den Zahn gefühlt habe, wobei seine gesamte Geschichte in sich zusammengebrochen ist.«

»War die Startbahn zu diesem Zeitpunkt schon asphaltiert?«

»Ja natürlich.«

»Haben Sie daran gedacht, den Asphalt abtragen zu lassen?«

Die Augen des Mannes der Abteilung OK verengten sich zu schmalen Schlitzen.

»Kollege Lenz, wir wissen schon, wie man mit einer solchen Situation umzugehen hat, und wir sind garantiert die Letzten, die hierzu eine Unterweisung oder gar eine Belehrung benötigen.«

Er holte tief Luft, nahm formvollendet einen Schluck Kaffee und stellte die Tasse auf den Tisch zurück.

»Natürlich haben wir jeden Sprengstoffhund, über

den die hessische Polizei verfügt, durch sämtliche Gebäude des Airports gejagt, und alle, ich betone alle Ergebnisse waren negativ. Dass jemand auf die Idee kommen würde, mehr als ein Jahr später von einem Anschlag auf die Start- und Landebahn zu fabulieren, konnte uns zu dieser Zeit nicht in den Sinn kommen, und wenn, hätten wir darüber vermutlich herzlich gelacht.«

»Sie glauben also nicht, dass eine diesbezügliche Gefahr besteht?«

»Davon können Sie ausgehen, Herr Kollege. Es ist nämlich nach meiner Meinung völlig ausgeschlossen, dass eine Privatperson in den Besitz von 40 Kilogramm Semtex kommt. *40 Kilo!* Sie wissen vermutlich gar nicht, wovon Sie hier reden, wenn Sie eine solche Größenordnung an Semtex-Sprengstoff ins Spiel bringen.«

Lenz überhörte die letzte Provokation und wandte sich an den Polizeipräsidenten.

»Wir sind der Meinung, dass es ein durchaus realistisches Gefahrenpotenzial gibt, Herr Dr. Bartholdy. Also wäre es …«

»Lieber Herr Lenz«, ging der Leiter des Polizeipräsidiums Nordhessen dazwischen, »ich glaube Ihnen, dass es Ihre Meinung ist, aber ich vertraue hier ganz und gar auf das Urteilsvermögen des geschätzten Kollegen Weißenstein.«

Er drehte den Kopf und sah Herbert Schiller an.

»Hier müssen wir noch deutlich besser werden, Herr Schiller«, formulierte er spitz. »Wenn ein Team der Abteilung OK die Sache untersucht hat und zu dem Schluss gekommen ist, dass nichts daran ist, müssen Ihre Leute sich nicht auch noch daran versuchen.«

»Dagegen muss ich einwenden«, reagierte Schiller betont ruhig, »dass meine Mitarbeiter bis vor ein paar Minuten noch gar nichts davon wussten, dass es diesbezüglich schon Ermittlungen gegeben hat. Demzufolge …«

»Ja, das wissen wir ja alle, Herr Schiller. Aber Sie müssen Ihre Abteilung schon so weit im Griff haben, dass solche Doppelarbeiten unterbleiben. Verstanden?«

»Verstanden«, murmelte der Kriminalrat mit starrem Blick auf den Teppichboden.

»Außerdem«, mischte Weißenstein sich wieder ein, »was wollen Sie denn jetzt machen? Die gesamte Start- und Landebahn abtragen lassen, auf den vagen Hinweis eines stadtbekannten Schwätzers hin, dass irgendwo dort 40 Kilo Semtex verbuddelt sein könnten?«

»Haben Sie denn eine bessere Idee?«, giftete Lenz zurück.

»Auf jeden Fall habe ich die. Suchen Sie sich den oder die Mörder von diesen beiden Wachmännern, überführen Sie sie und Sie werden zu der Erkenntnis gelangen, dass die Morde nichts, aber auch rein gar nichts mit der organisierten Kriminalität zu tun haben. Sie werden erkennen, dass irgendwo in Ostdeutschland zwei Wachmänner die Opfer von gewalttätigen Kabel- oder sonstigen Rohstoffdieben geworden sind, was die Sache als solche zwar nicht besser macht, aber immerhin unsere eigenen Ermittlungen im Bereich der OK nicht torpediert.«

»Wie kommen Sie denn auf das schmale Brett, dass wir Ihre Ermittlungen torpedieren würden?«, fragte Thilo Hain völlig empört, sein Einwand wurde jedoch von Friedbert Weißenstein überhaupt nicht beachtet.

»Dann könnten wir auch wieder zu jener fruchtbaren Zusammenarbeit zurückfinden, die wir während der Ägide Ihres Vorgängers einmal hatten, und die ich, da muss ich leider ganz ehrlich sein, seit dessen bedauerlichem Tod nicht oder nur sehr eingeschränkt erleben durfte.«

Der Leiter der Mordkommission schluckte jegliche Replik hinunter, warf seinem Chef einen kurzen Blick zu und stand auf.

»Dann verbleiben wir so, wie der Kollege Weißenstein es sich wünscht. Wir werden uns in der Sache auf seine damaligen Ermittlungen und seine Weisheit verlassen und werden für die Zukunft versuchen, wieder zu einer guten und der Sache dienenden Zusammenarbeit zu finden.«

»So will ich Sie hören, Herr Lenz«, applaudierte der Polizeipräsident unverhohlen. »Und dabei geht es überhaupt nicht um persönliche Befindlichkeiten, wie Sie vielleicht jetzt vermuten könnten, sondern einzig und allein um die Sache, nämlich Verbrechen aufzuklären oder im besseren Falle noch gleich gar zu verhindern.«

Lenz nickte, schob seinen Stuhl nach hinten, und stand kurz darauf an der Tür.

»So machen wir es«, erwiderte er demütig, und wollte mit Thilo Hain im Schlepptau das Besprechungszimmer verlassen.

»Ich habe noch etwas mit Ihnen in einer anderen Sache zu besprechen, meine Herren«, rief Herbert Schiller ihnen hinterher. »Warten Sie doch bitte kurz bei mir vorm Büro, es geht auch ganz schnell.«

Fünf Minuten später kam Kriminalrat Schiller über den Flur gehetzt, schloss sein Dienstzimmer auf und bat seine Mitarbeiter hinein.

»Das war ja mal ein interessantes Gespräch«, begann er, nachdem die Drei sich gesetzt hatten.

»Allerdings«, stimmten Lenz und Hain unisono zu. »Wobei wir trotzdem der Meinung sind …«, wollte der Hauptkommissar fortfahren, wurde jedoch von Schiller mit einer beschwichtigenden Handbewegung gestoppt.

»Ich weiß, was Sie sagen wollen, Herr Lenz«, fiel der ihm fast zärtlich ins Wort. »Und Sie können mir glauben, dass ich zu 100 Prozent auf Ihrer Linie liege. Allerdings haben wir die Anweisung von ganz oben, uns nicht mehr um diese 40 Kilo Semtex zu kümmern.«

»Ja, die haben wir unbestreitbar«, brummte Hain.

»Was wir aber auch haben, ist weiterhin den Auftrag, den oder die Mörder der beiden Wachschutzleute zu finden. Und dabei kann es doch durchaus auch zu Ermittlungen auf dem Flughafen draußen kommen.«

Lenz und Hain tauschten einen verstohlenen Blick der Marke *hast du ihn auch so verstanden, dass wir trotz der Ansage von ganz oben an der Sache dran bleiben sollen?*, verdrehten die Köpfe und sahen ihren Boss ratsuchend an.

»Sie können sich denken, dass es für alle Beteiligten eher nachteilig und ziemlich unangenehm wäre, wenn es diese wie auch immer geartete Sprengladung auf dem Flughafen wirklich geben sollte, meine Herren. Ob sie auf dem Rollfeld liegt oder in der Damentoilette, macht für mich dabei übrigens absolut keinen Unterschied. Für mich viel entscheidender ist die Tatsache, dass, sollte es wirklich zu einem Anschlag kommen, unsere Abteilung die Hunde beißen würden, weil wir die Letzten waren, die mit der Sache befasst waren. Der werte Kollege Weißenstein hat spätestens heute damit begonnen, sich den Arsch frei zu halten, und der überaus geschätzte Herr Polizeipräsident hat ohnehin nichts zu befürchten. Also, und das weiß auch jeder der an der Besprechung Beteiligten, müssten wir die Rübe hinhalten, und das gedenke ich zumindest nicht freiwillig zu tun.«

Die beiden Kripobeamten vor dem Schreibtisch tauschten erneut einen Blick aus.

»Heißt das, was Sie da sagen, am Ende das, was ich zu verstehen glaube und hoffe?«, schwurbelte Hain sich einen kaum zu verstehenden Satz zurecht.

Schiller lachte laut los.

»Ich weiß nicht, was Sie zu verstehen glauben oder hoffen, aber wenn Sie mich so verstehen, dass Sie an der Sache dran bleiben sollen, und dabei meine ich auch und ganz explizit die Sache mit dem Sprengstoff, dann haben Sie mich verdammt richtig verstanden, meine Herren.«

Nun fingen Lenz und Hain an zu grinsen.

»Er ist wirklich nicht so übel, wie wir am Anfang gedacht haben«, flüsterte der Oberkommissar genau so laut, dass seine Worte auch hinter der Schreibtischplatte noch gut zu verstehen waren.

»Das Gleiche habe ich auch gerade gedacht«, erwiderte Lenz im gleichen leisen Tonfall.

Wieder ein heiseres Lachen von der anderen Tischseite.

»Dann hätten wir das ja geklärt«, meinte der Kriminalrat mit gerunzelter Stirn. »Und die Frage, die ich mir mehr als einmal gestellt habe, in welchen stocksteifen Haufen ich hier rein geraten bin, überdenke ich auch noch mal; oder besser, ich werde mein Bild über die verstockten Nordhessen langsam aber sicher zu den Akten legen. So unnahbar, wie man sich immer erzählt, sind die nämlich gar nicht.«

»Er hats kapiert«, raunte Lenz Hain zu. »Er hat es wirklich kapiert.«

»Und er heißt übrigens Herbert«, erklärte Schiller mit ausgestreckter rechter Hand.

»Paul«, erwiderte Lenz, griff nach der angebotenen Hand und schüttelte sie kurz.

»Ich bin Thilo«, setzte Hain mit kräftigem Händedruck hinzu.

»Und ich bin obendrein der Meinung, dass ihr keine Zeit verlieren solltet. Schafft eure Hintern hier raus, macht euch zum Flughafen, und findet raus, ob dieser Trosser die Wahrheit erzählt oder nur einen Haufen Scheiße.«

25

Es war längst dunkel, als Lenz den Schlüssel ins Zündschloss des Dienstwagens schob und den Motor startete.

»Dass ich heute mit unserem neuen Boss noch per Du werden würde, hätte ich im Leben nicht gedacht«, verkündete Hain noch immer erstaunt.

»Dito«, kam es von der anderen Seite. »Und dass ich Friedbert Weißenstein heute nicht einfach erwürgt habe, grenzt geradezu an ein Wunder.«

»Sei froh, dass bis auf mich niemand gesehen hat, wie angefressen du wirklich warst. Aber ich dachte auch, wenn unser Paule jetzt nicht aufsteht und geht, ist Weißenstein in größter Gefahr und liegt vielleicht gleich in seinem eigenen Blut.«

»Was für ein Wichser!«, brüllte Lenz, während er mit beiden Händen das Lenkrad traktierte. »Was für ein gottverdammter Wichser! Glaubt, er hätte die Weisheit mit Löffeln gefressen und das Wissen um gute Polizeiarbeit eigenhändig entwickelt. Ich könnte jetzt noch aus der Hose hüpfen, wenn ich an seine Worte denke.«

»Ja, aber das würde uns ja auch nicht wirklich weiter helfen«, bremste der aufgekratzt auf dem Beifahrersitz thronende Oberkommissar seinen Boss vorsichtig. »Viel interessanter für mich ist, dass das alte Spiel *guter Bulle, böser Bulle* noch immer so reibungslos klappt, was ich speziell bei einem wie dem Trosser nicht unbedingt erwartet hätte«, erklärte er stolz.

»Und dass du in dem Spiel mittlerweile eine solche

Reife entwickelt hast, das hätte ich nicht erwartet«, erwiderte der Hauptkommissar anerkennend, während er sich in den Feierabendverkehr auf der Holländischen Straße einfädelte.

»Tja, da merkt man die Jahre mit einem alten Knochen wie dir doch langsam.«

»Wenn es zu dem gewünschten Ergebnis führt, soll mir auch der *alte Knochen* egal sein.«

»Glaubst du denn, und das mal ausnahmsweise ganz ernsthaft«, wollte Hain nachdenklich wissen, »dass an der Geschichte wirklich was dran sein könnte?«

»Das weiß ich nicht, Thilo. Aber wie Uwe vorhin schon sagte, sollten wir besser nicht riskieren, in so einer Sache einen Fehler zu machen.«

»Aber das würde bedeuten, dass unter Umständen die komplette Landebahn abgetragen werden müsste, noch dazu mit ziemlicher Vorsicht. Das kriegen wir doch nie im Leben durch.«

Lenz warf ihm einen mitleidigen Blick zu.

»Es ist, wie es immer ist im Leben. Wenn wir die besseren Argumente haben, kriegen wir es durch; wenn nicht, kriegen wir gar nichts durch.«

»Wie ist das eigentlich mit diesen Schnüffelhunden?«, fiel dem jungen Polizisten eine Frage wieder ein, die ihm ein paar Minuten zuvor schon durch den Kopf gegeistert war. »Können die Sprengstoff auch unter dickem Asphalt erschnüffeln oder kriegen die so was nicht hin?«

Lenz zuckte mit den Schultern.

»Das ist eine gute Frage, die wir am besten einem der

Hundeführer stellen sollten. Aber wegen der Sensibilität der ganzen Sache und der Anweisung von ganz oben, die Finger von der Geschichte mit dem Anschlag zu lassen, machen wir das besser nicht telefonisch, sondern suchen einen der Jungs persönlich auf.«

Er warf einen Blick auf die Digitaluhr in der Mitte des Armaturenbretts.

»Aber heute geht da gar nichts mehr. Wenn wir aus Calden zurück sind, will ich nur noch nach Hause zu meiner Frau und die Füße hochlegen; immerhin war ich heute in eine Schießerei verwickelt und habe in Notwehr zwei Menschen angeschossen, von denen der eine vielleicht den Tag nicht überleben wird, und obwohl ich davon überzeugt bin, eine ziemlich coole Socke zu sein, will ich diese Fakten nicht völlig unbeachtet lassen.«

»Was eine wirklich gute Idee ist, wenn du mich fragst.«

Der Verkehrsflughafen Kassel-Calden lag im dichten Nebel, als die beiden Polizisten den VW-Passat auf dem Parkplatz abstellten und auf das Hauptgebäude zuhielten.

»Wenn man bedenkt, dass wir vor einem richtigen Flughafen stehen, ist es hier schon überraschend ruhig«, stellte Hain süffisant fest.

»Da gebe ich dir recht. Aber wenn man die letzten Meldungen zu diesem Bau gelesen hat, dann überrascht das nicht wirklich.«

»Ja, hab ich auch mitgekriegt. Viel Investitionsvolumen, wenig Passagiere. Aber immerhin sollen ein paar Arbeitsplätze geschaffen worden sein.«

»Das habe ich auch gehört«, gab Lenz mit zweifelndem Blick zurück.

Hinter der Theke in der Mitte der menschenleeren Abflughalle stand eine einsame junge Frau, die, als sie die beiden Männer erblickte, sofort auf maximalen Freundlichkeitsmodus umschaltete.

»Guten Abend«, flötete sie Lenz und Hain entgegen, die kurz darauf ihren Infostand erreicht hatten. »Kann ich etwas für Sie tun?«

»Ja«, gab Hain ebenso freundlich zurück. »Wir würden gern mit jemandem von der Geschäftsleitung sprechen.«

Der Blick der Frau scannte kurz die große runde Analoguhr an der Wand hinter den Beamten.

»Haben Sie einen Termin?«, wollte sie danach wissen. »Oder vielleicht sagen Sie mir am besten, in welcher Angelegenheit Sie kommen, dann kann ich Ihnen unter Umständen ja schon helfen.«

»Ich bin leider sicher«, machte der Oberkommissar auf höflich, »dass Sie das nicht können. Wir sind von der Kriminalpolizei und haben etwas auf dem Herzen, bei dem uns wirklich nur jemand von ganz oben helfen kann. Am besten diese Dame, die ich neulich im Fernsehen gesehen habe.«

Er tat, als würde er nachdenken.

»Wie hieß die noch gleich?«

»Sie können eigentlich nur unsere Frau Meyer meinen«, erwiderte die Dame im blauen Kostüm. »Aber ob Sie da heute noch Erfolg haben, wage ich zu bezweifeln.«

Sie wollte zum Telefonhörer greifen, ließ es jedoch nach einer kurzen Phase des Überlegens bleiben.

»Sie haben doch bestimmt Dienstausweise, die ich mir mal anschauen kann«, wollte sie stattdessen wissen, wobei sich ihr Tonfall ein klein wenig Richtung *nicht mehr ganz so freundlich* verschob.

Die beiden Polizisten hielten die kleinen Plastikkarten hoch, sodass die Frau sie genau studieren konnte.

»Das scheint in Ordnung zu sein«, erklärte sie ein paar Sekunden später und griff nun wirklich zum Telefon.

»Hier sind zwei Herren von der Polizei …«

Sie lauschte.

»Nein, wie es aussieht, sind sie von der Kriminalpolizei … Ja, wie ich sage, Kriminalpolizei. Sie würden gern jemanden von der Geschäftsführung sprechen und am liebsten Frau Meyer.«

Wieder hörte sie ein paar Sekunden zu.

»Nein, das wollten sie mir nicht sagen. Nur mit der Geschäftsleitung.«

Ihr Blick streifte die beiden Kommissare, und irgendwie hatte sich in ihr gleichgültiges Mustern eine leichte, aber doch deutlich spürbare Aversion den Beamten gegenüber eingeschlichen.

»Ja, das mache ich. Und vielen Dank.«

Sie ließ den Hörer fallen, hob den rechten Arm und deutete auf eine silberne Doppelflügeltür rechts an der Wand.

»Der Mitarbeiter von Frau Meyer meinte zwar, dass sie eigentlich schon gar nicht mehr im Haus wäre und dass sie auch wirklich auf dem Sprung ist, aber eine Minute kann sie bestimmt noch für Sie opfern.«

»Das ist ja nett«, gab Hain zuckersüß zurück und folgte mit seinem Blick ihrem Arm. »Einfach durch die Tür, oder was?«

»Nein, so lax geht das auf einem Flughafen leider nicht. Sie warten dort vor der Tür, bis Sie abgeholt werden. Herr Schlosser ist auf dem Weg und wird gleich da sein.«

»Na, dann vielen Dank für Ihre Hilfe«, meinte Lenz müde, drehte sich um und ging ohne ein weiteres Wort auf die von der Frau bezeichnete Tür zu, die etwa zwei Minuten, nachdem die beiden Polizisten dort angekommen waren, nach innen aufgeschoben wurde.

»Sie sind die Polizisten?«, wollte ein pickliger etwa 25 Jahre alter Mann mit der schrägsten Nerdbrille, die Lenz je gesehen hatte, wissen, auf dessen linker Brustseite ein großes, goldenes Namensschild prangte, das ihn als *P. Fuchs* auswies.

»Korrekt, das sind wir«, antwortete Hain, wobei er still in sich hinein grinste.

»Na, dann kommen Sie mal mit. Ich muss allerdings gleich dazusagen, dass Frau Meyer eigentlich schon weg ist und noch viel eigentlicher niemals Besucher ohne Termin empfängt.«

Er giggelte über den seiner Meinung nach gelungenen Witz laut los.

»Da können wir uns ja glücklich schätzen, dass Frau Meyer für uns eine Ausnahme macht«, gab Hain so wertfrei wie möglich zurück. »Wo sie doch so viel zu tun hat, wie man hört.«

P. Fuchs verlangsamte einen Schritt lang seine Bewegungen, wobei der Oberkommissar den starken Eindruck hatte, dass der junge Mann ein wenig angepisst war von seiner Bemerkung, doch es ging ohne wirkliche Unterbrechung weiter ins Innere des Gebäudes. Vor einer in Buche furnierten Tür, neben der ein großes Metallschild darauf hinwies, dass hier Paula Meyer, die Sprecherin der Geschäftsführung des Flughafens Kassel-Calden residierte, verlangsamten sich die Schritte des Flughafenmitarbeiters, bis er schließlich stehen blieb und sich umdrehte.

»Wie gesagt, nur ganz kurz. Sollte es länger dauern, müssen wir Ihnen einen Termin mit Frau Meyer machen.«

»Das haben wir nun verstanden«, schnaubte Lenz, »und wir haben auch verstanden, dass Sie ganz furchtbar wichtig sind und ohne Sie hier auf der Anlage gar nichts vorwärtsgeht. Sonst noch was? Falls nicht, gehen Sie jetzt einfach aus dem Weg und lassen uns unsere Arbeit machen.«

Der junge Mann schwankte einen Lidschlag lang zwischen Losheulen und Losbrüllen, entschied sich jedoch für die dritte Möglichkeit und stapfte mit schnippischem Gesichtsausdruck davon.

»Du kannst *böser Bulle* genauso gut wie ich«, stellte Hain grinsend fest. »Aber wenn du es ihm nicht gesagt hättest, hätte er es von mir zu hören gekriegt.«

»Die Welt ist voller Deppen«, brummte der Hauptkommissar müde, hob den Arm und klopfte an die Tür.

»Ja bitte«, kam es gedämpft und wenig einladend von innen.

Lenz drückte die Klinke herunter, schob die Tür nach

vorn und hätte beinahe eine Frau umgestoßen, die gerade ihren Mantel anzog.

»Sie sind die Polizisten?«, fragte sie, ohne die Beamten auch nur anzuschauen.

»Ja, wir sind die Polizisten«, erwiderte der Leiter der Mordkommission freundlich.

»Und Sie haben sicher schon gesagt bekommen, dass ich einen wichtigen, unaufschiebbaren Termin habe und dass ich Ihnen deswegen höchstens eine Minute im Stehen anbieten kann.«

»Das hat Ihr netter Assistent uns nahegebracht, ja«, bestätigte Hain die Bemerkung der Frau. »Aber unser Anliegen ist sehr ernst und vermutlich nicht zwischen Tür und Angel zu besprechen.«

Nun hob die Geschäftsführerin des Flughafens den Kopf und blickte die Polizisten an.

»Na, das klingt ja fast beängstigend«, erklärte die Frau lächelnd. »Aber Sie meinen das vermutlich gar nicht so, wie Sie es sagen.«

»Das wissen wir nicht, aber wenn Sie uns ein paar Auskünfte geben, hilft uns das bestimmt weiter.«

»Gut, dann fragen Sie halt. Kommen Sie herein, schließen Sie die Tür und stellen Sie Ihre Fragen. Soll niemand sagen, dass ich nicht mit der Polizei zusammenarbeite.«

Die Kripobeamten folgten ihrer Einladung und stellten sich ihr gegenüber auf.

»Wir sind hier wegen eines Mannes, der im vorletzten Jahr auf der Flughafenbaustelle gearbeitet hat. Er war Wachmann und für die Sicherheit in der Nacht verantwortlich.«

Noch bevor Hain seinen Satz beendet hatte, war aus Paula Meyers Mund ein genervt klingendes Schnaufen zu vernehmen.

»Wenn es um irgendwelche Arbeiter geht, sind Sie bei mir schon mal grundsätzlich an der falschen Adresse, meine Herren. Ich kenne die nicht und ich kann Ihnen auch nichts zu Einzelnen von ihnen sagen. Da müssen Sie sich entweder mit der Personalabteilung ins Benehmen setzen, oder, wenn es um Fremdfirmenmitarbeiter geht, an die jeweiligen Auftragnehmer. Und jetzt, wo das geklärt ist …«

»Na ja, geklärt ist bis jetzt eigentlich gar nichts«, widersprach Lenz. »Sie wissen ja noch gar nicht, um wen es dabei geht.«

»Das ist mir auch ziemlich egal, um wen es dabei geht«, gab Paula Meyer scharf zurück. »Es ist mir egal, weil es nicht in meinem Zuständigkeitsbereich liegt, mich um irgendwelche Arbeiter zu kümmern.«

»Gut«, gab Hain wieder mal den guten Bullen. »Sie können uns aber bestimmt ein paar Informationen über einen Vorfall aus dem letzten Jahr geben, bei dem es um die Start- und Landebahn ging. Es war seinerzeit ein Team vor Ort, das nach Sprengstoff gesucht hat.«

»Ach du lieber Gott«, stöhnte sie auf. »Ich dachte, dieses Kasperletheater hätten wir hinter uns. Es gab hier auf der Baustelle keinen Sprengstoff, und demzufolge gibt es auch jetzt auf unserem Airport keinen Sprengstoff.«

Sie sah mürrisch von einem Kripomann zum anderen.

»Aber das haben Ihre Kollegen doch damals alles

schon geprüft und die Sache im Anschluss zu den Akten gelegt. Wer kommt denn jetzt auf die Idee, dass sich an der Faktenlage etwas geändert haben könnte?«

»*Wir* kommen auf diese Idee, Frau Meyer«, erklärte Lenz der Frau bestimmt. »Und wir kommen nicht aus Jux und Tollerei darauf, sondern weil es neue Hinweise gibt. Ernst zu nehmende Hinweise.«

Wieder sprang ihr Blick zwischen Lenz und Hain hin und her.

»Und was genau sagen diese Hinweise, wenn ich fragen darf?«

»Dass irgendwo unter der Tragschicht Ihrer Landebahn eine große Menge Sprengstoff verbuddelt ist.«

Frau Meyer lachte laut auf.

»*Eine große Menge Sprengstoff.* Was Sie nicht sagen. Und wie, meinen Sie, sollten wir jetzt mit dieser vermeintlich brandheißen Neuigkeit umgehen?«

»Wir würden gern die Startbahn noch einmal untersuchen lassen, Frau Meyer. Und wenn das nicht reicht, werden wir uns überlegen müssen, ob nicht weitere auch bauliche Maßnahmen begründet sein könnten.«

Nun lief Paula Meyer puterrot an, was die Polizisten trotz der Schummerbeleuchtung gut erkennen konnten.

»Wenn Sie denken, dass Sie hier mit einem Bautrupp anrücken und die Bahn abtragen können, dann kann ich Ihnen gleich auf den Kopf zusagen, dass Sie ziemlich verrückt sind, meine Herren. Dieser Flughafen arbeitet seit nahezu einem Jahr ohne große technische Probleme, zumindest, was die Start- und Landebahn betrifft, und es gibt diese Bombe, von der schon vor mehr als einem Jahr die Rede war, einfach nicht. Es gibt sie nicht!«

Sie schob Hain zur Seite und drängte sich an Lenz vorbei zur Tür.

»Und jetzt muss ich Sie bitten, mein Büro zu verlassen. Ich werde mich gleich morgen früh mit den Gesellschaftern besprechen und dafür sorgen, dass Sie mich nie wieder mit diesem Unsinn belästigen. Immerhin ist das Land Hessen der größte Anteilseigner unserer Gesellschaft, und das Land Hessen ist, wenn ich richtig informiert bin, ja schließlich auch Ihr Dienstherr.«

*

»So sieht es also aus, wenn wir beide mal richtig eiskalt abgebraust werden«, sinnierte Lenz, während er sich in der menschenleeren Abflughalle umsah.

»Ja, das kann man getrost so nennen«, bestätigte sein jüngerer Kollege. »Aber was hätten wir an diesem Abend und unter diesen Umständen schon gegen diese Furie machen sollen? Wir konnten sie ja nicht mit vorgehaltener Waffe zwingen, mit uns zu reden.«

»Nein, das konnten wir sicher nicht. Und eine andere Idee hatte ich leider auch nicht.«

Er gähnte herzhaft und blickte dabei an die mit Leuchtstoffröhren bepflasterte Decke.

»Und jetzt will ich nach Hause, Thilo. Einfach nach Hause und in die Badewanne.«

»Sag mal, badest du eigentlich jeden Abend?«, wollte Hain wissen.

»Nicht jeden Abend, nein, aber im Winter ist das ein schönes Stück Lebensqualität, wenn die Arbeit getan ist. Solltest du mal probieren.«

»Das könnte dir so passen, mein Freund«, erwiderte der Oberkommissar lachend. »Dass ich nach der Arbeit in die Wanne steige und meine Jungs, die sich dieses Vergnügen garantiert nicht entgehen lassen würden, zur Nacht hin noch mal so richtig auf Trab bringe. Nee, lass mal, das kommt gar nicht in die Tüte.«

»Dann warte halt, bis sie schlafen, und spring danach mit Carla ins Wasser.«

»Wir sind Eltern«, entgegnete Hain kopfschüttelnd. »Eltern! Das bedeutet, dass wir abends andere Dinge zu tun haben, als uns gegenseitig in der Wanne zu verwöhnen.«

Er hob den Kopf und sah seinen Boss beunruhigt an, weil der ihm offenbar überhaupt nicht zugehört hatte.

»Was ist los, Paul?«

»Wenn Theo Stark wirklich 40.000 Euro von Andreas Blatter bekommen hat, dann lässt sich das relativ einfach über eine Anfrage bei seiner Bank herausfinden.«

»Klar, aber das ist doch beileibe nichts Neues.«

»Wenn die Bank es weiß, dann weiß es doch ganz sicher auch seine Ramona, was meinst du? Immerhin gehört die Hütte den beiden gemeinsam. Gehörte, meine ich.«

»Das kann eigentlich nur heißen«, orakelte sein Mitarbeiter, »dass du doch noch nicht gleich nach Hause, sondern noch mal kurz im Klinikum vorbei willst, um sie zu fragen?«

»Keine gute Idee?«

Hains Blick streifte die große, an der gegenüberliegenden Wand angebrachte Uhr.

»Doch, klar. Hoffen wir, dass sie noch nicht pennt, die gute Ramona.«

Die Frau, von der Hain gesprochen hatte, sah deutlich besser aus als noch am Nachmittag, was jedoch auch an der matten Beleuchtung liegen konnte, die das Krankenzimmer indirekt erhellte. Ihre linke Gesichtshälfte war fast zur Gänze mit Mull abgedeckt, ihr rechter Arm steckte in einer Kunststoffschiene, und doch rang sie sich ein Lächeln ab, als die beiden Polizisten nach einem vorsichtigen Anklopfen den Raum betraten.

»Guten Abend, Frau Stark«, begrüßte Lenz die Frau. »Können wir Ihnen noch ein paar Fragen stellen?«

»Von mir aus gern, aber wir sollten uns besser nicht vom Stationsarzt erwischen lassen, der hat mir nämlich jeglichen Besuch verboten. Und die Nachtschwester sieht aus, als sei mit ihr auch nicht zu spaßen.«

»Mit der haben wir eben kurz draußen gesprochen, und sie hat uns gesagt, dass wir genau eine Minute haben. Also müssen wir uns etwas beeilen.«

»Hört sich an, als wäre es schon ziemlich wichtig, was Sie auf dem Herzen haben.«

Lenz nickte.

»Wir haben erfahren, dass Ihr verstorbener Mann im letzten oder im vorletzten Jahr mal einen größeren Geldbetrag bekommen hat. Stimmt das?«

Ramona Starks Augen suchten nach einem Fixpunkt an der Zimmerdecke.

»Ich weiß nicht, Herr Kommissar. Wir hatten zu der Zeit ja nicht mehr so viel miteinander zu tun. Und von einem größeren Geldbetrag …? Nein, keine Ahnung.«

»Er hat ihn angeblich dazu benutzt, einen Engpass bei der Abzahlung der Hypothek für Ihr Haus auszugleichen. Das Haus lief doch auf Sie beide, oder?«

Sie nickte unsicher.

»Ja, das schon.«

»Dann ist es vielleicht besser, wir fragen bei der Bank nach, die können uns da unter Umständen eher weiterhelfen. Bei welcher Bank haben Sie denn das Geld aufgenommen?«

Ihr Blick wich dem des Polizisten aus, als sie antwortete.

»Wir haben zwei Kredite. Einen bei der …«

Es folgte eine längere Pause, während der sie offenbar nachdachte.

»Ach, was soll es denn, Sie kriegen es ja sowieso raus. Also kann ich es Ihnen auch gleich auf die Nase binden.«

»Was meinen Sie?«

»Wenn ich Ihnen jetzt das sage, was ich weiß, dann laufe ich vermutlich Gefahr, dass ich das Haus verlieren werde.«

Diesmal wartete der Kommissar, bis Ramona Stark weitersprach.

»Es stimmt tatsächlich, dass es im Sommer vor zwei Jahren Spitz auf Knopf stand, dass wir unser Haus verlieren würden. Wir waren mit einigen Raten im Rückstand, und das Girokonto war auch weit über das absolute Limit überzogen. Und irgendwann, als ich mich schon damit abgefunden hatte, wieder in einer Mietwohnung zu leben, kam Theo eines schönen Tages mit einem Briefumschlag nach Hause, in dem 35.000 Euro steckten. Auf meine Frage, wo er das viele Geld auf einmal her hätte, sagte er mir, dass er es beim Pokern gewonnen hätte.«

»Und haben Sie ihm das geglaubt?«

»Würden Sie einem notorischen Lügner glauben, der noch nie in seinem Leben irgendwas beim Spielen gewonnen hat?«

Lenz schüttelte den Kopf.

»Sehen Sie, so geht es mir auch. Und wenn Sie jetzt rauskriegen, dass er das Geld irgendwo geklaut hat oder so, dann wird es mir doch sicher wieder vom Konto geholt, und ich kann das Haus dann gar nicht mehr halten.«

Sie versuchte ein schiefes Lächeln.

»Wobei die Chance, es behalten zu können, sowieso höchstens fifty-fifty ist, wenn ich es recht überlege.«

»Fifty-fifty ist gar keine so schlechte Quote, würde ich sagen. Und es ist noch gar nicht endgültig ausgemacht, wo das Geld wirklich herstammt, und dass Sie es zurückgeben müssen, schon gleich gar nicht. Aber dass es aus einer Pokerrunde stammt, ist garantiert Blödsinn.«

»Sehen Sie, so war das immer mit dem Theo. Selbst wenn er etwas wirklich Gutes gemacht hat, war darin noch ein Haufen Schlechtes.«

Der Kommissar griff nach ihrer linken Hand und drückte sie sanft.

»Das war's dann schon, Frau Stark. Vielen Dank noch mal, Sie haben uns wirklich sehr geholfen.«

Die Polizisten gingen Richtung Tür.

»Und machen Sie sich wirklich keine Gedanken wegen des Geldes. Werden Sie gesund, der Rest kommt von ganz allein.«

»Wenn es doch so einfach wäre, Herr Kommissar.«

26

Andreas Blatter sah hinaus in die Nacht. Die kleine Pension im Rotlichtviertel hatte er schon des Öfteren gebucht, wenn er ein paar Stunden oder Tage für sich sein wollte, und hier konnte er absolut sicher sein, dass niemand erfahren würde, wo er sich aufhielt. Die Eigentümerin, eine ehemalige Prostituierte, war eine alte Freundin, und auf deren Tochter, die im Wechsel mit ihr die Rezeption besetzte, konnte er sich ebenfalls zu 100 Prozent verlassen.

Die Frage allerdings, ob er seinen Aufenthaltsort würde geheim halten können, machte dem Rockerboss zum gegenwärtigen Zeitpunkt die wenigsten Sorgen. Viel bedeutsamer war für ihn, dass irgendwo auf der Welt ein Dossier über ihn existierte, das ihn für den Rest seines Lebens ins Gefängnis bringen konnte. Oder mit fast todsicherer Chance bringen würde. Lange hatte er darüber nachgedacht, dass die Ansage seines verschissenen

Bruders vielleicht nur ein Bluff gewesen sein könnte, doch diesen Gedanken hatte er schlussendlich verworfen, weil das ganz und gar nicht zu ihm gepasst hätte. Thomas hatte, so lang Andreas ihn kannte, immer alles aufgeschrieben. Alles. Auch über die kleinsten Kleinigkeiten und die für den jüngeren der Blatter-Brüder noch so unwichtigen Details hatte Thomas sich Notizen angefertigt. Er war, so empfand Andreas Blatter es zumindest, geradezu besessen davon, alles schwarz auf weiß niedergeschrieben zu haben, und hatte das einmal mit seinem Job als Rechtsanwalt begründet, doch das war einfach nicht wahr, weil er das auch schon als Schüler und später als Student so gemacht hatte.

Draußen war es wieder leicht am Schneien, und für den Rockerboss, der noch immer am Fenster stand, hatte es etwas von Endzeitstimmung, sich die dunkel und feucht daliegende Wolfhager Straße anzusehen, die um diese Zeit nicht mehr war als eine beliebige Ausfallstraße, die nur noch von wenigen Menschen befahren wurde. Während des Nachmittags hatte Blatter sich Dutzende Male gefragt, wie lang es wohl dauern würde, bis der- oder diejenige, bei dem sein Bruder sein Pamphlet hinterlegt hatte, reagieren würde. Und ob es so etwas wie eine Reaktionszeit für ihn selbst geben würde. Mehrmals war er hochgeschreckt, als unten auf der Straße ein Rettungswagen oder ein Polizeiauto mit lalülala vorbeigekommen war, doch noch hatte keiner der Einsätze ihm gegolten. Noch nicht.

Dann, nach endlosen weiteren Überlegungen, war er sich darüber klar geworden, dass er spätestens am Mittag des nächsten Tages, also am besten direkt nach der

Geldübergabe, Deutschland verlassen musste. Mit der Kohle von Wehmeyer würde er es eine Weile gut aushalten und außerdem hatte er noch seine Festgeldkonten, auf die er ebenso einfach wie anonym zugreifen konnte. Das große Haus am Wolfsanger, das ihm über einen Strohmann gehörte und das garantiert einen Wert von über einer dreiviertel Million darstellte, würde er aufgeben müssen, aber irgendwie hatte er das ganze Prunkschloss ohnehin nie gemocht.

Scheiße im Quadrat, dachte der Rockerboss, während er die Heizung herunter regelte, weil ihm langsam die Schweißperlen auf die Stirn traten. Dann ging er zu der großen schwarzen Reisetasche, die auf dem Bett lag, zog den Reißverschluss auf und nahm einen kleinen Kasten heraus, der an die Funkfernsteuerung eines Modellflugzeugs oder Modellautos erinnerte. Mit fliegenden Fingern griff er zu den Batterien, die er auf dem Weg zur Pension gekauft hatte, öffnete das dafür vorgesehene Fach und setzte die kleinen, runden Energielieferanten ein. Dann drückte er auf den Schalter mit der Beschriftung *ON*, und sofort fingen diverse LEDs an zu leuchten.

Er wusste genau, was er zu tun hatte, wenn er es wirklich machen würde, aber wie es jetzt aussah, würde es nicht mehr dazu kommen. Es war ihm aber trotzdem wichtig, die gesamte Fernzündungseinheit noch einmal in den Händen zu halten, noch einmal die Macht zu spüren, über Dutzende oder gar Hunderte Menschenleben zu herrschen und zu bestimmen.

Andreas Blatter hatte in seinem Leben sechs Menschen getötet, zwei davon allerdings in Notwehr. *Sei-*

ner Ansicht nach war es jedenfalls Notwehr gewesen. Es waren Kämpfe gewesen, in denen es nur einen Sieger und einen Verlierer geben konnte, und der Sieger hatte gelebt, wohingegen der Verlierer das Recht auf Leben verwirkt hatte. Archaisch, ja geradezu animalisch, aber nach Andreas Blatters Selbstverständnis eine gerechte Sache. Immerhin hätte es auch ihn treffen können.

Die anderen drei Männer und eine Frau hatte er in der festen Überzeugung umgebracht, dass es dafür keine Alternative geben würde. *Töten und getötet werden*, so war das nun mal im Raubtierkäfig Erde. Die Frau, eine Rumänin, hatte gedroht, ihn und seine Leute bei der Polizei anzuzeigen. Und sie hatte es geschafft, ein paar weitere Mädchen aufzuwiegeln und widerspenstig zu machen, also war es unabdingbar gewesen, an ihr ein Exempel zu statuieren. Ein solches Exempel, dass den anderen Frauen ein für alle Mal der Appetit darauf verging, sich an irgendwelche offiziellen Stellen zu wenden. Und es hatte ja auch funktioniert. Die zerstückelte Leiche lag zwar immer noch in der Kühltruhe eines Members, weil bis jetzt einfach noch keine Zeit gewesen war, sich darum zu kümmern, aber daran konnte er nun auch nichts mehr ändern. Über kurz oder lang würde es die Black Crows ohnehin nicht mehr geben, das stand für ihn fest, und sei es nur, weil *er* nicht mehr für Ruhe und Ordnung sorgte.

Dieser verdammte Prospect, dachte er wütend. *Dieses gottverdammte Arschloch von Prospect*! Hätte der nicht seinen Schwanz so weit im Zaum halten können, dass es nicht zu dieser Scheiße am Herkules gekommen wäre? Hätte er nicht einfach die Finger von der Tussi des

Members lassen können? *Alles müßig*, fiel ihm dazu ein. *Jeder Gedanke zu viel.* Er hatte sich dabei beobachten lassen, wie er dem Kerl ein paar Regeln beibringen wollte, und das war einfach nicht gut gewesen. Und dass es sich bei dem Beobachter um einen Schluchtenscheißerbullen gehandelt hatte, machte die Sache garantiert nicht besser. Aber wenn er erst mal mit einem Cocktail in der Hand an irgendeinem Pool in der Karibik liegen würde, wären diese Probleme allenfalls noch ein kaum mehr hörbares Nebengeräusch zum leichten Anbranden des Meeres.

Auch seine Fluchtroute hatte er schon ausgearbeitet. Via Paris würde er nach Martinique, einem französischen Überseedepartement, fliegen, von dort mit der Fähre oder einem Inselflieger weiter nach St. Lucia, und dann würde sich seine Spur schon verlieren. Die Haare kurz und gefärbt, einen Bart stehen gelassen, und schon würde aus Andreas Blatter innerhalb kürzester Zeit ein stinknormaler Dauerurlauber werden, um den sich eigentlich niemand zu kümmern brauchte. Sparsam mit der Kohle umgehen, keinesfalls protzen, und vielleicht ließe sich mit den Jahren sogar was Geschäftliches auf die Beine stellen. Nur zurück nach Deutschland würde er nie mehr kommen, so viel war klar.

Eigentlich hätte er längst in Frankreich sein können, aber er wollte Heiner Wehmeyer die Kohle nicht einfach so überlassen. Nicht diesem Arschgesicht, das ihn nie wirklich ernst genommen hatte. Jetzt, nach den Hieben mit dem Telefon, würde sich das vermutlich geändert haben, und das stimmte den Rocker fast wieder versöhnlich. Fast.

Wenn es irgendwie geht, dachte er, hole ich mir morgen meine Kohle und sorge gleichzeitig dafür, dass dieser bescheuerte Henner sich nie wieder nachmittags einen runter holt auf billige, schmuddelige Pornos aus dem Internet.

Er schaltete die Steuereinheit in seinen Händen aus, legte den Plastikkasten mit den eingeklappten Antennen zurück in die Tasche und trat erneut ans Fenster, wo er sah, dass der Schneefall dichter geworden war. In einiger Entfernung die Straße hinunter flackerten noch immer die grellen pinkfarbenen Neonlichter des Erotikcenters, wo die Crows bei jeder Nummer die Hand aufhielten und sich so an dem Leid der Frauen, die ihren Körper verschleudern mussten, eine goldene Nase verdienten. Die Nase von Andreas Blatter war von allen diejenige, die am hellsten strahlte, denn er hatte über die Jahre einen Weg gefunden, von jeder Einnahme immer ein paar Prozent beiseite und auf eines seiner Konten zu schaffen. Die Jungs hatten es nie gemerkt, vielleicht auch deshalb, weil er der Einzige war, der wirklich etwas von Finanzen und Buchführung verstand, und wenn sie sich auch mit dem Abrechnen von Schwarzeinnahmen beschäftigten. Alle waren immer zufrieden gewesen, und dass er nun über ein gesundes Startkapital verfügte, um ein neues Leben beginnen zu können, war sicher nicht verkehrt.

Zu gern hätte er sich auf das Bett gelegt, um einfach die Augen zu schließen und in einen tiefen, beruhigenden Schlaf zu fallen, doch er wusste, dass es dazu nicht kommen würde, weil er viel zu gestresst dafür war. Also würde er sich eine weitere Linie Kokain in die Nase ziehen, in die

Glotze starren und morgen unrasiert und unausgegoren in jenen Tag gehen, der sein Leben so gründlich auf den Kopf stellen würde wie kein anderer zuvor.

Während er mit der Scheckkarte das helle Pulver auf dem Tisch hackte, kreisten seine Gedanken zurück in die Sommernacht vor eineinhalb Jahren, in der es ihm gelungen war, für sechs Stunden der absolute Herrscher auf der Baustelle des neuen Flughafens Kassel zu sein. Alles, aber auch wirklich alles hatte er in akribischer Kleinarbeit ausgearbeitet und geplant, und es war jedes Detail genau so gekommen, wie er es ausgetüftelt hatte. Einfach genial, hatte er seitdem immer wieder gedacht, aber ein Muster ohne Wert, weil dieser Arsch von Minister gekommen und gegangen war, während er in U-Haft gesessen hatte. Bernd Röder war gelandet und hatte wieder abgehoben, er selbst hatte nichts daran ändern können, und mit Röder waren seine gesamten Pläne in die Luft gegangen, zwischen Frankfurt und Hannover ein neues, mächtiges Zentrum der Black Crows zu initiieren, an deren Spitze er gestanden hätte, und dessen Machtfülle nahezu grenzenlos gewesen wäre.

Schnee von gestern.

Immer wieder seitdem hatte er sich gefragt, ob die kleine Ladung, von der die Initialzündung ausgehen sollte, noch funktionieren würde, und ob die Batterien, mit denen der Empfänger bestückt wurde, wirklich zwei, drei Jahre die Energie bereitstellen könnten, damit ein Zünden möglich wäre.

Das einfach noch mal auszuprobieren, wäre schon geil, dachte er grinsend, während er das Kokain in eine genießbare Form brachte.

Was hatten die Männer gestaunt, als er mit dem Sprengstoff im Kofferraum angefahren kam. Und alle hatten sie sich fast in die Hose geschissen, als er es in die Hand genommen hatte.

Hör bloß auf, Andy! Wenn das Zeug hochgeht, steht hier in der ganzen Gegend kein Haus mehr.

Wie recht sie doch hatten und wie wenig sie doch eigentlich darüber wussten, welche Sprengkraft sich wirklich hinter diesen 40 Kilo Semtex verbarg. 40 Kilo Semtex, gekauft für 250.000 Euro in Tschechien, ohne jegliche Marker, die einen Hinweis darauf lieferten, aus welcher Produktionsstätte es stammte. Und ohne jegliche Zusatzstoffe, mit deren Hilfe es Hunden möglich war, das Zeug zu erschnüffeln oder die es unter einem Flughafenscanner sichtbar machten. Alles nicht vorhanden, das Zeug war absolut sauber und weiß wie eine unberührte Jungfrau.

Geil.

Es war gar nicht so schwer gewesen, an das Zeug zu kommen. Natürlich steht jede Produktionsstätte auf der Welt, in der Semtex hergestellt wird, unter verschärfter Beobachtung, aber die Jungs vom Charter Prag hatten das klasse gedeichselt. Ein paar Crows als Drohkulisse, eine Tasche mit Geld als Entscheidungshilfe, und schon war der Deal gelaufen. Mit Geld lief immer alles, und mit Geld würde bei Andreas Blatter auch weiterhin alles laufen, weil er genug davon hatte. Er würde sich das kaufen können, was er brauchte, und das war das absolut Wichtigste.

27

Lenz hatte sich gegen Baden entschieden, weil ihm, nachdem er zu Hause angekommen war, einfach nicht mehr der Sinn danach stand. Stattdessen hatte er sich auf die Couch gelegt und eine Stunde geschlafen. Dann war Maria, die einen Termin mit einem Kurator gehabt hatte, aufgetaucht und hatte alles getan, um ihn nicht zu wecken, was jedoch krachend in die Hose gegangen war. Jetzt lag sein Kopf auf ihrem Schoß, und ihre Hand streichelte ihn sanft.

»Meinst du, dass der, auf den du geschossen hast, und dem es so schlecht geht, durchkommt?«, wollte sie wissen, nachdem er ihr die wichtigsten Einzelheiten seines nicht gänzlich alltäglichen Arbeitstages geschildert hatte.

»Das kann ich dir nicht sagen, Maria, und wenn ich ehrlich bin, interessiert es mich auch nicht. Der Kerl hat zuerst auf mich geschossen, und ich hab mich verteidigt, und das ist es. Natürlich wäre es mir lieber, wenn er überleben würde, aber ich kann einfach kein Mitleid mit ihm heucheln, wenn es nicht da ist. Er hat, das weiß ich aus seinem Strafregister, schon so vielen Menschen Leid und Schmerzen zugefügt, dass ich mich einfach nicht dazu aufraffen kann, auch nur über seinen Gesundheitszustand nachzudenken.«

»Hey, das klingt ja alles supertaff, mein coltschwingender Bullenhero«, erwiderte Maria kopfschüttelnd. »Wie gut, dass ich weiß, wie es wirklich in dir drin aussieht, sonst würde ich diesen Unsinn, den du da gerade herausposaunst, am Ende noch glauben.«

Sie zog ihn ein wenig an den Haaren.

»Und dann müsste ich mich auf der Stelle von dir trennen, weil mit so einem gefühlskalten, abgestumpften und kaltblütigen Typen würde ich nie im Leben etwas zu tun haben wollen. Und schon gar nicht würde ich den Rest meines Lebens mit ihm verbringen.«

Lenz hob den Kopf.

»Du meinst also, dass ich tief in mir drin ein sensibler, feinfühliger und überaus verletzlicher Mensch bin?«, fragte er mit brutal schlecht gespielter Verwunderung.

»Ja, das glaube ich wirklich. Einen wie den, den ich gerade beschrieben habe, hatte ich vor dir, und so einen will ich ums Verrecken nicht mehr in meiner Nähe haben.«

Sie zog seinen Kopf wieder herunter und legte ihre Hand auf seine Stirn.

»Ich finde es toll, wie oft du mich zum Lachen bringst, Paul, aber in dieser Sache mache ich wirklich keine Scherze und dulde auch keine. Du bist, wie du bist, und zumindest bei mir musst du dich auch nicht verstellen. Klar?«

Der Kommissar merkte, dass es ihr wirklich ernst war, sah zu ihr auf und nickte.

»So machen wir es, Maria. Versprochen. Ein alter Bulle wie ich muss ein bisschen auf coole Socke machen, sonst geht es nicht, aber zum Glück habe ich dich, die mich wieder auf den Boden holt und erdet.«

Er strich ihr sanft durchs Haar und küsste dabei ihre rechte Hand.

»Und ja, du hast natürlich recht, wenn du erwartest, dass so eine Schießerei nicht ganz spurlos an mir vorübergeht, und dass es mich natürlich auch betroffen machen würde, wenn der Typ wirklich das Zeitliche segnet, aber ein klein bisschen musst du auch verstehen, wenn ich mich von diesem Scheiß so gut wie möglich abgrenze. Er hat auf mich geschossen, das sollten wir bitte nicht vergessen.«

»Das vergesse ich nicht, und wenn er jetzt hier wäre, würde ich ihm deswegen auch gehörig die Meinung sagen, und vielleicht würde ich ihm auch eine runterhauen, aber alles in allem ist er ein Mensch. Ein beschissener Mensch zwar, aber ein Mensch.«

»Das ist unbestritten«, stimmte Lenz ihr zu, »und das sollte ich auch nie vergessen, womit du mal wieder voll die besseren Argumente auf deiner Seite hast.«

»Und der Frau, die ihr vorhin noch besucht habt, geht es so weit gut?«, wollte sie wissen.

»Na ja«, erwiderte er traurig und erzählte seiner Frau von den Verletzungen, die sie davongetragen hatte, von ihrem früheren Leben an der Seite von Theo Stark und von der Hoffnung, die sie trotzdem ausstrahlte.

»Die könnte von einem Bus überfahren werden, und sobald sie wieder bei Bewusstsein ist, freut sie sich, dass es kein Betonmischer war.«

»Unglaublich.«

Er machte sich ein wenig von ihr frei und setzte sich aufrecht.

»Ich habe den Koffer im Flur gesehen«, wechselte er das Thema. »Wann geht es denn morgen los?«

Maria legte die Stirn in Falten und fasste nach seiner Hand.

»Unser Abflug ist um 12:15 Uhr.«

»Soll ich mir zwei Stunden freinehmen und dich bringen?«

»Das ist lieb, aber Judy hat schon für unseren Transport gesorgt. Ihr Liebster fährt uns zum Flughafen.«

Erst jetzt nahm der Polizist wahr, wie nachdenklich seine Frau war.

»Was ist, Maria? Hast du die Lust verloren?«

Sie schüttelte ein wenig zu schnell den Kopf.

»Was denn?«

»Ach, vorhin, als du so im Erzählen warst über diesen Rocker und diese ganze Geschichte, da habe ich gedacht, dass ich einfach den Koffer wieder auspacke und hierbleibe. Vielleicht ist es im Augenblick wirklich besser, wenn ich an deiner Seite bin.«

Lenz zeigte seiner Frau einen Vogel.

»Das kannst du dir aber mal ganz gepflegt abschminken, meine Liebe. Ich könnte es verstehen, wenn du dich fürchten würdest, ins Flugzeug zu steigen, nach dem, was ich dir gerade erzählt habe, aber wegen mir bleibst du auf gar keinen Fall hier. Nie im Leben.«

»Ich könnte ja einfach sagen, dass ich Angst vor einem Anschlag habe, was würdest du dann machen?«

»Dann würde ich ein nettes kleines Waterboarding mit dir veranstalten, und zwar so lang, bis du damit rausrückst, was dich wirklich umtreibt. Schließlich bin ich Bulle, und wir Bullen finden immer raus, was wir rausfinden müssen.«

Nun fasste Maria sich an den Kopf.

»Jetzt wird es mir zu gewalttätig mit dir. Ich lass mir Badewasser ein und leg mich in die Wanne. Falls du deine Gewaltfantasien unter Kontrolle bringst, bis es so weit ist, bist du herzlich eingeladen, zu mir zu steigen.«

»Eigentlich wollte ich heute nicht schon wieder Schrumpelfinger kriegen, das hatte ich mir zumindest vorhin überlegt. Aber so ein charmantes Angebot auszuschlagen, wäre doch die pure Hybris, was meinst du?«

»Ich meine, dass du dir überlegen solltest, was du willst.«

»Und du könntest mir sagen, dass du morgen mit Freude in diesen Flieger steigst und für eine Woche in die Sonne düst.«

Maria stand auf, zog sich den Pullover über den Kopf, und sah ihn mit dem Kleidungsstück in den verdrehten Armen von oben an.

»Wenn du sagst, dass du allein zurechtkommst, steige ich wirklich gern in diesen Flieger, Paul. Ich freue mich auf die Tage mit Judy und die Erholung, und genauso freue ich mich auf die Sonne und das gute Essen, das mir einfach so auf den Teller fliegt.«

Der Pullover flog auf die Couch.

»Und wenn du mir dann noch versprichst, dass mich nicht irgend so ein gestörter Rockerkönig in die Luft jagt, während ich am Abheben oder Landen bin, dann mache ich es natürlich noch viel lieber.«

»Ich verspreche dir, dass ich auf dich aufpasse, Maria, und nach den Regeln des gesunden Menschenverstands hat dieser Blatter Besseres zu tun, als gerade in dem

Moment seine Bombe zu zünden, in dem dein Flugzeug dich nach Teneriffa bringen will.«

»Aber du hast doch gesagt, dass es überhaupt nicht bewiesen ist, dass es diesen komischen Sprengsatz in der Startbahn wirklich gibt.«

»Bewiesen, das ist richtig, ist gar nichts, aber für Thilo und mich steht fest, dass Andreas Blatter seinem Kumpel Theo Stark für irgendetwas zwischen 35.000 und 40.000 Euro gegeben hat, und es könnte sein, dass es dafür war, dass er etwas an der Bahn herummanipulieren durfte.«

»Auf jeden Fall«, brachte sie das Thema zum Abschluss, während ihre Hose auf den Boden fiel, »werde ich mich beim Start und bei der Landung gut festhalten, damit mir nichts passiert. Und für den Rest habe ich ja dich.«

Mit diesen Worten sprang sie ins Bad, und kurz darauf hörte Lenz das Rauschen des in die Badewanne schießenden Wassers. Doch anstatt sich zu entscheiden, ob er nun gemeinsam mit seiner Frau das Bad genießen oder ihr doch lieber vom Toilettensitz aus dabei zusehen sollte, griff er zum Telefon und wählte.

»Ja, Kostkamp«, kam es aus dem Lautsprecher.

»Ich bin's, Paul.«

»Meine Güte, wenn das die Millionenfrage bei Jauch gewesen wäre, ob du mich heute Abend noch anrufst oder nicht, wäre ich als armer Schlucker nach Hause gefahren.«

»Ach komm, ich hab dich schon öfter mal abends angerufen.«

»Ja, klar, das letzte Mal allerdings vor zehn Jahren.« Aus dem Telefon erklang ein heiseres Lachen.

»Wie auch immer, was will denn der Chef der Mordkommission von der alten Schnüffelnase?«

»Ich brauche ein paar Informationen über Sprengstoff und die dazugehörigen Zünder, Heini.«

»Willst du ins Terrorgeschäft einsteigen?«

»Nein, das nun nicht gerade. Aber ich will von dir wissen, ob man einen Sprengsatz so konzipieren kann, dass er auch nach einem oder zwei Jahren völliger Abgeschiedenheit irgendwo im Wald oder unter der Erde noch ohne Probleme zünden könnte.«

Nun schnappte Kostkamp deutlich hörbar nach Luft.

»Ich glaube, so was machen wir besser nicht am Telefon, Junge. Entweder kommst du zu mir, oder ich komme zu dir, aber ich habe absolut keine Lust, dass morgen früh um fünf ein SEK bei mir die Tür eintritt und mich ans Bett fesselt.«

»Ich bin in einer Viertelstunde bei dir, wenn das geht.«

»Dann los. In der Glotze kommt eh nichts Gescheites, und ein paar Dosen Bier hab ich auch noch im Kühlschrank.«

»Dann bis gleich.«

»Ja, fahr vorsichtig.«

*

»Ich habe damals von der Sache gehört«, erwiderte der Mann von der Spurensicherung, nachdem Lenz ihm die kompletten Einzelheiten der Ermittlungen seit der Anfrage aus Jena erzählt hatte. »Es gab ein paar Untersuchungen, an denen wir allerdings nicht beteiligt waren und die auch ziemlich unter der Decke gehalten wurden.«

»Was heißt das genau?«

»Das heißt nichts anderes, als dass es einfach nicht an die große Glocke gehängt werden sollte, was die Jungs von der OK da draußen veranstaltet haben.«

»Gab es für diese, sagen wir mal, *Diskretion* einen besonderen Grund?«

»Das kann ich dir nicht sagen, aber meine Vermutung geht dahin, dass die ohnehin geringe Akzeptanz des neuen Flughafens in der Bevölkerung nicht noch weiter dezimiert werden sollte. Oder, um es anders auszudrücken, man wollte die Menschen vermutlich nicht noch weiter verunsichern.«

»Hast du eine Ahnung, was genau die Kollegen von der OK gemacht haben?«

Kostkamp schüttelte den Kopf und nahm einen Schluck Bier.

»Nee, darüber weiß ich gar nichts. Angeblich, aber das habe ich nur aus dritter Hand, sind sie mit ein paar Hunden durch die halb fertigen Gebäude gestiefelt und haben die Tölen überall mal hinschnuppern lassen, aber das soll es dann auch schon gewesen sein.«

Er stellte die Bierdose zurück auf den Tisch.

»Und über die Rollbahn oder die Startbahn, oder wie das Ding auch immer heißt, hat überhaupt kein Mensch geredet.«

»Und genau deswegen bin ich hier, Heini. Weil damals niemand darüber geredet hat, und weil heute niemand darüber reden will.«

»Was ich in gewisser Weise nun wirklich verstehen kann, Paul. Diese Geschichte, die euch dieser Rocker erzählt hat, kommt mir, ehrlich gesagt, mehr wie eine Posse vor. So richtig kann ich wirklich nicht glauben, dass jemand tatsächlich so etwas ausheckt, noch dazu ohne wirklich stichhaltiges Motiv.«

»Unbestritten, ja, es könnte alles eine völlig hirnrissige Komödie sein, die er Thilo und mir aufgetischt hat. Aber wenn es auch nur einen Funken des Zweifelns gibt, und bei mir ist es deutlich mehr als ein Funken, dann will ich sichergehen, dass da draußen nichts passiert. Und deshalb musst du mir jetzt erklären, ob es möglich wäre, so einen Sprengstoff in die Asphaltdecke der Startbahn einzubauen, und ob es weiterhin möglich wäre, den Zündmechanismus so weit lebensfähig zu halten, dass er heute noch funktionieren würde.«

Kostkamp kratzte sich am Kinn, was zu einem deutlich hörbaren schabenden Geräusch führte.

»Ich muss dir als Erstes mal sagen, dass ich jetzt nicht der ausgewiesene Sprengstoffexperte bin, auch wenn dich das vielleicht traurig stimmt. Ich weiß ein bisschen was darüber, und auch über Zünder habe ich mir ziemlich viel angelesen, aber weil das bei uns halt nicht jeden Tag vorkommt, ist vieles davon auch wieder in Vergessenheit geraten bei mir. Also, alles was ich dir jetzt sage, steht unter diesem Vorbehalt.«

»Schon klar, Heini.«

»Gut, dann fangen wir mal an. Zuerst kommt es jedem klar denkenden Menschen, der sich damit beschäftigt, ziemlich spanisch vor, wenn einer behauptet, er hätte sich mal so eben 40 Kilo Semtex beschafft. Das allein ist schon ein Kunststück, sollte es denn stimmen, um das jeder Terrorist diesen Blatter beneiden dürfte. Einfach mal so zu Aldi oder Lidl gehen und das Zeug in den Einkaufswagen legen, ist leider nicht. Aber gut, gehen wir davon aus, dass er es wirklich geschafft hat, sich das Zeug zu besorgen. Dann bräuchte man einen Zünder, was aber im Fall Semtex relativ einfach zu bewerkstelligen ist. Besser wäre es, mit einer sogenannten Initialzündung zu arbeiten, aber zur Not geht es auch ohne. Dann aber sehe ich die großen Probleme bei dem Vorhaben.«

Er nahm erneut einen Schluck aus der Dose.

»Das Semtex muss unter die Asphaltdecke der Landebahn gebracht werden, bevor die aufgetragen wird, was nichts anderes heißt, als dass die einzelnen Riegel während der Arbeiten am Unterbau dort in Position gebracht werden müssen.«

»Riegel?«, fragte Lenz irritiert.

»Ja, Riegel. Stell dir das ungefähr so vor wie eine zu dick gewordene Tafel Schokolade, dann liegst du schon ganz richtig. Allerdings, und das dürfen wir nicht unterschätzen, handelt es sich bei Semtex um einen leicht modellierbaren Plastiksprengstoff, den man in jede erdenkliche Form bringen kann. Es könnte also sein, dass diese Rocker eine Kette ausgelegt haben, mit der sie die gesamte Landebahnbreite auf, was weiß ich, wie viele Meter Länge in Stücke reißen, es könnte genauso gut aber auch sein, dass sie einen riesigen Krater sehen wollen, wenn es bumm gemacht hat. Die Folge ist nach meiner Meinung im Übrigen immer die gleiche.«

»Und zwar?«, hakte der Leiter der Mordkommission vorsichtig nach.

»Wenn ein startendes Flugzeug gerade an der Stelle ist, wo die Explosion stattfindet, gibt es eine handfeste Katastrophe, Paul. Die Druckwelle, und glaub mir, das gibt eine beeindruckende Druckwelle, dürfte den Flieger glatt in der Mitte auseinanderreißen. Was als Nächstes kommt, ist, dass der Treibstoff, den der Vogel ja wohl in rauen Mengen gebunkert hat, sich entzündet, und den Feuerball, der dann entsteht, dürfte man, wenn es dunkel ist, noch in Göttingen, Paderborn und in Kassel sowieso sehen können.«

Lenz musste unwillkürlich schlucken.

»Wenn der Flieger gerade einschwebt, dürfte es nicht so eine große Feuerwirkung geben, weil die dann in der Regel ja den größten Teil des Brennstoffs schon verballert haben, aber unterschätz das mal bloß nicht. Ich meine, dass diese Explosion und die Folgen davon niemand überleben kann, egal ob der Flieger abhebt oder ankommt.«

Wieder bewegte sich der Adamsapfel des Hauptkommissars unkontrolliert auf- und abwärts.

»Aber, um das mal alles ein bisschen zu relativieren, ich glaube nicht daran, dass jemand so etwas plant. Wenn das gelaufen ist, hast du jeden Bullen am Arsch, der laufen oder zumindest kriechen kann, und wer will das schon.«

»Die wollten es, zumindest nach Trossers Aussage, irgendwelchen Islamisten in die Schuhe schieben.«

»Na, so blöd sind wir ja auch nicht, Junge. Wir können schon unterscheiden, ob das die einen oder die anderen waren, zumindest meistens.«

»Wie du schon sagst, meistens. Ein Restrisiko, dass wir die Falschen verdächtigen, bleibt immer bestehen.«

Kostkamp nickte.

»Leider ja, da kann und will ich dir nicht widersprechen.«

»Und wie ist es mit dem Zünder und diesem Krempel? Meinst du, das Zeug könnte über eineinhalb Jahre nach der Installation noch funktionieren?«

»Und wie das funktionieren kann, Paule. Ich habe mir eben, während du mir die Geschichte erzählt hast, schon mal überlegt, wie ich es gemacht hätte, und dann würden der Zünder und der ganze Rest auch noch in fünf oder mehr Jahren einwandfrei arbeiten. Wichtig ist, dass beim Aufbringen des Asphalts nichts verdrückt oder beschädigt wird. Wenn man dann noch gute Batterien verwendet, und davon gehen wir mal aus, kann die Sache dauerhaft funktionieren. Ich hätte sogar den Empfänger des Funksignals abseits der Asphaltdecke untergebracht, damit ich zur Not da noch mal dran kann. Ein dünnes Kabel zum Sprengstoff gelegt, und fertig ist die Laube.«

»Du meinst, das Funksignal, das die Sprengung auslöst, würde die Bahn nicht durchdringen?«

»Das kann ich dir nicht sagen, weil ich nicht weiß, was die benutzt haben, wenn wir denn überhaupt richtig liegen mit unseren Annahmen. Aber so eine Landebahndecke muss schon eine Menge aushalten, also denke ich, dass die schon eine gehörige Dicke hat, und dass es dann an dieser Stelle zu Problemen kommen könnte, ist wohl klar. Denen gehe ich am einfachsten aus dem Weg, indem ich die meisten Komponenten außerhalb unterbringe.«

»Ich glaube, wir können froh sein, dass du nicht die Arbeitspläne für die bösen Buben schreibst, Heini.«

»Das denke ich auch manchmal«, gab Kostkamp grinsend zurück. »Aber in meinem Alter wechselt man nicht ohne schwere Not noch den Arbeitgeber.«

»Gut zu wissen.«

Lenz trank den Rest des Bieres aus und überlegte ein paar Sekunden.

»Dann kann ich also zusammenfassend sagen, dass du, vorausgesetzt, die Geschichte stimmt der Sache nach, der Meinung bist, dass der Sprengsatz noch immer funktionieren könnte.«

»Definitiv ja.«

Auch Kostkamp nahm den letzten Schluck aus der Dose und stellte die Alubüchse zurück auf den Tisch.

»Willst du noch eins?«, fragte er.

»Nein, lass mal, ich bin mit dem Auto da.«

»Dann trinke ich eben allein.«

Damit stand der Mann von der Spurensicherung auf, ging in die Küche und kam kurz darauf mit zwei Dosen in der Hand zurück.

»Nur für den Fall, dass du es dir anders überlegen solltest. Wie ich dich kenne, passiert das sowieso, dann habe ich mir einen Weg gespart.«

»Schon umentschieden«, teilte Lenz seinem Kollegen lapidar mit, griff sich die kalte Büchse und öffnete den Verschluss.

28

Andreas Blatter hatte tatsächlich keine einzige Minute der vergangenen Nacht geschlafen. Gegen 09:00 Uhr hatte der Rockerboss eine Tasse Kaffee getrunken, seine Rechnung bezahlt und die Pension verlassen. Danach war er eine halbe Stunde in einem Solarium gewesen, um seinen Körper aufzuwärmen und gleichzeitig gegen den Sonnenbrand vorzubeugen, der sich gern am Beginn einer Urlaubsreise bei ihm einstellte. Die Zeit bis zu seinem Termin mit Wehmeyer hatte er in einem Internetcafé verbracht, wo er sich damit beschäftigte, nach passenden Flügen in Richtung Martinique und Inseln zu suchen, auf denen sich der weitere Aufenthalt lohnen würde.

Während er sich über den kleinen Inselstaat Saint Kitts and Nevis informierte, fiel sein Blick auf das rechte untere Ende des Monitors, wo die Windows-Digitaluhr 10:55 Uhr anzeigte. Rasch loggte er sich aus, packte seine Sachen zusammen, zog die Baseballkappe tief ins Gesicht und machte sich auf den Weg. Drei Minuten nach der vereinbarten Zeit legte er den Finger auf den Klingeltaster am Secupol-Haupteingang.

Wie schon am Vortag erschien Marc, das Faktotum, und ließ ihn ins Gebäude.

»Heiner wartet schon auf dich«, gab ihm der wie immer ein Bandana tragende Mann nach einer kurzen, aber herzlichen Begrüßung mit auf den Weg.

»Hoffentlich ist er so gut auf meinen Besuch vorbereitet, wie ich das erwarte«, erwiderte Blatter vielsagend.

»Das glaube ich schon. Er hat den ganzen Vormittag nichts anderes gemacht, als sich mit deinem Erscheinen zu beschäftigen.«

»Gut so.«

Damit federte der Rockerboss den Gang entlang, bog um die Ecke und hatte kurze Zeit später die Eingangstür zu Heiner Wehmeyers Büro erreicht, wo er ohne anzuklopfen eintrat. Der Security-Unternehmer saß hinter seinem Schreibtisch, auf dem ein silbrig schimmernder Aluminiumkoffer lag, und sah seinen Besucher freundlich an.

»Komm rein, Andy, mach die Tür hinter dir zu und setz dich. Es gibt noch ein paar Kleinigkeiten zu besprechen.«

»Was sollten wir beiden denn noch zu be …?«

Der Schlag mit der Baseballkeule in seinen Nacken, der ihm sofort jegliches Bewusstsein raubte und ihn auf die Knie sinken ließ, kam ohne jede Vorwarnung und hätte einen wütenden Stier gefällt. Der Mann mit dem Prügel in der Hand, der hinter der Tür auf sein Eintreten gewartet hatte, grinste Heiner Wehmeyer an.

»Siehst du, ging doch ganz einfach. Und deshalb hast du dir fast vor Angst in die Hosen geschissen.«

Er öffnete die Tür und stieß einen kurzen Pfiff aus, woraufhin drei weitere Männer den Flur und im Anschluss Wehmeyers Arbeitszimmer betraten, der für ein paar Sekundenbruchteile den mittlerweile komplett zu Boden gesunkenen Blatter und danach den Koffer betrachtete.

»Ich hätte nicht gedacht, dass er so naiv ist«, frohlockte er. »Das ging ja wirklich wie das Katzenficken.«

Der Mann mit dem Baseballschläger warf ebenfalls einen Blick auf Blatter und spuckte dann auf den bewegungslos am Boden Liegenden.

»Wie gesagt, wenn wir so was zusagen, dann klappt das auch. Und wenn es gegen den Präsi dieser verschissenen Krähen geht, dann machen wir das noch viel lieber.«

Sein Stiefel krachte in Blatters Seite.

»Stimmt doch, Andy, du bist doch noch der Präsi dieser Vollarschtruppe, oder?«

»Was euch aber nicht davon abhält, einen Haufen Kohle dafür zu verlangen«, entgegnete Wehmeyer.

»Nun scheiß dich mal nicht so an, Junge. Wenn du ihm seine Bucks hättest geben müssen, wärst du viel schlechter gefahren. Und weil wir die Entsorgung dieses Arschlochs gleich mit übernehmen, finden wir, dass du ein echtes Schnäppchen gemacht hast.«

»Ja, ja, ist ja schon gut«, trötete der Mann hinter dem Schreibtisch, dessen Gesichtsfarbe irgendwo zwischen dunkelrot und blau angesiedelt war, und dessen beide Ohren ebenfalls eine seltsame Farbe aufwiesen. Außerdem schmückte ein großes Pflaster seine Nase.

»Also, wie geht es jetzt weiter?«

»Na, wir verpacken ihn und dann transportieren wir ihn ab, wie vereinbart.«

Er nickte den drei Männern zu, die in der Tür stehen geblieben waren.

»Holt schon mal die Kiste aus dem Auto, Jungs. Aber macht nicht so einen Alarm dabei, ja?«

»Geht klar.«

»Aber es ist abgemacht«, meinte Wehmeyer ebenso nasal wie ängstlich, »dass ihr euch nicht mit dieser Geschichte brüstet, ja? Er verschwindet, taucht nie wieder auf, und alle Menschen auf der Welt sind glücklich.«

Sein Gegenüber lachte laut auf.

»Dir quillt die Schiss ja schon aus deinen vermöbelten Ohren, du feige Sau. Vertrau uns oder lass es, aber fang nicht immer wieder an, so einen Scheiß zu erzählen.«

Der Geschäftsführer des Sicherheitsunternehmens schnaufte tief und genervt durch.

»Herrje, ist ja schon gut, ich hab es verstanden. Nehmt ihn mit, macht ihn kalt und lasst mich mit dem Rest in Ruhe.«

In Andreas Blatters Kopf kreisten so viele Insekten, dass er keine Ahnung hatte, wie er dieses fiese Geräusch jemals wieder loswerden sollte. Außerdem wurde sein Rücken von einem so stechenden Schmerz gequält, dass er befürchtete, für den Rest seines Lebens das Schicksal eines Querschnittgelähmten ertragen zu müssen. Aber das Schlimmste für ihn war, dass er nicht die geringste Ahnung hatte, was ihn in diese Situation gebracht hatte.

Ich liege, soviel ist klar, schoss es ihm durch den Kopf.

Mit größter Mühe gelang es ihm, das rechte Augenlid um ein paar Millimeter zu heben, doch es fiel sofort wieder herunter.

Scheiße.

Er fragte sich, ob er einen Unfall gehabt haben könnte,

konnte sich jedoch nicht daran erinnern, in einem Auto unterwegs gewesen zu sein.

Nein, ich war zu Fuß unterwegs.

Wie durch dichte Watte drangen ein paar Laute an sein Ohr.

Ich hätte nicht gedacht, dass er so naiv ist.

Wer sprach da?

Ich kenne die Stimme, dachte er. *Ich kenne den Kerl, der da redet.*

Wie gesagt, wenn wir so was zusagen, dann klappt das auch. Und wenn es gegen den Präsi dieser verschissenen Krähen geht, dann machen wir das noch viel lieber.

Diese Stimme kannte Andreas Blatter, weil er sie schon Tausende Male in seinem Leben gehört hatte. Sie gehörte zu Björn Hassemer, dem *schönen Björn*, wie er überall in der Szene genannt wurde.

Sein gesamter Körper wurde für einen Moment zur Seite geschleudert, als ein brutaler Tritt ihn traf. Zu gern hätte er aufgestöhnt, konnte es jedoch gerade noch vermeiden.

Stimmt doch, Andy, du bist doch noch der Präsi dieser Vollarschtruppe, oder?

Verdammt, durchzuckte es den tatsächlich noch amtierenden Präsidenten des Black-Crows-Charters Kassel. *Verdammt.*

Björn Hassemer war bis vor drei Jahren ein Member gewesen, einer seiner Brüder, bis er versuchte, direkt an Blatters Stuhl zu sägen. Immer wieder hatte es Gerüchte gegeben, dass er, Hassemer, gern der nächste Präsident des Charters Kassel werden würde, was nach den Statuten der Crows eine Todsünde war, weil jeder Bruder dem anderen und speziell dem Präsidenten die absolute Treue geschworen hatte. Irgendwann war es zu einer finalen Auseinandersetzung zwischen den beiden Männern gekommen, für dieses Mal jedoch auf rein verbaler Ebene, weil Björn Hassemer bereit gewesen war, seine Kutte abzugeben. Jene Kutte, die er über zehn Jahre getragen hatte. Danach war er aus Kassel verschwunden und hatte sich den Göttinger Devils angeschlossen, der Rockergruppe, die den Bereich zwischen der hessisch-niedersächsischen Landesgrenze und dem Bereich etwa 40 Kilometer südlich von Hannover kontrollierte. Dort war er recht schnell in den Führungszirkel aufgestiegen, auch, weil er über gut funktionierende Kontakte zu osteuropäischen Mädchenhändlerbanden verfügte, die er einbringen konnte. Und nun war er offenbar nach Kassel zurückgekehrt.

Nun scheiß dich mal nicht so an, Junge. Wenn du ihm seine Bucks hättest geben müssen, wärst du viel schlechter gefahren. Und weil wir die Entsorgung dieses Arschlochs gleich mit übernehmen, finden wir, dass du ein echtes Schnäppchen gemacht hast.

Er wusste, dass er von diesem Mann nichts würde erwarten können. Keine Gnade und kein Mitgefühl. Dafür war zum Schluss seiner Kasseler Zeit einfach zu viel geschehen. Vor Blatters geistigem Auge lief für Sekundenbruchteile ein Film ab, in dem er im Liegestuhl an einem Strand lag, vor sich die endlose Weite des Meeres, hinter sich eine Bar, an der eine karibische Schönheit dafür sorgte, dass ihm die Drinks nicht ausgingen.

Bravo! Und ich liege hier rum und kann dabei zusehen, wie meine Uhr so langsam abläuft.

Vorsichtig bewegte er seine Fußzehen, um zu testen, ob sich überhaupt noch etwas unterhalb seiner Lendenwirbel bewegte, und dieser Test machte ihm Mut. Er hörte wieder einigermaßen, er konnte sich, wenn es auch zunächst nur die Zehen betraf, bewegen, und er hatte seine SIG Sauer P229 im Wadenholster am rechten Bein.

Wir verpacken ihn und dann transportieren wir ihn ab wie vereinbart.

Hinter oder über ihm, das konnte er nicht genau lokalisieren, wurde das leise Getrappel von schweren Schuhen auf Teppichboden hörbar, das sich schnell entfernte.

Andreas Blatter wusste, dass ihm nicht viel Zeit blieb, und dass er auch nur eine einzige Chance hatte. Hassemer war immer einer der besten im Charter gewesen, wenn es um Körperbeherrschung, Reflexe und Selbstverteidigung gegangen war, und es war dem Rocker auf dem Boden total schleierhaft, warum er nach dem Hieb nicht durchsucht worden war.

Oder bin ich am Ende gefilzt worden, und sie haben meine SIG gefunden?

Er spürte die Gurte des Holsters, das zusammen mit verschiedenen Waffen schon seit vielen Jahren sein ständiger Begleiter war, doch er konnte nicht eruieren, ob die Waffe wirklich noch darin steckte oder nicht. Er musste es riskieren, auch unter diesen unsicheren Bedingungen eine Attacke zu reiten, und er musste diese Attacke in den nächsten Sekunden starten.

29

»Du siehst ja scheiße aus«, begrüßte Thilo Hain seinen Boss. »Bist du in der Badewanne eingeschlafen, oder was?«

»Ich hab dich auch lieb, Thilo«, erwiderte Lenz gütig und hängte seine Jacke an die Garderobe. Dann nahm er sich eine Tasse, füllte sie mit Kaffee und setzte sich vor den Schreibtisch seines Mitarbeiters.

»Vielleicht hätte ich doch bei Uwe vorbeigehen sollen, wie ich es eigentlich vorhatte«, fuhr er fort, nachdem er den ersten Schluck genommen hatte, »da wären auf jeden Fall die Begrüßung netter und der Kaffee besser gewesen.«

»Das kann sein. Aber der gute Uwe hätte dir garantiert nicht die Neuigkeiten zu berichten gehabt, die ich für dich habe.«

»Ach, sag bloß, du bist schon länger hier?«

Der Hauptkommissar schaute auf seine Armbanduhr.

»Wer auf der Welt außer dir hat um Viertel nach neun schon so eine große Fresse? Und von was für Neuigkeiten sprichst du überhaupt?«

»Ich spreche davon, dass wir gleich Besuch kriegen werden.«

»Von wem?«

»Von Rechtsanwalt und Notar Dr. Volker Brumm.«

»Mann, Thilo, lass dir doch nicht jeden Furz aus der Nase ziehen. Wer ist dieser Dr. Brumm, und was will er von uns?«

»Was er genau will, kann ich dir nicht sagen, aber ich

kann dir immerhin berichten, dass es etwas mit dem leider von uns gegangenen Thomas Blatter zu tun hat, dem Rechtsanwalt, der gestern den Unfall hatte. Und, um den Herrn Advokaten zu zitieren, auch *um den verrohten Bruder des unglücklichen Kollegen Blatter.*«

»Aber was genau er uns mitteilen will, hat er für sich behalten?«

Hain nickte stumm.

»Vielleicht kümmerst du dich besser um den Herrn, und ich gehe derweil zu Uwe und genehmige mir einen richtigen Kaffee«, schlug der Hauptkommissar nicht wirklich ernst gemeint vor.

»Von wegen, das könnte dir so passen. Ich lege mich hier krumm, während du dir mit dem Genossen Wagner die Falten aus dem Sack haust.«

»Ich hätte voll und ganz das Recht dazu, weil ich gestern jede Menge Überstunden gemacht habe«, belehrte Lenz seinen jungen Kollegen.

»Dass ich nicht lache, die hab ich auch auf der Uhr. Und als du vermutlich schon entspannt und in irgendwelche Spielchen mit Maria verstrickt in der Badewanne lagst, war ich noch auf dem verschneiten, vereisten und insgesamt sauschlecht zu befahrenden Heimweg.«

»Das ist so nicht ganz richtig. Ich war nach deiner Abreise noch bei Heini und hab mit ihm einen Exkurs in Sprengstoffgebrauch und die dazugehörigen Zündvorrichtungen gemacht.«

»Wie, du warst noch bei Heini? Wie bist du denn darauf gekommen?«

»Ich wollte wissen, ob es tatsächlich möglich wäre,

solch einen Sprengsatz über Monate oder gar Jahre hinweg zu konservieren, und nach Heinis Meinung ist das durchaus drin.«

»Scheiße.«

»Ja, ganz schön große Scheiße. Und ich mache drei Kreuze, wenn Maria nachher glücklich und gesund unseren nichtsnutzigen Flughafen hinter sich gelassen hat und auf dem Weg nach Teneriffa ist.«

»Stimmt, sie fliegt ja heute. Machst du dir Sorgen?«

Lenz zog die Schultern hoch.

»Bisschen ja, bisschen nein. Sie ist ja nicht so bekannt und berühmt, dass es jemand auf sie abgesehen haben könnte, und das gilt hoffentlich auch für den Rest der Passagiere.«

»Wird schon gut ...«

Der Oberkommissar unterbrach seinen Satz, weil das Telefon auf dem Schreibtisch klingelte. Er nahm den Hörer in die Hand und meldete sich.

»Ja, klar, der ist hier«, hörte Lenz ihn sagen und streckte in vorauseilender Erwartung den Arm nach vorn.

»Ja, Lenz.«

»Hier ist Herbert.«

»Herbert?«

»Ja, Herbert Schiller, dein Boss. Wir sind seit gestern Abend per Du, oder hast du das schon vergessen?«

»Nein, nein«, log Lenz. »Ich konnte nur deine Stimme nicht so richtig einordnen. Was gibts denn?«

»Ich hatte gerade einen Anruf von unserem allseits beliebten Polizeipräsidenten. Er hat mich ultimativ aufgefordert, bei Androhung übelster disziplinarischer

Unannehmlichkeiten übrigens, dir jegliche Ermittlungen bei der Flughafenbetreibergesellschaft zu untersagen. Und das hat er auch deshalb gemacht, weil ihn selbst kurz zuvor der Innenminister am Telefon ziemlich zur Sau gemacht hat, nach seiner Darstellung zumindest.«

»Das klingt nicht gut.«

»Du sagst es. Allerdings kommt der gute Herr Röder wohl nicht selbst auf diese Idee, sondern wurde von der Geschäftsführerin darauf angesetzt. Habt ihr der gestern Abend wirklich so sehr zugesetzt, wie sie es, nach Bartholdys Aussage, dargestellt hat?«

»Ach was, die war eher scheiße zu uns als wir zu ihr.«

»Wie auch immer, ihr müsst ein bisschen vorsichtiger sein im Umgang mit ihr. Lasst die blöde Kuh einfach in Ruhe und holt euch die für euch relevanten Informationen woanders.«

Er machte eine kurze Pause.

»Ich weiß, Paul, dass das viel verlangt ist, aber wie wir gestern schon besprochen haben: Es riecht nach Ärger, und wir wollen ihn auf gar keinen Fall abkriegen.«

»Das heißt aber nicht, dass wir aufhören sollen zu ermitteln?«

»Auf gar keinen Fall. Ihr bleibt weiter am Ball und seht zu, dass ihr weiter kommt in der Sache.«

»Das machen wir. Du kriegst spätestens heute Abend einen Zwischenbericht.«

»Gut. Dann viel Glück.«

Das Gespräch brach ab, und Lenz reichte seinem Mitarbeiter den Hörer.

»Wir sind von Madame Meyer in Wiesbaden angeschwärzt worden, aber das stand ja zu erwarten.«

Er klärte Hain über den Teil des Telefonats auf, den der nicht hatte hören können.

»Unser Herbie hat wirklich Eier in der Hose, das muss man ihm lassen. Und ich hätte ihn definitiv nicht so eingeschätzt.«

»Ja, so kann man sich täuschen. Geht mir übrigens genauso.«

»Dann würde ich sagen, dass …«

Wieder wurde er vom Klingeln des Telefons unterbrochen, nahm das Gespräch an, und hörte ein paar Sekunden lang zu.

»Das ist gut, RW, vielen Dank. Wir sehen uns später.«

Damit flog der Hörer wieder zurück auf seine angestammte Position.

»RW hat schon herausgefunden, dass Theo Stark wirklich die besagten 35.000 Euro am 17. September 2012 auf sein Baukonto eingezahlt hat und damit gerade noch die Kündigung des Hypothekarkredits durch seine Bank abwenden konnte.«

»Hattest du ihn darauf angesetzt?«

»Gleich als ich kam, ja.«

»Gute Arbeit.«

»Ich danke dir.«

»Also haben wir das jetzt auch wasserdicht.«

»Jepp.«

»Dann gehen wir jetzt los und …«

Der Hauptkommissar schlug sich gegen die Stirn.

»Das geht ja nicht, weil wir auf diesen Herr Dr. Irgendwas warten müssen. Wie hieß der Kerl noch?«

»Brumm. Dr. Volker Brumm.«

»Ja, von mir aus. Ich gehe jetzt wirklich mal kurz bei Uwe vorbei, und du rufst durch, wenn er da ist.«

Hain bedachte seinen Boss mit einem angesäuerten Gesicht.

»Ja, mach nur. Vielleicht …«

Es klopfte an der Tür, was dem jungen Oberkommissar ein schelmisches Grinsen ins Gesicht zauberte.

»Ja bitte!«, rief er ebenso laut wie generös.

Die Tür wurde geöffnet, und ein unglaublich dicker, höchstens 1,58 Meter kleiner Mann von gut 50 Jahren drängte sich stöhnend und schwitzend in den Raum. Unter seinem rechten Arm hielt er eine dünne braune Collegetasche eingeklemmt.

»Guten Morgen, meine Herren«, hechelte er. »Mein Name ist Dr. Volker Brumm, ich hatte angerufen.«

»Morgen auch«, erwiderte Hain mit einem vielsagenden Seitenblick auf Lenz. »Kommen Sie doch rein, Herr Dr. Brumm.«

Der Oberkommissar stellte sich und seinen Kollegen vor und bot dem Rechtsanwalt einen Stuhl an, den anderen vor dem Schreibtisch besetzte sein Chef ungefragt und ohne Aufforderung.

»Sie hatten es am Telefon ja ein wenig spannend gemacht, Herr Dr. Brumm«, übernahm Hain die Gesprächsführung. »Aber es geht, wenn ich Sie recht verstanden habe, um Ihren leider tödlich verunglückten Kollegen Thomas Blatter.«

»Das ist richtig, ja. Und ich kann Ihnen gleich sagen, dass ich die detaillierten Hintergründe meines Hierseins gar nicht genau benennen kann, aber das soll uns jetzt nicht weiter stören.«

Er öffnete die Tasche und zog eine Kladde daraus hervor, die er jedoch zunächst nicht an die Beamten weiter gab.

»Was ich hier in Händen halte, ist nach Aussage meines leider verstorbenen Kollegen Blatter überaus brisantes Material, mit dem er sein Leben absichern wollte. Es ging dabei, aber das ist nur eine Vermutung von mir, um die Machenschaften seines Bruders Andreas, der, was kein Geheimnis sein dürfte, nicht immer ganz gesetzeskonform gelebt hat. Thomas, den ich schon seit unseren gemeinsamen Studientagen kenne, hatte Angst, dass dieser Bruder ihm etwas antun könnte, und hat aus diesem Grund eine Sammlung an Papieren bei mir hinterlegt, die im Fall seines Todes sofort und ohne Verzögerung an die Kriminalpolizei, also an Sie, weitergeleitet werden sollten. Soweit ich ihn verstanden habe, handelt es sich in der Hauptsache um handschriftliche Notizen, die sich mit den Machenschaften seines Bruders beschäftigen.«

Lenz, dessen Ohren bei den Erläuterungen des Anwalts immer größer geworden waren, sah den Besucher perplex an.

»Das heißt, Sie kennen den Inhalt der Papiere gar nicht, Herr Dr. Brumm?«

»Nein, das sagte ich doch. Thomas kam vorgestern Abend in meiner Kanzlei vorbei und bat mich um das, was ich Ihnen gerade geschildert habe. Er erzählte, dass er im Streit mit seinem Bruder Andreas liege und dass er die beschriebenen Sorgen hege. Dann hat er mir die Unterlagen zusammen mit dem expliziten Hinweis, was im Fall seines Todes zu tun ist, übergeben, und sich wieder verabschiedet. Einen von mir ins Gespräch gebrachten Personenschutz oder Derartiges hat er rundweg abgelehnt und erklärt, dass er sich sehr sicher fühlen würde und diesen Weg nur gewählt hat, um für wirklich alle denkbaren Fälle vorbereitet zu sein. Aber er zeigte sich überaus sicher, dass dieser Fall nie eintreten würde.«

Der Jurist zog ein Stofftaschentuch aus dem Mantel und wischte sich über die Stirn.

»Nun ist der Fall doch eingetreten, und zwar leider viel schneller, als er es erwartet hat.«

Wieder ein Abtupfen der Stirn.

»Und weil ich nach diesem Gespräch mit ihm den begründeten Verdacht habe, dass sein Tod nicht auf einer natürlichen Ursache beruht, habe ich gerade eben bei der Staatsanwaltschaft Kassel Strafanzeige gegen Unbekannt gestellt.«

»Das klingt ja alles sehr ungewöhnlich«, erklärte Hain dem Rechtsanwalt.«

»Da muss ich Ihnen recht geben, Herr Kommissar.«

Er zog einen verschlossenen Umschlag aus der Kladde und reichte sie dem Polizisten hinter dem Schreibtisch.

»Aber vielleicht wird alles etwas klarer, wenn Sie gelesen haben, was Thomas aufgeschrieben hat.«

Brumm stand unbeholfen auf und nickte den Kommissaren zu.

»Das war alles, was ich tun konnte und sollte, und jetzt bitte ich Sie, mich zu entschuldigen. Ich würde mich freuen, wenn meine Ausführungen Ihnen helfen konnten, doch ich vermute, dass die eigentliche Hilfe in dem zu finden ist, was Sie in der Hand halten.«

»Wir danken Ihnen, Herr Dr. Brumm«, wandte Lenz sich an den dicken Mann, der besser seinen Mantel ausgezogen hätte, denn die Schweißflecken unter seinen Achseln waren mittlerweile auf Handtellergröße angewachsen, und reichte ihm eine Visitenkarte. »Falls noch etwas sein sollte, können Sie entweder meinen Kollegen oder mich gern anrufen.«

Er streckte die Hand nach vorn.

»Und vermutlich wird es Sie freuen zu hören, dass wir schon gestern die Obduzierung von Herrn Blatters Leiche angeordnet haben.«

»Sie haben recht, es freut mich wirklich, das zu hören.«

Damit drückte er kurz die ihm gereichten Hände, drehte sich um und verließ das Büro.

»Das ist ja wie Bescherung im Februar«, fiel Hain ein, als er ein paar Sekunden später einen Kugelschreiber in die Lasche des Umschlags rammte und wenig künstlerisch dafür sorgte, dass der Inhalt des Kuverts den Weg ins Freie fand.

Neben ein paar aneinander getackerten maschinengeschriebenen Seiten kam auch eine handgeschriebene Seite zum Vorschein, die Lenz sich griff und zu lesen begann. Hain kümmerte sich derweil um die anderen Blätter.

Wenn diese Zeilen den Weg zu den Strafverfolgungsbehörden gefunden haben, spricht alles dafür, dass ich nicht mehr am Leben bin. Weiterhin sollte in diesem Fall einiges darauf hindeuten, dass mein Ableben nicht die Folge eines natürlichen Todes war. Um es kurz zu machen, vermutlich hat mein Bruder Andreas dafür gesorgt, dass ich nie mehr gegen ihn aussagen oder mich in irgendeiner anderen Weise gegen ihn verteidigen kann. Nun, wenn es tatsächlich so weit gekommen ist, sollten die Behörden mithilfe der Informationen, die in der Anlage zu finden sind, in der Lage sein, dem bis in die Grundfesten illegalen und zutiefst unmoralischen Handeln dieses Mannes Einhalt zu gebieten. Jede meiner Aussagen habe ich, wie vermerkt, an Eides statt vorgenommen, wobei mir bewusst ist, dass dies im Fall meines Todes keinerlei Bedeutung mehr hat. Jedoch habe ich für die meisten meiner Behauptungen Beweise angeführt, die dazu dienen sollten, strafrechtlich gegen Andreas Blatter vorzugehen und eine Verurteilung herbeizuführen.

Thomas Blatter
Kassel, im Februar 2014

Es folgte eine unleserliche, aber beeindruckende Unterschrift.

»Wow«, machte der Hauptkommissar. »Wenn das stimmt, was er hier geschrieben hat, dann hältst du vermutlich ein paar ziemlich brisante Infos über Andreas Blatter in den Händen, Thilo.«

»Das walte Hugo«, knurrte Hain, während er sich der nächsten Seite widmete. Lenz nahm das Schreiben, das er gerade gelesen hatte, noch einmal in die Hand und las es erneut.

»Das gibt es nicht«, rief der Oberkommissar aufgeregt, während er die letzte der insgesamt acht Seiten überflog. »Hier ist vermutlich das meiste von dem, was Andreas Blatter in seinem Leben ausgeheckt oder verbrochen hat, haarklein beschrieben. Alles minutiös dargelegt und mit, zumindest liest es sich so, ziemlich fundierten Beweisen untermauert. Ich werd verrückt.«

Er warf seinem Boss, der ihm interessiert zusah, einen fragenden Blick zu.

»Woher weiß der das alles? Andreas kann dem doch unmöglich diese ganzen Fakten aufs Auge gedrückt haben. So blöd ist man doch nicht mal innerhalb der Familie.«

Lenz griff sich die Unterlagen und überflog sie ebenfalls.

»Woher er das hatte, muss uns im Augenblick nicht interessieren«, murmelte er. »Aber was hier drin steht, reicht, um ihn postwendend wieder in den Knast zu befördern.«

Er rollte das Dossier zusammen und steckte es in die Innentasche seines Sakkos.

»Also los, lass uns Nägel mit Köpfen machen. Du rufst bei der Staatsanwaltschaft wegen des Haftbefehls an und kümmerst dich um die Fahndung, ich geh rüber zu Schiller und bring ihn auf den neuesten Stand.«

»Genau so und nicht anders machen wir es.«

30

Er verschwindet, taucht nie wieder auf, und alle Menschen auf der Welt sind glücklich.

Der Präsident der Kasseler Black-Crows-Charters lag noch immer bewegungslos auf der Seite und lauschte den Worten, die um ihn herum gesprochen wurden. Und noch immer wusste er nicht, ob sich seine Pistole noch im Wadenholster befand und in welche Richtung er eigentlich würde zielen und abdrücken müssen, weil es ihm ganz offenbar an einer vernünftigen Stereo-Ortung mangelte. Alle Töne und Worte kamen aus ein und derselben Richtung, und die war überall und nirgendwo.

Schon zwei Mal hatte er seinen schmerzenden Körper angespannt und wollte die Hand in einer schnellen Bewegung am Bein entlangführen, und beide Male hatte er den Versuch im letzten Moment abgebrochen, weil er sich noch nicht einmal in der Lage fühlte, den Arm abzuwinkeln.

Björn Hassemer, sein ehemaliger Bruder aus besseren Tagen bei den Crows, würde ihn ohne jede Gefühlsregung töten, so viel stand fest. Er würde sich vielleicht noch einen kleinen Spaß daraus machen, seinen ehemaligen Widersacher zu quälen und zu foltern, aber er würde ihn mit Sicherheit nicht am Leben lassen. Man konnte vieles über ihn sagen, aber man konnte ihm nicht vorwerfen, dass es ihm im Leben jemals an Konsequenz und Willensstärke gemangelt hatte.

Dir quillt die Schiss ja schon aus deinen vermöbelten

Ohren, du feige Sau. Vertrau uns oder lass es, aber fang nicht immer wieder an, so einen Scheiß zu erzählen.

Blatter wusste, dass ihm die Zeit davonlief, also machte er einen weiteren Versuch.

Jetzt, jetzt den Körper anspannen und die Hand …

Wieder brach er ab, weil er sich sicher war, dass ihm die Kraft schon auf dem Weg zur SIG ausgehen würde. Er würde vielleicht ein wenig zucken können, aber noch bevor er auch nur mit der Hand in die Nähe seiner Waffe gekommen sein würde, wäre Hassemer über ihm und würde ihm einen weiteren brutalen Schlag versetzen.

Vielleicht ist das aber auch meine Chance, mir auf dem Weg in die Ewigkeit ein paar Schmerzen zu ersparen. Wenn er mir jetzt den Rest gibt, habe ich es hinter mir und brauche mir keine Sorgen über den Ausgang der Geschichte zu machen.

Wieder durchzuckte ihn ein stechender Schmerz aus der Wirbelsäule, und in diesem Moment keimte so etwas wie eine grimmige, kalte Wut in ihm auf. Eine Wut, die ihm einen Rest an Kraft suggerierte, der vielleicht wirklich vorhanden war, möglicherweise aber auch nicht.

Herrje, ist ja schon gut, ich hab es verstanden. Nehmt ihn mit, macht ihn kalt und lasst mich mit dem Rest in Ruhe.

Wieder der Schmerz, der jetzt in kurzen Wellen kam und der dem Rocker fast den Verstand raubte. Dann jedoch spannte er seinen Körper, holte tief Luft, und explodierte auf eine Weise, die er in diesem Augenblick niemals für möglich gehalten hätte.

Es dauerte eine gefühlte Zehntelsekunde, bis seine rechte Hand an der richtigen Stelle am unteren Ende des

Hosenbeins angekommen war, es kurz nach oben schob, und die SIG mit einer schnellen Bewegung aus der Sicherung heraus riss. Während dieser Aktion hatte er simultan den Oberkörper aufgerichtet und mit einer raschen Kopfbewegung die Lage im Raum sondiert.

Wehmeyer sitzt hinter seinem Schreibtisch, Hassemer steht in der Tür und grinst. Nein, warte, er grinst nicht nur, sein rechter Arm ist auch auf dem Weg zum Rücken, wo er vermutlich seine Knarre im Hosenbund stecken hat. Da hat er sie doch immer gehabt, der Björn.

Während all diese Gedanken durch Blatters Kopf schossen, hatte er seine Pistole hochgenommen und mehr instinktiv als wirklich gezielt den ersten Schuss abgefeuert. Björn Hassemer wurde von den Beinen gehoben, nach hinten geschleudert und landete röchelnd an der gegenüberliegenden Flurseite. Seine rechte Hand umklammerte eine kleine mattschwarz schimmernde Pistole, aber es war nicht anzunehmen, dass er einen Schuss damit würde abfeuern können.

Heiner Wehmeyer hatte, schon als Andreas Blatter angefangen hatte, sich zu bewegen, versucht, sich möglichst schnell aus seinem mit Kunstleder bezogenen Bürostuhl zu erheben, doch sein mittelmäßiger Trainingszustand verbunden mit den Verletzungen vom Vortag machten einen der Situation angemessen schnellen Rückzug völlig unmöglich. Der Schuss, den Blatter abfeuerte, klang im Hirn des Geschäftsführers wie eine verheerende Explosion, und in gewisser Weise war das, was ihm danach bevorstand, auch verheerend.

Blatter, der langsam auf die Beine kam, hatte nach

dem Schuss auf seinen alten Kumpel Hassemer die Waffe sofort um 90 Grad nach links gedreht und damit Heiner Wehmeyer ins Visier genommen.

»Andy, mach jetzt bloß keinen Scheiß«, schrie der Sicherheitsmann hysterisch. »Wir können doch über alles reden, was? Bitte!«

Er bewegte sich einen halben Schritt nach hinten, wo er offenbar nicht mit seinem Stuhl gerechnet hatte, über den er nun der Länge nach rückwärts hinschlug. Vom Eingang her waren aufgeregte Stimmen zu hören, doch bislang waren weder einer der Begleiter Hassemers noch ein Mitarbeiter des Secupol-Teams zu sehen.

»Bitte, Andy, das kannst du doch nicht machen! Wir sind doch immer irgendwie … Bitte mach es nicht! Bitte!«

»Du dreckige Ratte«, zischte der Rockerboss ihn an. »Du verpisste, dreckige Ratte.«

Während er sprach, hatte er das Gefühl, sich sofort übergeben zu müssen, und das, was er sagte, klang merkwürdig hohl und blechern in seinem Kopf wider.

»Ich flehe dich an, Andy, lass mich am Leben«, brüllte der noch immer auf dem Rücken liegende Wehmeyer, wobei sein Blick starr auf die Waffe in Blatters Hand gerichtet war. Aus seinem rechten Auge quoll dabei eine dicke Träne, die sich, schneller und schneller werdend, schließlich auf sein ehemals weißes Hemd ergoss.

»Bitte!«, flüsterte er nun matt und schob eine Hand nach vorn, gerade so, als wolle er der Bedrohung ein Friedensangebot machen.

»Abgelehnt«, murmelte Blatter, hob die SIG ein wenig an, zog den Abzug durch und wurde vom Rückschlag des ausgelösten Schusses kurz geschüttelt. Dann wandte er sich von dem im Todeskampf zuckenden Wehmeyer ab, sah sich suchend um, erkannte seine auf dem Boden vor dem Schreibtisch liegende Tasche und hob sie auf. Ein schneller Blick verschaffte ihm Gewissheit, dass sich noch alles darin befand, was er für seine Flucht vorbereitet hatte und auch benötigen würde.

»Ach du Scheiße«, rief jemand auf dem Flur.

Marc.

»Komm nicht näher, Marc. Verpiss dich so schnell es geht, dann passiert dir nichts.«

»Aber …«

»Hau ab, du Idiot«, schrie Blatter durch die Tür in den Flur, wo der unverändert auf dem Boden vor dem Fenster liegende, offenbar tote Björn Hassemer seltsam versonnen einen imaginären Punkt an der Decke anzusehen schien. »Deinen Boss gibt es nicht mehr, und in ein paar Minuten wimmelt es hier nur so von Bullen. Sei clever und verschwinde.«

Ein paar Augenblicke war Stille, dann konnte Blatter ganz schwach und wie aus großer Entfernung geflüsterte Stimmen hören.

»Das ist scheiße. Wir hauen ab, und wenn du nur einen Rest Grütze im Hirn hast, machst du das auch.«

Direkt danach das Getrappel von schweren Schuhen, geschlagene Türen und danach Stille. Irgendwo in der Ferne das Geheul einer Sirene.

Andreas Blatter schob vorsichtig den Kopf um die Türkante, sah, dass der Flur leer war, und setzte den ersten Schritt. Dann überlegte er es sich anders, trat zurück in das Büro und öffnete den unverändert auf Wehmeyers Schreibtisch liegenden Alukoffer.

100.000 Euro, höchstens. Mehr bin ich diesem Arschloch also nicht wert gewesen.

Ein paar schnelle, den Körper peinigende Bewegungen später war das Geld in seiner Reisetasche verschwunden und er auf dem Weg. Ein letzter, mitleidloser Blick auf Hassemer, der noch immer den gleichen Punkt an der Decke zu fixieren schien, dann die schmerzenden und im Rücken kaum auszuhaltenden Schritte Richtung Ausgang. Fünf Meter, vier Meter, drei Meter, dann knallte der Schuss. Blatter wurde nach vorn geschleudert, spürte, wie ihm das Blut in den Kopf schoss, und erkannte auf seiner rechten Brustseite ein Loch in der Jacke, das einen Kollegen auf der Rückseite haben musste, denn der Schuss war von hinten gekommen, aus Hassemers Richtung. Der Rockerboss drehte sich, so schnell es eben ging, um, sah den ihn angrinsenden ehemaligen Bruder mit der Waffe erneut auf ihn zielen, hob seine SIG und feuerte fünf Mal. Drei der Schüsse verfehlten ihr Ziel, die anderen beiden warfen Hassemer nach hinten und töteten ihn auf der Stelle.

Diesmal bist du wirklich tot, du verschissenes Arschloch!

Das Atmen fiel Blatter schwer, als er aus dem Haus trat und mit unsicheren Schritten auf seinen Leihwagen, eine Mercedes A-Klasse, zuwankte, und er hatte das Gefühl, mit jedem Kubikzentimeter Luft ein wenig den Tod einzuatmen. Allerdings waren die Schmerzen, die er vorher noch gespürt hatte, völlig verschwunden, und irgendwie fühlte er sich beschwingt und frei. Es war, als wären mit Hassemers Schuss aller Stress und alle Sorgen von ihm abgefallen.

Er musste husten, und schon während er dafür Luft holte, schmeckte er das Blut in seinem Mund.

Ich werde sterben. Ich werde nicht an einem Pool auf einer Insel in der Karibik liegen, sondern heute, an diesem beschissenen Tag, in Kassel verrecken.

Andreas Blatter steckte den Zündschlüssel ins Schloss, drehte ihn nach rechts und ließ den Motor an. Dabei dachte er an Paris, wo der Flieger nun ohne ihn starten würde, und an die kleinen bunten Schirmchen auf den Cocktails, die er immer so gern gemocht hatte.

Scheiß drauf.

Unter großen Mühen zog er den Wahlhebel der Automatik nach hinten, rollte aus der Parklücke und nahm Kurs auf sein vermutlich letztes Ziel. Er war sich noch nicht ganz im Klaren darüber, ob er es erreichen würde, aber er würde zumindest alles dafür tun, es zu versuchen. Kurz darauf bog er in die Holländische Straße ein, und als er das weiße Hinweisschild mit der Aufschrift *Flughafen Kassel* erkannte, huschte ein zufriedenes Grinsen über sein Gesicht.

31

»Die Fahndung läuft«, rief Hain seinem Chef zu, der ihm auf dem Flur entgegen kam. »Das SEK steht zu unserer Verfügung, wenn wir es brauchen, und ich habe Blatters Meldeadresse.«

»Gut gemacht. Dann fahren wir jetzt dort hin und schauen, ob er zu Hause ist. Wenn das nicht der Fall sein sollte, laufen wir als Nächstes bei den Crows ein. Sonst noch was?«

»RW hat gefragt, ob wir ihn dabei haben wollen.«

»Klar, auf jeden Fall. Und außerdem nehmen wir zunächst mal drei Streifenwagenbesatzungen mit, die uns unterstützen können.«

Kurz darauf rasten zwei zivile Polizeifahrzeuge und drei Streifenwagen im Konvoi am Hauptbahnhof vorbei, bogen nach rechts ab und hatten eine knappe halbe Minute später ihr Ziel am unteren Ende der Karthäuser Straße erreicht. Dort sprangen die sieben Männer und zwei Frauen aus den Autos und verteilten sich um den Hauseingang. Lenz und Hain gingen das Klingelbrett durch, konnten jedoch nirgends den Namen des Rockerbosses entdecken. Der Oberkommissar legte den rechten Zeigefinger auf den untersten Taster und wartete.

»Ja, was gibt es denn?«, wollte eine Frauenstimme wissen.

»Hier ist die Polizei. Machen Sie bitte die Tür auf.«

»Die Polizei? Was wollen Sie denn von mir?«

»Wir wollen gar nichts von Ihnen, Wir müssen nur ins Haus und brauchen vielleicht eine Information.«

»Was für eine Information denn?«

»Das erkläre ich Ihnen, wenn Sie uns ins Haus gelassen haben. Bitte drücken Sie jetzt die Tür hier auf.«

Aus der silberfarbenen Sprechanlage drang ein unterdrücktes Flüstern.

»Mein Mann ist nicht zu Hause, und ich bin mit meiner Schwester allein.«

Hain, der während des Gesprächs mit der alten Dame sein Werkzeugetui aus der Jacke gekramt hatte und am Reißverschluss herumnestelte, konnte nur mit dem Kopf schütteln. Doch im gleichen Moment, in dem er das Etui geöffnet hatte, ertönte der Summer, und die Tür klackte auf.

»Herrje, warum denn nicht gleich so?«, knurrte er.

»Das habe ich ganz deutlich gehört, was Sie da gesagt haben«, kam es aus dem Lautsprecher.

Der Oberkommissar zuckte mit den Schultern, drängelte sich in den Hausflur, wo es nach Schweinebraten roch.

»Hier«, machte mit wedelndem rechtem Arm eine weißhaarige Frau von mindestens 80 Jahren auf sich aufmerksam, die am anderen Ende des Flurs in einer Tür stand.

»Hier, kommen Sie her.«

Sie stellte sich als Marga Westenberger vor, ihre angeblich ebenfalls in der Wohnung weilende Schwester blieb allerdings unsichtbar.

»Wir möchten zu einem Mann, der hier im Haus wohnen soll, Frau Westenberger. Sein Name ist Blatter.«

»Den kenne ich«, gab sie angewidert zurück. »Ein furchtbarer Mensch.«

»In welchem Stock wohnt er denn?«

»Hat er was angestellt?«, wollte sie wissen, ohne auf seine Frage einzugehen.

»Das wissen wir noch nicht genau. Ganz wichtig ist auf jeden Fall, dass wir ihn finden. Also in welchem Stockwerk wohnt er?«

Frau Westenberger überlegte einen Augenblick.

»Die Piepenbrinks wohnen im zweiten, dann muss er im dritten wohnen.«

Sie zögerte.

»Nein, ich glaube, die Piepenbrinks wohnen im dritten und er im zweiten.«

Ihr Kopf bewegte sich grantig hin und her.

»Ach, ich kann Ihnen sagen, es ist nicht schön, wenn man alt wird. Wenn mein Mann hier wäre, dann wäre das was ganz anderes; der kann sich noch an alles ganz gut erinnern.«

»Dein Mann ist seit drei Jahren tot, Marga«, kam es aus dem Inneren der Wohnung.

»Hören Sie nicht auf meine Schwester, die ist nicht mehr so ganz richtig im Kopf«, klärte Frau Westenberger die Polizisten auf. »Hören Sie bloß nicht auf sie.«

»Danke, und bleiben Sie jetzt bitte mindestens eine Stunde in Ihrer Wohnung«, beendete Hain die Unterredung, schob die willig folgende Frau mit einer fordernden Bewegung zurück und zog die Tür hinter sich ins Schloss.

»Das hätten wir.«

»Lass uns die einzelnen Stockwerke durchgehen, vielleicht steht sein Name ja an der Tür.«

»Gute Idee, wir können ja …«

Hain stoppte, weil im oberen Teil des viergeschossigen Mietshauses eine Tür geöffnet und wieder geschlossen wurde. Dann erklangen Schritte auf der Treppe. Die beiden Kripobeamten zogen ihre Dienstwaffen, stimmten sich mit ein paar Blicken ab und bauten sich links und rechts des Treppenhauses auf. Lenz reckte, während er wartete, einmal kurz den Kopf nach oben, konnte jedoch nichts erkennen. Dann erschien eine junge Frau, die vor dem Bauch ein Baby in einem Tuch mit sich trug und sich beim Anblick der beiden fremden Männer im Hausflur tierisch erschrak. Glücklicherweise für sie verbargen Lenz und Hain ihre Waffen hinter dem Rücken.

»Was machen Sie denn hier?«, wollte sie aufgebracht wissen.

Hain sagte seinen Spruch auf, der die Frau jedoch keinesfalls beruhigte.

»Gibt es schon wieder Theater wegen dieses Arschlochs?«, wollte sie unverblümt wissen. »Ich hätte den nie und nimmer hier einziehen lassen, aber meine Mutter wollte einfach nicht auf mich hören.«

»Ihrer Mutter gehört das Haus?«

»Ja klar.«

»Dann wissen Sie vermutlich, in welcher Etage Herr Blatter wohnt?«

»Blöde Frage, klar weiß ich das. Aber wenn Sie zu ihm wollen, kommen Sie ein paar Stunden zu spät, den habe ich nämlich gestern mit einer Reisetasche in der Hand an der Eingangstür getroffen. Und es sah aus, als wolle er ein paar Tage verreisen.«

»Haben Sie mit ihm gesprochen?«

»Schon seit mindestens einem Jahr nicht mehr. Er war nämlich ziemlich lang im Knast, für den Fall, dass Sie das nicht wissen.«

»Nein, das wissen wir schon«, beruhigte Lenz die Frau. »Und Sie sind sich sicher, dass er nicht wieder nach Hause gekommen ist?«

»Sicher bin ich mir natürlich nicht, aber warum sollte einer mit einer prall gefüllten Reisetasche das Haus verlassen, wenn er am nächsten Morgen schon wieder da sein will.«

»Die Frage klären wir besser später«, beschied Hain sie. »Bis dahin müssen wir einfach nur wissen, in welchem Stockwerk und in welcher Wohnung er lebt.«

»Dritter Stock, erste Tür links.«

Sie sah auf die Uhr.

»Ich muss mich los machen, die Kleine muss zum Arzt. Und machen Sie bloß keinen Krach, das kann meine Mutter auf den Tod nicht leiden. Und dieser Blatter hat eigentlich, seit er hier wohnt, nichts anderes gemacht als Krach.«

Die Frau nickte den Beamten kurz zu und ging Richtung Ausgang.

»Und kriegen Sie keinen Schrecken wegen der vielen Leute da draußen, ja?«

»Ach«, erwiderte sie selbstbewusst, »das macht mir nichts, ich bin schon groß.«

Im dritten Stock war es bis auf das jetzt zu vernehmende Rattern der Straßenbahn auf der Friedrich-Ebert-Straße völlig ruhig. Nirgendwo waren Geräusche zu hören, die auf in den vier Wohnungen der Etage anwesende Menschen hindeuteten, als die Kriminaler auf die Tür links neben der Treppe zu traten, an der tatsächlich ein vergilbtes Namensschild mit der Aufschrift *Blatter* zu erkennen war.

Hain trat nach vorn, drückte auf die rechts neben der Tür angebrachte Klingel und stellte sich an der Wand daneben auf, während Lenz sich auf der anderen Seite postierte.

Acht, neun, zehn.

Ein weiterer Versuch, diesmal mit dem Finger etwas länger auf der Klingel und untermalt von einem energischen Pochen an der Tür.

Zehn, elf, zwölf.

Wieder keine Reaktion.

»Aufmachen, Polizei!«, rief Hain in Kombination mit ein paar weiteren Schlägen gegen das Holz so laut, dass es auch ein in der Wohnung Schlafender mitbekommen musste.

»Rein oder nicht rein?«, fragte der Oberkommissar mit hochgezogenen Schultern und einem abschätzenden Blick Richtung Türschloss.

»Wie lang?«

»Fünf Sekunden.«

»Dann rein.«

Der junge Polizist ging einen Schritt zurück, nahm Anlauf, trat die Tür mitsamt dem Rahmen in den dahinter liegenden Flur und ging direkt im Anschluss mit seiner Waffe im Anschlag in die Hocke.

»Mensch, Thilo«, stöhnte Lenz gequält auf.

»Das war die beste Methode, die ich anwenden

konnte«, erklärte Hain seinem Boss eine gute Minute darauf grinsend, nachdem sie Blatters Wohnung durchkämmt und festgestellt hatten, dass sich der Rockerboss, wie von der jungen Frau im Hausflur vermutet, aus dem Staub gemacht hatte. Einige der Fächer im Schrank waren ausgeräumt, und eine weitere Tasche war in der Wohnung nicht auszumachen.

»Warum war das die beste Methode, die du anwenden konntest?«, fragte Lenz, noch immer ziemlich fassungslos, seinen Mitarbeiter.

»Das Schloss, das in der Tür steckt, ist ein ziemlich fieser Geselle. Mit dem tut sich jeder schwer, und ich wollte nicht, dass du dich über mich lustig machst, wenn ich es nicht hingekriegt hätte.«

Der Leiter der Mordkommission schüttelte den Kopf.

»Wir müssen dich unbedingt mal untersuchen lassen, Thilo.«

»Nein, in diesem Fall war das wirklich …«

Er brach ab, weil Rolf-Werner Gecks seinen Kopf um die Ecke steckte.

»Saubere Arbeit, Jungs«, lobte der mit gehörig Sarkasmus in der Stimme seine Kollegen angesichts des nicht zu übersehenden Kollateralschadens. »Aber wir müssen weg von hier.«

»Warum das denn?«

»Euer Freund hat gerade ganz hier in der Nähe Tabula rasa gemacht, nämlich bei diesem Sicherheitsunternehmen.«

»Bei Secupol?«

»Genau bei denen.«

»Und?«

»Bis jetzt spricht man von zwei Toten, aber ganz genau wussten die Kollegen vor Ort es noch nicht. Es ist die Rede davon, dass dieser Blatter ebenfalls einen ziemlich schweren Treffer abgekriegt hat.«

»Wer sagt das?«

»Eine Schreibkraft im Büro gegenüber, die ihn aus dem Haus stolpern gesehen hat.«

»Und weiter?«

»Wie, *weiter*, Paul? Wie es aussieht, ist er angeschossen und auf der Flucht. Wir haben seinen Wagentyp, sein Kennzeichen und können davon ausgehen, dass er ärztliche Hilfe braucht. Also sollte die Nummer bis heute Abend erledigt sein. Da müssen wir jetzt wirklich mal den Kollegen in den Streifenwagen vertrauen. Zwei von denen habe ich übrigens schon vor dem Haus der Black Crows auffahren lassen.«

»Das war clever.«

»Na, immerhin so etwas wie ein Lob.«

Lenz' Gehirn arbeitete fieberhaft.

»Gibt es irgendeinen Hinweis, in welche Richtung er gefahren sein könnte?«

»Nein, bis jetzt noch nicht. Aber jeder Polizist, der Dienst hat, ist auf der Straße und sucht nach ihm.«

Noch eine weitere Sekunde des Überlegens, dann stürmte der Hauptkommissar aus der Wohnung.

»Kommt, Leute, wir müssen los«, rief er im Rennen.

Gecks und Hain hasteten hinter ihm her, und hintereinander rasten die Drei durch das Treppenhaus auf die unterste Ebene zu. Als sie die letzten zwölf Stufen erreicht hatten, kam Rolf-Werner Gecks leicht ins Straucheln, rutschte kurz zur Seite, fing sich, stolperte mit dem linken über seinen rechten Fuß und stürzte, sich mehrmals überschlagend, die komplette restliche Treppe hinunter. Seine Kollegen, die ein paar Wimpernschläge vor ihm das Erdgeschoss erreicht hatten, sahen gerade noch, wie er stöhnend mit dem Oberkörper auf der letzten Stufe liegen blieb. Seine Beine lagen übereinandergeschlagen im Flur.

»Mensch, RW, alter Sack, was machst …?«, wollte Hain einen Gag machen, erkannte jedoch sofort, dass der Kollege sich schwer verletzt hatte. Sein linker Unterschenkel stand in komischem Winkel vom Oberschenkel ab, und als Hain die Hose ein Stück nach oben schob, hatte er freien Blick auf den Schienbeinknochen, der gebrochen war und dessen unteres Ende etwa fünf Zentimeter aus dem Bein herausragte.

»Das sieht nicht gut aus, RW«, stellte der junge Polizist fest, während er mit einem blitzartig aufkommenden Brechreiz kämpfte. »Wir lassen dir einen Krankenwagen kommen, und morgen ist das schon fast wieder vergessen.«

»Wir müssen los, RW«, rief Lenz aufgeregt. »Die Kollegen, die draußen warten, kümmern sich um dich. Wir sehen uns später im Krankenhaus, ja?«

Der altgediente Kommissar, der zu der Beinverletzung noch eine stark blutende Platzwunde am Kopf davongetragen hatte, nickte abwesend.

»Ja los, haut ab«, nuschelte er.

*

»Ich fahre«, rief Hain, als Lenz im Laufen nach dem Schlüssel für den Dienstwagen kramte. »Aber sag mir, wo du hin willst, ich habe nämlich mal wieder nicht den geringsten Schimmer, was in deiner Rübe vorgeht.«

»Wir fahren nach Calden zum Flughafen.«

Der Oberkommissar fing den Schlüssel, verharrte kurz und ließ die gehörten Worte einen Wimpernschlag lang auf sich wirken.

»Das macht er nicht, Paul. Oder besser, warum sollte er das machen?«

»Ich weiß es nicht, Thilo«, schrie Lenz mit einem Blick auf seine Armbanduhr über das Wagendach. »Ich weiß nur, dass Marias Flieger in weniger als einer Viertelstunde von dort abhebt, und ich will ganz sichergehen, dass ihr dabei nichts zustößt.«

»Das ist mal ein wirklich gutes Argument«, stimmte Hain betroffen zu, enterte den Wagen, setzte die blaue Pille auf das Dach und schaltete Blaulicht und Sirene gleichzeitig ein.

Genau acht Minuten stürmte der VW-Passat Kombi mit mehr als 190 Stundenkilometern auf dem Tacho die vierspurig ausgebaute Bundesstraße 7 zum Schäferberg hinauf.

»Wir können keinen Hubschrauber kriegen«, brüllte Lenz, der sein Telefon zurück in die Jacke steckte, gegen den Lärm von Sirene und Motorgeräusch. »Das Wetter ist zu schlecht.«

»Kacke«, erwiderte Hain, ohne den Blick von der Straße zu nehmen.

»Aber wenigstens informiert die Leitstelle die Kollegen am Flughafen, dass wir kommen.«

Über die folgende Brücke hinweg behielt der Oberkommissar das Tempo noch bei, dann bremste er ein wenig ab, nahm die nach der Abfahrt kommende Linkskurve mit etwas mehr als 140 und hatte wenige Sekunden darauf das Ortsschild der Gemeinde Calden passiert. Er blieb unter 100 km/h, verlangsamte an den größeren Kreuzungen und musste sich ansonsten auf die Wirkung der Sirene und des Blaulichts verlassen. Als das kleine Einkaufszentrum rechts hinter ihnen lag, beschleunigte er noch einmal, bog leicht quer in den Kreisverkehr ein, fing die biedere Familienkutsche ab, und brachte die Fuhre nach ein paar weiteren Sekunden direkt neben dem Eingang zum Stehen. Zwei ältere Herrschaften mit großen Koffern im Schlepptau, die gerade das Gebäude verlassen wollten, sprangen panisch zur Seite.

»Du nimmst dir das Gebäude vor, Paul, ich die freie Fläche.«

»Nein, das ist nicht gut. Wir scheißen auf das Gebäude und gehen beide auf die Bahn. Nach Heinis Aussage ist es am wahrscheinlichsten, dass er, wenn überhaupt, dort etwas unternehmen wird.«

»Du bist sicher?«

»Ja, ganz sicher. Und jetzt hör auf zu reden und komm.«

Sie stürmten auf den Infoschalter zu und hielten ihre Dienstausweise in die Luft.

»Wir haben keine Zeit für Erklärungen«, rief Lenz der jungen Frau hinter dem Schalter zu. »Wir müssen auf die Startbahn, und zwar sofort und ohne Diskussionen.«

»Hä?«, war das Einzige, was sie dem Wortschwall des Kommissars entgegenzusetzen hatte.

»Wo geht es auf die Startbahn?«

»Da müssten Sie auf das Vorfeld, und das dürfen leider nur Personen, die befugt dafür sind«, erklärte sie in bestem Seminardeutsch.

»Wir *sind* befugt«, schrie Lenz die bedauernswerte Frau an. Hain hatte derweil in einer Ecke der Halle einen Mann entdeckt, der eine grellgelbe Warnweste trug, mit der Reparatur eine Deckenlampe beschäftigt war und die Szene am Schalter interessiert verfolgte.

»Können Sie uns bitte helfen?«, rief er ihm zu.

Ein Nicken, ein paar schnelle Schritte, und er stand neben den Kripobeamten.

»Sieht aus, als hätten Sie ein ernsthaftes Problem«, stellte er knochentrocken fest.

»Das haben wir tatsächlich, und es geht vermutlich um Leben und Tod«, stimmte Lenz ihm zu und schilderte in kurzen Worten ihr Anliegen.

»Wahrscheinlich werde ich dafür gefeuert, aber der Job hier ist sowieso total langweilig«, antwortete der Mann mit der Aufschrift *Sigmar Kunze* auf dem Overall und deutete auf eine Glastür in etwa 20 Metern Entfernung. »Da geht es lang, und immer direkt hinter mir bleiben, sonst schießen am Ende Ihre Kollegen von der Bundespolizei oder die vom Zoll noch auf Sie.«

Hintereinander rannten sie auf die Tür zu, die ihr Begleiter für sie aufschloss, anschließend ging es einige Treppen hinab, und kurz darauf standen sie im Freien.

»Ab hier wird es wirklich gefährlich, Jungs, weil wir

erstens überhaupt nicht hier sein dürften, und zweitens hier Verkehrsmittel unterwegs sind, deren Lenker und Steuermänner uns nicht sehen können. Also aufgepasst und den Kopf eingezogen, wenn es notwendig ist.«

Er sah zwischen den Polizisten hin und her.

»Wo genau müssen Sie denn hin? Irgendeine Ahnung?«, schrie ihr Helfer ihnen gegen den unfassbaren Krach einer Boeing 737 entgegen, die gerade Geschwindigkeit aufnahm und in ihre Startposition rollte.

»Wir versuchen es mit der Mitte der Startbahn. Geht das?«

»Gehen tut alles, ist nur die Frage, wie wir dorthin kommen. Längs oder quer?«

»Wie, längs oder quer?«

»Die Mitte der Bahn längs oder die Mitte der Bahn quer?«

»Quer, quer natürlich«, antwortete Lenz, nachdem er den tieferen Sinn der Frage endlich verstanden hatte.

»Das ist mal 'ne wirklich knifflige Aufgabe«, stellte ihr Begleiter fest, sah sich kurz um und deutete auf einen kleinen merkwürdig lackierten Kombi, der etwa 150 Meter von ihnen entfernt stand. Dann rannte er los.

Die beiden Polizisten zögerten nur einen winzigen Augenblick, dann hechteten sie hinter ihm her. Der im Wagen sitzende Bedienstete starrte die drei Männer völlig konsterniert an, als sie zur gleichen Zeit an seinem Dienstfahrzeug auftauchten und die Türen aufrissen. Den einen davon kannte er wenigstens vom Sehen, die beiden anderen hingegen schienen irgendwie gestört im Kopf zu sein.

»Wir brauchen deine Karre!«, brüllte Kunze ihm entgegen.

»Was?«

»Wir brauchen … Ach was, raus aus der Karre.«

Er beugte sich über die Mittelkonsole, drückte auf den Entriegelungsknopf des Gurtschlosses und zerrte den Mann aus dem Astra.

»Nimm es mir nicht übel, aber wir haben es ziemlich eilig«, gab der Mann mit der Sicherheitsweste seinem Kollegen mit, während er sich hinter das Steuer schwang und den Motor startete. Der Rüsselsheimer Kombi rollte schon an, noch bevor Lenz und Hain komplett eingestiegen waren, und es schien, als ob Sigmar Kunze den Ernst der Lage wirklich verstanden hätte.

»Wir müssen auf die 737 aufpassen, die da gerade startet«, schrie er. »Wenn wir der im Weg rumgondeln, gibt es eine Katastrophe.«

Die gibt es vielleicht auch so, dachte Lenz, sagte jedoch nichts.

»Wagen 044, was ist da los?«, quäkte es aus dem Funkgerät. »Verlassen Sie sofort das Vorfeld, Sie haben keine Freigabe!«

Lenz griff nach dem Handteil und drückte die Sendetaste, konnte jedoch keine Verbindung herstellen.

»Wa… dreh … augenbl… um!«

Offenbar bewirkte das Handeln des Hauptkommissars irgendetwas an dem Gerät, leider jedoch das Falsche.

»Es soll wirklich genau die Mitte sein?«

»Wenn er es macht, dann vermutlich von außerhalb«,

rief Thilo Hain von der Rückbank seinem Kollegen zu. »Also müssen wir an den Zaun.«

»Auf Höhe der Mitte so weit wie möglich Richtung Flughafenumzäunung«, übersetzte der Leiter der Mordkommission die Worte seines Kollegen an den Fahrer.

»Das wird wohl nichts«, widersprach der. »Dazu müssten wir der 737 genau im Weg rum gondeln, und das geht sogar mir ein bisschen zu weit.«

»Da!«

Hains rechter Arm tauchte zwischen den beiden auf und wies auf ein dunkles Auto, das in etwa einem Kilometer Entfernung in unmittelbarer Nähe zum Zaun parkte.

»Der Himmel steh uns bei«, murmelte Kunze, bog mit überhängendem Heck vom Taxiway direkt auf die Landebahn ein, überquerte sie und hielt auf den von Hain entdeckten Wagen zu.

In diesem Augenblick wurde die Heckklappe des mit jedem Meter der Annäherung eindeutiger als Mercedes A-Klasse zu identifizierenden Fahrzeugs geöffnet. Die drei Männer im Astra konnten keine weiteren Details erkennen, weil sie auf dem unebenen Wiesenstück neben der Startbahn wie wild durchgeschüttelt wurden. Erst ein paar Sekunden später, als zwischen ihnen und dem Wagen hinter dem Zaun noch etwa 500 Meter lagen, erkannten sie den einzelnen Mann, der mit beiden Händen vor der Brust einen kleinen Kasten hielt und dabei nach links sah, wo gerade die Triebwerke der 737 aufheulten, die trotz der irritierenden und völlig unklaren Situation auf und neben der Rollbahn offenbar die Startfreigabe erhalten hatte.

Lenz sah nach rechts auf die silberne Silhouette des auf diese Entfernung furchtbar klein und verletzlich wirkenden Flugzeugs, in dem seine Frau saß, die vermutlich von der Katastrophe, in die sie im Moment hineinzugeraten drohte, überhaupt nichts wusste.

Als der Astra noch etwa 300 Meter von dem Mercedes entfernt war, startete Kunze sein Bremsmanöver, das er allerdings deutlich zu optimistisch in Angriff nahm. Die Vorderräder und im direkten Anschluss auch die Hinterräder des Rüsselsheimer Kombis verloren auf dem schneebedeckten Gras die Haftung, und die ganze Fuhre fing an, sich zu drehen. Einmal, zweimal, und dann hörte Lenz auf zu zählen. Er stemmte die Arme gegen das Autodach für den Fall, dass es zu einem Überschlag kommen würde, doch der zumindest blieb den Insassen erspart. Gefühlte Minuten nach der ersten Drehung kam der Wagen zum Stehen, und durch die Frontscheibe hatten alle drei freien Blick auf den Mann, der gerade eine Antenne aus dem Plastikkasten zog und danach wie wild an den Knöpfen herumspielte. Es war unverkennbar Andreas Blatter, der Rockerboss, der sich im Vergleich zu dem Foto, das Lenz von Uwe Wagner bekommen hatte, kaum verändert zeigte. Hain hatte schon seine Tür geöffnet und dahinter Schutz gesucht, Lenz tat es ihm gleich.

»Sie bleiben im Auto und halten den Kopf so lange unten, bis ich Ihnen was anderes sage!«, schrie der Hauptkommissar Sigmar Kunze beim Aussteigen zu, wusste aber nicht, ob seine Worte bei ihm auch angekommen waren, weil er selbst sie wegen des Krachs der hinter ihm anrollenden 737 nicht verstanden hatte. Und daran, Blatter anzusprechen und ihn von seinem Vorhaben abzubringen, war überhaupt nicht zu denken.

Genau in diesem Moment, in dem die Boeing fast direkt hinter ihnen war und kurz davor stand, ihre Abfluggeschwindigkeit zu erreichen, trafen sich der Blick des Kommissars und der des Rockerpräsidenten. Und Lenz hatte den Eindruck, im Gesicht von Blatter so etwas wie ein zufriedenes Grinsen erkennen zu können. Der Leiter der Mordkommission hob seine Waffe, zielte kurz und feuerte in kurzem Abstand vier Schüsse auf den Mann hinter dem Zaun ab, der über die kurze Haube des Mercedes geschleudert wurde, sich überschlug und für die beiden Polizisten unsichtbar hinter dem kleinen Kompaktvan zum Liegen kam. Der Kasten, den er in der Hand gehalten hatte, lag mit nach oben ragender Antenne direkt vor dem Auto.

Lenz riss den Kopf herum, sah, dass die 737 das Vorderrad hob, dann das Hauptfahrwerk den Bodenkontakt verlor und kurz darauf steil in den grauen Himmel stieg. Schon ein paar Sekunden später war das Flugzeug in der Wolkendecke verschwunden, und sofort reduzierte sich der von ihm ausgehende Krach auf ein erträgliches Maß.

Hain löste sich aus seiner Deckung und ging langsam, die Waffe vor sich haltend und auf einen Punkt über der Motorhaube zielend, auf den Zaun zu. Lenz folgte ihm ebenfalls mit schussbereiter Waffe mit ein paar Metern seitlichem Abstand.

Später stritten die Kripomänner noch ein paar Wochen lang darüber, ob sie zuerst den animalischen Schrei gehört oder zuerst die blutverschmierte Hand gesehen hatten, die unter der Vorderseite des Mercedes auftauchte, den kleinen Plastikkasten an der Antenne fasste und hinter den Wagen zog.

Lenz und Hain sahen sich für einen Sekundenbruchteil an, drehten sich um und fingen an zu rennen. Sie rannten wie die Hasen, immer versucht, auf dem matschigen Geläuf nicht zu stürzen. Sie sprangen durch die noch immer offen stehenden Türen in den Astra und zogen die Köpfe ein.

»Weg hier!«, schrie der Hauptkommissar zu Kunze, der gerade noch seinen Oberkörper vom Beifahrersitz wegbewegen konnte. »Sofort weg hier!«

»Klingt, als hätten wir es wirklich eilig«, gab der äußerlich völlig ruhig wirkende Mitarbeiter des Flughafenbetreibers zurück, startete den Motor, legte den Rückwärtsgang ein und gab einfach Gas. Viel Gas.

Der Rüsselsheimer brauchte eine gefühlte kleine Ewigkeit, bis die Winterreifen Grip fanden, dann jedoch nahm er vehement an Fahrt auf. Die bis dahin noch immer nicht geschlossenen Türen schlugen zu, während Kunze einfach weiter Gas gab und sich die kleine Gruppe so Meter um Meter von der Gefahrensituation entfernte. Sie bekamen jeder einen brutalen Schlag ins Kreuz, als sie sie Rollbahn überquerten, den gleichen Schlag noch einmal, als sie sie wieder verließen und zurück auf die Grasnarbe schossen, und dann gab es eine Detonation, die keiner der Drei jemals in seinem Leben vergessen sollte. Der Astra wurde in die Luft katapultiert und herumgeschleudert, überschlug sich mehrmals und kam auf dem Dach zu liegen. Als es fast schon wieder ruhig geworden war in dem demolierten Dienstwagen, prasselte ein Regen von Trümmerteilen auf den Unterboden des Kombis, der die Einschläge in beeindruckender Weise verstärkte, sodass jeder der bunt im Wagen verstreut liegenden Männer die Arme über den Kopf nahm, um sich vor Verletzungen zu schützen.

Etwa 300 Meter hinter dem Wrack tat sich in der Rollbahn ein dampfender, 15 Meter tiefer und knapp 40 Meter breiter Krater auf.

»Ich bin zu alt für so eine Scheiße«, murmelte Lenz benommen.

32

»Wenn ich gewusst hätte, was ihr da draußen am Flughafen noch alles anstellt und kaputtmacht, hätte ich wegen der Tür zu Blatters Wohnung garantiert nicht mal ein Wort verloren«, erklärte Rolf-Werner Gecks müde.

»He, he«, protestierte Thilo Hain gegen die Aussage seines frisch operierten Kollegen, »wenn unser Paule hier nicht so einwandfrei reagiert und gezielt hätte, wäre todsicher ein ganz anderer Schaden zu beklagen gewesen.«

»Da will ich dir nicht widersprechen, Kleiner. Aber

es ist nicht von der Hand zu weisen, dass dank eurer tätigen Mithilfe unser hoch geschätzter und tief defizitärer Flughafen eine Generalüberholung im Außenbereich braucht.«

»Ach was, RW«, mischte Lenz sich ein, »da braucht es ein klein wenig Kosmetik, und schon funktioniert die olle Bahn wieder.«

Der im Bett liegende Polizist, dessen linkes Bein sowie sein Kopf dick verbunden waren, wurde ernst.

»Die Sache mit deiner Maria war eng«, meinte er zu Lenz.

»Das kann man so sagen, ja.«

»Hat sie irgendwas von der Sache mitgekriegt?«

»Nein, niemand im Flugzeug hat davon was gemerkt. Erst nach der Landung auf Teneriffa, als alle Passagiere ihre Telefone angeschaltet haben, wurde ihnen klar, wie nah sie an der Katastrophe vorbeigeschrammt sind.«

»Und wo landet sie jetzt, wenn sie nach Hause kommt?«

»Der Flieger wird nach Paderborn umgeleitet.«

Der Leiter der Mordkommission schüttelte unwillig den Kopf.

»Wäre eh besser gewesen, wenn man dieses Euro-Grab Kassel-Calden nicht gebaut hätte«, meinte er grimmig.

»Ja, dann wäre euch ein Haufen Ärger erspart geblieben«, stimmte Gecks ihm zu.

»Und dir auch«, bemerkte Hain mit Blick auf das lädierte Bein.

»Wie geht es denn bei dir weiter?«, wollte Lenz von Gecks wissen.

»Im Polizeipräsidium gar nicht mehr«, antwortete der altgediente Hauptkommissar.

»Wie, du gehst in Pension?«

»Jepp. Die Jungs hier sagen, dass es mindestens ein Vierteljahr dauert, bis ich wieder gescheit laufen kann, wenn überhaupt. Weil alte Knochen wie meine heilen nicht mehr so gut wie junge. Dann ein bisschen Reha hier und ein bisschen Urlaub da, und schon bin ich durch.«

Er grinste seine Kollegen an.

»Also, Männer, rechnet nicht mehr mit meinem Erscheinen.«

»Mensch, RW, was sollen wir denn nur ohne dich machen?«, feixte Hain.

»Ach, da fallen mir schon ein paar Sachen ein. Ihr könntet Türen eintreten, Flughäfen in die Luft jagen, alte Ommas beleidigen. Wenn ihr noch ein paar Tipps braucht, einfach bei mir melden.«

»Nee, lass mal«, bremste Lenz seinen Elan. »Wir könnten dir allerdings noch ein paar Neuigkeiten vermelden, wenn du Interesse daran hättest.«

»Klar, schieß los.«

»Dieser Rechtsanwalt Blatter ist tatsächlich verunglückt, zumindest sagen das die Faktenlage und die Pathologie. Dass sein Bruder sich, nachdem er die Bombe gezündet hatte, eine Kugel in den Kopf geschossen hat, kam ja oft genug im Fernsehen. Richtig interessant ist aber, und das kommt ganz sicher nicht im Fernsehen, falls es nicht irgendein Journalist gesteckt bekommt, dass unser guter Friedbert Weißenstein offenbar von den Crows geschmiert wurde.«

Gecks machte ein fassungsloses Gesicht.

»Der heilige Friedbert? Wer sagt denn so was?«

»In den Unterlagen, die Thomas Blatter für uns erstellt hatte, kam auch der Begriff *Schmiergeldzahlungen* vor, und eines der dort angegebenen Konten gehört Weißensteins Frau. Er streitet natürlich noch alles ab, aber schauen wir mal, wie sich das entwickelt.«

»Das hätte ich ja nun nicht erwartet, dass es gerade den erwischt«, murmelte Gecks.

»Er vermutlich auch nicht.«

»Und was ist mit unserem hessischen Innenminister? Gibt es aus der Richtung schon was Neues?«

Lenz und Hain lachten laut auf.

»Du hast vermutlich in den letzten zwei Stunden kein Radio gehört oder ferngesehen?«, wollte der Oberkommissar wissen.

»Nö, warum?«

»Bernd Röder hat am heutigen Morgen seinen Hut genommen. Er sieht sich zwar als das Opfer einer Hetz- und Diffamierungskampagne, will aber das Amt nicht von diesen Dingen belastet wissen. Also tritt er zurück und hofft, dass nicht noch mehr über ihn ans Tageslicht kommt und Gras über die Sache wächst, um dann wie Phönix aus der Asche aufzuerstehen. So wie das die Politiker doch eigentlich immer machen.«

»Was für ein Arschloch.«

»Kein Widerspruch.«

»Und hat dieses unrühmliche Ende der Geschichte auch etwas für die ursprünglichen Ermittlungen gebracht? Wisst ihr, wer die beiden Nachtwächter umgebracht hat?«

Hain nickte.

»Ja, dieser Teil ist klar geworden, nachdem Andreas Blatters Waffe untersucht war, die er am Flughafen bei sich trug und mit der er die beiden Männer bei Secupol erschossen hatte. Es handelt sich dabei eindeutig um die gleiche Knarre, mit der auch Stark und Kempf umgelegt wurden.«

»Aber dieses Schreiben, das offenbar die ganze Malaise ausgelöst hat, ist nicht aufgetaucht, oder?«

»Bisher nicht. Aber was nicht ist, kann ja noch werden. Wir brauchen es aber nicht mehr um jeden Preis, und das ist ja auch was Positives.«

»Dieser Vasquez ist der eigentliche Verlierer der ganzen Angelegenheit, wenn ihr mich fragt. Hat eigentlich mit allem nichts zu tun und liegt jetzt im Koma. Oder gibt es da was Neues?«

Hain schüttelte den Kopf.

»Nein, leider nicht. Aber immerhin ist jetzt klar, dass die beiden Kerle, auf die Paul geschossen hat, überleben werden. Bei dem einen stand es bis gestern oder vorgestern noch ziemlich auf der Kippe, aber so, wie der Arzt es uns vorhin erklärt hat, kommt er sicher durch.«

»Wir sollen dich übrigens ganz herzlich von Herbert grüßen«, mischte Lenz sich wieder in das Gespräch ein.

»Herbert? Ich kenne keinen Herbert«, entgegnete Gecks.

»Unser neuer Boss heißt Herbert, und wir sind seit ein paar Tagen per Du mit ihm.«

»Hat er euch das Du angeboten?«

Beide Männer am Fußende nickten eifrig.

»Da sieht man mal, wie man sich in den Menschen täuschen kann, diese Form der Annäherung hätte ich ihm nämlich nie zugetraut.«

»Ging uns genauso.«

»Schade eigentlich, dass ich gerade jetzt hier im Krankenhaus liegen muss«, sinnierte Gecks.

»Warum das denn?«, wollte Hain wissen. »Draußen ist richtig mieses Wetter, die bösen Buben machen auch keine Pause, und Karneval hat dich doch noch nie interessiert, oder?«

»Nein, nein, das ist schon richtig. Aber ich könnte im Augenblick gerade so gut angeben mit euch.«

»Wie, mit uns angeben?«, fragte Lenz irritiert. »Was ist denn an Thilo und mir zum Angeben?«

»Ihr seid im Augenblick die berühmtesten Kasseler«, erklärte der Mann im Bett seinen Kollegen. »Oder kennt ihr jemanden aus unserer verträumten Weltkulturerbe-Stadt, der es schon mal zu CNN und Al Jazeera geschafft hat?«

»Nö«, mussten beide zustimmen.

»Und deshalb ist es ja so ein Jammer, dass ich hier rumliegen muss. Ich könnte in meiner Stammkneipe sitzen oder bei meinen Kegeljungs und erzählen, dass ich diese beiden Superbullen kenne, die da im Fernsehen zu sehen waren. Und dann würden mich alle beneiden, und vielleicht würde mir sogar jemand mal einen ausgeben.«

»Ich glaube, die Verletzung da am Bein ist gar nicht so schlimm, RW«, stöhnte Lenz. »Der Treffer am Kopf scheint die viel üblere Verletzung zu sein.«

»Schon möglich«, brummte Gecks. »Und jetzt raus

mit euch. Ich bin müde, will einfach nur die Augen zu machen und mich auf meine bevorstehende Pensionierung freuen.«

»Na, dann mach's mal gut, RW.«

ENDE

Matthias P. Gibert
Pechsträhne
978-3-8392-1422-0

»Hochaktuell und erschreckend realistisch!«

In einer Villa in Kassel wird die übel zugerichtete Leiche des Bankmanagers Sven Vontobel gefunden, neben ihm sein ebenfalls erschossener Hund. Wegen seiner umstrittenen Wertschöpfungsmethoden war er selbst bei seinen Kollegen unbeliebt. Bald gibt es zwei weitere Tote, ebenfalls Mitarbeiter der Nordhessenbank. Gegen alle Widerstände aus den Reihen der Geldmafia und in einer für sie fremden, abstoßenden Welt fahnden Hauptkommissar Paul Lenz und sein junger Kollege Thilo Hain nach einem Täter, der ihnen immer einen Schritt voraus zu sein scheint.

GMEINER

Wir machen's spannend

Matthias P. Gibert
Höllenqual
978-3-8392-1308-7

»Der beliebte Kommissar Lenz ermittelt im Rotlichtmilieu – spannend bis zur letzten Seite!«

Kassel im Frühsommer 2012. Ein scheinbar religiös motivierter Täter mordet im Prostituierten- und Strichermilieu. Hauptkommissar Paul Lenz und sein Mitarbeiter Thilo Hain jagen das Phantom, das nicht nur die Stadt in Angst und Schrecken versetzt, sondern durch seine Taten auch den sonst so lukrativen Markt der käuflichen Liebe nahezu austrocknet. Und das, nachdem kurz zuvor die 13. Documenta eröffnet wurde, die weltgrößte Ausstellung zeitgenössischer Kunst, die hunderttausende Besucher in die Stadt lockt …

GMEINER

Wir machen's spannend

Matthias P. Gibert
Zeitbombe
978-3-8392-1202-8

»Ein topaktueller Krimi um brisante Themen: Sicherungsverwahrung, Justizfehler und das Leben in Freiheit nach Jahrzehnten hinter Gittern.«

Zwischen Kassel und Fulda überfährt ein ICE einen Mitarbeiter der Kripo Kassel. Der tragische Vorfall wird als Suizid zu den Akten gelegt. 14 Tage später der nächste Tote: Erneut ein Polizeibeamter, wieder von einem Zug getötet. Kommissar Paul Lenz beginnt an der Selbstmordvariante zu zweifeln. Bei seinen Ermittlungen stößt er auf einen mehr als 20 Jahre zurückliegenden Mordfall. Lenz gräbt trotz massiver Behinderungen aus den eigenen Reihen die alten Akten aus und stellt fest, dass die Sachlage damals nicht so eindeutig war, wie es die Beteiligten heute darstellen …